ÜBER DAS BUCH:

Sie nennen sich die »Ehrenwerte Gesellschaft«, und ihre »Dons« beherrschen die Unterwelt der Vereinigten Staaten. Patriarchalisch regieren sie ihre »Familien« und »Bruderschaften«, und ihr Gruß heißt: »Ich bin bereit, für dich zu sterben.« Ihre Mitglieder kommen aus den finstersten Winkeln der Slums ebenso wie aus der Creme des Jet-set. Sie sind die Profis, die skrupellosen Erpresser, die teuflischen Intriganten, die brutalen Vollstrecker – die alles kontrollierenden Männer der Mafia. Cesare Cardinali ist einer von ihnen. Sein Job: Zeugen des FBI vor einer gerichtlichen Aussage für immer zum Schweigen zu bringen. Seine Waffe ist das Stilett. Er tötet lautlos und hinterläßt keine Spuren. Bis ihm eine Frau zum Verhängnis wird . . .

DER AUTOR:

Harold Robbins (eig. Harold Rubin resp. Francis Kane), am 21. Mai 1916 in New York City geboren. Er wuchs als Waisenkind in verschiedenen Heimen und Familien auf. 1940 wurde er von den Universal Film Studios als Expedient eingestellt; als er die Firma fünfzehn Jahre später verließ, war er Leiter der kaufmännischen Abteilung und hatte inzwischen zu schreiben begonnen. Harold Robbins lebt abwechselnd in Kalifornien und in Frankreich.

Harold Robbins

Die Profis

Roman

Gondrom

Lizenzausgabe für Gondrom Verlag GmbH & Co. KG, Bindlach 1992
Mit Genehmigung des Scherz Verlages, Bern und München
Titel des Originals: »Stiletto«
Einzig berechtigte Übersetzung aus dem Amerikanischen
Copyright © 1960 by Harold Robbins
Alle deutschsprachigen Rechte beim Scherz Verlag,
Bern und München
Covergestaltung: Graphik Design Studio L. Mielau, Wiesbaden
ISBN 3-8112-0998-1

Erstes Kapitel

Es war nach zehn Uhr. An der Bar saßen nur drei Männer, und an einem Tisch im Hintergrund saß einer allein, als die Dirne hereinkam. Sie stieg auf einen Hocker und schob ihren schäbigen Wintermantel von den Schultern. »Gib mir 'n Bier«, sagte sie.

Schweigend zapfte der Barmann ein Glas ab, stellte es vor sie hin und nahm den Vierteldollar.

»Was los heute abend, Jimmy?« fragte sie, während sie die Männer an der Bar musterte.

Der Barmann schüttelte den Kopf. »Heute abend nicht, Maria. Ist ja Sonntag, da liegen die meisten Touristen schon in den Betten.« Er wandte sich ab und begann Gläser zu polieren. Dabei sah er zu, wie sie in kleinen Schlucken trank.

Für ihn hießen sie alle Maria, die zierlichen Puertoricanerinnen mit den glitzernden Augen und den prallen kleinen Brüsten. Scheint, als ob sie bald ihre nächste Spritze braucht, dachte er.

Die Dirne gab ihre Bemühungen bei den Männern an der Bar auf. Sie drehte sich um und betrachtete den Gast, der am Tisch saß. Obgleich sie nur seinen Rücken sah, erkannte sie am Schnitt seines Anzuges, daß er kein Einheimischer war. Sie blickte den Barmann fragend an. Als der mit den Schultern zuckte, glitt sie von ihrem Hocker und ging zu dem Tisch hinüber.

Der Fremde beachtete sie nicht, als sie neben ihm stehenblieb. »Einsam, Señor?« fragte sie. Sobald er den Kopf hob, um sie anzusehen, wußte sie die Antwort. Diese eisigen, dunkelblauen Augen, dieses sonnengebräunte Gesicht, dieser Mund – Männer wie der kauften sich nie ihre Abenteuer. Die nahmen sich, was und wo sie wollten. »Nein – danke«, sagte Cesare höflich.

Mit mattem Lächeln nickte das Mädchen, ging zur Bar zurück, setzte sich wieder auf den Hocker und holte eine Zigarette aus der Handtasche.

Der Barmann gab ihr Feuer. »Wie ich dir gesagt hab, es ist Sonntag«, tröstete er sie freundlich.

Sie sog den Rauch tief in die Lungen. »Ich weiß.« Ihr Gesicht verriet Unruhe. »Aber ich muß laufend zu tun haben. Das Zeug ist teuer.«

In der Kabine neben dem Schanktisch klingelte das Telefon. Der Barmann ging hinein, kam jedoch rasch wieder heraus und steuerte auf den Tisch zu, an dem Cesare saß. »Für Sie, Señor.«

»Danke.« Cesare erhob sich lässig und ging zur Telefonkabine.

Die Frauenstimme im Apparat sprach leise. Italienisch. »Es muß vormittags geschehen«, sagte sie. »Ehe er im Gerichtssaal erscheint.«

»Keine andere Möglichkeit?«

»Nein.« Ihre Stimme klang, obwohl sie so leise sprach, ganz deutlich. »Wir haben nicht feststellen können, von wo er dorthin kommt. Wir wissen nur, daß er um elf Uhr beim Gericht vorfahren wird.«

»Und die anderen?« fragte Cesare. »Sind die noch da, wo sie zuletzt waren?«

»Ja«, antwortete sie. »In Las Vegas und Miami. Sind Ihre Pläne fertig?«

»Ich bin auf alles vorbereitet.«

Die Stimme der Frau wurde hart. »Der Mann muß sterben, bevor er im Zeugenstand sitzt. Die anderen ebenfalls.«

Cesare lachte kurz. »Bestellen Sie Don Emilio, er kann unbesorgt sein. Die sind alle drei schon jetzt so gut wie tot.« Er legte den Hörer auf, verließ das Lokal und entfernte sich in der Dunkelheit durch das spanische Viertel von Harlem. Der Wind war eisig. Er klappte den Mantelkragen hoch. Zwei Querstraßen weiter winkte er ein Taxi heran.

»*El Morocco*«, sagte er zu dem Chauffeur.

Cesare lehnte sich zurück und rauchte eine Zigarette. Eine unerklärliche Erregung hielt ihn wach. Jetzt wurde es ernst. Seit dem Kriege zum erstenmal wieder. Er erinnerte sich, wie es zuallererst gewesen war. Sein erstes Mädchen und das erste Töten ...

Es schien unglaublich lange her zu sein. 1935. Da war er fünfzehn gewesen. An dem Tage hatten die Faschisten in dem kleinen sizilianischen Dorf am Fuß des Berges eine Parade veranstaltet. Überall sah man Standarten und Bilder des Duce.

Als Cesare auf dem Heimweg unten am Berg ankam, dämmerte es bereits. Er hatte emporgeschaut. Am Bergrand, nahe dem Gipfel, stand das Schloß, häßlich mit seinen vielen Ornamenten. Seit fast sechshundert Jahren stand es dort, seitdem ein längst vermoderter Ahnherr, der erste Graf Cardinali, eine Tochter der Familie Borgia geheiratet hatte.

Cesare war an Gandolfos Weingut vorüber den Berg hinaufgestiegen. Der schwere Duft der dunklen Trauben wehte ihm entgegen. Er hörte im Geist noch die Trommelwirbel der Faschisten und spürte wieder die Erregung, die ihn an diesem Abend gepackt hatte, weil seine Gedanken unablässig um die Geschichten kreisten, die der Feldwebel von den wüsten Orgien im Palast des Duce erzählte.

Und dann hatte Cesare sie gesehen – das Mädchen. Sie war hinter Gandolfos Haus hervorgekommen, ein animalisches Geschöpf, groß, schlank, vollbusig. Sie trug einen Schlauch Wein, den sie vom Kühlschuppen am Bach hinten auf dem Feld geholt hatte. Als das Mädchen Cesare sah, blieb sie stehen.

Auch er machte halt und musterte sie. Die Tageshitze saß ihm noch im Körper, er wischte sich mit dem Handrücken den Schweiß vom Gesicht.

»Vielleicht möchte der Signore zur Kühlung einen Schluck Wein trinken?« fragte das Mädchen mit weicher Stimme.

Er nickte wortlos, nahm den Schlauch und hielt ihn so hoch, daß der Wein ihm in die Kehle rann und etwas über sein Kinn tropfte. Der herbe Trank wärmte und erfrischte zugleich.

Als er ihr den Schlauch zurückgegeben hatte, blieben sie stumm voreinander stehen und sahen sich an.

Von Busen und Hals stieg ihr langsam die Röte in die Wangen, und sie senkte den Blick. Er bemerkte, wie ihre Brust sich hob und den Stoff der dünnen Bauernbluse straffte. Da wandte er sich ab und schritt auf den nahen Wald zu. In dem durch Generationen ererbten Bewußtsein, hier

Besitzrechte ausüben zu können, sagte er kurz: »Komm mit!«

Gehorsam folgte sie ihm tief in das Gehölz. Hier standen die Bäume so dicht, daß der Himmel kaum zu sehen war.

Sie ließ sich neben ihm zu Boden sinken und sprach kein Wort, während er begann, ihr die Kleider vom Leibe zu zerren.

Bevor er sie nahm, betrachtete er einen Augenblick die Linien ihres Körpers, die Brüste, den flachen, muskulösen Leib. Ein Machtbewußtsein, wie er es noch nie gekannt hatte, erfüllte ihn.

Es war spät, als er sie verließ. Als er schon fast am Rande der kleinen Lichtung war, rief sie: »Signore!«

Er blieb stehen und drehte sich um. Sie war aufgestanden, ihre nackte Gestalt schimmerte im Dunkeln. Ihre Augen leuchteten wie kleine, vom Mond beschiene Teiche. Sie war stolz und befriedigt. Die andern wurden bestimmt eifersüchtig, wenn sie ihnen davon erzählte! Der hier war kein Arbeiter, kein wandernder Erntehelfer. Er war von edlem Blut, dieser künftige Graf Cardinali.

»Grazie!« sagte sie.

Er nickte kurz, eilte durch den Wald und war schon außer Sicht, bevor sie sich bücken konnte, um ihre Kleider aufzuheben.

Sechs Wochen später erst hörte Cesare wieder von ihr, in der Fechtschule unten im Dorf. Der alternde Maestro hatte es aufgegeben, mit ihm noch die Klingen zu kreuzen, denn dieser Schüler war ihm an Gewandtheit längst überlegen. Cesare erschien zu den Stunden nur noch, um in Übung zu bleiben.

Er trainierte gerade, als die Tür aufging und ein junger Soldat den kleinen Trainingsraum betrat. »Wer von Ihnen hier ist Cesare Cardinali?« fragte er.

Plötzlich wurde es still in dem Raum. Die beiden jungen Männer, die gerade gefochten hatten, legten ihre Degen beiseite und drehten sich nach dem Besucher um. Cesare, der in einer Ecke Hanteln gestemmt hatte, kam langsam näher und blieb dicht vor dem Soldaten stehen. »Das bin ich.«

Der Soldat fixierte ihn scharf. »Ich bin der Verlobte meiner Kusine Rosa«, sagte er, sich mühsam beherrschend.

Cesare blickte ihn offen an. Er kannte kein Mädchen dieses Namens. »Wen meinen Sie?« fragte er höflich.

»Rosa Gandolfo«, erwiderte der Soldat. »Und ich werde von meinem Posten in Rom abberufen, um sie zu heiraten, weil sie von Ihnen ein Kind erwartet.«

Cesare blickte ihn einen Moment verblüfft an, dann erkannte er die Zusammenhänge. »Ist das alles?« fragte er heiter. »Ich werde mit meinem Vater, dem Grafen, sprechen, damit Sie etwas Geld bekommen.«

Klatschend fuhr ihm die Hand des Soldaten ins Gesicht. »Ich verlange Genugtuung!«

Auf Cesares weißem Gesicht zeichneten sich deutlich die Finger des Soldaten ab. »Die Cardinalis sehen keine Ehre darin, sich mit Proleten zu schlagen«, sagte er.

»Die Cardinalis sind Feiglinge, Zuhälter und Frauenverführer!« zischte der Soldat haßerfüllt. »Und du, ein Bastard ihres Hauses, bist der Schlimmste!«

Eine blitzschnelle Bewegung von Cesares Hand, und der Soldat lag am Boden.

Cesare blickte auf ihn hinunter. Ein seltsamer Ausdruck kam in sein Gesicht, seine blauen Augen wurden dunkel, fast schwarz. Er sah den Maestro an. Es war schon lange her, seit jemand gewagt hatte, auf seine uneheliche Geburt anzuspielen. »Geben Sie ihm einen Degen«, sagte er gelassen. »Ich werde mit ihm kämpfen.«

»Nein, Signor Cesare, nein«, wandte der Maestro erschrocken ein. »Der Graf, Ihr Vater, wird das nicht . . .«

Cesare unterbrach ihn. Seine Stimme klang ruhig, doch es war ein Befehl, unmißverständlich. »Geben Sie ihm einen Degen. Meinem Vater würde es mißfallen, wenn ich auf diese Besudelung unseres Namens nicht die gebührende Antwort erteilte!«

Der Soldat hatte sich wieder erhoben. Nun lächelte er. »Auch in der Armee Italiens schult man uns nach alter Tradition. Degen in der rechten Faust, Stilett in der linken.«

Cesare nickte. »So sei es.«

Der Soldat zog seinen Waffenrock aus und musterte seinen Gegner ruhig und ohne Furcht. »Laß einen Priester kommen, du Frauenschänder, du wirst ihn brauchen!«

Cesare antwortete nicht, doch tief in seinen Augen glühte eine fast teuflische Freude. Er warf sein Hemd zu Boden. »Fertig?« rief er.

Der Soldat nickte.

Der Maestro rief: »In Grundstellung!«

»*En garde!*«

Die gekreuzten Klingen blitzten über ihren Köpfen. Der Maestro schlug sie auseinander. Der Degen des Soldaten fuhr mit Wucht herab.

Cesare parierte den Stoß, die Klinge fuhr an ihm vorbei. Er lachte. Fluchend stieß der Soldat wieder zu, mit aller Kraft. Wie spielend wehrte Cesare auch diesen Stoß ab und beugte sich zum Angriff vor. Seine Klinge zeichnete einen schnellen Kreis, die Degen verfingen sich, dem Soldaten flog die Waffe aus der Faust und fiel klirrend zu Boden.

Cesare setzte dem Gegner die Spitze seines Degens auf die Brust. »Ihre Ehre, Signore?«

Fluchend schlug der Soldat die Waffe mit seinem Stilett herunter und bewegte sich seitwärts, um seinen Degen wieder aufzuheben.

Doch Cesare blieb immer vor ihm, lachend, dann warf er seinen Degen mit einer schnellen Bewegung zu dem anderen in die Ecke.

Der Soldat sprang vor, sein Stilett sauste, auf das Gesicht des Gegners zielend, schräg herab. Eine kaum merkliche Bewegung Cesares, und er stach ins Leere.

Cesare duckte sich, er hielt sein Stilett locker auf der Handfläche. Auch der Soldat kämpfte jetzt geduckt. Vorsichtig holte er zu einem Stich aus, den Cesare mühelos ablenkte.

Er stieß vor, der Soldat wich zurück und sprang, als er eine Blöße des Gegner zu sehen meinte, sofort wieder vorwärts. Diesmal verfingen sich die Körper der Fechter in einer grotesken Umarmung. Cesare schien verloren, als die Arme des Soldaten sich um ihn schlossen. Sekundenlang standen sie so, vor- und zurückschwankend, dann sanken die Arme des Soldaten langsam herab.

Sein Stilett entglitt den kraftlos gewordenen Fingern, er fiel auf die Knie, seine Hände wollten Cesare an den Hüften packen. Cesare trat zurück, und jetzt wurde das Stilett in seiner Hand wieder sichtbar.

Mit dem Gesicht nach unten stürzte der Soldat auf die Bretter. Der Maestro eilte zu ihm. »Holt einen Arzt!« rief er angstvoll.

Cesare, der schon sein Hemd aufhob, sagte ohne Erregung: »Bemüht euch nicht, er ist tot.« Gelassen schob er das Stilett in seine Rocktasche und ging in den Abend hinaus.

Das Mädchen erwartete ihn auf dem Hügel. Er blieb stehen, als er Rosa bemerkte. Stumm sahen sie sich an, dann machte Cesare kehrt und bog vom Wege ab in den Wald. Sie folgte ihm, wie damals.

Sobald sie von der Straße aus nicht mehr sichtbar waren, wandte er sich zu ihr um, riß ihr die Bluse herunter und griff brutal zu.

Vor Schmerz stöhnend sank sie zu Boden.

Der Mond, der über Sizilien so hell sein kann, stand hoch am Himmel, als er sich aufrichtete und nach seinen Sachen griff.

»Signore«, flüsterte sie.

Er reagierte nicht.

»Signore, ich kam heute, um Sie zu warnen. Mein Vetter...«

»Ich weiß«, unterbrach er sie.

Ihre Stimme klang besorgt. »Aber er hat gesagt, daß er Sie umbringen will.«

Cesare lachte leise. »Ich bin doch noch hier.«

»Aber Signore, er kann Sie jeden Moment finden. Sogar hier. Er ist sehr eifersüchtig und sehr stolz.«

»Jetzt nicht mehr«, sagte Cesare ohne Betonung. »Er ist tot.«

»Tot?« Sie sprang auf die Füße. »Haben Sie ihn getötet?«

Cesare, der sein Hemd zuknöpfte, antwortete nur: »Ja.«

Da ging sie auf ihn los wie eine Raubkatze, weinend und

schreiend kratzte und schlug sie ihn. »Du Schuft! Umarmst mich und hast noch sein Blut an den Händen! Du hundsgemeiner Kerl! Wen soll ich jetzt heiraten? Was soll aus dem Kind werden, das ich von dir im Leibe habe?«

Er packte ihre Hände und hielt sie fest. »Du wolltest es ja da haben, sonst wäre es nicht in dir«, sagte er.

Sie starrte ihm ins Gesicht. Also hatte er sie durchschaut. Sie warf den Kopf zurück und spie ihm ins Gesicht. »Jetzt will ich es nicht mehr!« schrie sie. »Es wird ein Monstrum werden, ein Bastard wie sein Vater!«

Mit brutaler Wucht schlug er sie. Sie stürzte zur Erde und krümmte sich vor Schmerzen.

Einen Augenblick sah Cesare auf sie herab, dann griff er in seine Rocktasche und zog das Stilett hervor.

Sie blickte zu ihm hoch. Furcht war in ihrem Blick.

Seine Lippen verzogen sich zu einem kalten Lächeln. »Wenn du es nicht haben willst, dann schneide es doch damit heraus.« Er warf das Stilett neben sie auf die Erde. »Es wird dich reinigen, sein Blut ist noch daran.«

Er wandte sich ab und ging.

Am nächsten Morgen wurde Rosa Gandolfo tot aufgefunden. Sie lag im Wald, in ihren Händen das Stilett. Viel Blut war in den Boden gesickert, und auf ihrer Haut war es schon dunkel angetrocknet.

Zwei Tage danach hatte Cesare die Heimat verlassen, um in England eine Schule zu besuchen. Er kehrte nach Italien erst zurück, als der Krieg begann, fünf Jahre später.

Inzwischen hatten die Gandolfos mit den zehntausend Lire, die Graf Cardinali ihnen gab, einen neuen Weinberg gekauft...

New York. Das Taxi bremste vor dem *El Morocco*. Der Portier öffnete die Wagentür. Als er Cesare erkannte, lächelte er. »Ah, Graf Cardinali«, sagte er erfreut. »Guten Abend. Ich dachte schon, wir würden Sie heute nicht bei uns begrüßen können.«

Cesare bezahlte den Fahrer, stieg aus und sah auf seine Armbanduhr. Elf Uhr dreißig. Er lächelte. Die Frau, die ihn in dem Restaurant erwartete, gehörte mit zu dem erregenden Ereignis, das ihm bevorstand.

Zweites Kapitel

George Baker, der Sonderbeauftrage vom FBI, löschte das Licht in seinem Dienstzimmer. Er war schon an der Tür, als er sich noch einmal umdrehte, zum Schreibtisch ging und nach dem Telefonhörer griff. Er wählte die Direktverbindung mit Captain Strang vom Polizeipräsidium. »Wie ist die Lage?« fragte er.

Strangs Baßstimme dröhnte in der Leitung. »Es besteht kein Anlaß zur Beunruhigung. Wir haben das Gelände umstellt. Rings um das Gericht wird Platz freigehalten. Außerdem habe ich in jedem Gebäude und an allen Ecken in unmittelbarer Nähe Leute eingesetzt, die die ganze Nacht auf dem Posten bleiben und vormittags so lange, bis wir den Zeugen in den Saal gebracht haben. Glauben Sie mir, bevor er das Gerichtsgebäude betritt, kommt kein Mensch näher als drei Meter an ihn heran.«

»Gut«, sagte Baker. »Ich fahre morgen gleich zum Kennedy-Flughafen, um dabeizusein, wenn die Maschine landet. Wir treffen uns dann also um elf Uhr beim Gericht.«

»Okay. Machen Sie sich nun keine Kopfschmerzen mehr und gehen Sie schlafen.«

Doch Baker konnte in dieser Nacht nicht schlafen. Er blieb im Bett sitzen und überlegte, ob er seine Frau anrufen sollte. Er tat es nicht. Solch ein Anruf mitten in der Nacht regte sie nur unnötig auf. Er stieg aus dem Bett und setzte sich in einen Sessel.

Nachdenklich nahm er seinen Revolver aus der Halfter, die über einer Stuhllehne hing, drehte prüfend die Magazintrommel und schob die Waffe wieder zurück. Ich bin zu nervös, dachte er. Schon zu lange mit diesem Fall beschäftigt.

Seit sechs Jahren war dies seine einzige Aufgabe. »Brechen Sie das Rückgrat der Mafia, der Gesellschaft, des Syndikats oder wie sonst diese Organisation sich noch nennen mag, die unsere amerikanische Unterwelt im Griff hält«, hatte der Chef seinerzeit gesagt.

Baker war damals noch jung gewesen, zumindest schien es ihm so, weil er sich jetzt wie ein alter Mann fühlte. Als er diesen Auftrag übernahm, ging sein Sohn noch zur Schule, und nun stand der Junge schon vor dem Schlußexamen auf dem College.

Die Zeit war dahingegangen, es waren Jahre voller Enttäuschungen gewesen, weil jede neue Spur wieder versickerte und es kein Mittel gab, nach oben durchzustoßen, bis zu den »Dons«. Gewiß, die kleinen Fische gingen dem FBI mit fast statistischer Regelmäßigkeit ins Netz, doch die Bosse blieben immer ungeschoren.

Auf einmal kam dann der Lichtblick. Ein Geheimtip über die Ermordung von zwei Beamten des Rauschgiftdezernats, die man tot an Bord eines kleinen Dampfers fand, der kürzlich in den New Yorker Hafen eingelaufen war, erwies sich als verheißungsvoll. Sorgfältig wurden die Hinweise verfolgt, und es konnte nun, zum ersten Male in der Geschichte des organisierten Verbrechertums, vier der obersten »Chefs« der Prozeß gemacht werden.

Anklage: Mord und Anstiftung zum Mord.

Im Geist sah Baker die Geheimakten über diese Angeklagten wieder vor sich. Es waren:

George Wehrman, genannt »Big Dutch«, Alter: 57. Verhaftungen: 21. Verurteilungen: keine. Derzeitige Beschäftigung: Gewerkschaftsfunktionär.

Allie Fargo, der »Fixer«, Alter: 56. Verhaftungen: 1. Verurteilungen: 1. Mit Strafaussetzung: 1. Derzeitige Beschäftigung: Unternehmer.

Nicholas Pappas, »Dandy Nick«: Alter: 54. Verhaftungen: 32, davon 9 wegen Mordes. Verurteilungen: 2. Haftdauer: 20 Tage. Derzeitige Beschäftigung: keine. Bekannt als Glücksspieler.

Emilio Matteo, »Der Richter«, Alter: 61. Verhaftungen: 11. Verurteilungen: 1. Haftdauer: 5 Jahre. Deportiert. Derzeitige Beschäftigung: keine.

Bei dem Gedanken an den Zuletztgenannten verzog sich

Bakers Mund zu einem bitteren Lächeln. Keine Beschäftigung, besagte die Akte. Weder mit Mord, Rauschgifthandel noch anderen gesetzwidrigen Tätigkeiten jeder denkbaren Art? Nein, das konnte er sich vom »Richter«, von Don Emilio, wie ihn seine Kumpane bisweilen nannten, nicht vorstellen.

Seine Deportation nach Italien, zusammen mit Lucky Luciano und Adonis, nach dem Kriege, hatte ihm im Endeffekt nur die Freiheit verschafft, sich noch mehr zu bereichern. Einerlei, welche nützlichen Dienste Matteo während des Krieges der amerikanischen Regierung beim Planen der Invasion auf Sizilien geleistet hatte – man hätte seine Freilassung aus dem Zuchthaus nicht genehmigen sollen. Wenn man einen Kerl wie den hinter Schloß und Riegel hatte, dann sollte man den Schlüssel wegwerfen.

Baker entsann sich der zahlreichen Flüge, die er kreuz und quer durchs Land unternommen hatte, wenn ein Tip vorlag, daß Matteo wieder in den USA sei. Aber nie fand man ihn da, wo er sich angeblich aufhielt, und doch sprachen alle Anzeichen dafür, daß er tatsächlich dort gewesen war. Die Rauschgiftmengen und die Toten bezeugten es. Stumme Indizien freilich. Diesmal jedoch sah das Bild anders aus. Diesmal hatte man lebende Beweise – Zeugen, die tatsächlich sprechen wollten, wenn auch nur, um die eigene Haut zu retten. Und deshalb war Matteo aus Italien zurückgeholt worden.

Lange hatte es gedauert, doch nun waren sie verfügbar. Drei Zeugen, deren Aussagen einander schlüssig ergänzten. Aussagen, die den Angeklagten fast mit Sicherheit die Todesstrafe einbringen mußten. Nur ein Problem war jetzt noch zu lösen: Diese Männer, alle drei vor Gericht zu bringen – lebend.

Ruhelos stand Baker vom Sessel auf, ging ans Fenster und starrte in die dunkler werdenden Straßen. Nach allem, was er über Matteo wußte, war er sicher, daß irgendwo da draußen, irgendwo in dieser Riesenstadt, ein Meuchelmörder lauerte. Oder mehrere.

Die großen Fragen lauteten: Wie, wann und wo – und

was wird geschehen?
Und wer wird es tun?

Der Empfangschef verneigte sich dienstbeflissen. »Miss Lang«, murmelte er, »Graf Cardinali ist bereits hier. Wenn Sie mir bitte folgen wollen...«

Sie folgte ihm. Sie war eine auffallende, elegante Erscheinung mit langem, rotem Haar, das schimmernd auf den Schultern lag. Sie bemerkte die neugierigen und bewundernden Blicke der Gäste, und sie genoß ihre Neugierde und ihre Bewunderung.

Barbara Lang war – nach einer harten Anlaufzeit – über Nacht das begehrteste Modell der Haute Couture von New York geworden. Sie nahm ein Honorar von sechzig Dollar die Stunde und erreichte ein Jahreseinkommen von fast zwanzigtausend. Sie arbeitete schwer und ging nur selten aus, um fit zu bleiben. An den Wochenenden flog sie heim nach Buffalo und genoß im Vorgarten des neuen Hauses, das sie für ihre Mutter gekauft hatte, die Ruhetage.

Sie lächelte, als sie eine der älteren reichen Damen flüstern hörte: »Das ist die von ›Rauch und Flamme‹, Barbara Lang. Sie wissen doch, meine Liebe, von den Reklamen für Kosmetik.«

Der Oberkellner führte sie an der mit feinem, gestreiftem Teppich ausgelegten Estrade entlang zu dem Tisch, an dem Graf Cardinali saß.

Als Cesare sie sah, erhob er sich lächelnd und küßte ihr die Hand. Sie setzte sich und ließ ihr Abendcape von den makellosen Schultern gleiten.

»Champagner?« fragte Cesare.

Sie nickte, während sie sich in dem Restaurant umsah. Die weiche Beleuchtung, die mit kostbaren Juwelen geschmückten Frauen, die eleganten Männer – es war wirklich ein Höhepunkt des Weltstadtlebens. Im *El Morocco* zu sein! Und sie war mit einem richtigen Grafen hier. Nicht mit irgendeinem Manager.

Sie wandte sich wieder Cesare zu und hob ihr Glas an die Lippen. Cesare Graf Cardinali, der seinen Stammbaum sechshundert Jahre, bis in die Epoche der Borgias, zurückverfolgen konnte; der sich überall in der Welt an Autorennen beteiligte; dessen Name man fast jeden Tag in den Klatschspalten lesen konnte.

»Sind Sie morgen vormittag bestimmt reisefertig?« fragte er lächelnd.

Sie erwiderte sein Lächeln. »Meine Koffer sind schon gepackt«, sagte sie.

»Fein.« Er nickte und hob sein Glas. »Auf Ihr Wohl.«

»Auf unsere Ferien!« Sie lächelte. Nachdenklich nippte sie an ihrem Champagner. So wie heute war es nicht immer gewesen. Es war noch nicht allzulange her, daß sie nur ein schäumendes Getränk gekannt hatte, nämlich Bier. Ihr schien, als sei es gestern gewesen, daß die Mannequinschule, die sie in den Abendstunden in Buffalo besucht hatte, an ihrem Arbeitsplatz angerufen hatte. Sie boten ihr einen Job bei einer Werbekampagne für einen Film an, der dort uraufgeführt werden sollte.

Sie hatte sich am Nachmittag freigenommen und war in das Hotel gegangen, um sich vorzustellen. Ihr war kribbelig zumute, als sie auf dem Korridor vor der größten Suite des Hotels stand. Durch die Tür drang rauhes Gelächter. Bevor die Nerven mit ihr durchgingen, drückte sie hastig den Klingelknopf. Die Tür öffnete sich, und ein großer junger Mann stand vor ihr.

Sie holte tief Luft und rasselte ihren Text herunter. »Ich bin Barbara Lang«, sagte sie. »Die Agentur hat mich geschickt. Man hat mir gesagt, sie brauchen ein Mädchen für die Werbung.«

Der junge Mann blieb einen Augenblick stehen und sah sie an. Dann lächelte er. Es war ein angenehmes Lächeln, das sein blasses Gesicht sympathisch wirken ließ. Er trat einen Schritt zurück und machte die Tür weit auf. »Ich bin Jed Goliath«, sagte er. »Ich mache die Werbung. Kommen Sie rein. Ich stelle Sie den anderen vor.«

Sie ging hinein und hoffte, man würde ihr die Nervosität nicht anmerken. Sie spürte Feuchtigkeit auf der Oberlippe, immer brach ihr der Schweiß aus in solchen Situationen; sie fluchte in sich hinein. Drei Männer saßen in diesem Zimmer der Suite, und in der Ecke stand ein Tisch mit Cocktailgeschirr.

Goliath führte sie zuerst zu dem Mann im Sessel am offenen Fenster. Er lächelte, aber es gelang ihm nur mühsam; sein Gesicht behielt einen sorgenvollen, fast gequälten Ausdruck. Dies war Mendel Bayliss, Autor und Produzent des Films, und das kummervolle Gesicht machte er, weil er sein eigenes Geld hineingesteckt hatte. »Hallo«, sagte er. »Heiß heute. Was zu trinken?«

Den zweiten Mann erkannte sie gleich. Er spielte immer die zweite Komikerrolle in einer wöchentlich ausgestrahlten Fernsehwerbesendung. Schwatzdrossel nannten sie ihn. Er war nur auf einen Sprung vorbeigekommen und wollte den Produzenten besuchen. Die beiden hatten vor Jahren zusammen eine nicht besonders erfolgreiche Fernsehshow gemacht.

Der dritte Mann war Johnny Gleason, Manager der hier ansässigen Filmgesellschaft. Er war groß, hatte ein gerötetes Gesicht und war sehr betrunken. Als er aufstand und sich zur Begrüßung verbeugen wollte, wäre er beinah über den Couchtisch gefallen.

Jed drängte den Manager mit sanfter Gewalt auf die sichere Couch zurück und lächelte Barbara aufmunternd zu. »Wir trinken schon seit acht Uhr früh«, sagte er.

Ihr gelang ein Lächeln, mit dem sie Jed glauben machen wollte, daß ihr solche Sachen jeden Tag passierten. »Auf der Agentur hat man mir gesagt, Sie wollten Werbung machen für einen Film«, sagte sie, um an den Grund ihres Besuchs zu erinnern.

»Stimmt«, meinte Jed. »Wir brauchen ein Never-Never-Mädchen.«

»Ein – was?« fragte sie und machte große Augen.

»Ein Never-Never-Mädchen«, wiederholte er. »So heißt unser Film. ›Never-Never‹.«

»Sie sind ziemlich groß«, sagte Bayliss.

»Einszweiundsiebzig«, sagte sie.

»Ziehen Sie die Schuhe aus«, befahl er und erhob sich.

Sie zog ihre Schuhe aus, hielt sie in der Hand, und er ging auf sie zu und blieb neben ihr stehen.

»Ich bin einssiebenundsiebzig«, sagte er stolz. »Wir können keine Fotos in die Zeitungen bringen mit einem Mädchen, das größer ist als ich. Sie werden also flache Schuhe tragen.«

»Ja, Sir«, sagte sie.

Er setzte sich wieder in seinen Sessel, betrachtete sie von oben bis unten und nickte anerkennend. »Haben Sie einen Badeanzug mit?« fragte er.

Sie hatte einen Badeanzug. Er gehörte zur Standardausrüstung, die jedes Mannequin bei jeder Vorstellung in einer Hutschachtel bei sich trug.

»Anziehen bitte«, sagte er. »Mal sehen, was Sie zu bieten haben.«

Schwatzdrossel wollte sich das nicht entgehen lassen. Er steuerte auf sie zu, blieb dicht vor ihr stehen und starrte ihr ins Gesicht, grinste unverschämt. »Wir haben auch nichts dagegen, wenn du den Badeanzug wegläßt, Kleine«, flüsterte er so laut, daß es alle hören konnten.

Sie spürte, wie sie rot wurde, und warf Jed einen hilflosen Blick zu. Er lächelte wieder aufmunternd und führte sie ins Schlafzimmer. »Hier können Sie sich umziehen«, sagte er und machte die Tür hinter ihr zu.

Sie zog sich rasch um und warf nur einen kurzen prüfenden Blick in den Badezimmerspiegel. Wieder einmal war sie froh über ihre tiefgoldene Sonnenbräune, die sich seit dem Sommer gehalten hatte. Sie nahm ein Kleenextuch und tupfte sich die Schweißperlen von der Oberlippe. Dann ging sie ins Zimmer zu den Männern.

Alle Köpfe wandten sich zu ihr um, als sie durch die Tür kam. Einen Augenblick lang kostete sie es aus, dann spazierte sie in ihrem Mannequingang bis zur Mitte des Zimmers und drehte sich langsam um sich selbst.

»Sie hat eine gute Figur«, sagte der Produzent, »sehr ordentlich.«

»Viel zu wenig Busen«, kicherte Schwatzdrossel. »Ich stehe nämlich auf Busen.«

Der Produzent betrachtete sie immer noch. »Was erwartest du dir denn von einem Mannequin? Die Kleider sitzen nun mal besser, wenn sie keinen Busen haben. Sie hat immer noch mehr als die meisten anderen.« Er sah ihr ins Gesicht. »Oberweite achtundachtzig?« fragte er.

Sie nickte.

Der Produzent stand auf und lächelte. »Ich habe das beste Augenmaß von ganz Hollywood«, sagte er. »In zwanzig Jahren hab ich nicht einmal danebengetippt.« Er wandte sich Jed zu. »Die nehmen wir.«

Schwatzdrossel stellte sich neben sie und schielte auf ihre Brüste. »Schenk mir ein Paar pralle Luftballons«, sang er mit abgewandeltem Text und völlig falscher Melodie.

Bayliss lachte. »Laß den Quatsch. Wird Zeit, daß wir was essen gehen.« Er ging zur Tür.

Schwatzdrossel und der Filmmanager folgten. An der Tür drehte Bayliss sich um und sagte zu Jed: »Erklär ihr, was sie zu tun hat. Um fünf soll sie auf der Pressekonferenz sein.«

Die Tür schloß sich hinter ihnen, und Jed und sie sahen sich an. Er lächelte. »Vielleicht wollen Sie sich einen Moment hinsetzen und erst mal Luft holen.«

Ihre Beine waren plötzlich schwer geworden. Sie lächelte dankbar und ließ sich in den Sessel fallen, in dem der Produzent gesessen hatte. Der Sessel war noch warm.

»Danke.« Sie nahm das Glas und nippte.

Jed füllte ein Glas mit Eiswürfeln und goß eine Flasche Coca-Cola hinein. Er reichte es ihr.

»Lauter Verrückte«, sagte er, lächelte immer noch und sah auf ihren weißen Badeanzug und ihre langen, sonnengebräunten Beine.

»Sind die immer so?« fragte sie.

Jed lächelte unentwegt weiter, aber sie fand, seine Stimme hatte einen leicht bitteren Klang. »Immer«, sagte er. »Es sind bedeutende Männer, und das müssen sie sich ständig beweisen.«

Die ganze nächste Woche war sie das bekannteste Mädchen von Buffalo. Es verging kein Tag, an dem ihr Foto nicht in den Zeitungen erschien. Zweimal war sie in den *Niagara*

Falls News. Jeder Rundfunksender in der Gegend brachte ein Interview mit ihr, sie war bei jeder Fernsehshow und kam mit jedem wichtigen Journalisten, jedem Mann aus dem Showgeschäft in der Stadt und Umgebung zusammen.

Jed ließ sie keine Minute aus den Augen. In seiner unaufdringlichen Art machte er ein Foto nach dem anderen von ihr und dem Produzenten; Fotos von ihnen beiden und Einzelfotos. Und immer mit einem Reklamegag für den Film. Die erste Nacht kam sie erst um drei Uhr früh nach Hause. Die nächste verbrachte sie überhaupt nicht zu Hause, sondern mit Jed in seinem Hotelzimmer.

Es war eine verrückte, hektische Woche, und als sie vorüber war, kam ihr alles leer und sinnlos vor. Von all den vielen Leuten, die sie in dieser Woche getroffen hatte, schien sie keiner mehr zu kennen; nicht einmal die biederen Ehefrauen, die immer zur wöchentlichen Modenschau in das Kaufhaus kamen, in dem sie arbeitete.

Sie erinnerte sich an das, was Jed ihr am letzten Abend gesagt hatte. »Du bist doch viel zu schade für diese miese Stadt, Barbara. Komm nach New York. Da bist du richtig.«

Er hatte ihr seine Karte gegeben und die Karte eines Fotografen, den er kannte. Sechs Monate später ging sie nach New York. Der Manager in Jeds Firma sagte ihr, er sei nach Kalifornien gezogen, aber der Fotograf wohnte noch in der Stadt. Das eigenartige an der ganzen Sache war, daß Jed recht gehabt hatte. In New York war sie wirklich richtig. Es dauerte keine zwei Wochen, da hatte sie ein Angebot für ein Titelbild in der *Vogue*. In einem Jahr gehörte sie zu den gefragtesten Mannequins von New York.

Eines Nachmittags hatte sie mit ein paar neuen Kleidern vor dem *Plaza Hotel* posiert. Zu ihren Requisiten gehörte ein hellroter Sportwagen, ein Alfa Romeo. Als sie für eine Aufnahme gerade die Wagentür aufhielt, kam der Manager der Agentur zu ihr. In seiner Begleitung war ein großer schlanker, fremdländisch aussehender Mann.

Der Mann war ungemein attraktiv und strahlte etwas Dämonisches aus. Wenn er lächelte, sah man seine kräftigen weißen Zähne.

»Barbara«, sagte der Leiter der Agentur, »ich möchte dir Graf Cardinali vorstellen. Er war so freundlich und hat uns den Wagen für die Aufnahmen zur Verfügung gestellt.«

Barbara sah ihn an. Graf Cardinali. Den Namen kannte sie. Es war einer dieser Namen, die man immer in der Zeitung liest. Ein fast legendärer Name wie De Portago und Pignatari, von denen man sich nicht recht vorstellen konnte, daß sich dahinter wirkliche Menschen verbargen.

Cesare verbeugte sich und gab ihr einen Handkuß. »Sehr erfreut.« Er lächelte.

Sie lächelte zurück und nickte, er ging, und sie arbeitete weiter. Als sie sich abends Hosen angezogen und es sich vor dem Fernseher bequem gemacht hatte, da klingelte das Telefon. Sie nahm ab. »Hallo.«

»Barbara?« Am Telefon war sein Akzent etwas stärker. »Hier ist Cesare Cardinali. Was halten Sie davon, wenn ich Sie für heute abend zum Essen einlade?«

»Ich – ich weiß nicht«, meinte sie, ganz verwirrt. »Ich hatte es mir gerade bequem gemacht.«

Seine Stimme klang sehr bestimmt. »Das macht doch nichts. Vor elf Uhr hole ich Sie sowieso nicht ab. Wir gehen ins *El Morocco*.«

Er legte auf, bevor sie eine Antwort geben konnte. Sie ging ins Badezimmer und ließ Wasser in die Wanne einlaufen. Erst als sie in dem dampfenden Bad saß, kam ihr zum Bewußtsein, daß sie wirklich an diesem Abend mit ihm ausgehen würde.

Als sie später zusammen in dem Restaurant saßen, hob er sein Champagnerglas. »Barbara«, sagte er, und seine Stimme klang ernst, »die ganze Stadt spricht davon, daß Sie sich vorgenommen haben, eine ständige Begleiterin von Playboys zu werden. Das gefällt mir. Und noch besser fände ich, wenn Sie mir erlauben, Ihnen bei diesem Vorhaben behilflich zu sein.«

»Wie bitte?« Sie sah ihn mit großen Augen an. Aber er lächelte, und da merkte sie erst, daß er sich über sie lustig machte. Sie lächelte auch und hob ihr Glas. Er mußte noch viel lernen über Umgang mit amerikanischen Frauen.

Cesares Stimme brachte sie jetzt zurück in die Wirklichkeit. »Ich hole Sie um halb zehn ab«, sagte er. »Dann bleibt mir noch genügend Zeit, beim Gericht vorzusprechen und meine Papiere mitzunehmen, bevor wir zum Flugplatz fahren.«

»Gut«, sagte sie. »Ich halte mich pünktlich bereit.«

Drittes Kapitel

Cesare fuhr den roten Alfa Romeo auf einen Parkplatz neben dem Gerichtsgebäude. Er lächelte Barbara zu.

»Warten Sie bitte ein paar Minuten? Ich hole nur schnell meine Papiere.« Er stieg aus und ging auf das Gerichtsgebäude zu. Barbara blickte ihm nach, bis er unter der Inschrift *U.S. Department of Immigration and Naturalization* im Gebäude verschwand. Wie jungenhaft er in vieler Hinsicht noch ist, dachte sie.

Daß sie jetzt mit ihm hierherfuhr, wie war das gekommen? Er hatte sie vorige Woche angerufen und ihr mitgeteilt, daß er soeben aus Europa zurückgekehrt sei. Er habe dort seine Heimat besucht. Sein Entschluß sei nun endgültig gefaßt: Er wolle amerikanischer Bürger werden. Die Dokumente habe er schon beantragt, und er brauche sie jetzt nur noch abzuholen. Ob sie Lust habe, mit ihm zur Feier dieses Ereignisse eine Woche zu verreisen – irgendwohin, wo die Sonne schien ...

Sie hatte zugesagt. Als das Gespräch beendet war, hatte sie vor sich hingelächelt. Vielleicht war es ihm diesmal ernst mit seinem Flirt? Sie hatte mancherlei über seine früheren Affären erfahren, aber eine ganze Woche ... In einer Woche konnte viel passieren.

Hinter dem Gerichtsgebäude entstand Lärm. Sie sah hinüber. Dort schien sich eine Menschenmenge anzusammeln. Ein Polizist ging am Parkplatz entlang. Neben Cesares Wagen blieb er stehen und sah Barbara an.

»Wollen Sie hier lange bleiben, Miss?« fragte er.

»Nein, nicht lange. Mein Bekannter muß beim Gericht nur

etwas abholen.« Der Polizist nickte und ging weiter. Der Lärm hinter dem Gebäude steigerte sich.

»Was ist denn da los?« rief Barbara dem Beamten nach.

»Das ist am Foley Square. Drüben beginnt heute vormittag der große Gangsterprozeß.«

Cesare ging in das Anmeldezimmer im Parterre. Als der Portier am Empfangstisch ihn fragend ansah, sagte er: »Ich bin Cesare Cardinali. Ich will meine Papiere für die Naturalisation abholen.«

Der Portier nickte. »Die vorläufigen, nicht wahr?«

»Ganz recht.«

Der Mann blätterte in einer Kartei, zog eine Karte hervor, sah Cesare wieder an und sagte: »Nehmen Sie doch bitte Platz, Mr. Cardinali. Es wird etwa zehn Minuten dauern.«

Cesare lächelte. »Fein.« Und nach kurzem Zögern: »Ist hier in der Nähe eine Toilette?«

Der Portier deutete auf die Tür. »Am Ende des Korridors, linke Seite.«

»Danke«, sagte Cesare.

Er ging den Korridor entlang, blieb vor dem Waschraum für Männer stehen und sah sich unauffällig um. Niemand beobachtete ihn. Schnell ging er an der Tür vorbei und öffnete eine andere mit der Aufschrift »Treppe«. Er schloß sie hinter sich und eilte die Stufen hinauf.

Die schwarze Limousine hielt vor dem Gerichtsgebäude, und sofort drängte sich die Menge an den Wagen heran. Der Sonderbeauftragte vom FBI, George Baker, blickte von seinem Sitz neben dem Zeugen durchs Fenster, wandte sich dem Mann wieder zu und sagte: »Sie haben ja mächtige Zugkraft.«

Dinky Adams, der Zeuge, ein langer Kerl mit einem Pferdegesicht, drückte sich ins Polster und zog seinen Hut tief in die Stirn. »Dicke Sache, ja«, knurrte er. »Mein Leben wird keine zwei Cent mehr wert sein, sobald die wissen, daß ich als Zeuge auftrete.«

»Kein Mensch wird Sie belästigen«, beruhigte Baker ihn.

»Wir haben versprochen, Sie zu beschützen, und bisher haben wir unser Wort immer noch gehalten.«

Der Polizeitrupp eines Bereitschaftswagens schirmte die Limousine ab. Captain Strang beugte sich vor. »Okay. Gehen wir.«

Baker stieg zuerst aus, nach ihm drei Detektive. Auf ein Kopfnicken Bakers verließ der Zeuge den Wagen.

Das Raunen der Menge wurde stärker, als die Leute erkannten, um wen es sich da handeln mußte. Die Detektive und Polizeibeamten nahmen Dinky Adams in die Mitte und bahnten sich einen Weg durchs Gedränge. Sie reagierten nicht auf die Fragen der Fotografen und Reporter, sondern gingen unbeirrt weiter, die Vortreppe hinauf, ins Gebäude und dann den Korridor entlang.

»Hier herum«, befahl Strang. »Wir haben einen Fahrstuhl freihalten lassen.«

Sie folgten dem Captain in einen leeren Lift. Sofort schlossen sich die Scherentüren, die Kabine setzte sich in Bewegung. Die Spannung schien sich zu lösen. Baker blickte Strang an. »Na, wir haben es geschafft«, sagte er lächelnd.

Strang nickte, ebenfalls erleichtert. »Das Schlimmste ist überstanden. Nun müssen wir noch oben durch die Reporter.«

Adams blickte seine Beschützer an. Sein Gesicht war bleich und verriet Angst. »Ich werde den ganzen Rest meines Lebens Zeit haben, euch zu gratulieren. Falls ich überhaupt so lange lebe.«

Das Lächeln verschwand auf Bakers Miene.

Cesare trat im ersten Stock aus dem Treppenschacht, ging um eine Ecke und drängte sich geschickt bis zu den Fahrstühlen durch. Er blickte über die Menge hinweg zur Doppeltür des Gerichtssaals. Dort standen zwei Polizisten. Er zog die rechte Hand im gefütterten Ärmel seines Mantels hoch, bis er das kalte Metall des Stiletts an den Fingern fühlte.

Sein Herz begann stärker zu klopfen, und er hatte dasselbe Gefühl wie beim Autorennen, wenn er eine enge Kurve nahm und nicht wußte, ob er den Wagen auf der Fahrbahn halten konnte. Um ruhiger zu werden, atmete er tief.

Als die Tür eines Lifts aufging und die Menge dorthin drängte, rührte Cesare sich nicht. Er wußte, daß sie in diesem nicht waren, denn er war genauestens informiert.

Wieder öffnete sich eine Fahrstuhltür, und heraus kamen die Detektive und in ihrer Mitte der Zeuge. Rasch folgte ihnen Cesare und ließ sich von der Menge weiterschieben.

Die Reporter schrien wieder wild ihre Fragen, die unbeantwortet blieben. Blitzlichter flammten auf, als die Pressefotografen hochsprangen, um mit aller Gewalt ein Bild von dem Zeugen zu ergattern. Cesare konnte nur auf einen günstigen Zufall hoffen. Wenn der Mann erst im Gerichtssaal war, hatte er keine Chance mehr, ihn zu erledigen.

Sie näherten sich der Tür. Kalt lag das Stilett in Cesares Hand. Er hatte schon eine Weile nicht mehr geatmet und sog seine Lungen jetzt voll Luft, daß ihm schien, als wollten sie platzen. Er spürte schweren Druck in den Ohren.

Einige Sekunden blieb die Gruppe vor der noch geschlossenen Tür stehen. Als der Detektiv hinter dem Zeugen etwas beiseite trat, entwich mit leisem Keuchen die Luft aus Cesares Lungen.

Hinter ihm drängten die vielen Menschen und schoben ihn vorwärts. Jetzt ... Jetzt war der Augenblick gekommen ...

Cesare spürte nicht einmal, daß seine Hand sich bewegte. Es war fast, als gehöre sie gar nicht zu ihm. Das Stilett glitt durch den Rücken ins Herz des Zeugen wie ein warmes Messer durch Butter. Cesare öffnete die Hand, und die Klinge schnappte in seinen Ärmel zurück, gezogen von der am Griff des Stiletts befestigten dünnen, leichten Sprungfeder.

Der Zeuge stolperte ein wenig, als die zwei Polizisten sich anschickten, die Saaltür zu öffnen. Cesare begann seinen Rückweg zum Treppenschacht. Ein Blitzlicht flammte so nahe vor seinem Gesicht auf, daß er einen Moment geblendet war.

Im Gerichtssaal wurde es still. Die Zuhörer vernahmen vom Korridor her Lärm und Stimmengewirr.

Matteo betrachtete seine Mitangeklagten. Big Dutch spielte nervös an seiner Krawattenklammer. Allie Fargo kaute an seinen Fingernägeln, und Dandy Nick kritzelte unruhig auf dem gelben Schreibblock, der vor ihm lag. Der Lärm verstärkte sich. Big Dutch beugte sich zu Nick hinüber und raunte ihm zu: »Bin neugierig, wen sie reinbringen.«

Dandy Nick lächelte, aber es war kein Lächeln, sondern eine Grimasse der Angst. »Das wirst du schon früh genug merken.« Matteo brachte sie mit einer Geste zum Schweigen. Er beobachtete die Saaltür.

Zuerst erschienen im Türrahmen zwei Detektive, dann der Zeuge. Er taumelte, ein Polizist streckte den Arm aus und stützte ihn.

Der Zeuge trat ein paar Schritte weit in den Saal, sein Gesicht schien starr vor Angst. Wieder taumelte er und sah zu den Angeklagten hinüber. Er wollte etwas sagen, brachte jedoch keinen Laut heraus. Nur ein kleines Blutgerinnsel wurde in einem Mundwinkel sichtbar. In seine Augen kam ein gequälter Ausdruck, er schwankte wieder, und dann kippte er um.

Ein Höllenlärm erhob sich. Der Hammer des Richters war machtlos.

»Die Türen schließen!« donnerte Captain Strang.

Als Cesare wieder in der Tür erschien, blickte der Portier von seiner Beschäftigung auf und sagte freundlich: »Ich habe Ihre Papiere fertig, Mr. Cardinali. Wenn Sie nur noch hier unterschreiben wollen.« Er reichte ihm einen Füllhalter.

Cesare kritzelte seinen Namen auf die Formulare und gab dem Portier den Halter zurück. »Vielen Dank«, sagte er, nahm die Blätter an sich und ging hinaus.

Er spürte noch den beklemmenden Druck in der Brust, als er ins Tageslicht hinaustrat. Barbara winkte ihm aus dem Auto zu. Lächelnd winkte er zurück.

»Meine Glückwünsche, Graf Cardinali«, begrüßte Barbara ihn.

Er ging um den Wagen herum und stieg ein. »Jetzt bin ich nicht mehr Graf Cardinali, sondern heiße ganz einfach Mr.

Cesare Cardinali.«

Barbara lachte laut, als er den Motor anspringen ließ. »Ganz einfach Cesare. Klingt hübsch.«

Er blickte sie kurz an und steuerte den Wagen in den Verkehr. »Sie wollen mich wohl verulken, wie?«

»Nein, nein«, antwortete sie schnell. »Ich bin tatsächlich sehr stolz auf Sie.«

Das krampfige Gefühl in seinem Leib löste sich, sobald er um die nächste Ecke bog und das Gebäude hinter sich wußte. »Seien Sie so lieb und zünden Sie eine Zigarette für mich an, ja?«

Sie rauchte eine an und schob sie ihm zwischen die Lippen.

Während er den Wagen in schnellem Tempo zum Flughafen lenkte, war er in Gedanken wieder auf Sizilien, in seinem Elternhaus. Vor wenigen Wochen erst war er dort gewesen, doch es kam ihm vor, als seien seitdem Jahre vergangen.

Wie hatte Emilio Matteo seinen Onkel genannt? Einen Shylock. Er lachte im stillen. Und was hielt wohl jetzt Don Emilio von ihm?

Der Mann, den er eben tot zurückgelassen hatte, war gewissermaßen nur der Nettobetrag seiner Schuld. Die zwei, die noch sterben mußten, wären die Zinsen und die Zinseszinsen. Für zwölf Jahre. Drei Leben für eins. Damit wäre dann doch wahrhaftig alles voll beglichen ...

Er erinnerte sich, wie es an dem Abend gewesen war, als Don Emilio seinen »Schuldschein« präsentiert hatte ...

Viertes Kapitel

Der Hof des Schlosses Cardinali war leer gewesen, als Cesare seinen Wagen vor dem Gebäude bremste. Als er die Zündung abstellte, ging die Vordertür auf, und ein alter Mann trat heraus. Sobald er Cesare erblickte, strahlte er vor Freude und eilte die Freitreppe herab. »Don Cesare, Don Cesare!« rief er mit zittriger Greisenstimme.

Cesare drehte sich lächelnd zu ihm um. »Gio!«

Der Alte kam näher. »Sie hätten uns mitteilen sollen, daß Sie kommen, Don Cesare«, sagte er. »Wir hätten dann im Hause alles vorbereitet.«

»Ich bleibe nur eine Nacht, Gio. Morgen muß ich schon auf dem Heimweg sein.«

Die Miene des Alten verdüsterte sich. »Heimweg, Don Cesare? Ihr Heim ist doch hier.«

Cesare stieg die Stufen zum Eingang hinauf. »Ja. Ich vergesse das immer wieder«, sagte er sanft. »Aber zu Hause bin ich in Amerika.«

Gio zog den Koffer aus dem Wagen und hastete Cesare nach. »Wie war's denn mit dem Autorennen, Don Cesare? Haben Sie gesiegt?«

Kopfschüttelnd erwiderte Cesare: »Nein, Gio, ich hatte Kabelschäden und andere Pannen und mußte ausscheiden. Eben deshalb hatte ich Zeit, hierherzukommen.«

Er ging durch die große, kalte Vorhalle und blieb vor dem Porträt seines Vaters stehen. Sekundenlang blickte er zu dem schmalen Patriziergesicht hoch. Seinen Vater hatte der Krieg vernichtet. Seelisch und körperlich.

»Das mit Ihrem Auto tut mir leid, Don Cesare«, hörte Cesare den Alten hinter sich sagen.

»Das Auto? Ach ja, richtig.« Cesare wandte sich von dem Bildnis ab und ging zur Bibliothek. Er hatte an das Rennen gar nicht gedacht, aber auch nicht an seinen Vater. Ihm war nur wieder einmal zum Bewußtsein gekommen, wie sehr sich doch alles verändert hatte.

Als er nach dem Kriege zurückgekehrt war, besaß er nichts mehr. Sein Onkel hatte sich sein ganzes Vermögen angeeignet. Die Bank, die Ländereien, alles außer dem Schloß und dem Titel. Der Onkel hatte seinem Bruder nie verziehen, daß er ihn, Cesare, zum legitimen Erben erklären ließ.

Niemals wurde darüber offen gesprochen, aber jeder wußte, wie engherzig der geizige kleine Mann war, dem die Wechselbank gehörte. Mit Bitternis erinnerte sich Cesare des Tages, an dem er seinen Onkel aufgesucht hatte, um mit ihm zu reden.

»Signor Raimondi!« hatte er gesagt, arrogant und von

oben herab. »Wie man mich informierte, hatte mein Vater Gelder bei Ihnen hinterlegt.«

Raimondi hatte ihn über seinen schmutzigen schwarzen Schreibtisch hinweg hinterlistig angeblickt. »Dann wurdest du falsch informiert, bester Neffe«, hatte er mit seiner dünnen, schnarrenden Stimme gesagt. »In Wahrheit liegt die Sache umgekehrt. Der Graf, mein guter Bruder, schuldete mir leider, als er verschied, riesige Beträge. Hier in meinem Schreibtisch habe ich Hypothekenbriefe für das Schloß und die gesamten Ländereien.«

Und so war es gewesen: Nach außen hin alles korrekt und in Ordnung. Raimondi Cardinali verstand sich auf alle dazu nötigen Schliche. Noch drei Jahre nach dem Kriege mußte Cesare unter der Fuchtel dieses alten Mannes leben, und weil seine nackte Existenz von ihm abhing, haßte er ihn. Er hatte sich sogar die kleinen Beträge für die Bahnfahrten zu seinen geliebten Fechtturnieren im Büro seines Onkels abholen müssen. Bei einer dieser Gelegenheiten hatte er Emilio Matteo kennengelernt. Als er im Privatkontor seines Onkels in der Bank saß, entstand draußen Aufruhr. Er drehte sich um und warf einen Blick durch die verglaste Tür.

Ein geschmackvoll gekleideter grauhaariger Mann kam durch den Bankraum auf das Privatbüro zu.

»Wer ist das?« hatte Cesare gefragt.

»Emilio Matteo«, hatte Raimondi geantwortet. »Er gehört zu den Dons der Gesellschaft. Er ist soeben aus Amerika zurückgekommen.«

Cesare hatte gelächelt. Die »Gesellschaft« nannten sie es. Die Mafia. Erwachsene Männer spielten wie Knaben, sie vermischten ihr Blut zur Verschwörung und nannten sich Onkel, Neffen und Vettern.

»Lächle nicht«, hatte sein Onkel schroff gesagt. »In Amerika ist die Gesellschaft sehr wichtig. Matteo ist heute auf Sizilien der reichste Mann.«

Matteo trat in das Kontor. »*Buon giorno,* Signor Cardinali«, sagte er mit stark amerikanischem Akzent.

»Ihr Besuch ehrt mich, Signor Matteo.« Raimondi ververneigte sich. »Womit kann ich Ihnen dienen?«

Als Matteo einen fragenden Blick auf Cesare warf, eilte Raimondi hinter dem Schreibtisch hervor. »Erlauben Sie mir, Ihnen meinen Neffen, Graf Cardinali, vorzustellen. – Signor Matteo aus Amerika«, sagte er zu Cesare.

Matteo musterte ihn aufmerksam und fragte: »Major Cardinali?«

Cesare nickte. »Das war ich während des Krieges.«

»Von Ihnen habe ich schon gehört«, sagte Matteo.

Nun war es Cesare, der gern noch mehr gefragt hätte, denn es gab nur sehr wenige Leute, die von ihm während des Krieges gehört hatten. Nur Personen, die in bestimmte Geheimsachen eingeweiht waren. Wieviel mochte Matteo davon wissen? »Das ehrt mich«, erwiderte er nur.

Raimondi aber wollte zum Geschäftlichen übergehen. Mit einer herrischen Geste entließ er Cesare. »Komm morgen wieder, dann will ich sehen, ob wir Geld genug haben, um dich zu deinem lächerlichen Fechtturnier fahren zu lassen.«

Cesare preßte die Lippen zusammen, seine blauen Augen wurden fast schwarz, der Blick kalt, und für einen Moment spannten sich seine Muskeln. Eines Tages würde der Onkel zu weit gehen ... Cesare fühlte Matteos Blick auf sich ruhen, als er zur Tür schritt.

Gio hatte in der Bibliothek Feuer angemacht. Cesare stand mit einem Glas Kognak vor dem Kamin.

»In einer halben Stunde kann ich das Abendessen servieren«, sagte der Diener.

Cesare nickte. Er dachte an die Nachricht, die ihn hierhergerufen hatte: die ihn vom Autorennen wegholte und das mit Ileana vereinbarte Treffen an der Riviera durchkreuzte. Beim Gedanken an Ileana, lächelte er vor sich hin. Diese rumänischen Frauen, vor allem die mit den großen Titeln, die wie Halbweltdamen lebten, hatten so ihre besonderen Reize ...

Gio öffnete die Tür der Bibliothek. »Das Souper ist bereit, Euer Gnaden.«

Fünftes Kapitel

Tischtuch und Servietten waren schneeweiß, aus feinem Damast, die Kerzen verbreiteten goldenes Licht, das polierte Silber schimmerte. Gio servierte kalten, in Streifen geschnittenen Aal, und auf der Kredenz wartete über einem Rechaud die Schüssel mit den dampfend heißen, köstlichen Scampi.

Gio hatte seine violette Butlerlivree mit den grünen Borten angezogen und stand, den Stuhl für Cesare haltend, stolz am Kopfende des langen, weißen Tisches.

Cesare nahm Platz und griff nach einer Serviette. »Mein Kompliment, Gio. Du bist wirklich ein Genie.«

Der Greis verneigte sich. »Ich gebe mir Mühe, Euer Gnaden«, erwiderte er und öffnete eine Flasche weißen Orvieto. »Es ist ja nicht wie in alter Zeit, als der Tisch zum Souper immer besetzt war. Lange her ist das schon.«

Cesare kostete von dem Wein und nickte. Ja, lange her war es. Er blickte abwesend auf seinen Teller.

So war es nach dem Kriege nicht gewesen. Damals konnten sie von Glück sagen, wenn sie etwas zu essen hatten, geschweige denn ein Tischtuch. Er entsann sich gut des Abends, als Matteo gekommen war, um mit ihm zu sprechen. Und zwar noch am selben Tag, an dem er ihn in der Bank seines Onkels kennengelernt hatte.

Draußen war plötzlich ein Auto zu hören gewesen. Gio war zur Haustür gegangen und sogleich wieder erschienen. »Signor Matteo möchte Euer Gnaden besuchen«, meldete er.

»Bitte ihn herein, Gio.«

Matteo war eingetreten und hatte mit seinem schnellen Blick sofort die ganze Szenerie erfaßt: den ungedeckten Tisch, das armselige Essen, die stählernen Bestecke. Sein Gesicht verriet jedoch nichts. Cesare bat ihn, sich zu setzen und mitzuessen. Matteo nahm Platz und dankte. Nein, gegessen habe er schon.

Nach dem Austausch der üblichen Höflichkeiten räumte Gio den Tisch ab. Cesare biß in einen Apfel.

Matteo betrachtete ihn; das hagere, markante Gesicht mit

den dunkelblauen Augen, die kräftigen Kinnladen, die gefährlich starken Handgelenke und Hände.

»Sprechen Sie Englisch, Major?« fragte er.

Cesare nickte. »Ich bin vor dem Krieg in England erzogen worden«, antwortete er, ebenfalls auf englisch.

»Gut«, sagte Matteo, »also werden wir uns, wenn's Ihnen recht ist, in dieser Sprache unterhalten. Mein Italienisch ... nun ja ... als ich das Land verließ, war ich drei Jahre alt.«

»Mir ist es recht«, erklärte Cesare.

»Vermutlich wundern Sie sich, warum ich hergekommen bin?« Matteo machte eine Geste, die gleichsam das ganze Schloß umfassen sollte. »Mein Vater erzählte mir immer von den Schönheiten des Castello Cardinali und davon, daß die Leute im Dorf, wenn sie hinaufschauten, hier alles in hellem Lichterglanz sahen.«

Cesare legte das Apfelgehäuse beiseite und zuckte die Achseln. »Der Krieg und seine Folgen«, sagte er.

»Oder die günstige Gelegenheit, die Ihr Onkel erkannte«, entgegnete Matteo rasch.

»Dieser Geldschacherer«, sagte Cesare verächtlich. »Dem gehört jetzt alles.«

Matteo blickte ihm scharf in die Augen. »Solange er noch lebt, ja.«

»Leute von seinem Schlag sind sogar zum Sterben zu geizig«, entgegnete Cesare bitter.

Matteo lächelte. »In Amerika haben wir eine treffende Bezeichnung für solche Männer – Shylocks nennen wir die. Ein wirklich passender Name.« Als sei diese kleine Nebenbemerkung gar nicht gefallen, fuhr Matteo fort: »Ihr Onkel steht allein, er hat keine Familie und, außer Ihnen, keine Verwandten. Und besitzt eine Bank mit zweihundert Millionen Lire.« Cesare sah ihn an und erkannte in dem älteren Mann einen Gleichgesinnten. »Darüber habe ich schon oft nachgedacht«, bemerkte er vieldeutig.

Matteo schüttelte ernst den Kopf. »Wenn er stürbe – sagen wir zum Beispiel, während Sie beim Fechtturnier sind, hundertfünfzig Kilometer von hier entfernt –, dann bekämen Sie Ihren Reichtum zurück.«

Eine Sekunde blickte Cesare ihn wieder an, dann sprang er auf. »Gio!« rief er. »Bring die Flasche alten Napoleon. Wir gehen in die Bibliothek.«

Als Gio die Tür hinter sich geschlossen hatte und sie allein vor dem lodernden Feuer standen, fragte Cesare unumwunden: »Weshalb sind Sie hier?«

Matteo ergriff lächelnd sein Kognakglas. »Ich hatte von Ihnen gehört, Major.«

»Und was hörten Sie?«

»Sie erinnern sich gewiß noch an die Kriegsphase kurz vor der Landung der Alliierten auf Sizilien?« Matteo wartete Cesares Antwort nicht ab, sondern sprach schnell weiter. »Einer meiner Partner, der zur Zeit in Neapel ist, und ich – wir hatten den Amerikanern eine Liste von Personen gegeben, mit denen sie sich zur Vorbereitung der Invasion in Verbindung setzen sollten. Diese Leute gehörten zu einer schon lange vor dem Kriege, sogar schon vor dem Ersten Weltkrieg, bestehenden Organisation. Zu den Mafiosos.«

Cesare schwieg.

»Ich erfuhr damals, daß Sie einer der Offiziere waren, die das italienische Oberkommando zur Zusammenarbeit mit dem militärischen Geheimdienst bestimmt hatte. Ihr Auftrag lautete: Verbindung mit neun Männern aufzunehmen und sie zur Mitarbeit zu gewinnen. Fünf von diesen knallten Sie nieder.«

»Weil sie nicht mitmachen wollten«, warf Cesare kurz ein. »Das war in meinem Bericht erklärt.«

Matteo lächelte. »Die offizielle Erklärung kümmert mich nicht. Ich habe selbst so viele abgegeben, daß ich ihrem Wahrheitsgehalt nicht traue. Aber wir beide wissen es besser. Die offiziellen Auftraggeber haben nämlich die Leichen der von Ihnen getöteten Männer gar nicht zu Gesicht bekommen. Meine Freunde jedoch sahen sie.« Er ließ sich in einen Sessel nieder und stellte sein Glas ab. »Und deshalb verstehe ich das mit Ihrem Onkel nicht, mein Freund. Wenn Ihnen das Töten so leicht und geradezu mit Vergnügen von der Hand geht – wie konnten Sie dann *ihn* am Leben lassen?«

Cesare sah ihn ruhig an. »Damals war die Situation anders. Wir hatten Krieg.«

Wieder lächelte Matteo. »Der Krieg soll das natürlich entschuldigen. Na gut. Aber es gab ja auch sonst noch Tote. Den Soldaten unten im Dorf; den jungen Engländer, den Sie in Ihrem letzten Schuljahr drüben mit Ihrem Auto von der Straße abdrängten; die deutsche Geliebte Ihres Kommandeurs in Rom.« Er sah Cesare wieder aufmerksam an. »Sie sehen, ich habe viel bessere Informationsquellen als die militärischen Dienststellen und die Behörden.«

Cesare setzte sich in den Sessel ihm gegenüber, nippte an seinem Kognak und erwiderte lächelnd: »Also sind Sie informiert. Aber das nützt Ihnen nichts. Was können Sie schon damit anfangen?«

Matteo hob die Schultern. »Ich habe gar nicht die Absicht, damit etwas anzufangen. Ich erwähnte es nur, um Ihnen klarzumachen, daß ich Interesse an Ihnen habe. Wir können uns nämlich gegenseitig sehr behilflich sein.«

»So?«

»Aus gewissen Gründen mußte ich in mein Geburtsland zurückkehren, aber im Herzen bin ich Amerikaner, nicht Italiener. Auch in meinen geschäftlichen Interessen. Leider darf ich für eine Weile nicht mehr nach Amerika. Das heißt, auf legalem Wege nicht. Natürlich kann ich für kurze Zeit hinkommen, aber das ist sehr riskant, und allzulange da bleiben kann ich nie. Ich sehe auch den Zeitpunkt nahen, an dem ich dort einen Verbündeten brauche, einen Mann wie Sie. Einen, den kein Mensch mit mir in Verbindung bringen wird, der mir aber helfen kann, sobald das nötig ist.«

»Können das denn Ihre Partner nicht, Ihre Freunde in der Gesellschaft?« fragte Cesare. »Sicher haben Sie doch drüben viele Bundesgenossen?«

»Stimmt, aber die sind alle bekannt, untereinander und bei der Polizei. Früher oder später läßt sich zwischen ihnen nichts mehr geheimhalten.« Er erhob sich, ging zum Kamin und stellte sich mit dem Rücken vor das Feuer. Dabei ließ er Cesare nicht aus den Augen. »Sie müßten doch allmählich Ihre ärmliche Existenz satt haben. Ihr Leben hier ist langweilig und trübselig und paßt nicht zu Ihnen. Was würden

Sie tun, wenn Sie von alledem frei wären?«

Cesare sah hoch. »Vielleicht reisen. Ich könnte mir ein paar Autos kaufen und Rennen fahren. In Le Mans, in Turin, in Sebring . . .«

Matteo lachte. »Ich meinte, wie Sie sich Ihren Lebensunterhalt verdienen würden. Sie wissen ja, daß Geld nicht ewig reicht.«

»Darüber habe ich noch nie nachgedacht. Geschäfte waren mir immer zuwider.«

Matteo nahm eine Zigarre aus seinem Etui und zündete sie an. »Die leichtfertige Jugend«, sagte er. Es klang erfreulich tolerant. »Ich bin an einer Automobilfabrik beteiligt«, fuhr er fort. »Die Firma will in einigen Jahren den amerikanischen Markt erobern. Falls Sie sich bis dahin einen Ruf als Rennfahrer erworben haben, könnten Sie möglicherweise die Leitung der amerikanischen Filiale übernehmen. Würde Ihnen so etwas nicht Freude machen?«

»Sicher«, antwortete Cesare. »Was erwartet man von mir als Gegenleistung?«

»Gelegentliche Gefälligkeiten, weiter nichts.«

»Was für Gefälligkeiten? Ich will mit Ihrer dummen Politik, mit Glücksspiel und Rauschgift nichts zu tun haben und . . .«

»Auch nicht, wenn Ihnen das märchenhaften Reichtum einbringt?«

»Reichtum?« Cesare lachte. »Brauche ich den denn? Ich wünsche mir nur so viel Geld, daß ich leben kann, wie's mir gefällt.«

Auch Matteo lachte. »Gut. Also sind Sie nicht ehrgeizig. Ein weiterer Vorzug. Weil sich dann niemand vor Ihnen zu fürchten braucht.«

Cesare ergriff wieder sein Glas. »Sie haben mir noch nicht gesagt, welche Gefälligkeiten Sie von mir erwarten würden.«

Matteo sah ihn fest an, und Cesare wich dem Blick nicht aus. »Nur einen Gegendienst für den Gefallen, den ich Ihnen erweise, wenn Ihr Onkel morgen abend stirbt, während Sie beim Fechtturnier sind.«

Eine längere Pause trat ein, dann sagte Cesare lächelnd:

»Gut, ich bin einverstanden.«

Matteos Gesicht wurde ernst. »Sind Sie bereit, den Eid der Gesellschaft zu schwören?«

»Ja.«

»Haben Sie ein Messer bei sich?« fragte Matteo.

Plötzlich lag ein Stilett in Cesares Hand. Matteo betrachtete es fasziniert. Cesare drehte es lächelnd in der Handfläche um und hielt es ihm hin, den Griff nach vorn. »Dies ist mein Bruder«, sagte er. »Wir sind immer zusammen.«

Er ließ die Hand ausgestreckt, Matteo legte seine Linke flach darauf und stach schnell mit dem Stilett in Cesares und den eigenen Zeigefinger. Das hervorquellende Blut vermischte sich auf ihren Handflächen.

Matteo sah ihn an. »Nun, da unser Blut ineinandergeflossen ist, gehören wir zur selben Familie. Ich bin bereit, für dich zu sterben.«

»Und ich bin bereit, für dich zu sterben«, wiederholte Cesare.

Matteo ließ Cesares Hand los und gab ihm das Stilett zurück. Dann sog er an seinem Zeigefinger. »Von jetzt ab, Neffe, werden wir uns nur wiedertreffen, wenn ich es wünsche.«

Cesare nickte. »Jawohl, Onkel.«

»Solltest du es für nötig halten, dich mit mir in Verbindung zu setzen, wirst du eine Mitteilung an den Posthalter im Dorf schicken. Ich nehme dann Kontakt mit dir auf.«

»Ich verstehe, Onkel.«

Das war vor fast zwölf Jahren gewesen. Wie Matteo gesagt hatte, starb Raimondi am folgenden Abend, als Cesare auswärts bei einem Fechtturnier war.

Die nächsten fünf Jahre waren schnell vergangen, mit Rennen und Autofahrten, mit Bällen und Liebesaffären. Und 1953 bekam er dann, wie Emilio vorausgesagt hatte, das Angebot, die amerikanische Generalvertretung der Autofirma zu übernehmen. In der Presse wurde seine Berufung auf diesen Posten ausführlich behandelt. Sein abenteuerliches Leben und seine tollkühnen Rennen hatten ihn zu einer internationalen Berühmtheit gemacht. Zweimal duellierte er sich um Frauen. Für Amerika war er ein Mann aus einer anderen Welt.

Nur einmal in den ganzen zwölf Jahren hatte er Matteo wiedergesehen. Er hörte erst wieder von ihm, als ihm kurz vor dem Start zu einem Autorennen ein Brief in die Hand gedrückt wurde mit der Aufforderung, sich sofort zum Schloß seiner Väter zu begeben.

Das Hühnerfrikassee war köstlich und leicht bekömmlich gewesen, der Hummer à la Fra Diavolo war würzig und schmeckte nach Meer. Cesare legte eben seine Serviette hin, als ein Wagen in den Schloßhof fuhr.

Wenige Minuten später brachte ihm der alte Diener einen Brief.

Cesare riß ihn auf. Es waren Instruktionen, zwei eng maschinegeschriebene Seiten. Er las sie schnell durch, dann legte er den Brief langsam auf den Tisch und griff zum Espresso.

Zwölf Jahre waren vergangen, und jetzt hatte ihm Matteo – nein: Don Emilio – seinen »Wechsel« zur Zahlung präsentiert. Mit Zinsen . . .

Sechstes Kapitel

Sie kamen aus dem Speisesaal. Am Eingang zum Spielkasino blieben sie stehen.

Es war zehn Uhr abends, an den Spieltischen im *Maharajah* drängten sich die Gäste. Cesare blickte forschend in den Saal.

»Du hast meine Frage gar nicht gehört«, sagte Barbara.

Er drehte sich zu ihr um. In seinen Augen glomm eine sonderbare Erregung. »Nein, habe ich nicht, Liebste. Was fragtest du denn?«

Sie sah ihn indigniert an. Andere Männer hätten sich entschuldigt oder behauptet, zugehört zu haben, doch er sagte einfach »nein«. »Ob Würfel oder Roulett, hatte ich gefragt.«

Plötzlich lächelte er. »Roulett. An diese verrückten kleinen

Elfenbeindinger habe ich schon genug verloren. Mit denen komme ich nie zurecht.«

Sie gingen hinunter zu den Roulett-Tischen. »Zu dumm, daß hier nicht Bakkarat gespielt wird«, sagte Cesare. »Das ist wenigstens ein Spiel für zivilisierte Menschen. Man braucht dazu auch etwas Geschick, Glück allein tut's dabei nicht.«

Barbara steuerte auf einen Tisch zu. Er faßte sie am Arm. »An diesen nicht, der ist mir zu voll. An den da drüben«, sagte er.

Der Tisch stand dem von Barbara gewählten gegenüber. Cesare hatte recht. Hier drängte man sich im Augenblick nicht so sehr.

Er zog einen Stuhl für sie vor, sie setzte sich und schaute lächelnd zu ihm hoch. »Meinst du, daß heute ein Glückstag für dich ist?«

Er erwiderte ihr Lächeln. »Gewiß, ein großer Glückstag sogar.« Und damit legte er einen Stapel großer Chips vor sie hin.

Auf Bakers Schreibtisch klingelte das Telefon. Er stellte seinen Kaffeebecher hin und nahm den Hörer.

»Anruf von Jordan aus Las Vegas«, sagte die Zentrale.

»Stellen Sie zu mir durch.«

Ted Jordan meldete sich. »Hallo, George, wie geht's bei euch in New York?«

»Nicht gut«, antwortete Baker müde. »Wir stecken fest. Wir können uns nicht erklären, wie Dinky Adams umgebracht wurde. Wie benimmt sich dein Schützling?«

Jordan lachte. »Ganz prima. Gerade jetzt hockt er beim Roulett und macht Einsätze, als ginge morgen die Welt unter.«

»Wird er genügend abgesichert?«

»Ich habe je einen Mann rechts und links von ihm postiert und einen direkt hinter ihm. Es kann niemand an ihn heran«, erklärte Jordan.

»Das beruhigt mich nicht. Auch Adams hielten wir für abgesichert.«

»Wenn du dir solche Kopfschmerzen machst, George,

müssen wir ihn eben einschließen. In einer Zelle könnten wir ihn vor jeder Annäherung schützen.«

»Du weißt doch, wo der Haken sitzt, Ted. Wenn wir das tun, erfährt die Verteidigung sofort, wer die Zeugen sind, bevor wir sie ins Gericht bringen. Und sobald sie das weiß, verweigern die Zeugen prompt die Aussage, und der Prozeß ist geplatzt.«

»Matteo lacht sich bestimmt jetzt schon schief«, sagte Jordan.

»Er wird nicht mehr lachen, sobald das Verfahren weitergeht«, prophezeite Baker.

»Mein Knabe hier will zwanzig zu eins wetten, daß er nie bis in den Gerichtssaal kommt«, sagte Jordan.

Ungläubig fragte Baker: »Soll das etwa heißen, daß er tatsächlich damit rechnet, umgelegt zu werden? Und geht trotzdem noch ständig ins Spielkasino?«

»Genau das«, antwortete Jordan lakonisch. »Er meint, dagegen kann ihn sowieso kein Mensch schützen, deshalb will er sein Leben noch genießen, solange es möglich ist.«

Baker beendete das Gespräch und ergriff wieder seinen Kaffeebecher. Das war etwas, was er bei diesen Typen nie ganz verstand: Sie waren Feiglinge, Kuppler und Mörder und trotzdem irgendwie Lebenskünstler. Oder war es nur Fatalismus?

Der »Twister« saß am Roulett-Tisch und starrte auf die rotierende Scheibe. Als sie stillstand, fiel die Kugel in die rote Zwanzig. Er machte wieder eine Notiz auf einem schmalen Blatt Papier und addierte rasch die Zahlenkolonnen. Ja, er hatte recht: An diesem Abend war Schwarz entschieden öfter dran. Zeit für ihn, zu setzen. Er schob einen kleinen Stapel Chips auf Schwarz.

Dann hörte er Jordan herankommen, aber er drehte sich nicht um. Der Leibwächter hinter ihm sagte: »Können Sie mich ein paar Minuten ablösen, Ted?«

Jordans Antwort hörte der »Twister« nicht. Die Kugel sprang auf Rot. Verloren also. Er setzte wieder einen Packen Chips auf Schwarz.

Cesare drehte sich um und betrachtete den »Twister«, während Barbara gespannt das kreisende Roulett verfolgte. Matteos Angaben waren sehr genau gewesen. Seit fast drei Tagen beobachtete Cesare nun den »Twister«.

Die Leibwächter waren auch hier zur Stelle. An jeder Seite einer, und einer stand Rücken an Rücken mit ihm, ein Mann mit wachsamen Augen. Er ging jetzt weg und wurde sofort von einem anderen abgelöst.

Cesare wandte sich um. Er hatte genug gesehen. Mit ein wenig Glück konnte er das Ganze an diesem Abend erledigen.

Er legte die Hand auf Barbaras Schulter. »Ich hole dir etwas zu trinken.«

Auf dem Weg zum Foyer ging Cesare um den Tisch des »Twisters« und konnte dessen Gesicht sehen. Der Mann war so in das Spiel vertieft, daß er nichts und niemanden bemerkte. Ihm gegenüber saß eine üppige junge Blondine. Cesare beobachtete sie einen Augenblick. Sie beugte sich gerade über den Tisch, und die schmalen Träger ihres Abendkleides strafften sich. Plötzlich mußte er lächeln, denn jetzt wußte er, wie er es tun konnte. Ein Witz hatte ihn auf die Idee gebracht. Ein uralter Witz, der jedem erzählt wurde, der nach Las Vegas kam.

Jordan hielt Umschau. Er war der Sache müde und wünschte, dieser Job wäre zu Ende. Als er, nach den Kursen auf der Polizeischule, beim FBI angenommen wurde, hatte er sich dort ein aufregendes Leben, eine fortwährende Jagd nach Verbrechern und Spionen erträumt. Nie hätte er gedacht, daß er einmal drei Monate lang einen billigen Gangster betreuen und bei ihm Kindermädchen spielen würde.

Er sah zum Nachbartisch hinüber und entdeckte wieder dieses gutaussehende Paar. Die zwei waren ihm schon am ersten Abend aufgefallen. Sie waren ihm bekannt vorgekommen, und mit seiner gewohnten Gründlichkeit hatte er sich inzwischen einige Auskünfte über sie beschafft.

Die Begleiterin war eines der bekanntesten Fotomodelle in Amerika: Barbara Lang, deren Gesicht er als »Flamme und

Rauch« auf tausend Reklameseiten kosmetischer Firmen gesehen hatte. Und der Mann war Cesare Cardinali, der gräfliche Autorennfahrer und Playboy.

Jordan bemerkte, daß Cesare etwas zu Miss Lang sagte und sich von ihr entfernte. Ihm fiel so mancherlei wieder ein, was er über Cardinali gelesen hatte. Das war ein Kerl, der das Leben richtig anpackte! Diese reichen Europäer, die verstanden das. Kannten keine Hemmungen und amüsierten sich an jedem Ort königlich. Der hier war mit einer der schönsten Frauen Amerikas unterwegs und schien das für ganz selbstverständlich zu halten. Jordan blickte wieder nach der Frau. Die Reklamen hatten in keinem Punkt übertrieben. Sie war wirklich schön. Manchen Männern fiel eben alles in den Schoß ...

Cesare wartete, bis sich die Blondine wieder aufgerichtet hatte. Sie sagte etwas zu ihrem Begleiter, einem kleinen Dicken. Er gab ihr von einem Packen Banknoten einige ab, und sie wandte sich gleich wieder dem Roulett zu.

Als Cesare aus dem Foyer zurückkam, mit einem gefüllten Glas in der Linken, ging er langsam an der Blondine vorbei, und als der Croupier das Spiel begann, blieb er stehen. Eine kaum wahrnehmbare Bewegung Cesares im Rücken der Blondine, und schon ging er weiter, um den Tisch herum zu seinem eigenen.

In diesem Augenblick begann das Hämmern in den Schläfen, und der Schmerz setzte ein. Es war wie immer: Der Schmerz fing in den Schläfen an und breitete sich dann im ganzen Körper aus. Es war der Schmerz der Erregung vor großen Wagnissen, vor besonderer Gefahr.

Der »Twister« saß mit aufgestütztem Ellbogen am Spieltisch. Einer seiner Wächter beugte sich zu ihm hinunter. Aber noch bevor er etwas sagen konnte, schrie eine Frau.

Der Leibwächter, der Rücken an Rücken zum »Twister« stand, wirbelte herum, seine Rechte griff zur Schulterhalfter.

Cesare bewegte sich flink.

An der anderen Seite des Tisches bemühte sich die Blondine vergebens, das Kleid über der Brust festzuhalten.

Cesare hatte sein Stilett losgelassen. Er fühlte, wie die Feder es in den Ärmel zurückriß. Immer noch ruhig, unbewegt, saß der »Twister« an seinem Platz. Der Leibwächter wandte sich um. Cesare konnte ihn lächeln sehen, als er Barbara das Getränk reichte.

Die Blondine war aufgestanden und eilte aus dem Casino, der kleine Dicke folgte ihr. Cesare und Barbara hörten noch, wie sie schrill rief: »Gerissen sind die Träger nicht, das sage ich dir! Die sind zerschnitten. Jemand hat...«

»Sei doch still, Baby, alle Leute sehen uns schon an!« bat der Kleine nervös.

»Das ist mir schnurzegal!« erwiderte die Blondine, während sie die Stufen zum Foyer hinauflief.

Cesare und Barbara lachten, dann widmete sich Barbara wieder dem Spiel und placierte ein paar Chips.

Jordan hatte sich herumgedreht und blickte auf den »Twister«, der, das Kinn immer noch in den aufgestützten Händen, unbeweglich dasaß. Das Roulett stoppte. Schwarz. Der Croupier schob ein Häufchen Chips zu dem kleinen Berg hinüber, der vor dem »Twister« lag. Der rührte sich auch jetzt nicht. Die Scheibe rotierte wieder. Jordan sah seinen Kollegen fragend an. Der zuckte die Achseln.

»Ihre Einsätze bitte, meine Damen und Herren!« rief der Croupier halblaut und monoton. Die Einsätze wurden gemacht, der Croupier warf die Kugel ins Roulett.

Und wieder fiel Schwarz. Der Stapel vor dem »Twister« wuchs. Doch der Mann regte sich nicht.

Der Schmerz beengte Cesares Brust jetzt so sehr, daß er kaum zu atmen vermochte. »Wollen wir unsere letzte Nacht in Las Vegas nicht anders verbringen?« fragte er.

Barbara sah zu ihm auf. Ein Lächeln spielte in ihren Mundwinkeln. »Was möchtest du denn gern?«

»Mit dir allein sein.« In ihren Augen bemerkte er die wachsende Erregung. Er griff nach ihrer Hand. Seine Handfläche war warm und feucht, als hätte er Fieber.

»Fühlst du dich nicht gut?«

»Ich fühle mich fabelhaft«, erwiderte er. »Mich langweilt

nur dieser Betrieb hier. Ich will mit dir allein sein!«

Ihre Lippen wurden plötzlich trocken. Hitze brandete in ihr auf.

»Wir werden vorher kalten Sekt trinken«, sagte er. »Und hinterher angewärmten Kognak.«

Sie erhob sich. Ihre Beine waren sonderbar schwach, und ihr Lächeln glückte nicht recht, so erregt war sie. »Und dann wieder kühlen Sekt, ja?« flüsterte sie.

Jordan beobachtete den »Twister«. Zum vierten Male hatte jetzt Schwarz gewonnen. Die Chips vor dem Mann beliefen sich auf fast neuntausend Dollar. »Stellen Sie Ihr Glück nicht zu sehr auf die Probe, Jake«, sagte Jordan. »Stecken Sie einen Teil Ihrer Beute lieber in die Tasche.« Er klopfte dem Zeugen lachend auf die Schulter.

Zu seinem Erstaunen kippte der Mann nach vorn um, seine Stirn schlug auf den Spieltisch, die Hände stießen die Chips auseinander, dann blieb sein Gesicht zwischen ihnen liegen.

Eine Frau schrie. Jordan hob den Kopf des »Twisters«. Die Augen waren offen, ausdruckslos.

»Helft mir, ihn rauszuschaffen. Schnell!« raunte er seinen Kollegen zu.

Sie hoben den »Twister« gewandt vom Stuhl und trugen ihn in das Büro des Geschäftsführers. Ein paar Sekunden herrschte hysterische Unruhe im Saal, doch nur Sekunden. Gelassen und gleichmütig ertönten die Stimmen der Angestellten. »Es ist nichts Ernstes passiert, meine Herrschaften«, verkündeten sie beruhigend. »Ein Gast ist ohnmächtig geworden. Kein Grund zur Aufregung.«

Die Rouletts begannen wieder zu kreisen.

Während die Männer mit ihrer reglosen Last an ihrem Tisch vorbeigingen, fiel Barbaras Blick auf Cesare. Seine Augen glänzten kalt, sein Mund war ein wenig geöffnet, das Lächeln verzerrt.

Ein Schauer durchrann sie. »Was hast du?« fragte sie.

Er wandte sich ihr zu. »Ich dachte gerade daran, daß hier alles abgekartet ist«, sagte er. »Einerlei, was man tut – reich kann man beim Spiel nicht werden.« Er holte tief Atem, und nun spürte er den Schmerz wieder. »Komm«, sagte er, »laß uns gehen.«

Als Baker sein Dienstzimmer verlassen wollte, klingelte das Telefon. Er ging zurück und nahm den Hörer ab.

Es war Jordan. Zuerst verstand Baker nicht, was er sagte, und als er es verstanden hatte, setzte er sich. »Der ›Twister‹ ermordet? Aber wie denn?«

»Stilett! Genau wie bei Adams.« Jordans Stimme überschlug sich fast, so empört war er. »Tut mir leid, George. Wir sind ständig dicht bei ihm gewesen. Ich weiß nicht, wie der Täter das fertiggebracht hat. Im Kasino waren heute abend über tausend Gäste!«

Baker hatte sich gefaßt. »Hör zu«, sagte er. »Melde dich in einer Stunde noch einmal. Ich will erst Miami anrufen und mich überzeugen, ob Vanicola nicht in Gefahr ist.« Er drückte auf einen Knopf am Telefon. Als sich die Zentrale meldete, sagte er: »Verbinden Sie mich mit Stanley in Miami Beach, unserem Sonderbeauftragten.«

Sie kennen die Zeugen, überlegte er, während das Gespräch vermittelt wurde. Sie wissen, was vorgeht. Die ganze Geheimhaltung, sämtliche Vorbereitungen waren umsonst.

Sie wußten Bescheid ...

Siebtes Kapitel

Im Zimmer war es still, nur das sanfte Atmen Barbaras war zu hören. Cesare starrte zur Decke. Er konnte nicht schlafen. So viele Jahre war es her, daß er fast vergessen hatte, wie es war, wenn man tötete. Die große Gefahr, die heftige Erregung, das Machtgefühl, das den Körper erschauern ließ ... Er lächelte. Wohlbehagen durchströmte ihn. Jetzt eine Zigarette. Er stand auf. Während er sich eine Zigarette anzündete, sah er hinaus. Es wurde Tag.

»Cesare?«

Er drehte sich um, konnte Barbara jedoch in der Dunkelheit nicht erkennen.

»Mach bitte die zweite Flasche Sekt auf.« Ihre Stimme klang verschlafen.

»Die haben wir doch getrunken«, antwortete er.

»Ich bin aber noch durstig.«

Cesare lachte leise. »Du bist eine unersättliche Person.«

Er hörte das Rascheln der seidenen Bettdecke, als sie sich aufrichtete. »Ich kann doch nichts dafür, wenn ich noch Durst habe.«

»Vermutlich nicht«, erwiderte er lachend und ging auf die Terrasse.

Die Nacht war still. In der Ferne konnte er die Grillen zirpen hören und das schwache trockene Rascheln des Wüstenwindes. Am schwarzblauen Himmel brach das erste Frühlicht durch. Er lehnte sich an das Geländer und sah in die öde Landschaft hinaus.

Wenig später hörte er Barbara hinter sich, aber er drehte sich nicht um. Sie umschlang ihn, die Hände auf seiner Brust, und legte den Kopf an seinen Rücken. »Bald ist es Morgen«, sagte sie.

Sie preßte die Lippen auf seine Schulter. »Deine Haut ist so glatt und rein und weich. Manchmal denke ich nach, woher bei dir dieses triebhaft Wilde kommen mag. Ein Mann wie du ist mir noch nicht begegnet.«

Er wandte sich ihr zu. »Das kommt sicher vom Wein, den ich als Kind getrunken habe. Die Weine Siziliens halten das Blut rein und machen die Haut schön – sagt man.«

Barbara sah ihn an. Es gab mancherlei an ihm, was sie nie verstehen würde. »Wenn ich dir ganz gehöre, sagst du immer, du bist am Sterben. Warum?«

Er lächelte. »So nennen wir Italiener das. Den ›Kleinen Tod‹.«

»Aber warum? Wenn in der Frau alles erblüht und ihr zumute ist, als werde sie neu geboren – warum müßt ihr dann sagen, es sei wie Sterben?«

Sein Lächeln verflog. »Ist es das nicht? Ist nicht jede Geburt ein Beginn des Todes? Fühlst du denn gar nicht diesen Schmerz?«

»Nein. Vielleicht ist das der Unterschied zwischen uns. Vielleicht ist mir deshalb – auch wenn du ganz bei mir bist – immer so, als sei ein Teil von dir weit fort in einer Welt, von der ich nichts kenne.«

»Sei nicht albern.«

»Das bin ich nicht«, entgegnete sie schnell. »Ich habe dein Gesicht gesehen, als im Kasino der Mann an uns vorbeigetragen wurde. Da warst du mir entrückt. Ganz und gar. Der Mann war doch tot, nicht wahr?«

Er sah sie forschend an. »Wie kommst du denn darauf?«

»Er war tot«, flüsterte sie. »Ich konnte es an deinem Gesicht ablesen. Du wußtest es. Niemand außer dir – aber du wußtest es.«

»Du redest dummes Zeug«, sagte er leichthin. »Bin ich ein Hellseher?«

Barbara schüttelte den Kopf. »Ich kann es nicht erklären. Aber an dem Tag unserer Abreise, als du aus dem Gebäude beim Foley Square kamst, da sahst du genauso aus. Und als wir im Flugzeug die Zeitungen aufschlugen, lasen wir, daß im Gericht ein Mann getötet worden war – während ich in deinem Wagen auf dich wartete.« Sie legte den Kopf an seine Brust, und so konnte sie nicht sehen, wie sein Gesicht sich verschloß. »Ich brauche morgen nicht erst die Zeitungen zu lesen, um zu erfahren, daß der Mann im Kasino getötet wurde«, sagte sie. »Das spüre ich. Wie wird es wohl in Miami werden?«

Hoffentlich merkt sie nicht, wie sehr mein Herz klopft, dachte er und zwang sich, in leichtem Ton zu sagen: »Wie es dort immer ist. Sonnig und warm.«

Barbara hob den Kopf. »Das hatte ich damit nicht gemeint, Liebling. Ich meinte, ob auch dort jemand plötzlich sterben wird.«

Ruhig erwiderte er ihren Blick. »Überall sterben Leute ... jeden Tag.«

Sie kam sich wie hypnotisiert vor. »Bist du vielleicht der Engel des Todes, Darling?«

Er lachte plötzlich, doch sein Blick verschleierte sich. »So was Verrücktes.«

»Verrückt ist es eigentlich nicht«, gab sie langsam zurück. »Ich habe mal eine Geschichte gelesen, in der sich ein Mädchen in den Engel des Todes verliebte.«

Er umfaßte ihren Hinterkopf und drückte ihr Gesicht fest gegen seine Brust. »Und was passierte ihr?«

»Sie starb. Als er merkte, daß sie wußte, wer er war, mußte er sie mit in den Tod nehmen.« Sie löste den Kopf aus Cesares Griff. »Wirst auch du mich mitnehmen?«

Er packte sie und zog ihren Kopf so weit zurück, daß ihr Gesicht ihm ganz zugewandt war. »Ich werde dich mit mir nehmen«, sagte er, preßte seinen Mund brutal auf ihre Lippen, dann bewegte er, an den Haaren zerrend, ihren Kopf in immer größeren Kreisen. Als er sie leise stöhnen hörte, brach in ihm ein Sturm wilder Leidenschaft aus. Er packte noch härter zu.

Sie schrie auf. »Cesare! Laß das! Oh, hör auf. Dieser Schmerz – ich halte das nicht aus!«

Er lächelte jetzt. Welche Macht er doch hatte! Über Leben und Tod. »Es wird Zeit, Liebling, daß du lernst, welch exquisites Vergnügen der Schmerz sein kann.«

Ganz plötzlich ließ er sie los. Sie stürzte, konnte im Fallen aber noch seine Hüften fassen. Sie klammerte sich an ihn und schluchzte. »Ich liebe dich, Cesare! Ich liebe dich!«

Achtes Kapitel

Miami Beach ist eine Sonnenstadt, erbaut auf einem Streifen unfruchtbaren Sandes an der Küste von Florida. In jedem Jahr gebärt sie infolge künstlicher Befruchtung mit Kapital ein neues Hotel. Das neue in jenem Jahr war das *St. Tropez*. Es lag nicht weit vom *Fontainebleau* und dem *Eden Roc* und erhob sich elf Stockwerke hoch in den azurblauen Himmel. Die Floridaner fanden, daß es das schönste Hotel sei, das jemals erbaut wurde.

Zum *St. Tropez* gehörten ein paar Kilometer Strand und ein kleeblattförmiges Schwimmbecken. Es war umsäumt von vier Reihen Cabanas, gestaffelt angeordnet wie Zuschauerbänke auf Sportplätzen. Jeder Gast hatte auf diese Weise genügend Sonne. Zu jeder Cabana gehörten Bad, Telefon, Tische, Stühle und ein Kühlschrank.

Sam Vanicola, ein großer, breiter Mann, stand an einem Fenster des Appartements im *St. Tropez* und blickte eine Weile auf den Swimming-pool hinunter. Dann schnaubte er angewidert und ging ins Zimmer zurück zu den drei Männern, die Karten spielten. »Alles Quatsch«, bemerkte er.

Stanley, Detektiv vom FBI, sah ihn an und sagte freundlich: »Wir haben schließlich unsere Befehle.«

»Befehle, Befehle – Mist!« rief Vanicola erbittert. »Was hat es Abe Reles genützt, daß man ihn in seinem Hotelzimmer in Brooklyn einsperrte? Geschnappt haben sie ihn trotzdem.«

Stanley lächelte wieder. »Irrtum, Sam. Er stürzte aus dem Fenster, es soll Selbstmord gewesen sein.«

»Da lachen ja die Kühe«, höhnte Vanicola. »Ich kannte ihn doch, freiwillig wäre der nie gesprungen.«

»Das war vor zwanzig Jahren. Heute passen wir besser auf.«

Vanicola lachte böse. »Kann man wohl behaupten. Dinky Adams kriegte sein Ding auf dem Weg ins Gericht verpaßt, und der ›Twister‹ wurde in einem Saal mit tausend Leuten umgelegt.«

Stanley schwieg.

Vanicola holte eine Zigarre aus der Tasche, ging zum Sofa, setzte sich, biß die Zigarrenspitze ab und spie das Stückchen auf den Teppich. Dann rauchte er und musterte seine drei Wächter. Seine Stimme klang jetzt nicht mehr so grob. »Hört gefälligst mal zu, Jungs. Ich bin auch Steuerzahler. Die Regierung verpulvert täglich zwei Hunderter, zum Teil von meinem guten Geld, um mich und euch in solch einem teuren Ausschank festzusetzen. Warum werfen die mit dem Kies so um sich, wenn keinem damit gedient ist?«

»Sie würden also lieber im Knast sitzen?«

»Daß ich nicht lache, Stanley. Wenn ihr mich in den Knast bringt, rede ich kein Wort. Und dann habt ihr überhaupt keine Chance mehr.«

»Was wollen Sie eigentlich, Sam? Paßt es Ihnen nicht, am Leben zu bleiben?«

Vanicolas Gesicht wurde ernst. »Ich weiß, daß ich schon an dem Tage, an dem ihr mich verhaftet habt, ein toter Mann war. Wäre ich nicht bereit, auszupacken, dann hättet ihr mich wegen Mordes belangt. Packe ich aber aus, dann ist es nur eine Frage der Zeit, bis die Boys mich schnappen. Meine Zeit läuft schnell ab. Tut mir einen Gefallen. Ruft euren Boss an und sagt ihm, daß ich nur einen Wunsch habe. Ich möchte jeden Nachmittag ein bis zwei Stunden da unten am Schwimmbecken sein.«

Stanley ging zum Fenster und sah hinunter. Es waren nicht mehr und nicht weniger Leute am Swimming-pool als sonst.

»Da unten kann doch niemand an mich ran«, sagte Vanicola hinter ihm. »Die Zugänge könnt ihr leicht bewachen. Es sind ja nur zwei.«

Stanley ging ins Nebenzimmer, um zu telefonieren. Nach einigen Minuten kam er wieder herein. »Okay, Sam, Sie sollen Ihren Willen haben. Aber machen Sie uns sofort aufmerksam, wenn Ihnen etwas auffällt.«

»Klar.« Vanicola stand auf, ging wieder zum Fenster und sah hinunter. »Eins steht jedenfalls fest«, sagte er grinsend.

»Und das wäre?« fragte einer der Detektive.

»Daß ich ganz hübsch braunbrenne«, spottete der Gangster. »Dann weiß wenigstens jeder im Leichenschauhaus, wo ich meinen Winterurlaub verbracht habe.«

Barbara stand auf dem Balkon und sah zum Atlantik hinaus, als sie das Telefon im Zimmer klingeln hörte. Sie ging hinein.

»Graf Cardinali wird aus New York verlangt«, meldete die Hotelzentrale.

Sie bedeckte die Muschel mit der Hand und rief ins Schlafzimmer: »Cesare, ein Ferngespräch für dich!«

Er kam in der Badehose zum Apparat. Die dunkle Bräune, die sein Körper schon in den wenigen Tagen ihres Aufenthaltes an der See angenommen hatte, hob sich von dem weißen Kleidungsstück scharf ab.

Die Stimme aus der Zentrale klang verzerrt. »Ja, es ist gut, verbinden Sie«, sagte Cesare. Und zu Barbara: »Miss Martin, meine Sekretärin.«

Barbara nickte und ging wieder auf den Balkon. Ein paar Sätze verstand sie dort. Es ging anscheinend um ein Auto, das sich in Palm Beach befand. Nach einer Weile legte Cesare auf, kam aber nicht auf den Balkon. Als sie sich umsah, saß er am Schreibtisch und machte auf einem Block Notizen. Sie ging zu ihm.

»Entschuldige«, sagte er lächelnd. »Es war geschäftlich.«

Sie nickte langsam. Es war ihr letzter Urlaubstag. »Ich wünschte, unsere Woche finge erst an.«

»Ich auch«, gab er zurück.

»Mir ist der Gedanke, daß wir morgen wieder in New York sein werden, einfach gräßlich. Kalt und öde wird es dort sein, und bis zum Sommer werden wir diese schöne Wärme entbehren müssen. Könnten wir doch für immer hier bleiben!«

Er lächelte. »Der ewige Jammer, daß alle Ferien zu Ende gehen.«

»Unsere auch?« fragte sie und dachte dabei nicht nur an diese wenigen Tage.

Cesare wußte, wie sie's meinte. »Es muß sein«, antwortete er ruhig. »Ich muß meine Geschäfte weiterführen, und du hast auch deine Arbeit.«

Ihr war seltsam traurig zumute. Sie wußte, daß nur sie allein sich in falschen Illusionen gewiegt hatte, als sie versprach, mit ihm zu fahren. Er aber nahm diese leidenschaftlichen Tage nur wie eine kurze Erholungspause hin. »Kennt dich überhaupt jemand wirklich, Cesare?« fragte sie.

Sein Blick verriet ihr, wie betroffen er war, als er erwiderte: »Du stellst merkwürdige Fragen.«

Auf einmal hatte sie das Verlangen, sich an ihn zu schmiegen, damit er ihre Gegenwart intensiver empfände, doch sie wandte sich entschlossen ab. »Nein, merkwürdig ist meine Frage nicht«, sagte sie. »Die meisten Leute halten dich für einen Playboy. Ich aber weiß, daß du das nicht bist.«

Cesare ging um den Schreibtisch herum zu ihr. »Ich habe großes Glück gehabt. Es ist beruflich gut für mich, das zu tun, was mir Spaß macht.«

Sie sah ihn scharf an. »Gibst du dich deshalb mit Frauen ab, die so bekannt sind wie ich? Um deinen Ruf als Rennfahrer zu festigen? Meinst du das damit?«

Er ergriff ihre Hand. »Nein, du bist eine Ausnahme. Frauen wie dich gibt es sonst nicht.«

»Nein?« fragte sie und ärgerte sich über sich selbst, weil sie mit dem Thema einfach nicht aufhören konnte. »Und wie ist's mit der Baronin? De Bronczki oder wie sie heißt? Vor vier Wochen berichteten die Zeitungen lang und breit, wie du ihr durch ganz Europa nachgejagt bist.«

»Ilcana meinst du?« Er lachte. »Die kenne ich schon seit meiner Kindheit. Unsere Familien waren lange befreundet. Außerdem spielt sie jetzt keine Rolle. Sie ist mit einem reichen Mann aus Texas zusammen, in Kalifornien. Für reiche Texaner hat sie eine Schwäche.«

Barbara senkte den Blick. »Entschuldige«, sagte sie.

Er legte ihr eine Hand unters Kinn und hob ihren Kopf höher. »Ich habe eine Idee«, sagte er. »In Palm Beach ist ein Auto, das ich mir ansehen soll. Wir könnten, anstatt heute abend nach New York zurückzufliegen, diesen Wagen abholen und schön durchs Land brausen. Flugzeuge langweilen mich sowieso, und auf diese Weise können wir unsere Ferien verlängern.«

Ein Lächeln erhellte ihr Gesicht. Vielleicht hatte sie sich doch in ihm getäuscht? Daß diese Tage für ihn nicht nur Ferien war? »Oh, das wäre wunderbar«, sagte sie.

Er sah auf seine Armbanduhr. »Es ist gleich drei«, sagte er. »Also hätten wir Zeit, noch mal zu schwimmen, könnten in Palm Beach soupieren und kämen vor Tagesanbruch noch bis Jacksonville.«

Vanicola kam aus der gemieteten Cabana. Er trug Badehosen mit grellbuntem Muster im Hawaiistil. Im Schatten der Cabana blieb er stehen und fragte die Detektive, die einige Stufen unterhalb der Cabana auf der Treppe saßen: »Ist es euch recht, wenn ich mir jetzt meine Ration Sonnenschein gönne?«

Die Männer vom FBI wechselten fragende Blicke. Stanley überzeugte sich durch einen Rundblick, daß seine Leute sich an den Ausgängen postiert hatten. Als sie wieder, gewohnheitsmäßig, zu ihm hinübersahen, nickte er und stand auf. »Es ist nichts dagegen einzuwenden«, sagte er zu Vanicola.

Die zwei anderen Detektive erhoben sich ebenfalls. Vanicola ging zum Schwimmbecken hinüber. Er nahm sich ein Plastikfloß aus dem Gestell, ließ es ins Wasser gleiten, ging die Stufen ins Becken hinab und legte sich unbeholfen auf das Floß. Stanley musterte aufmerksam alle in der Nähe befindlichen Hotelgäste. Sein jüngster Kollege fragte: »Fällt Ihnen irgendwas auf, Chef?«

»Nein.« Stanley schüttelte den Kopf. »Ich glaube, unsere Sicherung genügt. Die Leute hier sind so spärlich bekleidet, daß sie keine Waffen verbergen können.«

Vanicola, auf seinem Floß noch dicht am Rand des Bassins, bemerkte: »Ich hab euch doch gesagt, daß ihr unbesorgt sein könnt. Heute ist der dritte Tag, an dem wir mal das Hotel verlassen, und passiert ist nichts. Sagt mir nach zehn Minuten Bescheid, dann drehe ich mich auf den Bauch. Ich will ja nicht gebraten werden.«

»Okay«, antwortete Stanley. Er setzte sich nahe am Wasser auf einen Stuhl. Wenn ich diesen Job bloß erst hinter mir hätte, dachte er.

Cesare beobachtete die Männer von der gegenüberliegenden Seite des Schwimmbeckens. Dann blickte er flüchtig zu Barbara hin. Sie lag auf dem Bauch, mit geschlossenen Augen. Sein Herz begann stärker zu klopfen. Noch einmal sah er über die Wasserfläche.

Vanicola paddelte jetzt mit den Händen gemächlich sein Floß zur Mitte des kleeblattförmigen Schwimmbeckens, wo eine Schar Jugendlicher lärmend herumtobte. Cesare hörte es deutlich. Unbewußt ließ er den rechten Arm sinken und tastete an seiner Hüfte entlang, bis er das dünne Stilett fühlen konnte.

Einer der Leibwächter erhob sich jetzt. Er rief Vanicola etwas zu, worauf der sich ungeschickt aufrichtete und beinah ins Wasser geplumpst wäre, bis es ihm gelang, seinen vierschrötigen Körper so zu drehen, daß er bäuchlings auf dem Floß lag. Der Leibwächter nahm wieder Platz.

Noch einmal sah Cesare zu Barbara hin. Dann erhob er sich rasch, holte kräftig Luft und tauchte mit einem Hechtsprung ins Wasser. Er schwamm tief, zur Mitte hin, und hielt angestrengt die Augen offen.

Barbara fuhr hoch, als sie das Aufklatschen seines Körpers hörte. »Cesare!« rief sie.

Aber er war nicht mehr zu entdecken, nur kleine Wasserblasen wiesen den Beginn seines Tauchweges. Sie blinzelte in dem grellen Licht und dachte lächelnd: In mancher Hinsicht ist er wirklich noch ein Junge. Drei Tage hatte er nun fortwährend das Unterwasserschwimmen geübt, kreuz und quer durchs Bassin. Die Uhr an der Vorderwand der Cabana zeigte zwanzig Minuten vor vier. Barbara fing an, ihre Sachen einzusammeln. Die Zeit verging ja so schnell, und bis zur Abreise waren es nur noch Stunden.

Gerade als sie ihre Lippen nachzog, erschien Cesares Kopf nahe bei ihr über dem Rand des Bassins. Sein Mund war geöffnet, er schnitt eine seltsame Grimasse, als er keuchend nach Luft schnappte und Barbara ansah ... als sei sie weit von ihm entfernt.

»Hast du's diesmal geschafft, ganz bis zur Mitte?« fragte sie lächelnd.

»Ich hab's geschafft«, antwortete er, während er sich über den Rand des Beckens emporzog und auf sie zuging.

Das Telefon in der Cabana begann zu klingeln. Stanley erhob sich. »Behaltet ihn im Auge, während ich telefoniere«, sagte er zu seinen Kollegen und ging hinein. Als er zurückkam, lächelte er seit Tagen zum erstenmal wieder. »Kommt, wir wollen ihn rauslotsen. Heute abend fliegen wir mit ihm nach New York ab. Zum Prozeß.«

Alle wandten sich dem Wasser zu. »Genug, Sam!« rief Stanley zum Floß hinüber. »Kommen Sie raus, Ihre zweiten zehn Minuten sind um.«

Für Sam Vanicola aber waren mehr als zehn Minuten um. Er lag tot auf dem Floß, das, mit einem kleinen Loch im Boden, langsam sank. Und auch die letzte Erinnerung war aus seinem Gedächtnis getilgt: der Anblick von Cesares Gesicht, als er vom Grund des Bassins emportauchte. Eine Sekunde nur, bevor Sams Herz den letzten Schlag tat...

Neuntes Kapitel

Der Motor des Sportkabrioletts dröhnte, als Barbara sich vorbeugte und das Radio einschaltete. Musik erfüllte den Wagen. Sie sah über das Lenkrad. Das Licht der starken Scheinwerfer durchstach schon die ersten Dunstschleier. »Der Nebel setzt ein«, sagte sie.

Cesare nickte. »Soll ich lieber das Verdeck schließen?«

»Laß es noch ein Weilchen offen, ich finde es so ganz behaglich«, antwortete sie.

Ein paar Minuten fuhren sie schweigend dahin, dann unterbrach die Stimme des Nachrichtensprechers das Musikprogramm: »...und jetzt die Elfuhrnachrichten aus Miami.«

Cesare betrachtete Barbara von der Seite. Sie starrte mit geradezu verbissener Aufmerksamkeit auf die Straße, über die sie den Wagen steuerte. Der Sprecher begann:

»In New York gab die Gerichtsbehörde soeben bekannt, daß nach dem heute in Miami an Sam Vanicola verübten Mord der Prozeß gegen die vier angeblich führenden Männer des ›Syndikats‹ so gut wie aussichtslos geworden ist. Mitgeteilt wurde ferner, daß es sich bei der Mordwaffe in allen drei Fällen um ein Stilett handelte. Das Stilett, ein spitzer Dolch, ist eine ›Waffe der Rache‹, die in Italien etwa zur Zeit der Borgias aufkam. Sie wurde von den Meuchelmördern jener Epoche vorzugsweise benutzt, weil die eigenartige Form der Klinge nur innere Blutungen verursacht, während die Wunde sich außen schließt, sobald die Waffe aus dem Körper gezogen wird. Polizei und FBI messen dieser Tatsache große Bedeutung bei und suchen fieberhaft nach

Anhaltspunkten und Hinweisen, die auf die Spur des Mörders – oder der Mörder – führen könnten. In Washington hat die Regierung ...« Cesare schaltete das Radio ab. »Die Nachrichten sind heutzutage so langweilig«, sagte er, kurz auflachend. »Immerfort Morde und sonstige Verbrechen. Als ob es keine anderen Themen gäbe.«

Barbara erwiderte nichts, ihr Blick blieb auf die Straße gerichtet.

Er lachte wieder. »Wach auf, kleine Schlafmütze. Du steuerst doch ein Auto.«

»Ich bin ganz wach«, entgegnete sie.

»Gut, daß ich das weiß. Nun ist mir wohler.«

»Ich habe nur nachgedacht«, sagte sie ruhig.

»Worüber?«

»Über den Mann, der im Schwimmbecken starb. Ich möchte wissen, welcher von den Gästen das war. Ob ich ihn vorher gesehen habe?«

»Warum machst du dir darüber Gedanken? Das ist doch absurd.«

Sie nahm den Blick nicht von der Fahrbahn, als sie sagte: »Vielleicht hätte ich ihn, falls wir vorher in ein Gespräch gekommen wären, warnen können.«

Er lachte kurz. »Wovor? Du wußtest doch gar nicht, was geschehen würde!«

Sie sah ihn einen Moment an. In ihren Augen, die ganz dunkel wurden, flackerte eine furchtbare Ahnung auf. »Aber über den Engel des Todes hätte ich ihm etwas erzählen können. Wie der uns gefolgt ist von New York nach Las Vegas und dann auch nach Miami.« Sie bebte ein wenig. »Meinst du, daß er uns immer noch folgt, Cesare?«

»Nun bist du wirklich albern«, sagte er hart. »Steuere bitte an die Seite und laß mich an den Volant. Dieser Unsinn, über den du grübelst, bringt dich ja ganz durcheinander.«

Schweigend nahm sie den Fuß vom Gaspedal, lenkte den Wagen auf den Grünstreifen und bremste.

»Es ist wirklich besser so«, sagte er. »Ich kenne die Strecke. Sie wird etwas gefährlich. Wir müssen bald an eine schmale Brücke kommen, und der Nebel verdichtet sich.«

»Ich protestiere ja nicht«, sagte Barbara. »Fahr du nur, aber vorsichtig, ja?«

»Gewiß«, erwiderte er, zog sie lachend an sich und küßte sie.

Ihre Lippen waren kalt, doch sie verweigerte den Kuß nicht. »Es soll mir einerlei sein, ob du der Engel des Todes bist oder nicht«, flüsterte sie. »Mit dir bin ich glücklicher gewesen als je zuvor.«

Er vermochte die Frage, die sich ihm auf die Lippen drängte, nicht zu unterdrücken: »Was würdest du tun, wenn ich dieser Engel wäre?«

Erstaunt blickte sie ihn an. »Jetzt bist du albern.«

»Ich hätte tatsächlich der Mörder sein können«, sagte er langsam. »Schließlich waren wir überall dort, wo ein Mord passierte.«

Eine Sekunde blickte sie ihn an, dann lächelte sie. »Aber außer uns waren noch Hunderte dort. Manchmal, Cesare, glaube ich, du bist ebenso verrückt wie ich.«

Er stieg aus, ging um den Wagen herum zu ihrer Seite und sah sie an. Sie nahm ihren Lippenstift aus dem Täschchen.

»Sei so lieb und leuchte mir, ja?« sagte sie, ohne aufzuschauen. »Sonst schmiere ich daneben.«

Cesare entzündete sein Feuerzeug und blickte sie an. Er spürte, wie seine Lippen sich über den Zähnen spannten.

»Warum siehst du mich so seltsam an?«

»Du bist sehr schön, Barbara«, antwortete er gepreßt.

Lächelnd sagte sie: »Dafür verdienst du noch einen Kuß, bevor ich mich anmale.«

Cesare küßte sie. Ihre Lippen waren jetzt wärmer. »Cesare«, flüsterte sie, »ich fürchte, meine Liebe zu dir wird so groß, daß es mir wirklich gleichgültig ist, ob du diese Männer umgebracht hast oder nicht.«

Er richtete sich auf und sah zu, wie sie den Lippenstift auftrug. Er starrte auf ihren weißen Nacken, auf die Stelle unter dem Haaransatz, wo die Locken sich ringelten. Er hob die rechte Hand und drehte sie auswärts. Es blieb kein anderer Ausweg – zu viele Tatsachen hatte sie schon addiert. Tod führte zu Tod, und Mord zog konzentrische Kreise. Die dehnten sich aus wie das riffelnde Wasser, wenn ein Stein hineinfällt, und führten immer weiter fort vom Opfer und dem Täter.

Mit einem harten Judoschlag ließ er die Hand niedersausen.

Wie ein Geschoß flog ihr der Lippenstift aus den Fingern, schlug gegen das Armaturenbrett und fiel klirrend zu Boden. Cesare starrte auf den zusammengesunkenen Körper, sein Herz schien zu zerspringen.

Barbara hing, mit sonderbar verrenktem Kopf, schlaff über dem Lenkrad, eine Hand noch um den Radkranz geklammert. Er war froh, daß er ihre Augen nicht sehen konnte.

Schnell blickte er ringsum. Aus keiner Richtung kam ein Auto. Er eilte zur anderen Seite des Wagens, stieg neben ihr ein und drehte den Zündschlüssel. Donnernd sprang der Motor wieder an.

Noch ein sorgfältiger Rundblick. Die Straße war leer. Er griff in seinen Ärmel, zog das Stilett heraus mitsamt der Feder und der Klammer, die diese Teile verband, und schleuderte es weit in das düstere Gelände neben der Straße. Es gab ein klatschendes Geräusch auf dem sumpfigen Boden. Dann schaltete er den Gang ein und steuerte sein Auto auf die Fahrbahn zurück, indem er über die bewußtlose Barbara hinweg den Volant packte.

Er trat mit dem linken Fuß aufs Gaspedal. Bis zur Brücke war es nur noch knapp ein Kilometer. In Sekunden kam der Wagen auf 130. Cesares Augen bohrten sich durch den Nebel. Barbara kippte gegen ihn.

Da war sie, die Brücke ... Fluchend schob er Barbara unter das Lenkrad, nahm den Fuß vom Gas und zog beide Beine unter sich auf das Polster. So steuerte er den Wagen direkt auf den breiten Betonblock zu, der das Widerlager der Brücke bildete.

Im Moment des krachenden Anpralls federte Cesare aus der Hockstellung hoch und sprang in einem langen Bogen aus dem offenen Auto.

Baker lehnte sich im Sessel zurück und blickte mit düsterer Miene durchs Fenster. Die blasse Wintersonne zeichnete verworrene Muster auf die Häuserwände. Drei Tage waren seit der Ermordung Vanicolas vergangen und noch keine Spur gefunden.

Baker wandte sich wieder den Männern zu, die ihm am Schreibtisch gegenübersaßen: Captain Strang von der New Yorker Polizei, Jordan, der aus Las Vegas, und Stanley, der aus Miami gekommen war.

Mit der Geste eines Besiegten spreizte Baker seine Hände auf der Schreibtischplatte. »So hat es sich abgespielt«, sagte er. »Ihnen kann ich keinerlei Vorwurf machen, denn die Verantwortung hatte ich, und ich muß mich damit abfinden. Morgen früh soll ich in Washington sein und mich bei meinem Chef melden. Senator Bratton setzt unser FBI unter Druck, deshalb zitiert mich der Chef zur persönlichen Berichterstattung.«

»Und was wollen Sie ihm sagen, George?« fragte Stanley.

»Was könnte ich ihm schon sagen?« gab Baker zurück. »Ich weiß ja ebensowenig Positives wie er selbst.« Er nahm ein Kuvert vom Schreibtisch. »Hier drin ist mein Rücktrittsgesuch, das reiche ich morgen ein.«

»Halt mal, halt«, sagte Jordan, »der Chef hat doch Ihren Skalp gar nicht gefordert.«

Baker lächelte gequält. »Ach, Ted, reden Sie doch nicht so naiv. Sie kennen ihn genauso gut wie ich. Er kann Mißerfolge einfach nicht ertragen.«

Während sie schweigen, drückte Baker gedankenlos auf den Knopf des Projektors neben seinem Platz. Ein scharf beleuchtetes Diapositivbild erschien an der weißen Wand. Es zeigte die Menschenmenge im Korridor des Gerichtsgebäudes. »Was ist denn das?« fragte Jordan.

»Aufnahmen vom Korridor, von Pressefotografen gemacht, als Dinky Adams in den Gerichtssaal ging«, antwortete Baker. »Tausendmal habe ich die schon studiert, denn bei den vielen Fotos müßten wir doch eigentlich irgend etwas entdecken. Aber keiner scheint gerade in dem Augenblick geknipst zu haben, der für uns wichtig gewesen wäre.« Er tippte wieder auf den Knopf. Eine andere Szene erschien: »Ich habe nicht daran gedacht, daß Sie diese Bilder noch nicht kennen.«

Einen Moment betrachteten sie das zweite Foto, dann ließ er das dritte folgen.

»Augenblick mal«, sagte Stanley mit verhaltener Erregung, »schalten Sie doch noch mal auf das vorige Bild zurück.«

Baker betätigte die zwei Knöpfe, Stanley erhob sich, ging zur Wand und studierte das Bild genau. Nach einigen Sekunden fragte er: »Ist an dem Apparat nicht ein Dings, um Einzelheiten zu vergrößern? Den Kerl mit dem eleganten grünen Lodenhut zum Beispiel?«

Baker lachte mißmutig. Wieder ein Trugschluß. »Das Grüne ist nicht der Hut, es ist die Farbe der Wand«, sagte er.

»Doch, der Hut war grün«, fiel Captain Strang ein. »Ich entsinne mich, den im Gedränge bemerkt zu haben. Wollen mal das Licht ausmachen.«

Jordan schaltete die Zimmerbeleuchtung aus, und Baker drehte am Objektiv, bis nur noch das Gesicht eines einzelnen Mannes, stark vergrößert, an der Wand sichtbar war. Es war nur im halben Profil erfaßt, doch der Hut war deutlich genug zu erkennen.

»Diesen Hut muß ich auch schon gesehen haben«, sagte Stanley.

»Die gibt's zu Hunderten«, erklärte Baker.

»Aber nicht Gesichter wie das da!« rief Jordan. »Das ist Graf Cardinali, der Autorennfahrer. Er war in Las Vegas am Tisch neben uns. Und zwar mit Barbara Lang – Sie wissen doch, das Fotomodell.«

Stanley sprang auf und sagte hastig: »Im *St. Tropez* sind sie auch gewesen, und dort habe ich den Hut bemerkt. Ich war im Foyer, als sie zur Garderobe gingen, und da trug er ihn.«

Baker war verblüfft. Vielleicht war doch noch nicht alles verloren? Er ergriff den Telefonhörer und sprach in den Apparat: »Ich brauche ein vollständiges Dossier von Graf

Cardinali. Schnellstens. Alles, was feststellbar ist, von seiner Geburt an bis heute!« Dann legte er den Hörer auf die Gabel, ohne die anderen aus den Augen zu lassen. »Hat einer von Ihnen eine Ahnung, wo er sich jetzt aufhält?«

»Ja, ich«, antwortete Captain Strang, der eine Zeitung aus der Tasche zog und sie auf dem Schreibtisch entfaltete. Er wies auf den Artikel in einer oberen Ecke der aufgeschlagenen Seite.

Baker begann sofort zu lesen. Über dem Bericht war ein Foto von Cardinali. Die Schlagzeile lautete: »Berühmter Sportsmann wird morgen aus der Klinik entlassen.« Es folgte ein kurzer Bericht über den Autounfall in Florida und die dabei tödlich verunglückte Barbara Lang.

Baker pfiff durch die Zähne, als er wieder aufblickte. »Wenn das hier der Stilettmann ist«, sagte er ganz sachlich, »dann wird's ein hartes Stück Arbeit, ihn festzunageln. Der räumt sämtliche Zeugen aus dem Wege, auch die seiner eigenen Verbrechen.«

Zehntes Kapitel

Baker stand vor dem Ausstellungsraum der Autofirma auf der Park Avenue. Durch die Fenster schimmerten die eleganten ausländischen Wagen in ihrem noch frischen Hochglanz. Auf den Glastüren des Eingangs stand schlicht in kleinen silbernen Blockbuchstaben:

CESARE CARDINALI – IMPORTED AUTOMOBILES

Er öffnete die Tür und betrat den Autosalon. Er mußte ein paar Minuten warten, bevor ein Verkäufer zu ihm kam, ein großer Mann mit silbergrauem Haar. Er trug einen Cutaway und hatte im Knopfloch eine Nelke. So glich er mehr einem Börsenmakler als einem technisch bewanderten Autoverkäufer.

»Kann ich Ihnen behilflich sein, Sir?« erkundigte er sich höflich.

Baker schüttelte den Kopf. »Nein, danke, ich möchte Mister Cardinali sprechen.«

»Mister Cardinali kommt niemals in den Salon.«

»Nein?« Baker lächelte. »Wo könnte ich ihn denn finden?«

»Das kann ich Ihnen wirklich nicht sagen«, antwortete der Silbergraue, »aber vielleicht versuchen Sie's mal im Büro.«

»Und wo ist das, bitte?« fragte Baker liebenswürdig, da er längst gelernt hatte, sich von Snobs nicht ärgern zu lassen.

»Fünfzehnter Stock. Im Vestibül finden Sie den Lift, durch die Tür dort.«

»Besten Dank«, sagte Baker.

»Keine Ursache«, erwiderte der Verkäufer und schritt hoheitsvoll einem neuen Kunden entgegen, der soeben eintrat.

In diesem Gebäude, einem der ganz neuen auf der Park Avenue, war alles automatisch. Es wurde sogar Musik in die Fahrstühle filtert. Cardinalis Firma war also keine leere Fassade, sein Geschäft erstklassig aufgezogen. Der Mann verstand es, sich in Szene zu setzen. Was aber mochte einen Menschen wie ihn an die Mafia binden?

Baker sah noch Strangs ungläubige Miene vor sich, als sie gemeinsam die Geheimakten gelesen hatten. »Mir unverständlich«, hatte der Captain gesagt. »Dieser Mensch besitzt doch alles: Titel, Geld, Kriegsruhm und Sportlorbeeren. Was will der in diesem Verbrecherverein?«

Das war die Frage, die ihnen allen Kopfzerbrechen machte. Und Baker beschäftigten besonders gewisse, vorwiegend auf Gerüchten beruhende, nie einwandfrei bestätigte Episoden aus dem Leben dieses undurchsichtigen Mannes. Zum Beispiel Cardinalis militärische Laufbahn. Vor der Invasion Siziliens hatte er sich in geheimer Mission für die Alliierten betätigt und bekam dafür einen Orden. Doch er hatte bei dieser Aufgabe von den Leuten, mit denen er Kontakt herstellen sollte, nicht weniger als fünf getötet, während die übrigen mit derselben Mission betrauten Agenten – über zwanzig waren das gewesen – insgesamt nur vier Personen zu liquidieren für notwendig hielten. Ferner war da die Geschichte mit Cardinalis Onkel, der ermordet wurde. Gewiß, Cardinali hatte ein einwandfreies Alibi, doch bald warf er, obwohl er nach dem Kriege mittellos gewesen war, mit Geld nur so um sich. Kaufte sich schnelle Wagen, fuhr Rennen und war fast über Nacht zu einer bekannten Persönlichkeit geworden. Natürlich gab es noch mehr von seiner Sorte. De Portago war kürzlich beim Autorennen tödlich verunglückt, und zwar bei einem, an dem auch Cesare teilgenommen hatte. Man hatte ihm wegen rücksichtslosen Fahrens einen Verweis erteilt, und das war nicht sein erster gewesen. Nach zwei früheren Rennen hieß es sogar, er habe den Tod anderer Teilnehmer verschuldet. Nirgends aber ließ etwas eine Verbindung mit der Unterwelt vermuten.

Die Fahrstuhltüren glitten auseinander, und Baker kam in einen dezent und behaglich erleuchteten Raum, an dessen Wänden Farbdrucke von berühmten Automobilen hingen. Die Empfangsdame, die in der hinteren Ecke an einem kleinen Schreibtisch saß, fragte: »Kann ich Ihnen behilflich sein, Sir?«

Baker nickte. »Ich hätte gern Mister Cardinali gesprochen.«

»Sind Sie mit ihm verabredet?«

»Nein, das nicht.«

»Darf ich erfahren, um was es sich handelt?«

»Um eine persönliche Angelegenheit«, erklärte Baker.

»Ich will mal sehen, ob Graf Cardinali im Hause ist«, sagte die Dame und griff zum Telefon. »Ihr Name, bitte?«

»George Baker.«

Er wartete, während sie leise ins Telefon sprach. Nach einer Weile sah sie Baker an und sagte: »Würden Sie bitte Platz nehmen? Graf Cardinalis Sekretärin wird gleich kommen und mit Ihnen sprechen.«

Baker setzte sich in ein bequemes Sofa. Der Tisch davor war mit Autosportzeitschriften in verschiedenen Sprachen bedeckt. Müßig begann er in einem der Hefte zu blättern. Er blickte hoch, als er aus einer Tür ein junges Mädchen auf sich zukommen sah.

»Ich bin Miss Martin, Graf Cardinalis Sekretärin. Er ist, wenn keine Verabredung getroffen ist, für niemanden zu sprechen. Kann ich vielleicht etwas für Sie tun?« sagte sie höflich.

Langsam erhob sich Baker. Er merkte, daß die Empfangsdame neugierig herüberblickte. Schweigend griff er in die Tasche, zog seinen Ausweis hervor und reichte ihn Miss Martin.

Sie betrachtete das Kärtchen im aufgeklappten Etui und sah ihn dann etwas erstaunt an.

»Ich behellige den Grafen nur ungern«, sagte er beruhigend, »aber möglicherweise kann er uns in gewissen Sachen durch einige Auskünfte helfen.«

Miss Martin gab ihm das kleine Etui zurück. »Wenn Sie so nett sein wollen, noch einen Moment zu warten, will ich versuchen, ob ich einen Termin für Sie vereinbaren kann.«

Sie verschwand durch dieselbe Tür, Baker setzte sich wieder. Nach einer Weile kam sie zurück und forderte ihn freundlich auf, ihr zu folgen.

Wenige Minuten später betrat Baker Cardinalis Empfangszimmer.

Beim Anblick der Einrichtung machte der Sonderbeauftragte des FBI George Baker unwillkürlich große Augen. Die antiken Möbel waren zweifellos echt. Sogar der elektrisch beheizte Kamin war aus carrarischem Marmor. Auf dem Sims standen Ehrenpreise und goldene Pokale. Graf Cardinali saß nicht an einem Schreibtisch, denn hier gab es keinen. Er erhob sich aus einem komfortablen Klubsessel. neben dem ein kleiner Tisch mit Telefon und Notizblock stand, streckte zur Begrüßung die Hand aus und drückte Bakers Rechte kräftig. »Wie kann ich Ihnen behilflich sein, Mr. Baker?« fragte er und deutete einladend auf einen Sessel ihm gegenüber.

Baker setzte sich erst, nachdem die Sekretärin das Zimmer verlassen hatte, und blickte den Sizilianer sekundenlang forschend an.

Cardinali hielt dem eindringlichen Blick gelassen stand. Seine Miene blieb unverändert, er lächelte nur ein wenig.

Auch diese Ruhe paßt ganz zu ihm, dachte Baker. Ein Mensch, der Taten begangen hat, wie dieser »Stiletto« muß eiskalte Nerven haben. Er lächelte zurückhaltend.

»Sie lächeln?« fragte Cesare.

Baker nickte. Ihm war gerade durch den Kopf gegangen, daß er in diesem Hause von jedem mit der Redensart »Kann ich Ihnen behilflich sein« empfangen worden war. Auch Cardinali hatte sie gebraucht. Und Baker wußte aus Erfahrung, daß er da, wo mit Worten soviel Hilfsbereitschaft verkündet wurde, nur selten brauchbare Auskünfte erhielt. »Mir ging gerade durch den Kopf, Mr. Cardinali, daß Ihr Büro bedeutend behaglicher ist als viele andere, die ich kenne. Fast zu behaglich, möchte ich sagen. Der Gedanke an Arbeit kann einem hier eigentlich kaum kommen.«

»Da haben Sie recht«, gab Cesare zu, »aber in dieser Branche halte ich es nicht für nötig, mich durch die Routine des Geschäftsbetriebes stören zu lassen. Deshalb habe ich mir auch mein Büro so unbürokratisch wie möglich eingerichtet. Hauptsächlich deshalb, weil ich ein großer Egoist bin, der auf seinen Komfort nicht so leicht verzichtet.«

Baker nickte. Alles, was dieser Mann sagte und tat, ergänzte das Bild, das er sich von ihm gemacht hatte. Bei dem war es zwecklos, auf den Busch zu klopfen. Der brachte es fertig, den ganzen Tag so höflich und kühl zu reden, ohne das mindeste preiszugeben.

Baker beugte sich vor und sagte: »Ich hoffe, Sie haben sich von den Folgen Ihres Unfalls wieder erholt.«

»Ja, mir geht's wieder ganz gut«, antwortete Cesare.

»Es muß ein erschütterndes Erlebnis gewesen sein«, versuchte Baker abzutasten.

»Es war schlimmer«, sagte Cesare langsam, als müsse er erst die passenden englischen Worte finden, um es überzeugend zu schildern. »Es war eine Tragödie! Mein Leben lang werde ich mir Vorwürfe machen, daß ich es dazu kommen ließ.«

»Sie hätten es also verhüten können?« fragte Baker rasch. Er meinte, in Cesares Augen verhüllten Spott zu entdecken.

»Mag sein«, antwortete Cesare. »Ich hätte Miss Lang überhaupt nicht ans Steuer lassen sollen. Der Wagen war zu schwer für sie.«

In dieser Sekunde wußte Baker, daß er auf der rechten Fährte war. Er hatte seine Worte so gewählt, daß Cesare ihn zu der direkten Frage geradezu auffordern mußte, und das war ihm gelungen, ohne daß der Mann merken konnte, ob er ihn überhaupt in Verdacht hatte.

»Gut, daß Sie's überstanden haben«, sagte er freundlich. »Wenn ich jetzt zu meinem Anliegen kommen darf?«

Cesare nickte. »Aber bitte sehr.«

»Infolge dieses Unfalls«, sagte Baker, »wurden wir durch die Presse darauf aufmerksam, daß Sie sich in der vorigen Woche für kurze Zeit im *Maharajah* in Las Vegas und in Miami im *St. Tropez* aufgehalten haben.«

»Stimmt.«

»Ferner, daß Sie am Montag letzter Woche im Gerichtsgebäude am Foley Square hier in New York gewesen sind.«

»Ihre Leute recherchieren sehr gründlich«, sagte Cesare. »Auch das trifft zu.«

»Können Sie sich denken, warum ich diese Lokalitäten erwähne?«

Cardinali lächelte. »Ich müßte ein Narr sein, wenn ich mich ahnungslos stellen würde, nicht wahr? Schließlich lese ich Zeitungen.«

»Dann ist Ihnen also bekannt, daß die Zeugen im Prozeß gegen das Gangstersyndikat ermordet wurden?«

Cesare nickte wieder. »Mir ist nur nicht ganz klar, wieso ich Ihnen in diesem Zusammenhang behilflich sein könnte.«

»Was hatten Sie denn an dem Tag im Gericht zu tun?«

»Ich fuhr hin, um meine Einbürgerungspapiere zu holen. Die vorläufigen.«

»Die Einwanderungsbehörde sitzt im Parterre«, sagte Baker. »Man hat Sie aber im ersten Stock vor dem großen Gerichtssaal beobachtet.«

»Dafür gibt's eine simple Erklärung. Die Waschräume im Parterre waren nämlich besetzt, und man verwies mich auf die im ersten Stock. Also ging ich über die Treppe hinauf. Als ich aber das Gedränge da oben sah, kam ich wieder herunter.«

»Etwas Ungewöhnliches ist Ihnen nicht aufgefallen, als Sie im ersten Stock waren?«

»Nun, das Ganze war für mich ungewöhnlich«, antwortete Cesare. »Wenn Sie aber etwas Bestimmtes meinen, einen Zwischenfall vielleicht, muß ich nein sagen. Ich sah dort bloß die Menschenmenge und Leute, die aus den Fahrstühlen kamen, während ich Mühe hatte, mich durchzuschieben, um wieder zur Treppe zu gelangen.«

»Aus welchem Grund logierten Sie gerade in den genannten Hotels? Weshalb nicht in irgendeinem anderen? In Las Vegas oder Miami, meine ich.«

Cesare sah ihn etwas arrogant an. »Hotels, Mr. Baker, sind auch Modesache. Und in meinem Geschäft muß ich solche Nuancen beachten.« Er nahm sich aus einem Kästchen auf dem Tisch eine Zigarette. »Mir erscheint es eigentlich angemessener, Sie zu fragen, wer für die Unterbringung der erwähnten Zeugen verantwortlich war und zugelassen hat, daß sie in diesen besonders teuren Luxushotels logierten.«

»Sie haben keinen der Zeugen gesehen?«

Cesare zündete gemächlich die Zigarette an und erwiderte: »Nicht daß ich wüßte. Außerdem hätte ich sie doch gar nicht erkannt, wenn sie mir begegnet wären, denn ich wußte ja nicht, wie sie aussahen.« Er zögerte einen Moment. »Ach doch, in Las Vegas habe ich vielleicht einen von ihnen gesehen. Ich weiß es nicht. Als Miss Lang und ich das Kasino verlassen wollten, wurde ein Gast hinausgetragen, an uns vorbei.«

»Das war einer der Zeugen«, sagte Baker.

»So? Schade, daß ich das damals nicht wußte«, entgegnete Cesare höflich. »Ich hätte sonst vielleicht mehr auf ihn geachtet.«

»Können Sie sich nicht doch an irgendeine Kleinigkeit erinnern, die uns von Nutzen sein kann? Ist Ihnen jemand besonders aufgefallen? Oder eine Gruppe von Personen?«

Cesare schüttelte den Kopf. »Tut mir leid, Mr. Baker, mir ist wirklich nichts Ungewöhnliches im Gedächtnis geblieben«, sagte er bedauernd. »Verstehen Sie: Ich machte ja Ferien mit einer sehr schönen Frau, und da habe ich mich um meine sonstige Umgebung so gut wie gar nicht gekümmert.«

Baker wußte, daß er mit seinem Latein am Ende war. Das Gespräch war beendet, und erfahren hatte er nichts.

Als er aufstand, bemerkte er an der Wand hinter Cesare zwei gekreuzte Dolche. »Was sind das für Waffen?«

Cesare drehte sich gar nicht um. »Stilette«, antwortete er.

Baker ging zur Wand und betrachtete die von dunkler Patina verfärbten Dolche. »Stilette«, wiederholte er gedehnt. »Mit solchen Waffen wurden die Zeugen getötet.«

»Ja, das habe ich gelesen.«

»Besitzen Sie die hier schon lange?« fragte Baker.

»Es sind Familienerbstücke«, erwiderte Cesare. »Ich habe eine beträchtliche Sammlung davon, in meiner Wohnung hier in der Stadt und auch zu Hause in Italien. Das Stilett war bei den Borgias, die zu meinen Ahnen gehören, eine bevorzugte Waffe.«

»Aha. Vermutlich wissen auch Sie, sachkundig damit umzugehen?«

Cesare erhob sich lächelnd. »Ich denke ja«, antwortete er, »aber in der modernen Gesellschaft gibt es kaum Gelegenheit, es darin zur Meisterschaft zu bringen. Waffen unterliegen, wie so vieles andere, den Launen der Mode.«

Er nahm eines der Stilette von der Wand, betrachtete es einen Moment und gab es dann Baker. »Die kleinen vierrädrigen Spielzeuge, die wir da unten im Salon verkaufen«, sagte er, »töten in einem Monat mehr Menschen, als sämtliche Stilette je getötet haben, seit das erste in Florenz hergestellt wurde.«

Baker studierte die zierliche Klinge in seiner Hand, dann sah er wieder Cesare an. Eine unklare Erinnerung kam ihm. »Sind Sie der Cardinali, der einmal italienischer Meister im Florettfechten war?«

Cesare nickte. »Auch eine der uralten Sportarten, die mir Freude machen. Fechten Sie auch?«

»Früher mal. Auf dem College war ich in der Fechtmannschaft.« Baker legte das Stilett behutsam auf den Telefontisch. »Jetzt muß ich gehen. Besten Dank für Ihre Hilfsbereitschaft, Graf Cardinali.«

»Tut mir leid, daß ich Ihnen nicht besser helfen konnte«, erwiderte Cesare höflich.

Das Stilett lag noch auf dem kleinen Tisch, als Miss Martin ins Zimmer kam, nachdem Baker gegangen war. Ihr Blick streifte die Waffe, und mit der in langem beruflichen Umgang entwickelten Vertraulichkeit fragte sie: »Was wollte der Mann?«

Cesare ergriff das Stilett, hängte es wieder über das andere, drehte sich lächelnd zu ihr um und sagte: »Es scheint, daß ich bei der Wahl meiner Ferienroute sehr unklug gewesen bin.«

Baker lehnte sich zurück. »Nicht ein Quentchen habe ich aus dem 'rausgekriegt«, mußte er zugeben.

»Hatten Sie etwas anderes erwartet?« Strang lächelte.

»Vielleicht nicht«, sagte Baker kopfschüttelnd. »Immerhin habe ich mich nun davon überzeugt, daß dieser Kerl der ›Stiletto‹ ist. Soviel weiß ich jetzt.«

»Wissen und beweisen ist zweierlei.«

Baker griff in sein Schubfach, beugte sich über den Schreibtisch und legte Captain Strang mehrere Fotos von einem zertrümmerten Auto vor. »Sehen Sie sich die mal an. Wurden uns aus Florida zugeschickt.«

Strang betrachtete die Bilder. »Na und?«

»Erkennen Sie, wie die Frau hinter dem Volant eingekeilt ist? Und daß der Motor durchs Armaturenbrett beinah bis an den Fahrersitz zurückgedrückt wurde? Falls Cardinali wirklich geschlafen hat, als der Wagen aufprallte, dann möchte ich wissen, wo seine Füße waren. Bestimmt nicht auf dem Boden des Wagens, unterhalb des Armaturenbrettes, denn dann hätte er überhaupt nicht herauskommen können! Das zusammengepreßte Vorderteil hätte ihm die Beine zerschmettert.«

»Ich habe genügend Autounfälle untersucht, um zu wissen, daß schlechthin alles denkbar ist«, sagte Strang.

»Mag sein, aber ich will auf der Stelle mein Hemd darauf wetten«, erwiderte Baker, »daß Cardinali die Füße unter sich auf den Sitz gezogen hat und erst ganz kurz vor dem Aufprall aus dem Wagen gesprungen ist.«

»Aber wie hat sich dann die Frau verhalten? Die steuerte doch den Wagen«, wandte Strang ein.

Baker sah ihn an. »Mit Sicherheit wissen wir nur, daß sie sich hinter dem Lenkrad befand«, betonte er.

»Bisher können Sie noch nichts beweisen«, sagte der Captain.

»Nein, im Moment nicht. Doch ich habe schon zwei Ideen.«

»Ihn beschatten lassen etwa?«

Baker schüttelte den Kopf. »Das wäre verschwendete Mühe. In den Kreisen, in denen dieser Bursche verkehrt, würde jeder unserer Leute sofort auffallen. Außerdem gäbe das zuviel Stunk. Sie wissen ja, wie vorsichtig der Chef ist, wenn es sich um Prominente handelt.«

»Bin gespannt, was Sie vorhaben«, sagte Strang.

»Zunächst sollten wir bei der Presse durchsickern lassen, daß er verhört worden ist. Zweitens müssen wir eine Person finden, die sich so in seiner Nähe bewegen kann, daß sie vielleicht erfährt, was uns wirklich auf eine Spur bringt.«

»Wer zum Beispiel?«

»Eine Dame. Er ist ein großer Frauenheld. Wir haben indirekt schon Verbindung mit einer aufgenommen, die sich für diese Rolle vorzüglich eignet. Stammt aus der ersten Gesellschaft, ist Autorennfahrerin und hat alle in diesem Fall wichtigen Vorzüge.«

»Wenn er der ›Stiletto‹ ist, wird er vielleicht auch ihr gefährlich«, gab Strang zu bedenken.

»Sie behauptet, sie könnte mit ihm fertig werden«, erwiderte Baker. »Und ich habe ihren Lebenslauf studiert. Glauben Sie mir: Wenn die es nicht schafft, kann's niemand.«

Elftes Kapitel

Die Abschiedsfeier war bereits in vollem Gang, als Cesare an Bord kam und die Luxuskabine betrat. Er blieb im Eingang stehen, seine Augen suchten die Gastgeberin. Sie entdeckte ihn im selben Moment, als er sie sah, und eilte ihm mit ausgestreckter Hand entgegen.

»Cesare, mein lieber Junge«, sagte sie, während er ihr die Hand küßte, »ich freue mich sehr, daß Sie kommen konnten!«

»Lieber würde ich sterben, als Madames Abreise zu versäumen«, sagte er galant und lächelte.

Sie strahlte ihn an, ihre ernsten Augen unter der üppigen grauen Haarkrone schienen auf einmal in jugendlichem Feuer zu glühen. Mit leiser Stimme und in fast genau demselben Tonfall, wie ihn Cesare vor ein paar Wochen am Telefon gehört hatte, raunte sie ihm zu: »Dieser Salon liegt direkt neben seiner Kabine. Zwischen den zwei Baderäumen ist eine Verbindungstür. Er wird in etwa zehn Minuten an Bord sein.« Cesare sagte nichts, und sie sprach sogleich wieder lauter, als noch ein Gast eintrat. »Vielen Dank auch für die herrlichen Blumen«, rief sie Cesare noch zu.

»War mir ein Vergnügen«, antwortete er und sah ihr nach, wie sie sich dem neuen Gast zuwandte. Sie war einmal eine große Schönheit gewesen, eine der in internationalen Kreisen berühmtesten Frauen. Ihr Name rief noch immer Bilder von glanzvollen Ballsälen und Fürstlichkeiten ins Gedächtnis. Jetzt aber gehörte sie Don Emilio.

Als Emilio Matteo am Pier aus dem Taxi stieg, klappte er zum Schutz gegen den scharfen, kalten Wind vom Hudson River seinen Mantelkragen hoch. Mißmutig blickte er an dem Dampfer empor, während die Detektive ausstiegen und sich neben ihn stellten. Wortlos gab er dem einen eine Banknote für den Chauffeur.

»Hier, bitte«, sagte der andere Detektiv und ging zum Schiff voran.

»Ich kenne den Weg«, sagte Emilio säuerlich. Sie überquerten den Pier und stiegen die Gangway hinauf.

Der kleine Steward geleitete sie durch einen Korridor auf dem Erster-Klasse-Deck. Hinter den Kabinentüren hörte man fröhliches Stimmengewirr. Die Abschiedsfeiern näherten sich dem Höhepunkt. In knapp einer Stunde sollte die *Italia* auslaufen. Der Steward öffnete die Tür. »Bitte sehr, Sir«, sagte er und verneigte sich devot.

Emilio betrat die Suite, die Detektive folgten. In einer Ecke des Salons war eine kleine Bar arrangiert. Der Steward kam ihnen nach. »Ist alles Ihren Wünschen entsprechend, Signore?« fragte er Emilio.

»Sehr schön.« Emilio gab ihm fünf Dollar.

Der Steward empfahl sich mit mehreren Verbeugungen. Der ältere der beiden Detektive, die erstaunt Umschau hielten, sagte: »Das ist ja piekfein hier, Emilio.«

Emilio erwiderte lächelnd: »Für mich nur das Beste«, und ging zur Bar. »Habt ihr etwa gedacht, ich würde in einer dieser schäbigen Kabinen reisen, für die die Regierung zu bezahlen geruht?«

»Nein, eigentlich nicht«, grinste der Detektiv.

Emilio öffnete eine Flasche und goß sich Whisky ein, den er rasch trank. »Ah, das ist doch ein feines Getränk. Wärmt einen wenigstens ein bißchen, nach dem kalten Wind da draußen.«

Er drehte sich zu den Detektiven um. »Auch einer gefällig?«

Die beiden wechselten Blicke. Der ältere erwiderte: »Hätte nichts dagegen«, und trat an die Bar.

»Bedienen Sie sich nur.« Emilio schob ihm die Flasche hin, dann zog er seinen Mantel aus und warf ihn auf einen Sessel. »Ich glaube, ich werde alt«, sagte er. »Meine Nieren sind nicht mehr die besten. Ich gehe mal ins Bad.«

Als er die Tür zum Bad öffnete, war der jüngere Detektiv neben ihm. Emilio trat zurück und sagte sarkastisch: »Schönheit geht dem Alter vor. Vielleicht kontrollieren Sie erst mal den Raum.«

Der Detektiv sah sich im Bad um und kam grinsend wieder heraus. »Okay«, sagte er nur.

»Verbindlichen Dank.«

Emilio ging ans Waschbecken und drehte einen Hahn auf. Einen Moment lauschte er. Dann ging er rasch zur anderen Seite des Baderaumes. Die Tür an der Gegenwand bildete eine Verbindung zum nächsten Apartment. Sie war abgeschlossen. Er kratzte mit den Fingernägeln an der Türfüllung und sagte gedämpft: »Cesare!«

Ein ähnlich kratzendes Geräusch antwortete von nebenan. Schnell ging er an das Arzneischränkchen, in dessen oberem Fach ein Schlüssel lag. Er schob ihn in die Tür und drehte. Das Schloß auf seiner Seite klickte und eine Sekunde später auch das im Nebenbad. Die Tür ging halb auf, Cesare glitt rasch in Emilios Bad und zog leise die Tür hinter sich zu.

Emilio lächelte: »Don Cesare! Mein Neffe!«

Und Cesare erwiderte auch lächelnd: »Don Emilio, mein Onkel!«

Sie umarmten sich. »Lange her, seitdem wir uns zuletzt sahen«, sagte Emilio.

»Ja, es ist lange her.«

»Du hast deine Sache gut gemacht, mein Neffe«, flüsterte Emilio. »Ich bin stolz auf dich.«

»Ich habe meinen Schwur gehalten, Don Emilio.«

»Das hast du, und die Familie wird erfreut sein, wenn ich von dir erzähle. Es wird nun Zeit, daß du einen Platz in unserer Beratergruppe einnimmst. Im Konsilium.«

Cesare schüttelte den Kopf. »Mir genügt es, daß ich mein Versprechen eingelöst habe. Mit der Bruderschaft habe ich nichts im Sinn.«

Emilio blickte ihn überrascht an. »Du würdest so reich, wie du es nicht mal im Traum für möglich gehalten hättest!«

»Ich brauche keine Reichtümer. Ich habe schon jetzt mehr als genug für meine Ansprüche.«

Kopfschüttelnd sagte Emilio: »Die Dons werden sich durch deine Ablehnung beleidigt fühlen.«

»Das ist durchaus nicht beabsichtigt«, entgegnete Cesare rasch. »Bitte erkläre ihnen folgendes: Daß ich ein Mensch bin, der seine Schulden bezahlt, wie verlangt wird, sich aber sonst nicht bindet.«

»Die drei anderen, die mit mir vor Gericht waren, haben beim Konsilium bereits deinen Tod beantragt«, sagte Emilio ernst. »Sie sehen in dir eine Gefahr, solange du ungebunden bist. Überdies haben sie in den Zeitungen gelesen, daß der FBI dich verhört hat.«

»Die scheinen ja bange zu sein wie alte Weiber«, sagte Cesare verächtlich. »Von mir hat die Polizei absolut nichts erfahren.«

»Trotzdem machen sie sich Sorgen.«

»Erkläre ihnen bitte, daß sie nichts zu fürchten brauchen. Ich will mit keinem von denen das geringste zu tun haben.«

Emilio schüttelte wieder den Kopf. »Ich werde deine Bitte erfüllen, mein Neffe. Aber sei vorsichtig, bis du wieder von mir hörst. Es sind gefährliche Männer.«

»Vorsichtig werde ich sein, Don Emilio«, antwortete Cesare lächelnd. »Ich hoffe nur, daß die anderen ebenfalls vorsichtig sind ... in ihrem eigenen Interesse.«

»Auch das werde ich ihnen mitteilen«, sagte Emilio.

Cesare nickte. »Gut. Und wann höre ich wieder von dir?«

»Im nächsten Monat«, antwortete Emilio. »Über den Beschluß des Konsiliums werde ich dich bei dem Sportwagenrennen in Gran Mexico informieren. Du wirst deinen Ferrari zur Teilnahme anmelden. Dein Mechaniker wird in Italien aufgehalten werden, und wenn du, einen Tag vor dem Rennen, in Mexico City eintriffst, wirst du telegrafisch benachrichtigt, daß er erkrankt sei. Dann engagierst du einen, den ich extra für dich hinschicke. Weitere Instruktionen bekommst du rechtzeitig.«

Cesare nickte wieder. »Sollten meine Pläne sich ändern, dann hinterlege ich Nachricht für dich, wie früher im Restaurant *Quarter Moon* in Harlem.«

»Einverstanden.« Emilio umarmte seinen Neffen und ergriff dessen Hand mit dem Gelöbnis: »Ich bin bereit, für dich zu sterben.«

Cesare sah ihn einen Moment fest an, bevor er den üblichen Satz »Ich bin bereit für dich zu sterben« wiederholte. Schnell glitt er aus der Tür.

Emilio hörte den Riegel zuschnappen. Er schloß auch auf seiner Seite zu, legte den Schlüssel in den Arzneischrank zurück, drehte den Wasserhahn zu und verließ das Bad. Er war besorgt. Cesare hatte sich durch die Weigerung, der Bruderschaft beizutreten, selber sein Todesurteil gesprochen. Und jetzt mußte auch er, Emilio, sich für Cesares Tod einsetzen. Schade nur, daß er weder Zeit noch Gelegenheit hatte, die anderen von seinem Gesinnungswechsel zu unterrichten.

Auf der Lexington Avenue in Manhattan gibt es ein Restaurant, in dem angeblich die besten Steaks der Welt serviert werden, und die Spaghetti sollen sogar noch besser sein als in Italien. Kein Wunder, daß sich die Preise in diesem Lokal in schwindelnder Höhe bewegen. Wer es sich erlauben kann, hier oft zu essen, tut es entweder auf Spesenkonto, oder er hat Geld in Massen.

Big Dutch stopfte ein großes Stück von einem halb durchgebratenen Steak in den Mund und kaute genußvoll. Ein dünnes Rinnsal Soße lief ihm übers Kinn. Er wischte es mit einem Brocken Weißbrot ab und schob das Brot dem Fleisch nach. Als er eine Weile gekaut hatte, blickte er seine beiden Kollegen an. »Was ihr meint, Jungs, ist mir egal«, murmelte er. »Ich sage, daß wir ihn umlegen müssen.«

Allie Fargo starrte ihn an. »Aber wir wissen ja nicht mal, ob er der Richtige ist«, protestierte er. »Emilio hat uns doch bisher keinen reinen Wein eingeschenkt.«

Big Dutch verschlang den nächsten Happen und säbelte wieder ein Stück ab. »Was soll uns das scheren!« sagte er grimmig. »Die Zeit, ihn erst noch zu überprüfen, haben wir nicht. Die Presse hat ja schon berichtet, daß er vom FBI verhört wurde. Und was passiert uns, wenn er plötzlich anfängt zu singen?«

Dandy Nick glotzte angewidert auf seinen Teller. So reichliche teure Speisen waren bei ihm glatte Verschwendung, da er ein schwacher Esser war. »Mir paßt das nicht«, widersprach er. »Emilio hat bestimmt, daß wir nichts unternehmen, sondern abwarten sollen, bis Bescheid aus Italien kommt. Er will die Sache erst mit Luciano und Joe besprechen.«

»Emilio hat bestimmt, Emilio hat bestimmt!« stieß Big Dutch, der den Mund noch voll hatte, ärgerlich hervor. Er schluckte rasch und fuhr fort: »Ich bin's leid, immer zu hören, was Emilio bestimmt! Diese Italiener drüben sitzen auf ihren fetten Hintern, während wir hier unsere Köpfe hinhalten! Die bilden sich ein, daß ihnen das ganze Unternehmen noch allein gehört, weil sie's gegründet haben.«

Unwillkürlich warf Dandy Nick forschende Blicke durch das Restaurant. Er fürchtete, daß jemand sie belauschen könnte, und sagte leise: »Nun aber sachte, Freundchen. Wenn du hier so redest, kann's leicht passieren, daß sie bei dir selber Maß nehmen.«

Big Dutch sah ihn böse an. »Woher wollt ihr wissen, ob sie uns nicht schon auf der Abschußliste haben? Vielleicht wollen sie gerade diesen Kerl an die Spitze bringen und uns ausbooten? Ihr wißt doch, wie die von drüben zusammenhalten.«

Dandy Nick schwieg, er beobachtete Allie, der sich stur die Speisen einverleibte und unentwegt auf seinen Teller starrte. Schließlich aber hob er den Blick und legte behutsam Messer und Gabel hin. »Es wird ganz üblen Stunk geben«, sagte er weise. »Hier geht's ja nicht um einen Hafenarbeiter aus einer von deinen sogenannten Gewerkschaften, Big Dutch, sondern um einen ganz bedeutenden Scheich.«

»Jawohl«, bekräftigte Dandy Nick. »Und wenn er nicht der ›Stiletto‹ ist, sitzen wir trotzdem noch im selben Boot. Und aufklären müssen wir Emilio in jedem Fall, egal, wie's ausläuft.«

Big Dutch aß weiter. Es wird sowieso Zeit für eine entscheidende Aktion, dachte er. Die in Italien haben lange genug das Zepter in der Hand behalten. Die eigentliche Organisation ist hier, in Amerika. Der gesamte Aufbau, das ganze Geld. Höchste Zeit, sich von der Mafia zu lösen. Was können die denn ausrichten, in fünftausend Kilometer Entfernung –

wenn keiner mehr Befehle von ihnen annimmt?

»Wir warten nicht, wir legen ihn um«, sagte er, ohne vom Essen aufzublicken. Ein Jammer, daß er noch im Gefängnis gesessen hatte, als Roger Touhy entlassen wurde. Er, Big Dutch, hatte schon ein Treffen der großen Kanonen arrangiert gehabt. Unter Touhys Führung hätten die Boys gegen die alte Mafia losgelegt.

Dandy Nick war der Appetit restlos vergangen. Er schob seinen Teller zurück. Er wußte, was Big Dutch sich ausgedacht hatte. Und worauf Allie spekulierte, erriet er auch. Da brauchte er bloß zu sehen, mit welchen Bewegungen der jetzt aß. Es sollte diesmal mehr gewagt werden als die Beseitigung eines Einzelgängers – vielleicht begann hier eine Revolution! Und er fühlte sich zu alt, um gerade jetzt noch einen internen Krieg mitzumachen. »Und was sagen wir Emilio?« fragte er, in der Hoffnung, entscheidende Schritte zu verzögern.

Big Dutch funkelte ihn nur kurz an und widmete sich wieder seinem Essen. »Wir werden schon was ausknobeln.«

Allie warnte vor dem Risiko. »Ich weiß nicht recht. Denkt daran, wie es Touhy erging. Fünfundzwanzig Jahre haben sie auf den gewartet!«

Verächtlich entgegnete Big Dutch: »Ach, Touhy war im Bauch weich geworden. Er hätte sofort losschlagen müssen, dann sähe es heute anders aus. Vor ihm hatten sie nämlich Manschetten. Wißt ihr noch, wie er Capone mal ins Bockshorn gejagt hat?«

»Und gekriegt haben sie ihn doch, oder vielleicht nicht?« sagte Dandy Nick.

»Klar, aber wie haben sie's gemacht!« hielt Big Dutch ihm vor. »Mit ein paar grünen Jungen, die so aufgeregt waren, daß sie sogar vergaßen, den Bullen abzuknallen. Und jetzt können sie sich bloß noch solche billigen Ganoven anheuern, die in die Zeitung kommen möchten. Sogar dieser ›Stiletto‹ ist so'n Außenseiter. Gehört nicht dazu. Wir aber haben eine riesige Organisation zu schützen. Und die Spitzenleute unserer Gesellschaft im ganzen Lande würden sich uns anschließen.« Er legte sein Besteck hin, nahm den Knochen vom Steak in die Finger und gestikulierte damit vor seinen Kollegen. Es sei endlich Zeit zum Zuschlagen, erklärte er. »Ich sage euch, wir schaffen's.«

Allie sah erst Dandy Nick und dann Big Dutch prüfend an und erkannte, daß jede Verzögerungstaktik zwecklos war. »Na, schön, machen wir's«, stimmte er zu.

Und Dandy Nick? Der hatte sich schon entschlossen. Da letzten Endes doch fast immer die Majorität siegte, konnte der einzelne nur hoffen, auf den Beinen zu bleiben, bis das allgemeine Ringen vorbei war. »Zuschlagen«, sagte auch er. Big Dutch lächelte befriedigt. Es war ja nur der erste Schritt, aber die zwei hatte er für seinen Plan schon gewonnen. Glaubte er. Der »Stiletto« war nur ein Symbol – es ging um die Mafia. Amerikaner mußten die Macht in die Hand nehmen und die Kerle drüben in Europa ein für allemal ausschalten. In Gedanken beschäftigte er sich bereits damit, das Fell des Bären zu verteilen, und jonglierte mit Summen, die ihn schwindlig machten.

Er stand auf. »Was ihr jetzt vorhabt, Jungs, weiß ich nicht, aber für mich ist's heute der erste Abend, an dem meine Alte mir freigegeben hat, seitdem ich aus dem Knast zurück bin, und da will ich mal zu Jenny.« Er verließ das Lokal.

Als sich die Tür hinter ihm geschlossen hatte, tauschten Dandy Nick und Allie Fargo vielsagende Blicke. Nachdem sie den Kellner mit einer Kaffeebestellung weggeschickt hatten, begannen sie miteinander zu flüstern. Jetzt war der Zeitpunkt gekommen, sich den Rücken zu decken. Sie mußten Emilio eine Nachricht zustellen lassen...

Zwölftes Kapitel

Es ging lebhaft zu beim wöchentlichen Treffen der Fechter im Hause des New Yorker Athletic Clubs am Central Park. Im kleinen Sportsaal klirrten pausenlos die Florette.

Cesares Klinge sauste blitzend herab, umfuhr in einem genau abgezirkelten Bogen die Parade seines Gegners, und schon tippte die Spitze der Waffe auf das kleine rote Herz, das ins Fechthemd eingestickt war.

»*Touché!*« sagte der Gegner, trat zurück und hob salutierend sein Florett.

Cesare schob seine Maske über die Stirn. »Sie haben Ihre Sache gut gemacht, Hank«, sagte er, »aber Sie müssen Ihr Handgelenk mehr trainieren. Es ist nicht widerstandsfähig genug.«

»Wollen Sie sich für das Turnier im nächsten Monat melden, Cesare?« fragte Hank schwer atmend.

»Wahrscheinlich nicht. Ich habe schon für das Autorennen von Gran Mexico zugesagt und bin dann gewiß nicht rechtzeitig wieder hier.«

Sein Partner nickte. »Schade. Ohne Sie hat unser Team keine großen Chancen. Jedenfalls schönen Dank für die Lektion.«

Cesare nickte. »Gern geschehen.« Er wandte sich an die kleine Schar der Zuschauer und fragte scherzend: »Wen darf ich nun als nächsten – abstechen?«

Sie lachten ein bißchen verlegen. »Ich glaube, da müssen Sie warten, bis Fortini kommt«, sagte einer. »Wir sind nicht so hohe Klasse wie Sie.« Fortini war der Fechtmeister des Klubs.

»Na schön.« Cesare setzte seine Maske ab.

In diesem Augenblick rief jemand vom Eingang her: »Würden Sie mir eine Chance geben?«

Cesare drehte sich um und sah Baker, schon im Fechtanzug. »Aber natürlich, Mr. Baker, gern.«

Baker kam näher und suchte sich am Ständer ein Florett aus. Er machte ein paar Lufthiebe, um sein Handgelenk zu lockern, nahm das Florett in die Linke und drückte mit der Rechten Cesares Hand. »Graf Cardinali«, sagte er, »als ich erfuhr, daß Sie Mitglied dieses Klubs sind, konnte ich der Versuchung nicht widerstehen, mit einem der wirklich großartigen Fechter unserer Zeit die Klingen zu kreuzen.«

Cesare lächelte zurückhaltend. »Es ist mir eine Ehre. Sehr freundlich von Ihnen. Wollen Sie sich vorher noch ein bißchen Bewegung machen?«

»Danke, nein. Besser als jetzt kann ich sowieso nicht in Form sein. Ich hoffe, Ihnen wenigstens einige interessante Momente bieten zu können.«

»Davon bin ich überzeugt.«

Sie begaben sich zur Mitte, in die Grundstellung. Cesare lächelte wieder. »Ich wußte gar nicht, daß auch Sie hier Mitglied sind.«

»Leider habe ich nicht genügend Zeit zum Trainieren«, sagte Baker. »Mein Beruf nimmt mich zu stark in Anspruch.« Er zog sich die Maske übers Gesicht. »Sind Sie bereit?«

Cesare nickte und schloß auch seine Maske. Die Klingen kreuzten sich schräg vor ihnen. »*En garde!*« rief Baker.

Er machte einen Ausfall. Cesare lenkte den Stoß ab und trat einen Schritt zurück. Er spürte sofort, daß Baker kein durchschnittlicher Amateur war. Neugierig wartete er auf die nächste Attacke. Vielleicht wurde dieses Match doch noch zu einem Vergnügen?

Unter den Zuschauern, die sich im Kreis aufstellten, war sofort eine eigenartige Spannung fühlbar. Baker drang mit geradezu wütender Konzentration auf Cesare ein, dessen Klinge blitzschnell blinkte, als er die Stöße parierte und die Attacken eine nach der anderen abschlug. Langsam, Schritt um Schritt, wich er dabei zurück. Die Zuschauer begannen zu murmeln. Sah es nicht aus, als sei Cesare unterlegen?

Baker drängte nach, seine Zuversicht wuchs. Cardinali schien ja längst nicht so gut zu sein wie sein Ruf. Da – ein wuchtiger Stoß von ihm, und ihre Klingen verfingen sich. Baker versuchte sein Florett frei zu machen, doch Cesare hielt ihn leicht fest. Mit aller Kraft drückte Baker nach, aber Cesare wich jetzt um keinen Zentimeter zurück. Baker kam es vor, als müsse er gegen eine große stählerne Feder drücken. Plötzlich wußte er, daß Cardinali nur mit ihm gespielt hatte.

In diesem Moment stieß Cesare ihn durch jähen Druck auf die gebundene Klinge zurück. Mehrere Schritte mußte Baker weichen, ehe er sein Florett freimachen konnte. Vorspringend schlug er eine schöne Finte, doch den darauffolgenden geraden Stoß fing Cesare prompt ab. Er lachte. »Sehr gut. Von Maestro Antonelli gelernt?« Es klang gönnerhaft.

»Ja«, antwortete Baker, »in Rom 1951.«

»Mein Kompliment.« Cesare begann eine Attacke auf seine Art. »Signor Antonelli sucht sich seine Schüler sehr sorgfältig aus. Er nimmt nur die besten.«

Baker hatte jetzt Mühe, sich zu verteidigen. Zu einem Angriff kam er nicht mehr. »Ich muß wohl bei ihm doch nicht genug trainiert haben«, keuchte er.

Cesare lachte wieder. »Das Fechten fordert einem viel ab. Und heutzutage sind ja, wie ich schon betonte, andere Waffen mehr in Mode.«

Seine Klinge schien plötzlich von selbst zu wirbeln, und Baker vermochte bei dem Tempo kaum noch zu atmen. Sein Florett kam ihm zentnerschwer vor. Cesare, der das merkte, griff für ein Weilchen nicht ganz so scharf an.

Baker spürte den Schweiß, der ihm übers Gesicht rann. Jede Bewegung strengte ihn jetzt an, während Cesare noch graziös tänzelte und ruhig atmete. Baker wußte, daß Cesare schon ein dutzendmal Gelegenheit zum entscheidenden Stoß gehabt hatte und den absichtlich vermied. Noch ein paar Minuten so, dann falle ich um, dachte er. Zorn stieg in ihm auf und gab seinen Armen noch einmal frische Kraft. Er riß sich für einen letzten Angriff zusammen, lenkte Cesares Klinge seitlich ab und stieß zu.

»*Touché!*« hörte er die Zuschauer sagen. Er blieb ruckartig stehen und blickte an sich hinab. Cesares Florettspitze ruhte auf seinem Herzen. Der geschickte Stoß war so schnell gekommen, daß er ihn überhaupt nicht bemerkt hatte.

Er senkte sein Florett, schob die Maske hoch und sagte, nach Luft ringend: »Sie sind mir zu überlegen, Graf Cardinali.«

Cesare salutierte. »Für mich war's ein Glück, daß Sie nicht zuviel Zeit zum Trainieren gehabt haben«, erwiderte er. »Trinken Sie ein Glas mit mir?«

»Danke, ja. Ich könnte jetzt einen Whisky vertragen.«

Sie saßen im Klubzimmer vor dem Kaminfeuer. Cesare hatte die langen Beine ausgestreckt und spielte mit seinem

Glas. Dabei sah er den FBI-Beamten unverwandt an. »Sie sind doch nicht bloß wegen des Fechtens hierhergekommen?«

Die so unverblümt gestellte Frage überraschte Baker. »Sie haben recht, Graf Cardinali. Ich kam her, um Sie zu warnen und Ihnen Hilfe anzubieten.«

»Das ist sehr freundlich von Ihnen, aber wovor wollen Sie mich denn warnen?«

»Wir haben erfahren, daß Ihr Leben bedroht ist.«

»Wie melodramatisch.« Cesare lachte.

Baker blieb ernst. »Zum Lachen ist das durchaus nicht. Es gibt ein paar Leute, die Ihren Tod wollen.«

»Was für Leute?«

Baker blickte ihn fest an, als er antwortete: »Big Dutch, Allie Fargo und Dandy Nick.«

»Und wer sind diese Herren?« Cesare zuckte mit keiner Wimper.

»Die Angeklagten, die ungeschoren blieben, weil die Zeugen, die sie belastet hätten, vor dem Prozeß ermordet wurden. Die behaupten nämlich, Sie seien der ›Stiletto‹.«

Cesare lachte amüsiert. »Wenn das zuträfe – warum sollten sie mich dann umbringen wollen? Wenn ich der wäre, der ihr elendes Leben gerettet hat?«

Baker beugte sich vor. »Das ist ja gerade der springende Punkt. Die drei haben Angst vor Ihnen und befürchten, daß Sie sie bekämpfen würden.«

»Dann sind sie Idioten«, sagte Cesare und trank einen Schluck.

»Aber gefährlich! Gegen Kugeln von hinten gibt es keinen Schutz.«

Cesare erhob sich. »Ich kann mich selber beschützen«, sagte er kurz. »Ich bin im Krieg in schlimmeren Gefahren gewesen, als diese Männer je erlebt haben. Das müssen Sie doch allmählich wissen, da Ihr Büro so gründlich arbeitet.«

Baker nickte. »Ja, gewiß, aber wir würden Ihnen gern helfen.«

Mit kalter Ironie gab Cesare zurück: »Ihr Büro hat mir schon sehr geholfen. Diese Männer wüßten vielleicht gar nichts von meiner Existenz, wären nicht Sie so erpicht darauf gewesen, in der Presse zu glänzen.«

Baker stand auf. »Das bedauern wir, Graf Cardinali. Ich weiß nicht, wie die Zeitungen von unserem Gespräch erfahren haben, aber falls Sie in eine brenzlige Lage kommen sollten, zögern Sie nicht, uns zu Hilfe zu rufen.« Er reichte Cesare die Hand.

»Besten Dank, Mr. Baker, doch das wird, glaube ich, nicht nötig werden.«

Cesare schloß seine Wohnungstür auf, trat in den kleinen Flur, zog seinen Mantel aus und rief: »Tonio!«

Einen Augenblick blieb er horchend stehen, dann ließ er den Mantel in einen Sessel fallen, ging zur Küchentür, öffnete sie und rief noch mal: »Tonio.« Keine Antwort.

Kopfschüttelnd ging er zurück ins Wohnzimmer und auf sein Schlafzimmer zu. Den Jungen würde er sich einmal vornehmen, und wenn er zehnmal Gios Neffe war! Tonio war zu oft abwesend, wenn er heimkam. Amerika hatte den Bengel verdorben.

Er betrat das Schlafzimmer, knipste die Beleuchtung an und wollte ins Bad gehen. Da hörte er im Bad Wasser rauschen. Er zögerte und rief zum drittenmal: »Tonio.« Rasch wollte er die Tür zum Bad öffnen, da fiel ihm Bakers Warnung ein. Eine kurze Bewegung, und schon blinkte in seiner Rechten das Stilett. Leise ging er dicht an die Tür und stieß sie auf.

Eine Frau trat gerade aus der Duschkabine. Sie hatte ein Frottiertuch in der Hand und sah ihn an, als sei sie über sein Erscheinen bestürzt. »Cesare!«

»Ileana!« Seine Stimme klang ebenso erstaunt. »Was führt denn dich hierher? Ich dachte, du bist in Kalifornien.«

Sie hüllte sich in das Badetuch. »Ich habe geduscht«, sagte sie. Ihr Blick fiel auf das Stilett in seiner Hand. »Was hast du mit dem Messer vor? Erwartest du etwa einen Überfall in deinem eigenen Bad?«

Er ließ die Waffe in seinem Ärmel verschwinden. Ileana eilte zu ihm, umarmte und küßte ihn. »Oh, Cesare, ich brauche deine Hilfe!«

Er musterte sie skeptisch. Meistens war es nicht Ileana, die Hilfe benötigte. Eher ihre Partner. »Was ist denn aus deinem reichen Texaner geworden?« fragte er.

Sie sah zu ihm auf. »Nun bist du böse mit mir, das merke ich schon«, sagte sie. »Weil ich in Monte Carlo nicht auf dich gewartet habe.«

»Du hast meine Frage nicht beantwortet, Ileana.«

Sie wandte sich ab, ging zum Frisiertisch, setzte sich vor den Spiegel und betrachtete sich. »Sei nett zu mir, Cesare«, sagte sie kleinlaut. »Ich habe Furchtbares durchgemacht.« Sie zog vom Handtuchhalter ein kleines Tuch und hielt es ihm hin. »Bitte, trockne mir den Rücken ab.«

Er nahm das Tuch. »Der Texaner, Ileana – was ist mit ihm?«

Ihre Augen weiteten sich. »Darüber will ich nicht sprechen. Es ist zu schrecklich. Findest du, daß ich abgenommen habe, Cesare?«

Nun lächelte er und begann, mit dem Tuch ihren Rücken abzutupfen. »Du siehst recht gut aus«, erwiderte er. »Also, was ist passiert?«

Ileana schloß für Sekunden die Augen. »Das beruhigt mich«, sagte sie. »Ich war fest überzeugt, zu sehr abgenommen zu haben.« Sie drehte sich zu ihm um: »Der Texaner – der war verheiratet.«

»Das wußtest du doch vorher.«

»Natürlich. Aber seine Frau ist eine abscheuliche Person, die gar kein Verständnis für ihren Mann hat. Eine kleinliche Provinzlerin. Sie hat mich sogar bei der Einwanderungsbehörde angezeigt, und das sind ganz sture Leute, nicht wahr?«

Cesare schwieg.

»Die begriffen einfach nicht«, fuhr sie schnell fort, »wieso ich in diesem Land acht Jahre ohne Geld und ohne zu arbeiten leben konnte. Sie sagten zu mir, wenn ich keine Stellung oder irgendeine Einkommensquelle hätte, würden sie mich wegen Verstoß gegen die Moralgesetze ausweisen!«

Cesare legte das Handtuch hin. »Und was hast du ihnen

geantwortet?«

»Daß ich für dich arbeite. Was hätte ich denn sonst antworten können?« Sie zuckte die Achseln. »Und die glaubten mir nicht, als ich sagte, ich brauchte mir meinen Unterhalt gar nicht zu verdienen. Cesare – würdest du mich in deiner Firma anstellen?«

»Das kann ich dir nicht so ohne weiteres versprechen«, sagte er lächelnd. »Was für Kenntnisse hast du denn? Du kannst weder Stenographie noch Schreibmaschine. Als was sollte ich dich anstellen?«

Sie stand auf, sah ihm in die Augen, ihre Nacktheit noch unsicher mit dem Frottiertuch verhüllend, und fragte: »Du bist doch in der Autobranche, nicht wahr?«

Er nickte.

Ileana trat ganz nahe an ihn heran. »Da muß es doch etwas geben, was ich tun könnte. Ich hab ja mal einen Rolls-Royce gehabt.«

Laut lachend umarmte er sie und gab ihr einen Kuß. »Na gut, mal sehen, was sich machen läßt.«

»Oh, du bist wundervoll!« Mit beiden Händen streichelte sie seine Wangen. »Ich werde dir keinen Ärger machen, Cesare, das verspreche ich. Zu arbeiten brauche ich ja nur so lange, bis ich das Anrecht auf eine Nummer bei der Sozialversicherung habe. So nennt man das doch, ja? Und das genügt dann schon, um die zu überzeugen, daß ich mich legal im Lande aufhalte.«

Er umarmte sie fester. »Du darfst den Leuten jederzeit erzählen, daß ich deine Eltern kannte.«

Sie sah ihm rasch ins Gesicht. War das eine Anspielung? Doch es schien nicht so, sein Lachen wirkte harmlos. Aber ihr war plötzlich beklommen zumute. Und zum erstenmal seit langem dachte sie an ihre Eltern.

Dreizehntes Kapitel

Ihre Mutter war Engländerin, und mit siebzehn Jahren hatte sie schon den hinreißenden jungen Rumänen, Baron von Bronczki, geheiratet. Die Zeitungen hatten damals von einer Romanze gesprochen, wie sie sonst nur in Märchen vorkommt. Kaum ein Jahr später war Ileana geboren worden, es hatte eine Revolution gegeben, und mit der märchenhaften Romanze war es vorbei gewesen. Das Schicksal hatte eine besondere Art, mit Liebe und Romantik umzugehen.

Als Kind war sie kaum mit ihren Eltern zusammengewesen. Nur vage Erinnerungen waren ihr geblieben. Ihre Mutter mußte eine außergewöhnlich schöne Frau und ihr Vater ein sehr attraktiver Mann gewesen sein. Den größten Teil ihrer Kindheit hatte sie auf irgendwelchen entlegenen Internaten verbracht.

Am Anfang war da jene Schule in England gewesen. Auf die war sie mit fünf Jahren gekommen, gleich nach Kriegsbeginn. Ihr Vater war zur britischen Armee gegangen, und ihre Mutter hatte sich in den hektischen Betrieb gestürzt, durch den die Menschen jeden Gedanken an den Krieg verscheuchen wollten. Sie jagte von einer Party zur anderen und hatte keine Zeit für Ileana.

Als der Krieg vorbei war, waren sie nach Paris gezogen, und man hatte sie auf ein Internat in der Schweiz geschickt. Zur Begründung sagte man ihr, ihr Vater, der als halber Krüppel aus dem Krieg gekommen war, sei vollauf damit beschäftigt, eine Entschädigung für seinen verlorenen Landbesitz und sein Vermögen durchzusetzen. Man könne deshalb auch nicht immer an einem Ort wohnen bleiben. Niemals war ihr der Gedanke gekommen, zu fragen, wie ihre Mutter darüber dachte. Ihre Mutter hatte auch immer viele Freunde um sich und alle möglichen gesellschaftlichen Verpflichtungen. Außerdem hatte sie eine Art, die Ileana Furcht einflößte; sie hätte gar nicht gewagt, ihr solche Fragen zu stellen.

Ileana war damals noch keine vierzehn Jahre, und auf dem Internat in der Schweiz war alles ganz anders als in

England. In England hatte man vor allem Wert auf den Lehrstoff gelegt, in der Schweiz brachte man ihr gesellschaftliche Formen bei. Ihre Mitschülerinnen waren Töchter reicher Eltern aus England und Amerika, die hier den letzten Schliff erhalten sollten; eine Erziehung, die man sonst nirgendwo in der Welt bekommen konnte. Ileana lernte skifahren, reiten und schwimmen, und sie lernte auch sich anzuziehen, tanzen und Konversation machen.

Mit sechzehn sah man Ileana schon an, daß sie eine Schönheit werden würde. Ihr Teint und ihre Augen waren die einer Engländerin, ihre Figur und die Art, sich zu bewegen, hatte sie vom Vater.. Auf dem gegenüberliegenden Seeufer gab es ein ähnliches Internat für junge Männer. Zwischen beiden Schulen bestand ein enger Kontakt, man war aufeinander angewiesen, um das Lehrprogramm abwickeln zu können.

In dem Sommer, in dem sie ihren sechzehnten Geburtstag gefeiert hatte, machten die beiden Internate einen gemeinsamen Ausflug. Ihr Partner war ein hochgewachsener, dunkelhäutiger junger Mann gewesen, der Erbe eines Königthrons im Vorderen Orient. Er hatte einen langen Namen, den niemand behalten konnte, und so riefen sie ihn einfach Ab, das war die Abkürzung für Abdul. Er war ein Jahr älter als sie, hatte ein dunkles, scharfgeschnittenes Gesicht und sah gut aus. In ihrem Paddelboot waren sie auf eine kleine Insel gestoßen, für die anderen außer Sichtweite, und nun hatten sie sich in ihren Badeanzügen im Sand ausgestreckt und ließen sich von der kräftigen Mittagssonne bräunen.

Er rollte sich auf die Seite und betrachtete sie. Sie blickte in seine Augen und lächelte. Er machte ein ernstes Gesicht, dann beugte er sich vor und küßte sie.

Sie schloß die Augen, legte einen Arm um seine Schultern und hielt ihn fest. Es war ein wunderbares Gefühl in dem Sand und in der Sonne, und sie mochte diesen warmen, feuchten Mund. Sie spürte, wie Ab die Träger ihres Badeanzugs löste, und dann spürte sie seine Finger auf ihrer nackten Brust. Angenehme Erregung stieg in ihr auf. Sie lachte ein glucksendes, glückliches Lachen.

Er hob den Kopf und sah sie an; immer noch vollkommen ernst betrachtete er ihre jungen kräftigen Brüste und die aufgerichteten Brustwarzen. Mit den Fingerspitzen fuhr er langsam über ihre Brust und küßte sie.

Sie lächelte ihn an. »Das mag ich gern«, sagte sie.

Er machte ungläubige Augen. »Du bist noch Jungfrau?«

Sie wußte nicht, ob das eine Feststellung oder eine Frage war. Sie nickte stumm.

»Warum?« fragte er. »Ist es wegen deiner Religion?«

»Nein«, sagte sie. »Ich weiß auch nicht warum.«

»In meiner Schule nennen sie dich immer ›die Eiskalte‹«, sagte er. »Die anderen Mädchen in deiner Klasse sind alle keine Jungfrauen mehr.«

»Das ist doch dummes Zeug.«

Er sah sie immer noch an. »Ja, dann ist es wohl höchste Zeit, was meinst du?«

Sie nickte schweigend.

Er stand auf. »Ich bin gleich wieder da«, sagte er und ging zum Paddelboot hinunter.

Sie sah ihm nach, wie er den Strand hinunterlief zum Ufer. Er beugte sich über das Boot. Sie streifte den Badeanzug ab und warf ihn zur Seite. Die Sonne war angenehm warm auf der nackten Haut. Sie wandte den Kopf, um zu sehen, was er tat.

Er hatte etwas aus seiner Hosentasche genommen und kam nun wieder über den Strand auf sie zu. Er hatte etwas in der Hand, als er vor ihr stehenblieb.

»Was hast du da?« fragte sie.

Er machte die Hand auf, und sie konnte sehen, was es war. »Damit du nicht schwanger wirst«, sagte er.

»Ach so.« Sie war nicht überrascht. Man hatte sie im Internat sorgfältig aufgeklärt. Das gehörte zum Lehrplan; denn man wollte die jungen Mädchen für alles gerüstet ins Leben entlassen. Als er sich die Hosen auszog, sah sie weg.

Er kniete sich neben sie in den Sand, und sie sah wieder zu ihm hin. Einen Augenblick war sie wie gebannt. Ihre Stimme klang verwundert. »Du bist schön«, sagte sie und streckte ihren Arm nach ihm aus. »Schön und stark. Ich wußte nicht, daß ein Mann so schön sein kann.«

»Männer sind von Natur aus schöner als Frauen«, sagte er bestimmt. Er beugte sich vor, um sie zu küssen. »Aber du bist auch sehr schön.«

Sie zog ihn an sich, ihr war plötzlich heiß geworden. Zu ihrer Verwunderung fing sie am ganzen Körper an zu zittern.

Er hob den Kopf, ihm war eingefallen, daß sie vielleicht Angst haben könnte. »Ich will dir nicht weh tun«, sagte er.

»Du tust mir schon nicht weh«, sagte sie mit belegter Stimme; sie war sich bewußt geworden, was für eine ungeahnte Lust ihr Körper ihr bereiten konnte. »Ich bin auch kräftig!«

Und sie war kräftiger, als sie gedacht hatte. So kräftig, daß später ein Arzt in Lausanne den letzten Teil ihrer Defloration auf dem Operationstisch erledigen mußte.

Sie war achtzehn, als sie bei den Bronczkis in Paris erschien. Sie hatte eine so komplette Ausbildung wie jedes andere Mädchen im Internat erhalten, und in vieler Beziehung hatte sie die meisten ihrer Mitschülerinnen sogar übertroffen, denn sie war hübscher und vielseitiger begabt. Sie drückte auf die Klingel und wartete.

Ihre Mutter machte die Tür auf und sah sie an; sie erkannte ihre Tochter nicht. »Ja?« fragte sie in dem Ton, den sie dem Personal und anderen einfachen Leuten gegenüber anzuschlagen pflegte.

Ileana lächelte insgeheim. Viel mehr hatte sie von ihrer Mutter auch nicht erwartet. »Hallo, Mutter«, sagte sie auf rumänisch.

Die Mutter machte ein überraschtes Gesicht. »Du bist es«, sagte sie entgeistert.

»Allerdings, Mutter«, sagte Ileana. »Darf ich hereinkommen?«

Die Mutter trat verwirrt zur Seite. »Wir haben dich erst nächste Woche erwartet.«

Ileana nahm ihren Koffer und trug ihn in die Wohnung. »Ich habe euch letzte Woche ein Telegramm geschickt. Habt ihr das nicht bekommen?«

Ihre Mutter machte die Tür zu. »Das Telegramm, o ja«, sagte sie unbestimmt. »Dein Vater hat irgendwas von einem Telegramm gesagt, bevor er auf Geschäftsreise ging.«

Zum erstenmal war Ileana enttäuscht. »Daddy ist nicht da?«

»Er kommt in ein paar Tagen wieder«, erklärte ihre Mutter hastig. »Es hat sich etwas mit seinem Landbesitz ergeben.« Jetzt sah sie Ileana zum erstenmal an. »Wahrhaftig, du bist ja größer geworden als ich«, sagte sie überrascht.

»Ich bin erwachsen geworden, Mutter. Ich bin kein kleines Kind mehr.«

Ihre Mutter machte in ungnädiges Gesicht. »Um Gottes willen, Ileana, sprich doch Französisch und nicht diese gräßliche Sprache. Du weißt doch, daß ich die nie verstanden habe.«

»Natürlich, Mutter«, antwortete Ileana auf französisch.

»Das ist schon besser«, sagte ihre Mutter. »Und nun laß dich erst mal ansehen.«

Ileana stand unbeweglich da, als ihre Mutter langsam um sie herumging. Sie fühlte sich wie ein alter Gaul auf einer Versteigerung.

»Ziehst du dich nicht ein bißchen zu erwachsen an für dein Alter?« fragte ihre Mutter.

»Ich bin achtzehn, Mutter. Was meinst du denn, was ich tragen soll? Matrosenblüschen und Faltenrock?«

»Ich verbitte mir diesen Ton, Ileana. Es fällt mir schon schwer genug, mich an den Gedanken zu gewöhnen, daß ich eine erwachsene Tochter haben soll. Wahrhaftig, so viel älter als du sehe ich ja gar nicht aus. Man könnte uns für Schwestern halten.«

Ileana musterte ihre Mutter. So unrecht hatte sie nicht. Es war ihr gelungen, sich ein jugendliches Aussehen zu bewahren. Jedenfalls sah man ihr ihre sechsunddreißig Jahre nicht an. »Ja, Mutter«, sagte sie leise.

»Und sag nicht immer ›Mutter‹ zu mir«, sagte sie heftig. »Das tut man heutzutage sowieso nicht mehr. Wenn du mich unbedingt anreden mußt, dann nenn mich beim Vornamen.

Oder noch besser, sag ›Liebste‹ zu mir, wie dein Vater. Alle Leute nennen mich jetzt so.«

»Ja, Mut – Liebste«, sagte Ileana.

Ihre Mutter lächelte. »Na, das ging ja schon, nicht? Komm, ich zeige dir dein Zimmer.«

Ileana folgte ihrer Mutter über den langen Korridor zu einem kleinen Zimmer hinter der Küche. Man brauchte ihr nicht zu sagen, daß es die Mädchenkammer gewesen war. Die spartanische Einrichtung sprach für sich.

»Es wird ganz nett werden, wenn wir es ein bißchen herrichten«, sagte die Liebste. Sie sah Ileana an. Ileana verzog keine Miene. »Was ist denn?« sagte sie heftig. »Gefällt es dir nicht?«

»Es ist ziemlich klein«, sagte Ileana. Ihr ehemaliges Zimmer im Internat kam ihr jetzt größer vor als dies.

»Nun, du wirst dich schon damit begnügen müssen«, sagte die Liebste ärgerlich. »Dein Vater gehört nämlich nicht gerade zu den reichsten Männern der Welt. Und es ist schwierig genug, mit dem Geld auszukommen, das wir haben.«

Sie wollte gerade gehen, da klingelte es an der Wohnungstür. Sie wandte sich um; die Verblüffung in ihrem Gesicht wirkte beinahe echt. »Ach, das hätte ich fast vergessen. Ich habe einen Freund von uns, einen Amerikaner, zum Cocktail eingeladen. Bitte, sei so lieb und mach ihm die Tür auf. Sag ihm, ich bin gleich fertig.«

Gefolgt von Ileana, eilte sie durch den langen Korridor. An der Tür zu ihrem Zimmer blieb sie stehen und sah Ileana an. »Und, Liebling, bitte tu mir noch einen Gefallen. Wenn du dich vorstellst, sag ihm nicht, daß du meine Tochter bist. Ich habe heute keine Lust zu langweiligen Erklärungen.«

Bevor Ileana etwas sagen konnte, hatte die Liebste ihre Tür zugemacht. Ileana ging langsam durchs Wohnzimmer nach unten. Sie brauchte keinen Souffleur mehr für solche Situationen. Das Internat in der Schweiz war sehr gründlich.

Als ihr Vater in der nächsten Woche zurückkam, war Ileana erschrocken, wie sehr er sich verändert hatte. Er, der einmal groß und stattlich gewesen war, ging jetzt gebeugt und steif, denn seine fast gelähmten Beine bereiteten ihm heftige Schmerzen.

Auf seinen Krücken konnte er sich nur langsam vorwärtsbewegen, und er ließ sich sofort in seinen Rollstuhl fallen. Er sah sie an und lächelte, als sie sich neben ihn kniete. Er streckte den Arm aus und zog sie an sich.

»Ich bin froh, daß du endlich zu Hause bist, Ileana«, sagte er.

Trotz seines Gebrechens mußte der Baron viel auf Reisen gehen. Die Angelegenheit mit seinem Landbesitz war noch immer nicht geregelt. Er bemühte sich ständig um Verhandlungen mit dem gegenwärtigen Regime über eine Entschädigung für seine Verluste. Eine Rückkehr war unmöglich.

Immer wenn ihr Vater auf Reisen war, vertrieb sich Ileana die Zeit mit Freunden. Sie kam so selten wie möglich nach Hause, und sehr oft, wenn sie aus dem Wohnzimmer Stimmen hörte, benutzte sie die Hintertür.

Über ein Jahr später bekam sie einen Brief von einer Schulfreundin, die sie einlud, den Sommer bei ihrer Familie in Monte Carlo zu verbringen. Der Baron war gerade wieder unterwegs, und da lief sie mit dem Brief in der Hand in das Zimmer ihrer Mutter. Sie war ganz aufgeregt und gab ihr den Brief zu lesen.

Sie war außer sich vor Freude und sagte, während ihre Mutter las: »Ist das nicht wunderbar, mal rauszukommen aus Paris in dieser furchtbaren Hitze. An den Strand und ans Meer. Ich kann es gar nicht erwarten!«

Die Liebste faltete den Brief zusammen und legte ihn auf den Tisch. »Du kannst nicht fahren«, sagte sie. »Wir können es uns nicht leisten.«

»Ich kann nicht?« Ileana wollte es nicht glauben. »Aber ich brauchte doch gar kein Geld. Ich bin eingeladen.«

Die Liebste sah sie an. »Du brauchst was anzuziehen«, sagte sei. »Du kannst nicht losfahren und aussehen wie ein Lumpensammler.«

»Aber ich habe doch Kleider«, protestierte Ileana wütend. »Alles, was ich in der Schule bekommen habe, steht mir noch gut.«

»Die Mode hat sich geändert, und die Sachen sind zu altmodisch«, sagte die Liebste. »Ich möchte nicht, daß die Leute erfahren, daß du dir keine vernünftige Garderobe leisten kannst. Du wirst ihr einen Brief schreiben und ihr erklären, daß du leider schon anderweitige Abmachungen getroffen hast. Du kannst mein Briefpapier nehmen, wenn du willst.«

»Dein vornehmes Briefpapier kannst du dir sparen«, sagte Ileana, den Tränen nahe. »Ich hab mein eigenes.« Wütend verließ sie das Zimmer.

Sie war noch im Korridor, als es an der Wohnungstür klingelte.

Die Liebste rief: »Ach, Liebling, mach doch bitte die Tür auf. Ich bin in einer Minute fertig.«

Ileana biß die Zähne zusammen und ging zur Tür. Es war wieder einer von ihren amerikanischen Freunden. Er war schon leicht betrunken. Ileana stellte sich vor und sagte, sie sei die Schwester der Liebsten.

Er trat ein und setzte sich auf die Couch. Dann sah er sie an. »Die Baronin hat mir nie gesagt, daß sie eine so hübsche Schwester hat.«

Ileana mußte lachen über diesen typisch amerikanischen Versuch, galant zu sein. »Meine Schwester hat mir auch nie gesagt, daß sie einen so attraktiven Freund hat.«

Er lachte und war mit sich und der Welt zufrieden. »Wirklich schade, daß ich heute abend abreisen muß. Sonst hätten wir beide uns bestimmt näher kennengelernt.«

Aus dem Flur war die Stimme der Liebsten zu hören. »Du mußt nach Hause fahren, John? Oh, das tut mir aber leid.«

Sie kam ins Zimmer. John hatte Mühe aufzustehen. »Man hat mich zurückgerufen«, sagte er betrübt. »Eine dringende Sache in der Firma.«

»Das ist sehr schade«, sagte die Liebste und gab ihm die Hand.

»Wirklich schade«, sagte er ernst und sah ihr dabei in die Augen. »Dreimal haben wir uns zum Cocktail und zum Essen getroffen, und jedesmal habe ich mir gesagt, nächstes Mal klappt's. Und jetzt muß ich nach Haus fahren, und es gibt kein nächstes Mal mehr.«

»Aber du kommst doch wieder nach Paris zurück«, sagte die Liebste.

»Ja, aber wer weiß wann?« Er setzte sich wieder auf die Couch. Er sah die Liebste an. »Ich habe unten in der Bar drei Whiskys getrunken, bevor ich reingekommen bin.«

Die Liebste lachte ihr falsches Lachen, das Ileana so gut kannte. »Aber warum denn?« fragte sie.

Er machte ein ernstes Gesicht. »Ich muß dich etwas sehr Wichtiges fragen.«

Die Liebste sah Ileana an. »Holst du uns wohl ein bißchen Eis aus dem Kühlschrank, Liebling? John trinkt den Whisky gern mit viel Eis.«

Ileana ging aus dem Zimmer. Sie nahm die Eiswürfel aus dem Kühlfach und tat sie in ein Schälchen. Als sie wieder ins Zimmer kam, waren John und die Liebste still. Sie stellte das Schälchen auf den kleinen Couchtisch und entdeckte den Stapel Banknoten. Es war amerikanisches Geld.

Sie warf John einen schnellen Blick zu. Er sagte kein Wort. In der Hand hielt er noch seine Brieftasche. Sie sah ihre Mutter fragend an.

John bemerkte ihren Blick. Er sah zu der Liebsten: »Ich erhöhe auf zweitausendfünfhundert Dollar, wenn sie mitmacht.«

Plötzlich begriff sie, was er meinte. Sie rannte mit hochrotem Kopf aus dem Zimmer durch den Flur und schlug die Tür hinter sich zu.

Ein paar Augenblicke später kam die Liebste in ihr Zimmer. Sie betrachtete ihre Tochter mit ausdruckslosem Gesicht. »Warum bist du so weggelaufen?« fragte sie wütend. »Du hast dich absolut infantil benommen.«

Ileana starrte ihre Mutter an. »Aber du weißt doch, was er wollte, Mutter. So was Ekelhaftes. Er wollte, daß wir mit ihm ins Bett gehen.«

»Das brauchst du mir nicht zu erklären«, sagte die Liebste heftig.

»Du willst doch nicht mit ihm ins Bett gehen?« Ileana konnte es nicht fassen. »Mit diesem betrunkenen Kerl?«

»Ich werde mit ihm ins Bett gehen«, sagte die Liebste

ruhig. »Und du kommst mit!«

Ileana sprang auf. »Das werde ich nicht tun! Und du kannst mich nicht dazu zwingen!«

»Weißt du eigentlich, wieviel Geld das ist, zweitausendfünfhundert amerikanische Dollar? Eineinhalb Millionen Francs auf dem Schwarzmarkt. Was glaubst du denn, wovon wir die ganze Zeit gelebt haben? Von den zweiunddreißig Pfund Invalidenrente im Monat, die dein Vater von der Armee bekommt? Was glaubst du denn, wovon wir seine Medikamente und seine Arztrechnungen bezahlen? Von dem Landgut das er nie wiedersehen wird? Was meinst du denn, was für ein Leben das für mich ist? Ich soll mich mit einem Krüppel abgeben, der nicht gehen kann und nicht mehr dafür taugt, wofür ein Mann eigentlich taugen soll?« Die Liebste packte Ileana und schüttelte sie wütend. »Mit diesem Geld kannst du nach Nizza zu deinen Freunden fahren, wir können sechs Monate davon leben, und dein Vater kann sich endlich die Operation leisten, die er schon so oft hinausgeschoben hat.«

Ileana sank in ihren Sessel. »Ich mach's nicht. Ich kann es nicht. Allein bei dem Gedanken wird mir übel.«

Die Liebste lachte verächtlich. »Wovon redest du eigentlich? Daß ich nicht lache! Spiel mir hier nicht die unschuldige kleine Jungfrau vor. Ich weiß genau, was da auf deiner vornehmen Schule alles vor sich gegangen ist. Du tust jetzt, was ich sage, oder ich packe auf der Stelle meine Koffer, und du kannst dann deinem Vater erklären, warum ich es nicht mehr mit ihm ausgehalten habe. Du wirst ja sehen, was er zu deinem Benehmen zu sagen hat – wenn er dir überhaupt glaubt!« Sie machte kehrt und verließ das Zimmer.

Ileana blieb einen Augenblick sitzen, dann stand sie langsam auf und ging den Korridor hinunter. Unterwegs stieß sie gegen einen Tisch. Aus dem Wohnzimmer rief ihre Mutter.

»Bist du's, Ileana?«

»Ja«, sagte sie.

»Bist du bitte so lieb und bringst uns noch etwas Eis?«

»Ja, Liebste«, sagte Ileana. Das falsche Lachen ihrer Mutter drang bis zu ihr in die Küche.

Sie hörte ein leises Geräusch und fuhr im Bett hoch. Sie warf einen Blick auf ihre Mutter. Die Liebste schlief. Einen Arm hatte sie über ihr Gesicht gelegt, im Wohnzimmer war es hell. Der Amerikaner lag neben ihr auf dem Bauch und schnarchte.

Da war wieder das Geräusch. Ein leises Quietschen von den Rädern des Rollstuhls. Sie schrak zusammen. Hastig berührte sie ihre Mutter.

Die Liebste setzte sich auf, rieb sich die Augen. »Was, was?«

»Schnell, Mutter«, flüsterte sie, »nach nebenan! Schnell!«

Die Liebste war jetzt hellwach, sie machte ein ängstliches Gesicht. Sie wollte aus dem Bett, aber dann blieb sie doch sitzen. Es war zu spät. Die Tür ging auf.

Der Baron saß in seinem Rollstuhl und betrachtete die Szene. Sein Gesicht war weiß und unbewegt, seine Augen blickten kalt.

Der Amerikaner sprang aus dem Bett und griff mit zitternden Händen nach seiner Hose. »Ich – ich kann alles erklären«, stammelte er.

Die Lippen des Barons bewegten sich kaum. »Raus!«

Der Amerikaner stürzte aus dem Zimmer. Einen Augenblick später hörten sie ihn die Haustür zuschlagen.

Der Baron saß in seinem Rollstuhl und sah sie immer noch an. Sie starrten zurück, die Liebste war auf dem Bett zusammengesunken, und Ileana saß vorgebeugt und hielt eine Decke vor ihre Brust. Schließlich fing ihr Vater an zu sprechen.

Mit durchbohrenden Blicken fixierte er seine Frau. »Es hat dir wohl nicht genügt, daß ich immer weggesehen habe, weil ich dich einmal geliebt habe und mich für dich verantwortlich fühlte. Aber haßt du mich denn so sehr, daß du deine eigene Tochter zur Hure machst?«

Ileana sagte: »Vater, ich war's, ich habe ...«

Ihr Vater blickte zu ihr. Noch nie hatte sie so traurige Augen gesehen. »Zieh dir was an, Ileana«, sagte er mit sanfter Stimme, »und geh in dein Zimmer.«

Sie ging auf den Korridor, und er rollte auf seinem Stuhl

ins Zimmer und schloß die Tür hinter sich. Sie war gerade an der Tür zu ihrem Zimmer, als sie die Schüsse hörte. Sie rannte zurück und machte die Tür auf. Dann fing sie an zu schreien. Ihre Mutter lag tot auf dem Bett, ihr Vater saß tot im Rollstuhl, der Revolver neben ihm auf dem Fußboden rauchte noch.

Ihr Vater hinterließ ihr kein Geld, aber ihre Mutter hatte ein Vermögen von mehr als sechzigtausend Dollar. Ileana nahm das Geld, fuhr nach Monte Carlo und hatte in einer Woche alles verspielt. Sie fühlte sich erleichtert, als das Geld ausgegeben war. Erleichtert und sauberer. Dann fuhr sie nach Nizza und besuchte ihre Freundin.

Dort begegnete sie Cesare zum erstenmal. Er war bei dem jährlichen großen Rennen zweiter geworden. Hier lernte sie auch eine neue Art zu leben. Es ging ihr wie ihrer Mutter; immer fand sich ein reicher Mann, der ihr helfen wollte. Und als sie erkannte, wie ähnlich sie ihrer Mutter geworden war, zählte nichts mehr.

Das einzige, was noch zählte, war das Heute. Und das, was sie aus jedem Tag herausholen konnte.

Vierzehntes Kapitel

Cesare löste sich von ihr, ging wieder ins Wohnzimmer und rief abermals nach Tonio. Da erschien der Diener in der Bogentür zum Eßzimmer, eine große Tüte mit Lebensmitteln in den Armen.

»Exzellenz!« rief er. »Sie kommen ja so früh nach Hause!« Und bedeutungsvoll zum Schlafzimmer weisend, begann er mit Verschwörermiene zu flüstern: »Die Baronin de Bronczki ist...«

»Ich weiß«, unterbrach ihn Cesare. »Ich habe sie schon gesehen. Aber wo hast du gesteckt, Bengel?«

Ileana erschien in der Schlafzimmertür und antwortete an seiner Stelle: »Ich habe ihn losgeschickt, um Verschiedenes fürs Souper zu besorgen. Ich dachte es mir so nett, heute abend hier mit dir zu speisen.«

Cesare drehte sich zu ihr um und musterte sie. Sie trug eine enganliegende Torerohose aus schwarzem Samt, eine Bluse aus Goldlamé und goldfarbene Pumps. »So, hast du dir gedacht?« sagte er. »Wie kommst du darauf, daß ich zu Hause essen möchte? Vielleicht möchte ich im *El Morocco* soupieren?«

Sie schüttelte lachend den Kopf. Ihr langes schwarzes Haar glänzte im Licht, als sie auf ihn zukam. »O nein, Cesare, das könnten wir gar nicht. Heute abend jedenfalls nicht.«

»Warum nicht?«

»In dieser Kleidung ließe man mich gar nicht in das Lokal, und mehr als dies hier habe ich nicht mitgebracht.«

»Wie? Nur das? Wo ist denn deine übrige Garderobe?«

Ileana nahm sein Gesicht zwischen ihre Hände, küßte ihn auf die Wange, ging zur Couch und setzte sich.

»Tonio, bring uns Cocktails«, befahl Cesare.

Der Junge verbeugte sich. »Jawohl, Exzellenz«, sagte er und verschwand.

»Also, Ileana, was ist mit deiner Garderobe geschehen?«

»Die befindet sich in Kalifornien«, antwortete sie schlicht. »Alles, was ich bei mir habe, ist dieser Anzug und der Nerzmantel. Der Hoteldirektor war nämlich auch recht kleinlich. Er ließ mich nicht mehr auf mein Zimmer, sobald die Frau von meinem Texaner aufkreuzte und ihre Szene machte. Zum Glück hatte ich noch den Rückflugschein nach New York in der Handtasche. Also fuhr ich zum Flughafen, und hier bin ich nun.« Sie lächelte ihm zu. »War das nicht reiner Dusel?«

Ehe Cesare antworten konnte, war Tonio wieder da. »Die Cocktails, Signore.«

Tonio stellte die silberne Kaffeekanne und die winzigen Tassen auf den niedrigen Couchtisch und zog sich wieder ins Eßzimmer zurück. Cesare hörte ihn das Geschirr abräumen.

Er beobachtete, wie Ileana den Kaffee eingoß. Zu seiner Verwunderung fühlte er sich zu Hause einmal wohl und behaglich. Das war eben das Schöne bei Ileana. Sie machten

einander nichts vor, denn sie kannten sich zu gut.
Sie reichte ihm eine Tasse. »Zucker?«
Er schüttelte den Kopf, nahm die Tasse und begann langsam zu trinken. Für bitteren Kaffee hatte er eine Vorliebe.
»Du bist heute abend so still, mein Lieber«, sagte sie auf französisch.
»Ich bin müde«, gab er in derselben Sprache zurück. »Hatte sehr viel zu tun.«
Sie setzte sich neben ihn und streichelte sanft seine Schläfen. »Nun, also war es doch gut, daß ich vorgesehen hatte, mit dir hier zu essen, nicht wahr?«
Er nickte und schloß die Augen. Die leichte Berührung ihrer Finger beruhigte ihn.
»Wir gehen früh schlafen, und ich werde darauf achten, daß du dich schön ausruhst«, fuhr sie fort. »Ich werde dich möglichst wenig stören und mich im Bett ganz klein machen.«
Cesare öffnete die Augen, sah sie wieder an und sagte: »Morgen werde ich für dich ein Hotelzimmer nehmen. In meinem Hotel.«
»Das wird nicht nötig sein«, entgegnete sie rasch. »Die Wohnung ist doch komfortabel, und Platz genug ist hier auch.«
»Amerikaner sehen so etwas anders, das weißt du selbst, Ileana«, sagte er lächelnd. »Es ist besser, wenn du ein Hotelzimmer hast.«
Sie gab ihm einen flüchtigen Kuß. »Also gut, wie du meinst.«
Er trank einen Schluck Kaffee. Tonio kam wieder herein. »Haben Exzellenz noch Wünsche?«
»Nein, danke, Tonio. Gute Nacht.«
»Angenehme Ruhe, Exzellenz. Angenehme Ruhe, Baronessa«, sagte Tonio gewandt.
»Gute Nacht, Tonio«, erwiderte Ileana freundlich und sah dem kleinen Diener nach, als er hinausging. Dann füllte sie wieder Cesares Tasse. »Ich habe mir das überlegt«, sagte sie. »Wir können nicht jeden Abend zu Hause essen.«
Nun lächelte er breit, denn er wußte, was kam. Seine

Rechte griff schon in die Tasche. »Wieviel wirst du brauchen?«

Einen Moment schien sie nachzudenken. »Da ich ja nun für dich arbeiten werde, ist es wohl nicht unziemlich, einen kleinen Vorschuß auf mein Gehalt anzunehmen.«

Er nickte. »Absolut nicht. Das ist allgemein üblich.«

»Fein.« Sie strahlte. »Dann wird mir die Bitte nicht schwer. Gib mir vielleicht tausend – nein: lieber zweitausend. Du kannst sie ja von meinem Gehalt abziehen.«

»Zweitausend Dollar?«

Ileana nickte ernst. »Ich will mich bemühen, damit alle meine Ausgaben zu decken.«

»Was willst du denn kaufen? Das Haus Dior etwa?« rief er.

»Sei nicht albern, Cesare. Du erwartest doch nicht, daß ich mich in diesem Aufzug in der Stadt zeige?«

Er lachte. »Na schön, ich werde dir einen Scheck geben.« Er ging an seinen Schreibtisch, füllte den Scheck aus und reichte ihn ihr. »Das dürfte genug sein.«

Sie nahm den Scheck und legte ihn neben ihre Kaffeetasse. Er lautete auf zweitausendfünfhundert Dollar. Als sie Cesare wieder anblickte, tat er ihr auf einmal leid. Er war anders als sonst. Sanft zog sie ihn neben sich auf die Couch und sagte leise: »Vielen Dank, Cesare.«

»Nicht der Rede wert«, erwiderte er. »Schließlich müssen wir zusammenhalten. Sind wir nicht die letzten Überbleibsel einer sterbenden Zivilisation?«

In seinen Augen las sie tiefe Enttäuschung über die Sinnlosigkeit des Lebens und merkte erstaunt, daß sie sich um ihn großen Kummer machte. Sie küßte ihn zärtlich.

Big Dutch spähte angestrengt durch das Rückfenster der Limousine. Als er Cesare und Ileana aus dem *El Morocco* kommen sah, rief er: »Motor an!«

Der Portier pfiff nach einem Taxi. Big Dutch bemerkte, daß Ileana etwas zu Cesare sagte und daß der lächelnd dem Portier abwinkte. Sie entfernten sich zu Fuß in der falschen Richtung.

Big Dutch fluchte. Vier Abende und Nächte hatten sie alles ausbaldowert, und stets hatte dieser Cardinali Taxis genommen. »Die gehen zu Fuß«, knurrte er. »Fahr in die Dreiundfünfzigste Straße. Wir müssen versuchen, sie auf der Lexington Avenue abzufangen.«

Als sie jedoch nordwärts in die Lexington einbogen und schnell bis zur nächsten Ecke fuhren, sausten sie glatt an den beiden vorbei, die sich auf dem Trottoir der Gegenseite befanden und gerade in die Dreiundfünfzigste Straße in Richtung Park Avenue einbogen. Soviel hatte Big Dutch noch eben wahrgenommen. »Verdammt, wir haben sie verpaßt!« fluchte er. »Jetzt rüber zur Fünfundfünfzigsten und dann am Central Park entlang. Vielleicht tauchen sie da wieder auf.«

Der Fahrer drehte sein verängstigtes Gesicht halb zu ihm um und sagte nervös: »Mir gefällt das nicht, Boss. Vielleicht wäre es besser an einem anderen Abend.« Er blickte gerade noch rechtzeitig wieder nach vorn, um die Kollision mit einem Lastzug zu vermeiden.

»Paß auf deine Straße auf, Mensch!« herrschte Big Dutch ihn an. »Ich habe gesagt, daß es heute sein muß, basta.«

Ungeduldig sah er die Straße hinunter, als sie an der Kreuzung Park Avenue vor Rot warteten. Heute muß es sein! grübelte er. Meine Alte platzt sonst vor Wut. Die ganzen Abende bin ich abgehauen, um diesen Job vorzubereiten, und mehr läßt sie sich bestimmt nicht gefallen.

Als Grün kam, fuhren sie weiter. »Da sind sie«, sagte Big Dutch aufgeregt. Eben gingen sie am Pavillon vor dem Seagram Building vorbei und blieben dann stehen, um die Lichtreflexe im Springbrunnen zu betrachten.

»Bieg in die Zweiundfünfzigste«, befahl Big Dutch und ergriff die auf dem Sitz neben ihm liegende Maschinenpistole. »Wir knallen ihn ab, wenn er die Stufen runterkommt!«

Die große Limousine bog ein und bremste dicht an der östlichen Straßenecke. Big Dutch hielt Umschau. Die Luft war rein. Er blickte zum Pavillon hinauf. Cesare und Ileana spazierten gerade gemächlich zu den Stufen der ersten Fontäne.

Er hob die MP und nahm das Paar ins Visier. Mußte ja ein

Kinderspiel sein. Er lächelte. Wenn ein Job richtig ausgeführt werden soll, muß man's selber machen, dachte er. Hat keinen Zweck, so etwas den jungen Ganoven anzuvertrauen.

Cesare und Ileana betraten die oberste Stufe. Big Dutch hatte Cesare genau im Visier: »Jetzt!« schrie er und drückte auf den Abzug.

Sein Fahrer gab Gas, und der Motor donnerte zugleich mit dem Knall der Schüsse. Zwei waren heraus – kein Treffer – Ladehemmung. Big Dutch sah, wie Cesare sich nach der Limousine umdrehte, die in diesem Moment anfuhr. Wild ratterte er an dem verklemmten Magazin und konnte dabei sehen, wie Cesare die Frau in das Becken des Springbrunnens stieß und sich hinter die kleine Randmauer duckte. Er fluchte und zerrte an dem Verschluß, aber das Ding funktionierte nicht.

Jetzt bogen sie bereits um die Ecke zur Lexington Avenue. Durchs Rückfenster sah der Gangster noch, wie Cesare die Frau wieder aus dem Wasser zog. Erbost warf Big Dutch die Waffe auf das Polster.

»Haben Sie ihn erwischt, Boss?« fragte der Fahrer über die Schulter.

»Nein«, knurrte Big Dutch.

»Wohin jetzt, Boss?« fragte der Fahrer beinahe vergnügt.

»Zum Gewerkschaftsbüro.«

In diesem Moment gab es einen lauten Knall. Big Dutch griff hastig nach dem Revolver in seiner Tasche. Der schwere Wagen holperte und bumste und rutschte seitlich weg. Der Fahrer lenkte ihn an den Randstein. »Haben einen Platten«, sagte er.

Big Dutch starrte ihn an. »Sonst noch was?« rief er bissig, stieg aus und winkte einem vorbeikommenden Taxi.

Fünfzehntes Kapitel

»Bist du verletzt?« fragte Cesare, als er die triefendnasse Ileana aus dem Wasserbecken des Springbrunnens hob. Der Schrecken stand ihr noch im Gesicht.
»Cesare, haben diese Banditen auf dich geschossen?«
Er blickte schnell nach allen Seiten. Es kamen jetzt Leute aus dem Gebäude. »Nicht sprechen.« Er führte sie rasch zum Trottoir und hielt ein Taxi an. Sie stiegen ein.
»Hotel *The Towers*«, wies Cesare den Chauffeur an. Sobald sie saßen, wiederholte er seine Frage, ob sie verletzt sei.
»Nein, es hat mir nichts geschadet.« Sie war noch wie betäubt. »Aber sie haben auf dich geschossen, nicht wahr?«
»Ich hatte keine Zeit, mich zu erkundigen.«
Sie fing an zu zittern. Cesare zog seinen Mantel aus und umhüllte ihre Schultern. Sein Blick war kalt und hart, als er sagte: »Kein Mensch darf davon etwas erfahren, hast du verstanden?«
»Ja«, murmelte sie und war bemüht, das Klappern ihrer Zähne zu unterdrücken.
Wenig später hielten sie vor dem Hotel. Cesare bezahlte den Fahrer. Er hatte eine Zwanzigdollarnote so in der Hand, daß der Mann sie sehen konnte. Er sagte: »Sie haben uns bestimmt nicht hierher gefahren, verstehen Sie?«
Die Banknote verschwand in der Faust des Chauffeurs. »Verstanden. Habe Sie nie gesehen.«
Cesare schloß die Tür zu Ileanas Zimmer auf und trat zurück, um sie hineinzulassen. »Vielleicht ist es besser, wenn ich erst mal mit dir nach oben gehe. Ich fürchte mich heute abend, allein zu sein«, sagte sie.
Er überlegte einen Augenblick. Vielleicht wäre es gut, diese Nacht bei ihr zu verbringen.
»Einverstanden. Ich werde mich aber erst umziehen«, sagte er. »Es dauert nicht lange, dann bin ich wieder bei dir.«

Big Dutch saß in seinem leeren Büro im Gewerkschaftshaus. Er griff nach der Flasche Whisky auf seinem Schreibtisch und schenkte sich wieder ein. Von nebenan hörte er schwaches Gemurmel. Die Hafenarbeiter waren bei der Morgenzählung. Er nahm sein Glas und goß den Inhalt hinunter.

Vielleicht hatten die anderen doch nicht ganz unrecht, wenn sie meinten, daß sich ein so bedeutender Mann wie er mit solchen Jobs nicht befassen und sie lieber den jungen Bengels überlassen sollte. Wenn die das auch nicht so gut konnten wie er – jedenfalls hatte er mehr zu verlieren als sie.

Sehnsüchtig dachte er an seine Jugendzeit. Schöne Tage waren das doch damals! Die Prohibition und so weiter. Die Welt stand seinesgleichen offen. Man sagte den Konkurrenten auf den Kopf zu, was man von ihnen dachte, und wer einem in die Quere kam, den nahm man entsprechend aufs Korn. Man brauchte nicht zu warten, bis ein lausiges »Konsilium« zusammentrat und Beschlüsse faßte.

Er erinnerte sich noch gut daran, wie Lep ihn und Sam Vanicola in die kleine unkonzessionierte Kneipe in Brooklyn bestellt hatte. »Sam und du, ihr beide werdet einen kleinen Ausflug nach Monticello machen und Varsity Vic umlegen«, hatte er gesagt. »Er ist mir in letzter Zeit ein bißchen zu üppig geworden. Er muß von der Bildfläche verschwinden, aber restlos. Kapiert?«

»Okay, Lep«, hatten sie gesagt, waren an die Theke gegangen und hatten sich mit sechs Flaschen Whisky eingedeckt, damit ihnen die Fahrt nicht zu langweilig wurde.

Als sie draußen waren, stritten sie sich, welches Auto sie nehmen sollten. Er konnte Sams Chevy nicht leiden, und Sam gefiel sein Jewett nicht. Sie schlossen einen Kompromiß und klauten einen großen Pierce, der vor einem der großen Gebäude in Brooklyn Heights parkte.

Die Fahrt dauerte damals fünf Stunden, und es war fast zwei Uhr morgens geworden, als sie vor Varsity Vics Kneipe an der Landstraße hielten. Sie hatten noch drei Flaschen Whisky im Auto.

Sie stiegen aus und reckten und dehnten sich. »Schnupper mal die Luft hier«, hatte Sam gesagt. »Riecht doch ganz anders als in der Stadt. Richtig sauber. Mensch, hier sollte man leben.«

Er erinnerte sich auch noch an die Grillen die gezirpt hatten, als sie in die Kneipe gegangen waren. Es war noch ziemlich voll, und die letzte Show lief gerade. Sie blieben in der Tür stehen und sahen sich an, wie die Mädchen auf der verdunkelten Tanzfläche eine Variation des Black Bottom tanzten. »He! Sieh sie dir an!« hatte er gesagt. »Die dritte von hinten. Die schnapp ich mir. Bei der springen die Titten wie Gummibälle!«

»Dafür haben wir jetzt keine Zeit«, hatte Sam gesagt und ihn an die Theke gezogen. »Wir müssen arbeiten. Laß uns noch was trinken.«

»Hausmarke«, bestellte Sam.

Der Schankkellner stellte eine Flasche Whisky vor sie auf die Theke. »Wie kommt ihr denn noch aus der Stadt hierher?« fragte er schlecht gelaunt.

»Wir haben einen kleinen Ausflug gemacht«, meinte Big Dutch fröhlich. »Es war uns heute zu heiß in der Stadt.«

»Ganz schön heiß war's hier auch«, sagte der Schankkellner.

»Noch allerhand los hier, wie ich sehe«, sagte Sam und lehnte sich auf die Theke.

»Mal so, mal so«, sagte der Kellner unverbindlich.

»Ist Vic da?« fragte Sam nebenher.

»Hab ihn nicht gesehen heute abend«, entgegnete der Kellner ebenso beiläufig.

Die Nummer war zu Ende, und die Mädchen mußten auf dem Weg zu den Umkleideräumen hinter der Theke vorbei. Er beugte sich vor und fummelte dem Mädchen an der Brust herum, als sie vorbeikam.

Sie drehte sich sofort um und sah ihn an. »Unverschämtheit!« sagte sie, lächelte und ging weiter.

»Das kann ich für Sie fingern«, sagte der Schankkellner bedeutsam.

»Ich komme bei Gelegenheit darauf zurück«, sagte er und starrte dem Mädchen nach.

Er sah Sam an und nickte. Sam wandte sich um und machte sich auf den Weg zum Büro des Geschäftsführers.

Der Schankkellner beugte sich zu dem Alarmknopf hinunter.

»An deiner Stelle würde ich die Finger davon lassen«, sagte er und grinste vergnügt.

Der Schankkellner richtete sich langsam auf. Er nahm einen Lappen und fing an, die Theke zu putzen. »Mich geht das ja sowieso nichts an«, sagte er. »Ich bin hier nur Schankkellner.«

»So ist's recht«, meinte er. »Dabei wollen wir's auch belassen.«

Er folgte Sam, der schon vor der Bürotür stand.

Sie gingen hinein. Varsity Vic saß hinter seinem Schreibtisch. Er sah auf und lächelte kurz. »Kommt rein, Leute«, sagte er.

Sie machten die Tür hinter sich zu. »Wir haben eine Nachricht vom Boss«, sagte er. »Er will dich sehen.«

»Okay.« Varsity Vic drehte sich halb zu seinem Leibwächter um, der sofort aufsprang. »Ihr braucht mir bloß Bescheid zu sagen. Ich komme jederzeit, wann immer er will.«

»Er will dich jetzt gleich sprechen«, sagte er.

Varsity Vic sah ihn erstaunt an. »Hat das nicht bis morgen Zeit? Ich kann jetzt hier nicht weg.«

Sie drehten sich beide um, als wollten sie wieder gehen.

Der Leibwächter grinste und steckte seinen Revolver weg. Sam schlug ihn mit einem gezielten Fausthieb nieder. Sie wandten sich wieder zu Varsity Vic.

»Du weißt, daß der Boss nicht gern wartet«, sagte er.

Varsity Vic war blaß geworden, als sie ihn in die Mitte nahmen und mit ihm die Kneipe verließen. Der Schankkellner sah ihnen verdrossen nach und polierte mit seinem Lappen immer wieder dieselbe Stelle.

Er hatte sich mit Varsity Vic auf den Rückstiz gesetzt, Sam war vorn eingestiegen und fuhr. Sobald sie außer Sichtweite der Kneipe waren, nahm er eine neue Flasche Whisky und entkorkte sie mit den Zähnen. Er hielt Vic die Flasche hin.

»Nimm einen Schluck«, sagte er. »Du siehst aus, als ob dir kalt ist.«

Varsity Vic schüttelte den Kopf.

»Na los«, drängte er. »Das Zeug ist gut. Nicht so ein Fusel, wie du ihn verscheuerst.«

Varsity Vic schüttelte wieder den Kopf. Als er endlich den Mund aufmachte, klang seine Stimme erstickt. »Ich gebe euch beiden einen Riesen, wenn ihr mich hier rausläßt.«

Big Dutch hatte noch einen Schluck aus der Flasche genommen. Er sah ihn an und sagte kein Wort.

»Ich gebe euch zwei Riesen«, sagte Vic hastig. »Was kriegt ihr denn für diesen Job? Hundert? Hundertfünfzig? Zwei Riesen ist 'ne schöne Stange Geld.«

»Hörst du, was er sagt, Sam?« rief er.

»Ich höre ihn«, war die Antwort.

»Hast du die Piepen bei dir?« fragte er.

»Hier in meiner Tasche«, sagte Vic und klopfte auf sein Jackett.

»Okay«, sagte er. Er sah aus dem Fenster. Sie waren jetzt schon auf dem Land. Häuser waren nicht mehr zu sehen. »Fahr runter von der Straße, Sam«, rief er.

Der Wagen kam auf dem weichen Boden zum Stehen. »Gib mir die Piepen«, sagte er.

Varsity Vic zog mit zitternden Händen seine Brieftasche heraus. Hastig zählte er die Scheine auf den Sitz. »Zwei Riesen«, sagte er. »Ihr könnt euch freuen. Das ist alles, was ich bei mir hatte.« Er zeigte die leere Brieftasche.

»Stimmt«, sagte er, »da können wir uns freuen. Und nun raus mit dir.«

Varsity Vic machte die Wagentür auf und stieg aus. Er drehte sich noch einmal um. »Schönen Dank, Leute«, sagte er. »Das werde ich euch nicht vergessen.«

»Darauf möcht ich wetten.« Sam lachte, als der den Abzug seiner Automatic drückte.

Die schweren 45er-Kugeln warfen Varsity Vic fast drei Meter zurück in die Büsche. Sie stiegen aus dem Auto und sahen ihn sich an. Er bäumte sich auf, und dann blieb er liegen und rührte sich nicht mehr.

»Pump Benzin aus dem Tank und bespreng ihn damit«, sagte er.

»Wozu?« fragte Sam.

»Lep hat gesagt: ›Er muß von der Bildfläche verschwinden, aber restlos.‹ Und wenn der Boss so was sagt, dann meint er's ernst.«

Danach setzten sie sich auf das Trittbrett des Pierce, tranken die restlichen Flaschen Whisky und sahen in die Flammen. Als sie das Auto wieder starten wollten, stellten sie fest, daß Sam alles Benzin aus dem Tank gepumpt hatte. Sie mußten fünf Kilometer weit laufen, bis sie ein anderes Auto knacken und zurück in die Stadt fahren konnten.

Big Dutch seufzte und goß sich noch einen ein. Vorbei, die schönen alten Tage. Aus und vorbei. Auch Lep und Sam. Lepke hatten sie auf dem elektrischen Stuhl schmoren lassen, und Sam Vanicola wurde im Schwimmbassin erstochen.

Er nahm sein Glas vom Schreibtisch und betrachtete es sinnend. Durch ein Glas voll Whisky sah alles wie Gold aus. Schuld an dem ganzen Fiasko hatten diese Makkaronifresser. Er selbst hatte nie geglaubt, daß Sam als Kronzeuge reden würde. Nein, Sam nicht, sein guter alter Kumpel. Und trotzdem hatten sie den kaltgemacht. Wie die Blutegel waren die: Saßen sie einem erst mal im Nacken, dann ließen sie nie wieder los. Doch diesmal würde alles ganz anders verlaufen. Diesmal würde er es denen schon zeigen.

Big Dutch leerte sein Glas und griff zum Telefon. Ist wohl besser, wenn ich meine Alte mal anrufe und ihr erzähle, daß ich gleich nach Hause komme. Toben wird sie ja sowieso.

Er wählte die Nummer und war so in Gedanken versunken, daß er gar nicht bemerkte, wie Cesare leise die Tür öffnete...

Sechzehntes Kapitel

Am nächsten Vormittag kam Tonio eilig in Cesares Zimmer und meldete, daß Mr. Baker ihn sprechen wolle.

»Führ ihn herein.« Cesare, der gerade nach einem Glas Orangensaft gegriffen hatte, leerte es in einem Zuge und erhob sich, als Baker das Zimmer betrat. »Mr. Baker, ich habe nicht erwartet, Sie schon so bald wieder begrüßen zu können«, sagte er. »Nehmen Sie Platz und trinken Sie einen Kaffee mit.«

Baker setzte sich und beobachtete Cesare, während Tonio für ihn eine Tasse füllte. »Wie ich erfuhr, hatten Sie gestern abend ein wenig Ärger«, begann er.

»So?« fragte Cesare erstaunt. »Wie kommen Sie denn darauf?«

»Durch die Morgenzeitungen.«

»Die habe ich noch nicht gelesen.«

Baker deutete auf die zusammengefaltete Zeitung neben Cesares Tasse. »Wirklich nicht?«

Cesare lächelte. »Das ist das *Wall Street Journal*. Es ist das einzige Blatt, das ich lese.«

Baker spürte, wie Zorn in ihm hochstieg über soviel Unverfrorenheit. Er zog aus seiner Manteltasche eine *Daily News* und breitete sie wortlos vor Cesare aus.

Cesare las mit unbewegtem Gesicht die Schlagzeile.

STILETTO SCHLÄGT WIEDER ZU!
BIG DUTCH ERMORDET!

»Ja und? Was hat das mit mir zu tun?« Cesare zuckte die Achseln. »Ich erklärte Ihnen doch schon, daß ich diesen Mann nicht kenne.«

»Auf Seite fünf steht ein anderer Artikel«, entgegnete Baker. »Kurz nach Mitternacht wurden ein Mann und eine Frau auf der Park Avenue, vor dem Seagram Building, beschossen. Die Frau fiel in das Becken des Springbrunnens, und beide entfernten sich eilig, bevor jemand sie erkennen konnte.«

Cesare bestrich ein Stück Toast mit Butter. »So?«

»Diese Baronin, mit der Sie gestern nacht ins Hotel kamen – der Portier sagt aus, daß ihr Kleid tropfnaß gewesen sei.«

»Auf mich hat keiner geschossen«, sagte Cesare gleichmütig und tat Marmelade auf seinen Toast.

Baker trank etwas Kaffee. »Ihre Behauptung erklärt aber noch nicht, warum das Kleid der Dame so naß war.«

Ileana betrat das Zimmer. »Weshalb fragen Sie nicht die

Dame selbst?« sagte sie und kam zum Tisch.

Die Männer standen auf. Cesare stellte vor. »Mr. Baker gehört zum FBI«, ergänzte er.

»Oh!« Ileana machte große Augen, blickte Cesare an und fragte besorgt: »Hast du Scherereien?«

Er lächelte. »Ich glaube nicht, aber Mr. Baker meint, ein paar Leute versuchen, mich umzubringen.«

»Wie fürchterlich!« Ileana wandte sich wieder an Baker und fragte: »Wollen Sie deshalb wissen, warum mein Kleid naß wurde?«

Baker nickte.

»Es war sehr peinlich«, erklärte Ileana kurz. »Wir waren im *El Morocco*, und dort hatte ich leider zuviel Sekt getrunken. Ich stolperte in meinen neuen, hochhackigen Schuhen und fiel in eine Pfütze. Ich hoffte, daß es niemand gesehen hat.«

»Wissen Sie bestimmt, daß Sie nicht in den Springbrunnen am Seagram Building gefallen sind?« fragte Baker.

Sie spürte den deutlichen Zweifel an ihren Worten und lächelte hochmütig. »Selbstverständlich weiß ich das!«

»Und was taten Sie anschließend?«

»Graf Cardinali brachte mich auf mein Zimmer. In diesem Hotel.«

»Um welche Zeit ging er fort?«

Sie blickte Cesare an, der beruhigend zu ihr sagte: »Das brauchst du nicht zu beantworten, wenn du nicht willst.«

»Ist es denn wichtig?« fragte sie Baker.

Er nickte ernst. »Ja, sehr wichtig.«

Sie holte tief Atem, bevor sie antwortete: »Vor etwa einer Stunde. Als er zum Frühstück hierher in sein eigenes Appartement ging.« Sie hielt Bakers Blick ohne Verlegenheit stand.

Cesare erhob sich. Seine Stimme war leise, jedoch eisig. »Und jetzt, Mr. Baker, haben Sie wohl – für einen Vormittag – genügend Fragen gestellt?«

Auch Baker erhob sich, sah auf die sitzende Ileana hinab. »Ich bedaure, Baronin, wenn meine Fragen für Sie vielleicht peinlich waren, aber das gehört zu meinen beruflichen

Pflichten.« Dann wandte er sich an Cesare. »Ich rate Ihnen, künftig noch vorsichtiger zu sein, Mr. Cardinali. Die überlebenden Männer dieser Clique sind nun für Sie viel gefährlicher.«

»Ich werde Ihren Rat befolgen.«

Tonio kam wieder herein, emsig wie stets. »Das neue Gepäck wird rechtzeitig fertig sein, Exzellenz«, meldete er. »Ich bin dann um vier damit auf dem Flughafen.«

»Danke, Tonio«, sagte Cesare, doch es klang ärgerlich.

Baker sah ihn an. »Sie verreisen?«

»Ich habe meine Teilnahme am Straßenrennen von Gran Mexico zugesagt«, antwortete Cesare. »Es beginnt übermorgen. Mein Ferrari ist schon dort.«

»Und ich reise mit«, sagte Ileana. »Das wird sicher sehr aufregend.«

Baker sah von einem zum anderen und meinte lächelnd: »Na, dann Hals- und Beinbruch.« Damit ging er hinaus.

Cesare wartete, bis die Wohnungstür zuklappte, und fuhr Ileana zornig an: »Warum hast du ihm gesagt, daß du mitreist?«

Sie lächelte strahlend. »Ich habe nur versucht, dir zu nützen, Cesare.«

»Wenn ich dich hätte mitnehmen wollen, hätte ich dich darum gebeten.«

»Oh! Ist eine andere Frau im Spiel?« fragte sie leichthin.

»Nein, keine andere Frau!« sagte er mit unterdrückter Wut.

»Warum regst du dich dann so auf? Unter diesen Umständen fahre ich auf jeden Fall mit«, sagte sie sachlich. »Im übrigen kann ich mir nicht leisten, für deine Firma zu arbeiten. Ich habe nämlich heute früh mit deiner Sekretärin telefoniert, und die sagte mir, daß für mich ein Gehalt von ganzen einhundertfünfundzwanzig Dollar wöchentlich vorgesehen ist.«

Nun brach Cesares Wut offen aus. »Was hast du dir denn vorgestellt, wie? Du kannst doch überhaupt nichts!«

›Ich habe mir nicht die leiseste Vorstellung gemacht.« Ileana hob die hübschen Schultern. »Aber – so eine Summe

brauche ich ja täglich, mindestens.« Sie aß etwas Fruchtfleisch von einer Grapefruit, die sie sich bei Tonio bestellt hatte, und setzte hinzu: »Diese Grapefruit ist ganz köstlich.«
Er mußte unwillkürlich lächeln.
In dem Bewußtsein, sich bei ihm wieder durchgesetzt zu haben, sah sie ihn an und erklärte munter: »Übrigens kommen ein paar schwerreiche Männer aus Texas zum Rennen nach Mexico City. Ich kenne sie.«

Siebzehntes Kapitel

Der Empfangschef des Hotels *El Ciudad* in Mexico City gestattete sich ein vielsagendes Lächeln. »Die Baronin hat ein reizendes Appartement direkt neben Ihrem, Graf Cardinali.«
Cesare, der sich ins Gästebuch eintrug, warf ihm einen flüchtigen Blick zu. »Das ist ja fein. Danke«, sagte er kurz.
»Wir haben ein Telegramm für Sie.« Der Empfangschef holte unter dem Tisch ein Kuvert hervor. Cesare öffnete es, während er wieder zu Ileana ging. Den Text beachtete er kaum, denn es war die von Emilio Matteo avisierte Mitteilung. »Ich erfahre gerade, daß mein Mechaniker erkrankt ist.«
»Das tut mir leid!« rief Ileana. »Ernsthaft?«
»Es bedeutet, daß ich einen Ersatzmann finden muß«, antwortete er. »Ich will gleich mal zur Garage gehen und sehen, was sich machen läßt.«
»Ja, gut. Bleibst du lange?«
»Das weiß ich nicht«, antwortete er. »Geh schon auf dein Zimmer und richte dich ein. Es kann eine Weile dauern. Zum Abendessen hole ich dich jedenfalls ab.«

In der Garage herrschte hektischer Betrieb, als Cesare hereinkam. Alle Wagen wurden vor dem Rennen noch einmal überholt.
Er ging durch den Raum zu dem kleinen Büro an der Rückwand. Der Garagenmeister kam auf ihn zu. »Graf Cardinali!« rief er erfreut. »Schön, Sie wiederzusehen.«

Cesare ergriff die dargebotene Hand. »Und ich sehe Sie auch jedesmal gern, Señor Esteban«, sagte er.

»Ihr Wagen steht auf der unteren Rampe, Box 12«, erklärte Esteban. »Sie wollen ihn sich doch gewiß gleich anschauen!«

»Ja, das möchte ich gern, aber im Moment beschäftigt mich ein schwieriges Problem. Mein Mechaniker ist erkrankt, ich brauche Ersatz für ihn.«

Das Lächeln des Garagenmeisters wich sogleich einem besorgten Ausdruck. »Das ist allerdings schwierig, Graf Cardinali. Alle Ferrari-Spezialisten sind doch fest verpflichtet.«

»Weiß ich, aber trotzdem müssen wir Ersatz schaffen, sonst kann ich nicht starten.«

»Dazu dürfen wir's nicht kommen lassen«, sagte Esteban rasch. »Ich werde mich umtun und rufe Sie sofort, wenn ich Erfolg habe.«

»Vielen Dank.« Cesare lächelte. »Ich bin also vorläufig beim Wagen und werde mir Mühe geben, ihn selber startbereit zu machen.«

Eine Stunde ungefähr hatte er schon an seinem weißen Ferrari hantiert, als er eine Frau bemerkte, die auf ihn zukam. Er richtete sich auf. Wie flott und sportlich sie in dem weißen Overall aussieht, dachte er bewundernd.

Vor seinem Wagen angekommen, fragte sie mit einer tiefen, sympathischen Stimme: »Graf Cardinali?«

Er nickte, fischte eine Zigarette aus seinem Jackett, das er an die Wagentür gehängt hatte, und antwortete: »Ja, bitte?«

»Señor Esteban sagte mir, daß Sie einen Mechaniker suchen.« Ihre Augen waren tiefblau.

»Wissen Sie denn einen, der frei ist?«

»Ich bin selber einer«, erklärte sie lächelnd.

»Sie?« fragte er verblüfft. »Nein, dieses Rennen ist nichts für Frauen. Es geht über siebzehnhundert Kilometer.«

Sie wurde ernst. »Ich bin auch solche Strecken schon gefahren, wenn es sein mußte. Aber wir fahren gar nicht so weit«, erklärte sie gelassen.

Cesare starrte sie fassungslos an. »Wie meinen Sie das?«

»Es wird nicht nötig sein, so weit zu fahren, weil . . .« Sie neigte sich über die Motorhaube und flüsterte: »Don Emilio hat andere Pläne.«

Er war überrascht. Mit einer Frau hatte er nicht gerechnet. Sie richtete sich wieder auf und reichte ihm lächelnd die Hand. »Ich heiße Luke Nichols.«

»Ja, aber – kennen Sie die Wagen von Ferrari auch wirklich genau?« fragte Cesare skeptisch.

»Ganz genau. Ich habe in vielen Ländern Rennen auf Ferrari gefahren.« Sie sah über Cesares Schultern Esteban kommen und ergänzte: »Fragen Sie ihn.«

Cesare drehte sich um. Esteban sagte, gutmütig grinsend: »Wie ich sehe, haben Sie sich schon zusammengefunden. Das ist fein.«

»Aber eine junge Frau in diesem schweren Rennen? Das hat's doch noch nie gegeben!« protestierte Cesare.

»Für Sie ist das ein besonderer Glücksfall, Graf Cardináli«, versicherte ihm Esteban. »Señorita Nichols hat viele Angebote bekommen, hatte sich aber bereits entschlossen, bei diesem Rennen gar nicht mitzumachen – bis sie hörte, daß Sie so in der Klemme sitzen. Voriges Jahr fuhr sie noch selber einen Ferrari.«

Cesare wandte sich ihr wieder zu. »Es war also Ihr eigener? Und was ist damit?«

Sie zuckte mit den Schultern. »Ich verlor das Rennen, und der Wagen war schon bis an die Radkappen verpfändet. Ich hoffte, hier in Mexiko vielleicht einen gebrauchten billig kaufen zu können, hatte aber damit kein Glück.«

»Na schön«, sagte Cesare, »wenn mein Freund Señor Esteban es bestätigt, müssen Sie ja allerlei von Rennen verstehen. Übliche Teilung des Geldpreises, falls wir gewinnen. Wenn nicht, fünfhundert als Entschädigung – einverstanden?«

»Einverstanden, Mr. Cardinali.«

Er nahm sein Jackett und zog es an. »Machen Sie gleich eine Kontrollfahrt. Straße natürlich. Und fordern Sie dem Motor etwas ab. Geben Sie mir um fünf Uhr einen kompletten Bericht über Leistung und Zustand des Wagens. Ich bin dann in der Bar des Hotels *El Ciudad*.«

»Okay«, erwiderte sie und sagte kühl zu Esteban: »Wollen Sie bitte dafür sorgen, daß ich die Montiergrube 2 bekomme, Señor Esteban? Die mit dem neuen elektrischen Zeitmesser? Vor allem möchte ich mich auch über den Zustand der Kabel vergewissern.«

Esteban nickte. Cesare ging die Rampe hinauf. Als er oben ankam und zurückblickte, war sie schon dabei, den Ferrari über die Grube zu fahren.

Die Bar des *El Ciudad* hatte indirekte Beleuchtung. Sie war so indirekt, daß Cesare gerade noch den Drink vor sich sehen konnte. Auf die Armbanduhr zu blicken war zwecklos, denn die Ziffern konnte er nicht erkennen.

Die Tür ging auf, ein Sonnenstrahl zerteilte die Düsternis des Raumes. Luke Nichols kam herein, blieb stehen, um ihre Augen an die Dunkelheit zu gewöhnen. Cesare stand auf und winkte ihr zu.

Gelassen setzte sie sich ihm gegenüber an den Tisch in der Nische. »Hier müßten sie einen mit Grubenlampen ausrüsten, wenn man den Raum betritt«, sagte sie lachend.

»Ja, es ist reichlich dunkel«, bestätigte er. Der Kellner kam in ihre Nähe. »Könnten wir etwas mehr Licht haben, ehe wir erblinden?« fragte ihn Cesare.

»Aber selbstverständlich, Señor.« Der Kellner langte über den Tisch und drückte auf einen versteckt in der Wand angebrachten Knopf.

»So ist's besser, danke«, sagte Cesare. »Was möchten Sie trinken, Miss Nichols?«

»Einen Daiquiri, bitte.«

Als der Kellner gegangen war, sah Cesare sie an und fragte: »Was halten Sie von meinem Renner?«

Ihr Blick wurde träumerisch. »Ein wunderbarer Wagen ist das. Es ist ein Jammer! Unter normalen Umständen hätte man mit dem die besten Chancen.«

Der Kellner brachte ihr Getränk und verschwand wieder. Cesare hob sein Glas. »*Salud!*«

»Viel Glück«, erwiderte sie.

Nachdem sie sich zugetrunken hatten, sagte er: »Es ist ja

nicht das letzte Autorennen.«

»Hoffentlich.« Sie sah sich um, bevor sie leise sagte: »Um Don Emilio zu schützen – den man hier im Lande sofort verhaften würde –, sind besondere Maßnahmen nötig. Deshalb habe ich eine kleine ›Zeitbombe‹ eingebaut, die genau einhundertfünfundachtzig Kilometer vom Startplatz den Generator zerstören wird. Wir sind dann vierhundertsechzig Kilometer vom nächsten Kontrollpunkt entfernt, so daß rund fünf Stunden vergehen, bis man uns findet. In der Nähe der Rennstrecke dort liegt ein kleines verlassenes Haus. Da gehen wir hinein und warten auf Don Emilio.« Sie nahm ihr Glas wieder in die Hand.

Cesare trank auch etwas. »Ist das alles?«

»Ja.«

Er betrachtete sie aufmerksam. Sie trug jetzt ein leichtes Sommerkleid, das aus ihren weiblichen Formen kein Geheimnis machte. So glich sie mehr einer jungen amerikanischen Studentin als einer Frau, die sich für illegale Machenschaften der Mafia hergab. Cesare lächelte innerlich. Don Emilio wußte einen doch stets zu überraschen.

Ihr wurde unter seinem Blick unbehaglich. Einen Mann wie ihn hatte sie noch nicht kennengelernt. Rennfahrer waren im allgemeinen burschikose Kerle mit einer derben, unverblümten Sprache. Der hier paßte nicht in diese Kategorie.

»Warum starren Sie mich so an?« fragte sie leise. »Haben Sie noch nie eine Frau gesehen?« Kaum hatte sie die Worte heraus, da kam ihr die Bemerkung sehr dumm vor.

Er lächelte. »Entschuldigen Sie, ich habe nur darüber nachgedacht, warum ein junges Mädchen wie Sie ...«

»Die Bezahlung ist gut«, unterbrach sie ihn kalt. »Ich sagte Ihnen doch, daß ich wieder einen Ferrari haben will. Auf diese Weise komme ich am schnellsten dazu. Aber wie sieht es bei Ihnen aus? Sie brauchen doch das Geld gar nicht.«

Er lachte leichthin: »Es gibt nicht genug solche Rennen. Und das Leben bis zum nächsten kann sehr langweilig werden, wenn man nicht in Tätigkeit bleibt.« Er winkte dem Kellner, und sie schwiegen beide, bis die frischen Getränke vor ihnen standen. Dann nahm Cesare sein Glas und blickte hinein. »Es ist sehr bedauerlich«, sagte er, »gerade dieses Rennen hätte ich so gern gewonnen.«

Luke Nichols nahm einen Schluck. »Ich kann's Ihnen nachfühlen«, sagte sie, und ihre Augen blitzten auf einmal vor Energie. »Autorennen sind unvergleichlich – das Tempo, die Gefahr, die Erregung. Da spürt man, daß man lebt.«

»Genauso ist es«, sagte Cesare rasch, und seine Stimme verriet einen beinahe knabenhaften Eifer. »Ich hätte nicht geglaubt, daß es noch jemanden gibt, der genauso empfindet wie ich. Man meint alles zu besitzen, was man sich von der Welt wünscht, Geld, Macht, Frauen ...«

Sie wurde verlegen. Über den Tisch hinweg legte er seine Hände auf die ihren. Sein hageres Gesicht war aufs äußerste gespannt, seine Augen glühten.

Plötzlich bekam sie Angst. Nicht vor ihm, sondern vor sich selbst. Schnell entzog sie ihm ihre Hände. »Wir wollen nur als Geschäftspartner miteinander sprechen«, sagte sie so kühl, wie sie es vermochte. »Wir wissen beide, daß wir nicht siegen können.«

Er fragte leise: »Warum, Luke? Wir sind hier, sind zusammen. Weshalb müssen wir nur geschäftlich miteinander umgehen?«

Seine Augen waren wie unergründliche Magnete, und ihr schien, als wirbelte sie hilflos in ihren Tiefen. Ach, sie kannte das, dieses Ausgeliefertsein. Und so vermochte sie die Bitterkeit in ihrer Stimme nicht zu verbergen. »Weil ich bei Ihnen sonst die Verlierende wäre. Ich kenne Männer Ihrer Art. Es ist stets dasselbe. Zuerst glaubt man, den Himmel auf Erden zu haben, und dann – geht's so!« Sie schnippte mit den Fingern.

»Muß es denn immer so sein?«

Sie hielt seinen Blick unbewegt aus. »Immer«, sagte sie.

»Und Sie sind zufrieden, so durchs Leben zu gehen, nur weil Sie Angst haben, die Verlierende zu sein?«

Sie war zornig, weil er ihr Problem ohne Umweg und Schonung anschnitt. »Was wollen Sie eigentlich von mir? Sie sind doch in Gesellschaft einer Frau hergekommen. Genügt

Ihnen das nicht?« Sie erhob sich rasch. »Bleiben wir also beim reinen Geschäft!« sagte sie erbittert. »Auf Wiedersehen morgen an der Startlinie.« Sie drehte sich um und eilte zum Ausgang. Um ein Haar wäre sie mit Ileana zusammengestoßen.

Ileana blickte ihr erstaunt nach, dann ging sie an Cesares Tisch und setzte sich auf den freien Platz.

»Wer war das?«

»Mein Mechaniker.«

»Oh! Wie interessant! Dein Mechaniker!«

»Sehr richtig«, sagte er brüsk.

Sie lächelte ironisch. »Trotz deines reizenden Mechanikers werde ich dich nicht in Cuernavaca erwarten, wie wir es vorhatten, sondern hier, in Mexico City. Dann hast du genügend Zeit, deinen Mechaniker kennenzulernen. Da ich nicht Amerikanerin bin, habe ich viel Verständnis für so etwas.«

Ihr Lächeln vertiefte sich.

Achtzehntes Kapitel

Nach dem Halbdunkel in der Bar tat der grelle Sonnenschein ihren Augen weh. Luke Nichols setzte ihre dunkle Brille auf und ging schnell weiter. Sie war wütend auf sich selbst. Immer mußte sie in solche Situationen geraten. Warum? Was hatte sie nur an sich? Woher kam dieses merkwürdige Fieber, das in ihr brannte, sobald sie merkte, daß ein Mann sich für sie interessierte?

Sie betrat die Garage. Angenehm kühl war es dort nach der sengenden Hitze draußen. Es war kurz vor Feierabend, und fast alle Männer waren fort.

Sie ging die Rampe hinab.

Esteban kam aus seinem Büro und rief ihr nach: »Hola, Señorita Nichols!«

Sie wandte sich lächelnd zu ihm um. »Hallo.«

Er kam im Eilschritt zu ihr. »Haben Sie mit dem Grafen gesprochen? Ist er zufrieden?«

»Ja. Ich schulde Ihnen viel Dank, Señor Esteban.«
»Keine Ursache.« Er zwinkerte ihr zu. »Ein interessanter Mensch, dieser Graf Cardinali, nicht wahr?«
»Ja, sehr. Ist er auch ein guter Rennfahrer?«
»Er könnte der beste sein. Aber etwas fehlt ihm dazu.«
Sie gingen zusammen über die Rampe. »Und was ist das, Ihrer Ansicht nach?« fragte sie.
»Angst«, sagte er. »Rennfahrer gleichen den Matadoren, das heißt, sie werden erst wirkliche Könner, wenn sie die Furcht kennengelernt haben. Dann machen sie keine unnötigen Mätzchen mehr, sondern fahren nur noch, um zu siegen.«
Sie waren bei dem langen weißen Ferrari angekommen. »Also ist es ihm einerlei, ob er gewinnt oder nicht?« Sie trat neben den Wagen und legte eine Hand auf die Haube.
»Ein herrlicher Wagen«, sagte Esteban ausweichend.
Sie strich über den Kotflügel. »Der schönste von allen hier.«
Er nickte. »Ich glaube, diesmal wette ich meine zehn Pesos doch auf den Grafen.« Er machte kehrt. »Viel Glück, Señorita.«
Sie sah ihm nach, bis er verschwunden war. Dann öffnete sie die Wagentür und stieg ein. Der herbe Geruch von Öl, Benzin und dem abgeschabten Leder der Polsterung drang ihr in die Nase. Sie glitt hinter das Lenkrad und legte die Hände darauf. So blieb sie eine ganze Weile sitzen. Sie dachte an ihr Leben und daran, daß es bisher ein einziges Abenteuer gewesen war, beherrscht von schnellen Wagen und Männern.
Sie erinnerte sich daran, wie sie auf dem Schoß ihres Vaters gesessen und das Auto gesteuert hatte, wenn sie zum Einkaufen in die Stadt gefahren waren. Wie groß sie sich vorgekommen war und wie sie allen Leuten gewinkt hatte, damit sie auch sahen, daß sie Auto fuhr. Sogar Saunders, der fette Polizist, der den Verkehr auf der Hauptstraße regelte, war an ihr Auto gekommen, um zu sehen, ob sie einen Führerschein hatten. Damals war sie erst sechs Jahre alt gewesen.

Fahren konnte sie, bevor sie zehn war. Vater ließ sie immer auf der kleinen Straße hinter ihrem Haus fahren. Mutter schüttelte ständig den Kopf.

»Sie ist ja ein halber Junge«, sagte ihre Mutter immer. »Ewig ist sie in der Werkstatt, macht dummes Zeug mit den Autos und hört, was die Halbstarken reden; die lungern doch auch immer da herum.«

»Ach, laß sie doch, Mama«, sagte ihr Vater dann tolerant. »Zum Erwachsenwerden hat sie noch Zeit genug, und Kochen lernt sie auch noch. Das ist doch heutzutage sowieso nicht mehr so wichtig, wo es alles in Dosen und tiefgekühlt zu kaufen gibt.« Insgeheim freute er sich. Er hatte sich immer einen Sohn gewünscht.

Mit sechzehn machte sie ihren Führerschein. Damals interessierten sie die jungen Männer noch nicht besonders. Sie hatte noch nicht das Verlangen, sie zu demütigen. Vielleicht lag es auch daran, daß sie sich mit ihnen auf der Straße und bei Wettrennen messen konnte, die sie damals immer auf dem Ocean Drive austrugen.

Sie wußte auch, was die anderen dachten, als sie das erste Mal mit ihrem eigenen hochgetrimmten Sportwagen auftauchte. Da kommt die Kleine, die nicht nein sagen kann und ständig aufs Kreuz gelegt werden will. Sie kannte auch die Geschichten, die in der Schule über sie erzählt wurden. Immer wenn ein Junge im Umkleidezimmer mit Kratzern auf dem Rücken erschien, lachten ihn die andern aus und bewarfen ihn mit Fünfcentstücken. Als sie dann mit ihrem Auto auftauchte, kamen die Jungen aber doch gelaufen.

Johnny Jordan, der Anführer, drängte sich am weitesten vor. Er lehnte sich über die Tür, die Zigarette hing ihm im Mundwinkel. »Wo hast du denn den Karren aufgetrieben?«

»Bei Stan«, sagte sie. So hieß der Händler, bei dem sie alle ihre Gebrauchtwagen kauften.

Kritisch betrachtete er das Auto. »Hab ich nie da gesehen.«

»Ich hab selbst ein bißchen dran rumgebastelt«, sagte sie. Das war gelogen, denn sie hatte sich viel Mühe damit gemacht. Sie hatte den Wagen völlig auseinandergenommen und wieder zusammengebastelt. Es war ein ausgedienter Pontiac, den sie als Schrottwagen erstanden und umgebaut hatte. Sie hatte den Motor ausgebaut und ihn durch eine Cadillacmaschine ersetzt, ein neues Differential eingebaut, die Lager erneuert, die Bremsen verstärkt, die Karosserie abgebaut und das Chassis eines alten Ford aufmontiert; dann hatte sie mit Blei das Gewicht ausgeglichen und zum Schluß das Auto hellsilber und schwarz lackiert. Das alles hatte sechs Monate gedauert.

»Fährt er denn?« fragte Johnny.

»Und ob der fährt«, sagte sie.

»Rutsch rüber«, sagte er und wollte einsteigen.

Sie saß am Steuer und rührte sich nicht vom Fleck. »Ich denke ja gar nicht dran. Den fährt keiner, bevor ich's euch nicht gezeigt habe.«

Er sah sie mit großen Augen an. »Und wer soll gegen dich fahren? Wettrennen mit Mädchen macht doch hier keiner.«

Sie lächelte. »Zu feige?«

Er bekam einen roten Kopf. »Quatsch. Aber wo gibt's denn so was – Wettrennen mit Mädchen? Da lachen ja die Hühner!«

»Okay.« Sie ließ den Motor an. »Dann erzähle ich eben in der Stadt, daß ihr alle Angst habt.« Sie fuhr los.

Johnny fuhr ihr sofort nach. »He, warte mal! So was lassen wir uns von dir doch nicht nachsagen.«

Sie hielt und lächelte ihn an. »Nein, wirklich? Dann beweis mir das Gegenteil.«

»Na gut«, sagte er zögernd. »Aber gib mir nicht die Schuld, wenn dir was passiert.«

Er stellte sein Auto neben ihres. »Zwei Kilometer die Straße hoch!« schrie er durch das Motorengeheul. »Dort hältst du, wartest auf mich, und zurück fahren wir um die Wette.«

Sie nickte und beobachtete den Starter. Der Junge ließ den Arm fallen. Sie nahm den Fuß von der Kupplung, und das Auto schoß los. Sie schaltete höher und sah zu Johnny rüber. Er war auf gleicher Höhe. Sie lachte erregt und fuhr dichter an ihn heran. Zwischen ihren Autos waren jetzt keine zehn

Zentimeter mehr Platz.

Er trat aufs Gaspedal und wollte sie überholen. Sie lachte wieder und gab auch Gas. Er gewann nicht einen Zentimeter Vorsprung. Sie fuhr noch dichter an ihn heran. Da war das Geräusch von Metall, das auf Metall trifft. Er lenkte zur Seite, um ihr Platz zu machen. Jetzt war er nur noch mit zwei Rädern auf der Straße. Sie trat das Gaspedal durch, und ihr Wagen beschleunigte so rasch, daß es aussah, als habe er angehalten.

Sie hatte längst gewendet, als er sie passierte, und fuhr schon wieder in die entgegengesetzte Richtung. Er warf ihr im Vorbeifahren einen unheilverkündenden Blick zu.

Sie wartete auf das nächste Zeichen des Starters und schoß dann sofort davon. Jetzt fuhren sie im toten Winkel des Bürgersteigs aufeinander los. Lächelnd trat sie das Gaspedal bis aufs Bodenblech durch. Das Steuer lag ruhig in ihren Händen.

Als sie aufsah, war sein Wagen bedrohlich nahe. Ihr Lächeln erstarrte. Sie war fest entschlossen, nicht auszuweichen. Um keinen Preis. Im allerletzten Moment sah sie ihn das Steuer herumreißen. Sein Wagen raste an ihr vorbei, sein Gesicht war kalkweiß gewesen, und er hatte laut geflucht. Sie bremste und beobachtete seinen Wagen im Rückspiegel. Er schlingerte und schleuderte wie wild, aber am Ende brachte er ihn unter Kontrolle und konnte anhalten. Sie wendete und fuhr zu ihm zurück.

Er war ausgestiegen, und die Jungen umringten ihn. Sie starrten auf den linken hinteren Kotflügel, der halb abgerissen herunterhing. Sie hatte nicht einmal gemerkt, daß sie sich beim Vorbeifahren gestreift hatten.

Er sah ihr ins Gesicht. »Du bist völlig übergeschnappt!«

Sie lächelte und rutschte auf den Beifahrersitz. »Willst du fahren?« fragte sie. »Der schafft hundertneunzig auf gerader Strecke.«

Er ging um das Auto herum, stieg ein und setzte sich neben sie. Er startete, und sie fuhren los. In wenigen Sekunden hatte er den Wagen auf hundertvierzig Stundenkilometer gebracht. Er wurde ihr erster fester Freund.

Mit ihm war es anders gewesen. Sie fühlte sich bei ihm unbefangener und selbstbewußter. Sie brauchten nicht wie Hund und Katze aufeinander loszugehen. Er respektierte sie. Er wußte, daß sie es mit ihm aufnehmen konnte. Das hinderte ihn jedoch nicht daran, sie zu schwängern.

Das geschah in ihrem letzten Jahr auf der High School. Eine Woche wartete sie ab, dann ging sie zu ihm. »Wir müssen heiraten«, sagte sie.

»Warum?« fragte er.

»Na, warum wohl, du Schwachkopf?«

Er sah sie ungläubig an, dann fluchte er. »Himmel, Arsch und Zwirn! Das sind diese verfluchten billigen Gummis, die ich im Supermarkt gekauft habe!«

»Von den Gummis kann es ja wohl nicht gekommen sein«, sagte sie. Sie war wütend. »Es ist dein verdammtes Ding gewesen. Du konntest doch nie genug kriegen.«

»Anscheinend hat es dir aber immer Spaß gemacht. Du hast nie nein gesagt!« Er sah sie an. »Woher soll ich übrigens wissen, ob es überhaupt von mir ist? Ich hab genug Geschichten über dich gehört!«

Sie starrte ihn einen Augenblick an, und in dieser Sekunde verflogen alle ihre Träume, die sie einmal für sich und ihn gehabt hatte. Im Grunde war er eben doch genauso wie alle anderen. Sie machte auf dem Absatz kehrt und ließ ihn stehen.

Am nächsten Samstag hob sie hundert Dollar von ihrem Sparbuch ab und fuhr nach Center City. Es gab da einen Arzt im Mexikanerviertel, der schon einigen Mädchen von ihrer Schule geholfen hatte.

Sie wartete geduldig, bis alle anderen Patienten weg waren, dann ging sie in sein Sprechzimmer. Er war klein, dick und hatte eine Glatze. Er sah abgespannt aus.

»Ziehen Sie sich aus, und kommen Sie dann hier herüber«, sagte er.

Sie hängte ihr Kleid an einem Haken auf und drehte sich um.

»Bitte ganz ausziehen«, sagte er.

Sie zog ihren Büstenhalter aus und streifte das Höschen ab

und ging zum Schreibtisch hinüber. Er stand auf, kam zu ihr, tastete ihre Brüste, ihren Bauch ab und horchte das Herz ab. Er reichte ihr nur bis an die Schultern. Er führte sie zu einem langen, schmalen Tisch. »Stützen Sie sich mit den Armen auf die Tischkante und beugen Sie sich vor«, sagte er und streifte einen Gummihandschuh über die rechte Hand. »Atmen Sie ganz tief ein und langsam aus.«

Sie holte tief Luft und atmete aus, während er sie untersuchte. Es dauerte nicht lange, da war er fertig; sie richtete sich wieder auf und drehte sich um.

Er sah sie an. »Ungefähr sechs Wochen, schätze ich.«

Sie nickte. »Das kann gut sein.«

Er setzte sich wieder hinter seinen Schreibtisch. »Es kostet hundert Dollar«, sagte er.

Wortlos ging sie zu ihrer Handtasche und nahm das Geld heraus. Sie zählte ihm die Scheine auf den Tisch.

»Wann wollen Sie es gemacht haben?« fragte er.

»Jetzt gleich.«

»Aber hier können Sie nicht bleiben«, sagte er. »Sind Sie in Begleitung?«

Sie schüttelte den Kopf. »Ich bin mit dem Auto gekommen.« Der Arzt betrachtete sie skeptisch. »Sie brauchen sich über mich keine Sorgen zu machen«, sagte sie. »Ich komme schon heil nach Hause.«

Er nahm die hundert Dollar und legte sie in die Schreibtischschublade. Dann holte er aus dem Sterilisator eine Spritze, zog sie auf und ging damit zu ihr.

»Was ist denn das?« fragte sie. Jetzt war sie doch ein wenig ängstlich.

»Penicillin.« Er lächelte. »Eine segensreiche Erfindung. Es tötet jeden Bazillus, den es gibt, nur nicht den einen, den Sie in sich haben.«

Er war geschickt, schnell und sachkundig. In zwanzig Minuten war alles vorbei. Er half ihr von dem Tisch und war ihr auch beim Anziehen behilflich. In einem kleinen Umschlag ohne Aufdruck gab er ihr ein paar Pillen mit.

»Die großen sind Penicillin«, sagte er. »Davon nehmen Sie in den nächsten zwei Tagen alle vier Stunden eine. Die klei-

nen sind Schmerztabletten. Davon nehmen Sie alle zwei Stunden eine, wenn Sie zu Hause sind und sich hingelegt haben. Gehen Sie sofort ins Bett und bleiben Sie mindestens zwei Tage liegen. Machen Sie sich keine Gedanken, wenn Sie starke Blutungen haben. Nur wenn Sie meinen, daß Sie am Ende des ersten Tages zu viel Blut verlieren, dann haben Sie keine Hemmungen und rufen Ihren Arzt. Wenn Ihre Mutter irgendwelche Fragen stellt, sagen Sie ihr, Sie hätten eine starke Menstruation. Haben Sie alles behalten?«
Sie nickte.
»Dann ist es gut«, sagte er freundlich. »Sie können nun gehen. Fahren Sie gleich nach Hause und legen Sie sich sofort ins Bett. In einer Stunde werden Sie solche Schmerzen haben, daß Sie sich wünschen, Sie wären nie auf die Welt gekommen.«
Er ging wieder hinter seinen Schreibtisch und setzte sich. An der Tür drehte sie sich noch einmal um und sagte: »Vielen Dank, Herr Doktor.«
Er sah ihr ins Gesicht. »Keine Ursache. Hoffentlich sind Sie in Zukunft klüger. Ich möchte Sie nicht noch einmal in diesem Zimmer sehen.«
Für die rund sechzig Kilometer bis zu ihrer Wohnung brauchte sie keine halbe Stunde. Als sie aus dem Auto stieg, hatte sie ein leeres Gefühl im Kopf und schwache Knie. Sie ging gleich in ihr Zimmer, zum Glück war sonst niemand im Haus. Sie schluckte je eine von den Tabletten und zog die Bettdecke über den Kopf. Im Unterleib hatte sie jetzt heftige Schmerzen, und sie fing am ganzen Körper an zu zittern.
Eine Woche später, als sie gerade auf dem Parkplatz hinter dem Supermarkt rangierte, lief Johnny ihr über den Weg.
»Ich hab nachgedacht und mir alles überlegt, Luke«, sagte er mit jener männlichen Bestimmtheit, die sie manchmal zur Raserei bringen konnte. »Wir werden heiraten.«
»Halt's Maul, du Schleimscheißer«, sagte sie eiskalt und fuhr mit quietschenden Reifen los.
Von da an lebte sie nur noch für ihr Auto. Als sie aufs College kam, war sie schon eine lokale Berühmtheit geworden. Jede Woche nahm sie an den Rennen mit alten Serien-

wagen teil. Es dauerte nicht lange, und sie gewann diese Rennen mit einer Regelmäßigkeit, die sie zum Publikumsliebling machte. Die Leute sprachen voller Stolz von dem kleinen Mädchen, das sogar die professionellen Rennfahrer abhängte.

Einmal hatte sie geheiratet. Der Mann war Rennfahrer gewesen, ein großer junger Mann mit welligem, schwarzem Haar und lachenden braunen Augen. Er stammte aus dem westlichen Texas.

Ihre Eltern waren gegen diese Heirat gewesen, sie wollten, daß sie Lehrerin wurde. Zum Heiraten sei immer noch reichlich Zeit. Und was für ein Leben müßte sie führen mit so einem Mann? Immerfort zwischen den kleinen Provinzrennbahnen hin und her, wie die Zigeuner!

Aber gerade das war das Leben, das sie sich immer gewünscht hatte. Nur hinter dem Lenkrad eines Autos war sie glücklich. Und das erstaunliche war, daß sie und ihr Mann dabei finanziell sehr gut abschnitten. Innerhalb eines Jahres konnte sie fünfzehntausend Dollar auf ein Bankkonto einzahlen.

Dann erschien die Polizei und verhaftete ihren Mann wegen Bigamie. Offenbar hatte er vor der Ehe mit ihr schon dreimal geheiratet und sich von keiner seiner Frauen scheiden lassen. Und zwei Wochen, nachdem sie ihn ins Gefängnis gebracht hatten, entdeckte sie, daß sie schwanger war. Sie brachte das Kind zur Welt. Es war ein Junge.

Sie nahm ihn mit zu ihren Eltern und ließ ihn dort, kaufte sich eine Flugkarte nach Paris und dort einen Ferrari, nahm in Frankreich an einem Rennen für Frauen teil und siegte. Der Preis war nicht hoch, doch sie besaß ja nun einen Ferrari und hatte noch zweitausend Dollar auf der Bank. Und jetzt wollte sie nur noch in großen, internationalen Rennen starten.

In Monaco lernte sie dann den Irländer kennen, einen erfolgreichen Fahrer, der gern und viel lachte. Nur einen Fehler hatte er – die Spielwut. Sie liebte ihn, aber sie heiratete ihn nicht. Sie reisten zusammen durch die ganze Welt, und immer war er pleite.

Vor einem Jahr – es war in Mexiko kurz vor dem Rennen – sah sie zum erstenmal in seinen Augen Angst.

»Diese Spieler! Sie wollen mich ermorden, wenn ich meine Schulden nicht bezahle!«

»Wieviel?« hatte sie nur gefragt.

»Zehntausend.«

»Viertausend habe ich auf dem Bankkonto, und sechs würde man mir auf den Ferrari leihen«, sagte sie.

Er hatte ihre Hand ergriffen und sie dankbar mit Küssen bedeckt. »Ich zahle es dir zurück, jeden Cent!« gelobte er.

Am folgenden Tage begleitete er sie zur Bank. Sie hob das Geld ab und gab es ihm. Er versprach, abends zum Essen wieder ins Hotel zu kommen, erschien jedoch nicht. Um zehn Uhr wußte es die ganze Garage: er war mit der Frau eines anderen Rennfahrers durchgebrannt.

Sie verlor das Rennen, und die Bank übernahm den verpfändeten Wagen. Als sie dann in ihrem Zimmer saß und sich den Kopf zerbrach, wovon sie die Hotelrechnung bezahlen sollte, klopfte jemand an die Tür.

Sie ging hin und schloß auf. Ein Mann, dessen Gesicht ihr merkwürdig bekannt vorkam, stand draußen. »Miss Nichols?«

»Ja.«

»Darf ich hereinkommen?«

Sie trat zurück, ließ ihn ins Zimmer und machte die Tür wieder zu.

»Ich gehöre schon lange zu Ihren Bewunderern«, begann er. »Ich habe Sie in vielen Rennen gesehen: in Italien, Frankreich, Monaco. Ich habe auch erfahren, daß Sie vor einem kleinen Problem stehen. Ich möchte Ihnen helfen.«

Sie öffnete die Tür wieder. »Hinaus«, sagte sie.

Er hob lächelnd eine Hand. »Nicht so hastig. Nicht was Sie denken. Sie fahren Rennautos, und ich besitze selber eines. Das sollen Sie für mich fahren. Falls Sie Lust dazu haben.«

»Und wo befindet sich das gute Stück?« fragte sie, als sie die Tür wieder geschlossen hatte.

»In Acapulco«, antwortete er. »Das Rennen geht von dort

nach Kalifornien. Ich werde Ihre gesamten Rechnungen hier begleichen und Ihnen tausend Dollar in bar zahlen, sobald Sie den Wagen bei der Garage am Ende der Rennstrecke abgeben. Den Preis, den Sie gewinnen, dürfen Sie behalten.«

»Was für einen Haken hat die Sache?« fragte sie kühl. »Ist der Wagen mit Rauschgift vollgepackt?«

Wieder lächelte der Mann. »Sie hätten nichts weiter zu tun als ihn zu steuern. Dafür werden Sie honoriert.« Er zog einen italienischen Zigarillo aus der Tasche und begann zu rauchen. »Und zu wissen brauchen Sie auch nichts weiter.«

Sie überlegte. Entweder mußte sie dieses Angebot akzeptieren oder ihre Eltern telegrafisch um Geld bitten. Die hätten es ihr zwar nicht verweigert, aber sie hätte dann nach Hause fahren müssen und bestimmt keine Chance gefunden, sich einen anderen Wagen anzuschaffen, denn so viel Geld bekäme sie nie wieder zusammen. Es wäre das Ende ihrer schönen Pläne gewesen.

»Ich werde es tun«, sagte sie.

»Gut.« Er lächelte erfreut. »Morgen wird bei der Rezeption ein Scheck für Sie bereitliegen.« Er gab ihr noch einige Instruktionen und ging fort, ehe sie dazu gekommen war, ihn nach seinem Namen zu fragen. Erst als sie, tags darauf, im Flugzeug saß, fiel es ihr ein: Den Mann hatte sie in Rom in einem Restaurant gesehen. Damals hatte jemand sie auf ihn aufmerksam gemacht und erklärt: »Das ist Emilio Matteo, heute einer der drei wichtigsten Männer in der Mafia. Die Vereinigten Staaten haben ihn ausgewiesen, doch das scheint ihn in seinen Geschäften nicht sehr zu behindern. Er kommt ganz schön herum.«

Im folgenden Jahr sah sie ihn noch sechsmal, und jedesmal galt es, für ihn einen Auftrag auszuführen. Sehr bald hatte sie erkannt, daß sie eine Botin der Mafia geworden war.

Aber sie verdiente gut. Jetzt besaß sie schon achttausend. Noch fünf, dann wollte sie sich wieder einen Ferrari kaufen.

Inzwischen waren Matteo und sie alte Freunde geworden. Und aus den verschiedensten Meldungen, die sie in den Zeitungen gelesen hatte, wurde ihr klar, daß sie einen Menschen in den Tod führte. Nicht, daß das ihr Gewissen sonderlich beschwerte. Sie hatte schon mehr als einen Mann beim Autorennen sterben sehen. In fürchterlich verbogenen und verdrehten, brennenden Wracks. Sterben mußte jeder einmal. Und mit dem Leben spielte sowieso, wer sich an den Volant eines Rennwagens setzte. Jedenfalls war das ihre Anschauung gewesen, bevor sie Cesare begegnete.

Bevor sie wußte, was ihr dieser Mann bedeutete ...

Neunzehntes Kapitel

Cesare war gerade mit dem Ankleiden fertig, als Ileana in sein Zimmer kam. Er blickte sie verblüfft an. »Ileana! Was willst du denn hier um sechs Uhr früh?«

Sie band den Gürtel ihres Morgenrocks fester. »Ich konnte dich nicht fortgehen lassen, ohne dir viel Glück für das Rennen zu wünschen.«

Er bückte sich, um den Reißverschluß seiner Fahrstiefel zuzuziehen. »Nett von dir. Vielen Dank.«

Dann ging er zu ihr, küßte sie auf die Wange und wollte gehen, blieb aber an der Tür noch einmal stehen: »Bis heute abend also ... zum Souper.«

»Zum Souper? Heute? Ich denke, das Rennen dauert zwei bis drei Tage.«

»Ach ja, richtig, ich vergaß das ganz«, sagte er rasch, ärgerlich auf sich selbst wegen seiner Gedankenlosigkeit. Mit gezwungenem Lächeln fügte er hinzu: »Es ist mir schon zur Gewohnheit geworden, mit dir abends zusammenzusein.«

Eine unbestimmte Ahnung warnte sie. Cesare war nicht der Mann, der sich in solchen Dingen irrte. »Gute oder schlechte Gewohnheit?« fragte sie trocken.

Er grinste. »Das erzählst du mir, wenn ich zurückkomme«, sagte er und schloß die Tür hinter sich.

Einen Augenblick blieb sie noch stehen, dann ging sie wieder ins Schlafzimmer. Sein Handkoffer lag offen auf dem Bett. Sie wollte ihn zuklappen, als von der Innenseite des Deckels eine flache Tasche herunterfiel. Sie bückte sich, um das Ding beiseite zu schieben, weil sie sonst den Deckel nicht schließen konnte.

Es war eine dreieckige Tasche, quer in einer Ecke befestigt. In ihr stak, ebenfalls befestigt, eine dünne, bestickte Scheide, in der sich allem Anschein nach noch kürzlich ein Messer befunden haben mußte.

Plötzlich erinnerte sie sich an das Stilett, das Cesare an dem Abend, als er sie in seiner Wohnung vorfand, in der Hand gehabt hatte. Warum, wozu brauchte er beim Autorennen solch ein Messer?

Sie war beunruhigt. Warum hatte er gesagt, sie träfen sich zum Souper wieder? Vielleicht hatte er es tatsächlich so gemeint, obwohl er es nachher als Irrtum bezeichnete? Vielleicht aber hatten die Männer doch recht gehabt mit dem was sie sagten – auch wenn sie ihnen damals nicht geglaubt hatte...

Panische Angst ergriff sie. Plötzlich wußte sie, warum er das Messer mitgenommen hatte: um sie am Abend, wenn er zurückkam, damit zu töten...

Luke Nichols sah zu Cesare hin. Er steuerte den Rennwagen mit lässiger Selbstverständlichkeit, ein kleines Lächeln umspielte seine Lippen. Die Augen waren unter einer großen Brille mit schwarzer Lederumrandung verborgen. Sie beugte sich vor, um die Instrumente abzulesen. Die Nadel des Umdrehungsanzeigers stand auf 26 000, was genau dem Geschwindigkeitsmesser entsprach. Die Temperatur war normal, der Öldruck blieb gleichmäßig, Generator und Batterie arbeiteten ebenfalls einwandfrei. In diesem Wagen, dachte sie, könnten wir eine Million Kilometer fahren, wenn wir wollten und – dürften.

Nach Umrunden einer Kurve sahen sie zwei Konkurrenten vor sich. Cesare blickte Luke an. »Können wir uns vorher noch einen kleinen Spaß gönnen?« schrie er durch das Motorgedröhn.

Sie sah auf den Kilometerzähler. Jetzt befanden sie sich knapp hundert Kilometer vom Startpunkt. Sie nickte.

Grinsend trat Cesare aufs Gaspedal. Er rückte dicht auf, um zwischen den zwei Wagen durchzubrausen. Sie blockierten jedoch den Versuch. Er rückte noch mehr auf und blieb so dicht hinter ihnen, daß er beinah ihre Stoßstangen berührte.

Sie sah ihn wieder an. Seine Lippen waren von einem satanischen Grinsen verzerrt. Die Wagen vor ihnen, denen er für Sekunden einen gewissen Vorsprung ließ, gingen wieder in eine Kurve.

Laut lachend gab er mehr Gas. Luke Nichols blickte auf den Geschwindigkeitsmesser. Sie fuhren hundertundneunzig, und der Zeiger stieg weiter. Als der Ferrari in die Kurve raste, wurde Luke vom Fahrtwind jäh ins Polster zurückgepreßt. Sie wurde nervös. Wenn die Wagen vor ihnen nicht sofort nach rechts und links auswichen, dann waren sie tot – die Fahrer in allen drei Wagen. Kaum hatte sie das gedacht, da preschte der Ferrari zwischen den Konkurrenten hindurch, die in letzter Sekunde Platz gemacht hatten.

Absichtlich sägte Cesare jetzt mit seinem Wagen auf der Straße hin und her. Luke Nichols konnte erkennen, daß die anderen Fahrer fluchten, weil er es ihnen fast unmöglich machte, auf der Fahrbahn zu bleiben.

Sie kamen jetzt in eine lange Gerade. Der Vorsprung des Ferrari war nur gering. Erst jetzt fuhr Cesare ihn voll aus. Der Tachometer sprang auf 210, und schon fielen die Konkurrenten beträchtlich zurück.

Lachend sah Luke sich nach ihnen um. Nun wußte sie, was Esteban in der Garage gemeint hatte. Obgleich dies ein Rennen war, das Cardinali nicht beenden sollte, fuhr er so selbstverständlich wie stets. Aufs Fahren verstand er sich alle Achtung! Esteban hatte recht: Wenn er wollte, hätte er Weltmeister werden können.

Sie spürte plötzlich seine freie Hand auf ihrer und sah ihn an. Mit einem spöttischen Lächeln wandte er ihr sein Gesicht zu. Für Augenblicke war sie erregt bei dem Gedanken, was dieser Mann mit ihr tun, welche Leidenschaften er in ihr entfachen könnte. Dann rückte sie von ihm ab. Was ist denn bloß mit mir? grübelte sie. Es lohnt sich nicht. Muß ich es denn immer darauf anlegen, das Spiel zu verlieren?

Sie blickte auf den Kilometerzähler. 160 Kilometer vom

Startpunkt. Behutsam tippte sie Cesare auf die Schulter und sagte: »Drosseln Sie das Tempo. Wir wollen die anderen lieber vorbeilassen.«

Er nickte. Der schwere Ferrari verlor Geschwindigkeit. Als sie auf 100 Stundenkilometer herunter waren, kam es ihnen vor, als ständen sie still. Nach wenigen Minuten zogen die Wagen, die sie vorher abgehängt hatten, mit viel Gehupe an ihnen vorbei.

Cesare schüttelte den Kopf. »Die Partie ist zu Ende.«

»Sie hatte nie richtig angefangen«, gab sie zurück und sah unverwandt auf den Kilometerzähler. Die Zahl 184 kam an der kleinen Scheibe zum Vorschein. Cesare schien nicht darauf zu achten.

Hundert Stundenkilometer, das war noch zu schnell, wenn eine auch nur winzige Sprengladung den Generator zerstören sollte, aber egal – sie war ja nicht feige. Da, die 184 war ganz sichtbar. Cesare lachte wieder und gab mehr Gas. Im Moment, da der Wagen sprunghaft anzog, ertönte unter der Haube eine gedämpfte Explosion. Der Motor verstummte, und der Ferrari sauste im Zickzackkurs weiter.

Luke sah, wie sich die Muskeln auf Cesares Unterarmen kantig spannten, während er, ein paarmal kurz bremsend, den Wagen auf geraden Kurs zu zwingen suchte. Endlich rollten sie weiter, in erheblich vermindertem Tempo. Langsam ließ Luke den Atem, den sie unwillkürlich angehalten hatte, aus den Lungen. »So, nachdem Sie nun Ihren Spaß gehabt haben, Mr. Cardinali«, sagte sie sarkastisch, »ist es wohl richtiger, erst einmal an die Seite zu fahren.«

Er lenkte den Ferrari zur Graskante. Dabei lächelte er sie an.

»Achtung! Der Graben!« schrie Luke.

Er riß das Lenkrad scharf nach links herum doch es war zu spät: Die Räder an der rechten Seite rutschten in den Graben, das schwere Fahrzeug drückte sie in den sandigen Boden. Der Wagen überschlug sich.

Cesare glitt unter dem Wagen heraus, stand auf und zog seinen Sturzhelm vom Kopf. Aus der Motorhaube kamen kleine Qualmwölkchen. »Luke, sind Sie verletzt?« rief er.

Schwach drang ihre Stimme zu ihm. »Nein.«

Er lief um den Wagen, kniete sich hin und spähte unter den Rand. Sie umklammerte die Rücklehne ihres Sitzes und wand sich hin und her, um herauszukommen.

»Worauf warten Sie noch?« rief er. »Beeilen Sie sich, schnell! Hinten im Tank sind noch zweihundert Liter!«

Sie sah ihn erbittert an. »Was glauben Sie denn, was ich hier mache? Einen Schlangentanz etwa?« Sie wand sich wieder heftig, doch plötzlich lachte sie. »Mein Overall ist irgendwo festgehakt.«

Er warf sich zu Boden und kroch ein Stück unter den Wagenrand. »Konnten Sie das nicht gleich sagen?« Er faßte mit beiden Händen zu und zerriß ihren Overall, dann fühlte sie seine Arme unter ihren Schultern. »Die Schuhe wegstoßen!« befahl er.

Mechanisch gehorchte sie und merkte, wie sie sofort weiterrutschte und auf einmal neben ihm lag. Sie lachte, obwohl ihr gar nicht danach zumute war.

Er sah ihr in die Augen, ein dünnes Lächeln zuckte um seine Mundwinkel. »Na? Sie hatten doch behauptet, das Ganze sei bombensicher?«

»Ach, nichts wie Angabe«, erwiderte sie.

»Und was ist das hier, hm?« fragte er, ihren Körper betrachtend.

Ihr Lachen erstarb, denn erst jetzt wurde sie sich ihrer spärlichen Bekleidung bewußt. »Ich will meinen Overall wieder überziehen«, sagte sie und griff danach. Da fiel seine Rechte schwer auf ihre Schulter und preßte sie auf die Erde.

»Lassen Sie das!« flüsterte sie.

»Du willst ja gar nicht, daß ich es lasse«, sagte er und küßte sie.

Zuerst wehrte sie sich aus Leibeskräften, doch als sie die Kühle und Weichheit seiner Haut spürte, schwand aller Widerstand ...

Cesare stieß die Tür der Hütte mit dem Fuß auf. »Hier ist niemand«, sagte er.

Sie ging hinein, er folgte. »Was sollen wir jetzt tun?«
»Wir warten«, erwiderte sie kurz.

In der Hütte befanden sich ein Tisch und einige halb zerbrochene Stühle. Cesare suchte für Luke den besten aus. Sie setzte sich. Er zündete zwei Zigaretten an und reichte ihr eine. Sie nahm sie wortlos.

»Warum bist du so still?« sagte er nach ein paar Zügen.

Sie hob die Achseln. »Was gäbe es noch zu sagen? Du hast ja dein Ziel erreicht.«

»Und weiterer Worte erscheint dir diese Stunde nicht wert?«

Sie sah ihn an. »Was würde das ändern? Es passiert nicht wieder.«

»Bist du deiner Sache stets so sicher? Woher willst du wissen, was morgen passiert?«

»Morgen werde ich genug Geld haben, um mir einen Ferrari zu kaufen«, sagte sie mit bitterem Unterton. »Und wir ... wir werden uns nie wiedersehen.«

»Mehr hat es dir nicht bedeutet?« Er lachte kurz. »Ein Auto? Gewiß, ein Ferrari leistet viel, aber lieben kann er dich nicht.«

»Du wagst es, von Liebe zu reden? Vergiß nicht, daß ich genau über dich Bescheid weiß. Wie viele Frauen hast du schon mit deinen schönen Redensarten von Liebe belogen? Zehn, zwanzig, hundert oder noch mehr?«

Seine Augen verschleierten sich. »Ein Mann vermag an vielen Orten zu wohnen, ohne sie Heimat zu nennen«, antwortete er mit einem Zitat.

Sie hörten draußen ein Auto herankommen. Luke Nickols stand auf, ging an Cesare vorbei zur Tür, drehte sich noch einmal zu ihm um und sagte: »Es ist vorbei. Ich erklärte dir ja, daß ich nie wieder die Verlierende sein werde.«

»Aber da hinten, unter dem Auto, warst du offenbar anderer Meinung«, sagte er mit leisem Spott.

»Ich bin für das, was ich tat, bezahlt worden«, entgegnete sie schroff. »Ich hatte den Auftrag, dich hier festzuhalten.« Sie stieß die Tür auf.

Draußen im Sonnenschein standen zwei Männer; die Pi-

stolen in ihren Händen waren auf Cesare gerichtet.
Luke blickte über die Schulter zu ihm zurück. »Verstehst du jetzt, was ich meine?« Vorsichtshalber trat sie hinter die Männer. »Wir sind nicht gekommen, um Cesare Cardinalis Loblied zu singen.«

Zwanzigstes Kapitel

Langsam kamen die Männer auf die Hütte zu. Sie betraten den Raum und schlossen die Tür hinter sich. Dann musterten sie Cesare finster.
»Wo ist Matteo?« fragte er.
Allie Fargo lächelte. »Leider unabkömmlich. Deshalb hat er uns geschickt.«
Cesares Muskeln strafften sich, seine Lippen waren plötzlich trocken. Er benetzte sie mit der Zunge. Wie sinnlos das alles. Was gewann Matteo, wenn er ihn umbringen ließ? »Da muß ein Mißverständnis vorliegen.«
Fargo schüttelte den Kopf. »Kein Mißverständnis.« Er trat vor und machte mit seiner Pistole eine befehlende Geste. »Umdrehen, Gesicht zur Wand und Hände flach anlegen. Über dem Kopf! Und ganz langsam!«
Cesare sah ihn an, dann befolgte er langsam den Befehl. Er spürte, wie Fargo seinen Anzug abtastete. »Ich habe keine Pistole bei mir«, sagte er.
»Danach suche ich nicht.«
Das Stilett lag, vom Ärmel verdeckt, kühl an Cesares über den Kopf gehaltenem Arm. »Auch das Messer werdet ihr nicht finden«, sagte er. »Um einen Rennwagen zu steuern, brauche ich ja keins.«
Allie Fargo trat zurück. »Vermutlich nicht«, sagte er großmütig. »Du wirst es nun überhaupt nicht mehr brauchen.«
Der zweite Pistolenheld fragte: »Gleich umlegen, Allie?« und hob seine Waffe etwas höher.
Allie Fargo winkte ab. »Nein, ich habe meine eigenen Pläne. Dieser Bursche hier kriegt was ganz Besonderes.«

Cesare drehte vorsichtig den Kopf und sah, wie Fargo etwas aus der Tasche zog. Als er bemerkte, daß Cesare ihn beobachtete, grinste er tückisch. »Weißt du, was das hier ist, Kleiner?« fragte er und hielt den Gegenstand hoch.

Cesare antwortete nicht. Er wußte es.

»Es ist ein Eispfriem«, grinste Fargo. »Hat nicht so 'n schönen Namen wie das Schlachtmesser, das du verwendest, tut aber seine Dienste. Big Dutch hätte dir erzählen können, wie gründlich.« Rasch drehte er die Pistole in seiner Hand um und versetzte Cesare mit dem Kolben einen heftigen Schlag auf den Hinterkopf.

Cesare stürzte auf die Knie, unfähig, sich an der Wand aufrecht zu halten. Er hörte Fargos grobe Stimme: »Dreh dich um, du Hund! Sollst selber sehen, was jetzt kommt!«

Schwerfällig drehte Cesare sich um. Er gab sich einen Ruck, schüttelte den Kopf. Jetzt vermochte er schon wieder besser zu sehen.

Allie Fargo lächelte niederträchtig. Er steckte seine Pistole in die Tasche und nahm den Eispfriem in die Rechte. »Jetzt kriegst du das hier direkt in den Wanst!« zischte er.

Cesare sah ihn das furchtbare Werkzeug heben. Mit der Kraft der Verzweiflung bog er sich in der Sekunde zur Seite, in der es herabsauste. Das Ding fuhr mit der Spitze ins morsche Holz der Wand und blieb darin stecken. In der nächsten Sekunde schon hatte Cesare seinen Gegner durch einen wuchtigen Handkantenschlag auf den Kehlkopf fast kampfunfähig gemacht.

Ohne die Wirkung dieses Schlages abzuwarten, warf er sich, in zwei schnellen Schritten, mit seinem ganzen Gewicht auf den zweiten Gegner. Während sie beide zu Boden stürzten, verlor der Mann seine Pistole. Aus dem Augenwinkel sah Cesare, wie Fargo sie aufhob. Er rollte sich hinüber, packte den Gestürzten und drückte ihn genau in dem Moment, als Fargo schoß, als Schutzschild an sich.

Der Körper des Mannes zuckte unter dem Einschlag der Geschosse. Ein paar Sekunden machte er krampfhafte Bewegungen, um sich aus Cesares Armen zu befreien, dann wurde sein Körper schlaff und sank um. Cesare versuchte zur

Tür zu kriechen.

Allie Fargo lachte. »Du entkommst nicht, du Bastard!« rief er und drückte wieder auf den Abzug, doch es klickte nur, das Magazin war leer. Fluchend schleuderte er die Waffe nach Cesare, sprang zur Wand, riß den Eispfriem heraus und drehte sich eben noch rechtzeitig um, denn Cesare kam langsam, das blinkende Stilett in der Hand, auf ihn zu.

Fargo bewegte sich, den Eispfriem waagrecht vor sich haltend, an der Wand entlang. Da fiel ihm ein, daß er noch die eigene Pistole in der Tasche hatte. Er begann zu lächeln, während er heimlich eine Hand in die Tasche zu schieben versuchte. Er hätte noch eine Sekunde länger Zeit haben müssen ...

Sie saß wie versteinert hinter dem Lenkrad. Ihre Hände umklammerten es so fest, daß die Fingerknöchel weiß wurden. Ihr Blick war ins Leere gerichtet. Erst als sie spürte, wie die Spitze des Stiletts ihre Kehle berührte, wandte sie den Kopf zur Seite und sah ihn.

Er beugte sich zu ihr, seine Zähne blitzten sie an wie das Gebiß eines Raubtiers. In seinen blauen Augen glomm im Sonnenschein ein gelber Lichtfleck.

Sie sprach nicht, sah ihn nur flüchtig mit einem erstaunten Blick an, den er nicht verstand, dann war ihr Gesicht ausdruckslos und verschlossen.

»Warum hast du das getan?« fragte er, das Stilett stoßbereit haltend.

Ihre Stimme klang so leer, wie der Blick war, mit dem sie ihn ansah: »Ich sagte es bereits. Es war mein Auftrag. Fragen habe ich Matteo nicht gestellt. Hast du das etwa je getan?«

Das gelbe Licht in seinen Augen schien zu flackern. »Das war etwas anderes. Ich hatte nur meinen Schwur zu erfüllen.«

»Ich ebenfalls«, gab sie zurück. »Der einzige Unterschied liegt in der Art, wie wir für unsere Leistung bezahlt wurden.«

»Ich müßte dich töten!«

Die Dolchspitze drückte fühlbar gegen ihre Kehle. Sie schloß die Augen, lehnte ihren Kopf ans Polster und sagte müde: »Nur zu. Es ist einerlei, ob so oder so, Matteo wird meinen Fehlschlag ebensowenig hinnehmen, wie er deinen Erfolg geduldet hat.«

Cesare sprach nicht. Das Schweigen schien eine Ewigkeit zu dauern. Plötzlich brach in ihr wieder das Fieber aus, es durchlief ihren Leib in Wellen. Nur noch Sekunden – dann war sie nicht mehr fähig, die selbstquälerische Lust, die das Fieber weckte, zu zügeln. »Nur zu!« rief sie noch einmal. »Los, damit endlich Schluß ist!«

Wieder antwortete Cesare nicht. Da öffnete sie die Augen. Sein Gesicht war wie in Schweiß gebadet, und das Beben seines Körpers spürte sie durch die dicken Rückenpolster der Wagensitze. Jäh kam ihr die Erkenntnis: Du hast dieselben Begierden wie er! »O Gott!« rief sie leise und schlang die Arme um seine Schultern. Wie sehr glichen sie einander...

Sie hörte das Stilett auf den Boden fallen, als seine Lippen ihre Kehle suchten und die winzige, von der Dolchspitze hinterlassene Wunde bedeckte.

Vor ihrem Hotel hielt er den Wagen an. »Wir treffen uns in zwei Stunden in der Flughafenhalle.«

»Sieh dich vor«, sagte sie leise.

Er nickte. »Bevor jemand erfährt, was passiert ist, werden wir schon auf dem Rückflug nach New York sein. Ich muß auf irgendeine Weise Kontakt mit Emilio bekommen. Er wird dann diese Geschichte bereinigen.«

Sie drückte ihm die Hand und stieg aus. Und sie blickte ihm nach, bis er außer Sicht war. Erst dann ging sie in das Hotel.

Cesare betrat die Halle des *El Ciudad* und bat an der Rezeption um seinen Schlüssel.

Der Empfangschef drehte sich um. »Graf Cardinali!« rief er verblüfft, griff nach dem Schlüssel am großen Brett und legte ihn auf den Tisch. »Das Rennen...«

»Mein Generator ist verschmort«, unterbrach ihn kurz Cesare.

»Das tut mir leid, Señor.« Er holte aus einem Fach einen Brief und gab ihn Cesare. »Den hat die Baronin für Sie hinterlassen.«

Cesare öffnete das Kuvert und las.

»Bedaure, Liebling«, teilte Ileana ihm mit, »ich konnte Deine Rückkehr nicht abwarten. Ich fliege mit einem reichen Ölmann aus Texas nach New York. Er will unbedingt mit mir einen Einkaufsbummel machen.«

Cesare lächelte. Er hätte wissen müssen, daß Ileana einen Grund gehabt hatte, sich nicht mit ihm in Cuernavaca zu treffen. »Um welche Zeit hat die Baronin das Hotel verlassen?«

»Gegen elf heute vormittag«, antwortete der junge Mann.

Cesare nickte und ging zum Lift. Er sah auf seine Armbanduhr. Kurz vor sieben. Also war Ileana vermutlich schon in New York.

Einundzwanzigstes Kapitel

Baker beugte sich über seinen Schreibtisch und sah Ileana scharf an. »Warum sind Sie zurückgekommen? Sie sollten doch bei ihm bleiben.«

»Ich sagte Ihnen doch, ich hatte Angst.« Sie war sichtlich nervös. »Ich konnte das Gefühl nicht loswerden, daß er mich umbringen wollte. Daß er wußte...«

»Wie kamen Sie darauf?« fragte Baker rasch. »Hat er etwas gesagt oder getan, was darauf hindeutete? Oder war Ihnen etwas Verdächtiges aufgefallen?«

Ileana schüttelte den Kopf. »Nein, das war es nicht. Nur dieses Messeretui am Kofferdeckel, das ich erwähnte. Als ich es sah, war ich überzeugt, daß er mich umbringen würde. Deshalb kam ich zurück.«

»Aber das Stilett selber haben Sie nicht im Koffer gesehen?« fragte Baker.

Es wurde an die Tür geklopft. »Herein!« rief er.

Ein Detektiv trat ein mit einem Fernschreiben, legte es auf Bakers Schreibtisch und sagte: »Das kam eben aus Mexico City. Man hat die Leichen von Allie Fargo und einem anderen Gangster gefunden, und zwar in einer verlassenen Hütte etwa einen Kilometer von der Stelle, wo Cardinalis Wagen aus der Fahrbahn geschleudert wurde.«

Ileana sprang erregt auf. »Sehen Sie! Also hatte ich recht!«

Baker blickte sie verdrießlich an. »Wenn Sie dageblieben wären, wüßten wir jetzt vielleicht mehr über diese dunkle Geschichte.«

»Vielleicht wäre ich dann auch schon tot!« gab sie zornig zurück.

Baker sah seinen Kollegen an. »Wo ist Cardinali jetzt?«

»Auf dem Rückflug nach New York. Die Maschine landet heute vormittag auf dem Kennedy Airport. Er reist mit einer Frau.«

Baker sah Ileana an. »Sind Sie etwa deshalb zurückgekommen? Weil er eine andere Frau bei sich hat?«

»Unsinn!« rief Ileana erbittert.

Baker lächelte jetzt. »Mir geht langsam ein Licht auf. Er hat eine neue Freundin gefunden und Sie einfach abgeschoben.«

Ileana biß auf den Köder an. »Das ist nicht wahr! Ich kenne diese Frau. Sie ist seine Mechanikerin.«

»Seine Mechanikerin!« wiederholte Baker ungläubig.

»Ja. Sie heißt Luke ... ihren Nachnamen weiß ich nicht. Sein ständiger Mechaniker war krank geworden, und da hat er sie direkt bei den Garagen am Startplatz engagiert.«

Baker wandte sich wieder dem Kollegen zu. »Fordern Sie sofort von Mexico City möglichst genaue Informationen über diese Mechanikerin an.«

»Jawohl. Soll Cardinali nach der Landung des Flugzeugs festgenommen werden?«

»Nein, das brächte uns nicht weiter«, sagte Baker. »Zum Verhaften haben wir keine ausreichende Begründung. Halten Sie aber einen Wagen für mich bereit. Ich will feststellen, wohin er sich nach der Ankunft begibt.«

Der Beamte verließ das Zimmer. Baker sagte zu Ileana: »Sie gehen jetzt wieder ins Hotel und bleiben ihm so nahe wie möglich.«

»Nein, ich gehe nicht hin«, antwortete sie schnell.

»Er wird Ihnen nichts tun, solange er nicht weiß, daß Sie für uns tätig sind.« In hartem Ton setzte er hinzu: »Oder wollen Sie lieber deportiert werden?«

»Das wäre besser als tot.«

»Verstoß gegen die Moralgesetze ist eine schwere Beschuldigung«, fuhr er fort. »Es bedeutet, daß Sie nie wieder in dieses Land kommen dürfen. Und in den Zeitungen macht sich das auch nicht gerade schön.«

Ileana funkelte ihn wütend an. »In Europa hat man mehr Verständnis dafür, daß manche Frauen eben nicht zum Arbeiten geschaffen sind.« Sie nahm eine Zigarette aus ihrer Handtasche.

Baker gab ihr Feuer und lehnte sich zurück. Jetzt hatte er sie endgültig geködert, das war klar. »Ich glaube, das wissen auch wir Amerikaner«, sagte er lächelnd. »Wir reden bloß nicht darüber. Haben Sie immer noch Angst?«

Sie zog den Zigarettenrauch tief in die Lungen. »Zuerst habe ich das Ganze für einen Riesenspaß gehalten. Aber jetzt ist mir klar, daß es bitterernst ist. Ich bekomme wirklich allmählich große Angst.«

Baker stand auf und ging um den Schreibtisch zu ihr. »Versuchen Sie, die Angst abzuschütteln«, sagte er langsam. »Wir werden Sie bewachen. Ich verspreche Ihnen, wir holen Sie raus, sobald es brenzlig zu werden beginnt.«

Der junge Beamte pfiff durch die Zähne, als er Luke Nichols mit Cesare vor dem Flughafen in ein Taxi steigen sah. »Dieser Kerl hat wirklich Glück bei den Frauen, nicht wahr, Chef?«

Baker nickte. Er sah das Taxi abfahren und sagte: »Los, Morton, ihnen nach!«

Morton fädelte sich in den Verkehr ein. Ein anderer Wagen schob sich schräg vor ihnen durch. »Soll ich mich wieder vor den einschleusen?« fragte Morton.

»Nein, fahren Sie so weiter. Er kann uns auf der Schnellstraße nicht entkommen.«

Etwa zehn Minuten lang fuhren sie schweigend, bis kurz vor der Kurve bei der Jamaica Bay. Baker beobachtete gespannt den Wagen vor ihnen. Der wollte offenbar seine Position zwischen ihrem Wagen und dem Taxi, in dem Cesare saß, unbedingt halten. Aber plötzlich beschleunigte er sein Tempo und schwenkte auf die linke Fahrbahn über.

Baker hatte das Gefühl nahenden Unheils. Er knöpfte rasch sein Jackett auf und lockerte den Revolver in der Schulterhalfter. »Bleiben Sie hinter diesem Wagen. Auf die linke Bahn rüber, schnell!« befahl Morton. »Da stimmt was nicht.«

»Scheint mir auch so«, sagte Morton, während er einbog. Und schon hörten sie gedämpfte Detonationen. »Die schießen auf Cardinali!« schrie er.

»Geben Sie Gas!« brüllte Baker, zog rasch seinen Revolver, beugte sich aus dem Fenster und feuerte auf den Wagen vor ihnen.

Cesares Taxi bog von der Fahrbahn auf den Grasstreifen ab, als sie an ihm vorbeirasten. Baker konnte nicht erkennen, ob im Taxi jemand verletzt war. Er feuerte noch einmal auf den fliehenden Wagen und sah, wie der Fahrer über das Lenkrad kippte. Der Wagen schlingerte auf die Bucht zu. Kurz bevor er ins Wasser stürzte, sah Baker eine Wagentür aufgehen und einen Mann heraustaumeln.

Morton hielt.

Baker sprang aus dem Wagen und lief dem Flüchtenden nach. »Halt!« rief er und feuerte einen Warnschuß ab. »Stehenbleiben!«

Für eine Sekunde drehte der Mann sich um, Baker sah in seiner Hand etwas blinken. Eine Kugel sauste an ihm vorbei, dann hörte er den Knall des Schusses.

Er warf sich zu Boden. Der Mann lief wieder. Baker zielte tief, nach den Beinen, und zog langsam den Abzug durch. Der erste Schuß ging fehl, nach dem zweiten torkelte der Mann, stürzte lang hin, wälzte sich ein paarmal und rollte über eine kleine Bodenwelle abwärts.

»Sind Sie verwundet, Chef?« fragte Morton atemlos.

»Nein.« Baker erhob sich.

»Der Fahrer des Wagens ist tot.«

»So? Sehen Sie mal nach, was dem da drüben fehlt. Ich habe versucht, ihn in die Beine zu treffen.«

Morton lief zu dem Mann, beugte sich über ihn und rief nach einem Moment: »Der hier ist auch tot!«

Mit verbissenem Gesicht schob Baker seine Waffe in die Halfter zurück. Hinter sich hörte er jetzt Cesares Stimme.

»Sie sind ein guter Schütze, Mr. Baker!«

Baker drehte sich um und sah dem Sizilianer ausdruckslos entgegen. Der mußte Nerven wie Drahtseile haben. Soeben hatte man auf ihn geschossen, in weniger als einer Minute waren zwei Männer getötet worden, und dieser Bursche hier sprach genauso gelassen wie kürzlich in seinem Büro.

»Diesmal können Sie mir nicht erzählen, daß nicht auf Sie geschossen wurde, Mr. Cardinali«, sagte er kühl.

Cesare zuckte die Achseln. »Nein, das kann ich nicht.« In seinen Augen funkelte Spott, und es klang herausfordernd, als er hinzusetzte: »Was ich nicht verstehe, ist – warum man mich erschießen wollte.«

»Wahrscheinlich verstehen Sie auch nicht, warum in einer Hütte in Mexiko, unweit der Stelle, so Ihr Wagen von der Fahrbahn abkam, Allie Fargo umgebracht wurde«, entgegnete Baker scharf.

Cesare lächelte ungerührt. »Ich weiß nicht mal, daß er tot ist. Ich habe noch keine Zeitungen gelesen.«

»Sie können gewiß für die ganze Zeit, die Sie auf der Rennstrecke waren, glaubhafte Erklärungen geben?«

»Selbstverständlich. Ich war ohne Unterbrechung mit meiner Mechanikerin zusammen. Das wird sie Ihnen bestätigen können. Sie sitzt noch im Taxi und erholt sich von dem Schreck.«

»Es ist bewundernswert, wie Sie es verstehen, immer Frauen für Ihr Alibi bei sich zu haben«, sagte Baker bissig.

»In der Tat – ein großer Glücksfall«, erwiderte Cesare.

Ein Polizeiauto näherte sich in hohem Tempo. »Na, dann

amüsieren Sie sich weiter gut«, sagte Baker. »Aber denken Sie daran, daß wir nicht immer in der Nähe sein werden, um Sie zu schützen.«

Das Taxi fuhr an den Randstein, Cesare stieg aus, beugte sich ins Fenster und sagte zu Luke Nichols: »Warte hier, ich muß nur schnell mal in mein Büro hinauf.«

Das Mädchen in der Anmeldung schien überrascht zu sein, als er eintrat und an ihr vorbei ins Hauptbüro eilte. Dort stand eine Gruppe von Angestellten in lebhafter Unterhaltung beim Wasserkühler. Sobald sie ihn bemerkten, zerstreuten sie sich und strebten zu ihren Schreibtischen. Er nickte nur stumm, ging weiter und sagte im Vorzimmer zu Miss Martin: »Kommen Sie.«

Sie folgte ihm in sein Privatbüro. »Was ist da draußen los? Weshalb wird nicht gearbeitet?« erkundigte er sich.

Miss Martin blickte ihn besorgt an. »Ist Ihnen nicht wohl?«

»Doch, durchaus«, entgegnete er schroff.

»Wir hörten nämlich vorhin im Rundfunk, daß jemand auf Sie geschossen hat, während Sie in die City fuhren«, sagte sie.

»Ist das für die Leute etwa ein Grund, herumzustehen und zu faulenzen?« rief er ärgerlich. »Ich bezahle sie für ihre Arbeit, nicht fürs Schwatzen.«

»Es gibt jetzt keine Arbeit für sie.«

»Was soll das heißen? Keine Arbeit?« Er wurde noch zorniger. »Wieso keine Arbeit?«

Sie nahm ein Telegramm von seinem Tisch und gab es ihm. »Unsere sämtlichen Lizenzen sind widerrufen worden. Hier, dies ist der letzte Widerruf. Kam vor ungefähr einer Stunde.«

Er las das Telegramm und nahm die übrigen von seinem kleinen Telefontisch. Alle hatten fast wörtlich denselben Text. »Wann ist denn das passiert?«

»Es fing schon an dem Vormittag an, als Sie nach Mexiko flogen«, antwortete sie. »Ich begreife das nicht. Es sieht so aus, als hätte jemand allen Firmen ein Signal gegeben.«

Er starrte noch einmal auf die Telegramme in seiner Hand, dann warf er sie auf den Tisch. Die Mafia war ja ihrer Macht sehr sicher. Sie rechneten so bestimmt mit seinem Tode, daß sie auch seine geschäftlichen Fäden abschneiden konnten! Er mußte jetzt unbedingt Matteo erreichen. Das Maß war voll. Übervoll.

»Mir tut das so leid, Mr. Cardinali«, sagte Miss Martin mit ehrlichem Bedauern. »Ich hatte gleich versucht, Sie zu erreichen, aber Sie waren nicht mehr im Hotel.«

Cesare antwortete nicht. Er überlegte. Jemand mußte eine Nachricht an den Posthalter in seinem sizilianischen Heimatort befördern. Sicher war Matteo zwar irgendwo im Land, aber ihn in ganz Italien zu suchen, war aussichtslos. Die Stimme seiner Sekretärin riß ihn aus der Grübelei. »Was werden Sie unternehmen?«

Er sah sie an. »Was gibt es da noch zu unternehmen?« Er zuckte die Achseln. »Lassen Sie für alle Angestellten die vertraglichen Gehaltsabfindungen berechnen und auszahlen. Und erklären Sie ihnen, daß wir sie wieder einstellen werden, sobald die Lage geklärt ist.«

»Glauben Sie denn, daß sie sich klärt?«

»Keine Ahnung. Und ehrlich gesagt – es ist mir auch gleichgültig.«

Zweiundzwanzigstes Kapitel

Cesare schloß die Tür auf und sagte zu Luke Nichols: »Geh nur rein.« Er folgte ihr.

Aus dem Schlafzimmer rief Ileana: »Bist du's, Cesare?«

Er sah Luke einen Moment fragend an. Ihr Gesicht war ausdruckslos. Dann lächelte er und antwortete: »Ja, Ileana.«

Sie sprach weiter vom Schlafzimmer her. »Ich weiß nicht, was aus der Welt geworden ist. Alle reichen Texaner, die ich kennenlerne, sind entweder verheiratet oder Schwindler. Der letzte hat doch tatsächlich von mir verlangt, ich sollte ihm bei Einkäufen für seine Frau helfen!«

Während Lukes Miene immer eisiger wurde, mußte Cesare unwillkürlich lächeln. »Das ist ja wirklich ein Jammer, Ileana«, sagte er.

»Ich kann nicht hören, was du sagst«, rief Ileana, »aber egal – ich habe Tonio gebeten, Sekt für uns kalt zu stellen. Sei so lieb und gieß mir ein Glas ein.«

Er ging zur Hausbar. Der Sekt war in einem Eiskübel, daneben standen zwei Gläser. Mit feierlicher Miene nahm er ein drittes Glas, stellte es neben die anderen, ließ den Korken knallen und schenkte ein.

Ileana betrat lächelnd das Zimmer. »Ich konnte es kaum abwarten, bis du . . .« Ihr Lächeln schwand, als sie Luke Nichols mitten im Zimmer stehen sah. Sie warf Cesare einen fragenden Blick zu.

Er sah die beiden abwechselnd an und genoß die Situation. »Ich glaube, die Damen kennen sich flüchtig«, sagte er. »Gestatten Sie, daß ich vorstelle.« Er tat das in seiner charmanten Art, dann reichte er jeder ein Glas Sekt, hob sein eigenes und prostete ihnen lächelnd zu. »Auf gute Freundschaft!«

Ileana trank, dann sagte sie auf französisch zu Cesare: »Wenn sie auch eine magere Ziege ist – findest du nicht deine Wohnung trotzdem zu eng für drei?«

Er antwortete, ebenfalls französisch: »Sie hat verborgene Talente, von denen du nichts ahnst.«

»Das bezweifle ich nicht«, erwiderte Ileana trocken. »Aber wenn die Hoteldirektion schon gegen einen einfachen Damenbesuch protestiert, wie wird sie dann wohl über einen doppelten denken? Oder hast du den Leuten gesagt, du seiest Mohammedaner geworden?«

Da kam Cesare eine Idee. Jetzt wußte er, wie er die Verbindung mit Matteo aufnehmen konnte. Mit einem Lächeln, das seine zynischen Gedanken nicht verbarg, fuhr er auf französisch fort: »Das interessiert die Direktion kein bißchen Ich habe nämlich dem Geschäftsführer schon gesagt, daß du heute abend nach Italien abreisen wirst und daß bis zu deiner Rückkehr Miss Nichols dein Zimmer bewohnt. Was sagst du dazu?«

Ileanas Augen funkelten. »Daß mir das nicht im Traum

einfällt«, sagte sie auf französisch. »Ich lasse mich doch nicht wegschicken, damit du dich mit dieser Nutte amüsierst!« Sie schleuderte ihr Sektglas nach ihm und lief ins Schlafzimmer zurück.

Das Glas flog gegen die Hausbar und zersprang in tausend Scherben. Cesare betrachtete sie, dann blickte er Luke an und sagte auf englisch: »Ileana ist ziemlich jähzornig.«

»Wichtig für mich ist nur, ob sie verschwinden wird«, sagte Luke in tadellosem Französisch.

Einen Moment war er verblüfft, dann lachte er schallend. »Also hast du alles verstanden?«

»Jedes Wort. Doch du hast meine Frage nicht beantwortet. Reist sie ab oder nicht?«

»Selbstverständlich reist sie«, sagte Cesare entschieden. »Ileana und ich sind alte Freunde. Sie tut alles für mich.«

Tonio legte den Telefonhörer hin und ging wieder ins Eßzimmer, wo Cesare mit den zwei Frauen beim Imbiß saß. »Die Fluggesellschaft, Exzellenz«, meldete er. »Sie hat bestätigt, daß in der Nachtmaschine nach Rom ein Platz für die Baronin reserviert ist.«

»Danke, Tonio.«

Ileana wartete, bis Tonio gegangen war. Dann wandte sie sich an Cesare. »Ich sagte bereits, daß ich nicht abreise. Was du verlangst, ist mir gleichgültig. Ich werde es nicht tun!«

Cesare fixierte sie nachdenklich und nahm nebenbei wahr, daß Luke Nichols ihn mit sonderbarer Miene betrachtete. »Du wirst tun, was ich verlange, Ileana«, sagte er ruhig. »Oder ist dir lieber, wenn die Einwanderungsbehörde erfährt, daß du in Wahrheit gar keine Stellung bei mir hast?«

»Und warum schickst du nicht Miss Nichols auf Reisen?« fragte sie mühsam beherrscht.

»Du weißt, daß das nicht geht«, antwortete er schroff. »Sie würde drüben zu sehr auffallen. Also, iß jetzt noch etwas und dann pack deine Sachen. Die Maschine nach Rom startet um Mitternacht, du weißt es.«

Ileana warf ihr Besteck auf den Tisch, sprang vom Stuhl

auf und stürzte ins Schlafzimmer. Die Tür knallte hinter ihr zu. Luke blickte hoch und ahmte Cesare mit ironischem Lächeln nach. »Ileana tut alles für mich!«

»Halt den Mund«, sagte er wütend. »Sie reist ja ab. Genügt das etwa nicht?«

Ileana betrat ihr Hotelzimmer, schloß die Tür hinter sich zu, ging schnell ans Telefon und nannte der Zentrale eine Nummer. »Mr. Baker bitte«, sagte sie, als die Verbindung da war.

Baker meldete sich. »Was gibt's?«

»Er schickt mich nach Sizilien«, flüsterte sie hastig. »In sein Dorf. Ich soll dort den Posthalter aufsuchen und ihm eine Nachricht bringen.«

»Was für eine Nachricht?«

»Nur folgendes«, zitierte Ileana wörtlich: »›Teilt meinem Onkel mit, daß ich mit ihm zusammenkommen muß.‹ Und ich soll dann im Hotel warten, bis der Posthalter mir eine Antwort bringt, die ich Cesare zu übermitteln habe.«

»Gut«, sagte Baker, »jetzt sehen wir allmählich klar.«

Ileana wurde von Furcht ergriffen. »Gut? Ist das alles, was Sie zu sagen haben, Mr. Baker? Vielleicht wissen Sie es nicht, aber Cesares Onkel ist schon beinahe zwölf Jahre tot. Man schickt doch einem Toten keine Mitteilungen!«

»Zerbrechen Sie sich nicht Ihren hübschen Kopf«, sagte er beschwichtigend. »Der Onkel, dem Sie eine Nachricht bringen sollen, ist sehr lebendig. In der Mafia wird jeder Bürger von seinem Schützling mit ›Onkel‹ angeredet.«

Sie sprach plötzlich ganz leise. »Wenn es die Mafia ist, für die ich den Boten spielen soll, Mr. Baker, dann habe ich wahrhaftig Angst. Die würden bestimmt nicht zögern, mich umzubringen!«

»Aber ich sagte doch schon, daß Sie unbesorgt sein können«, suchte Baker sie zu beruhigen. »Im Flugzeug reist zu Ihrem Schutz einer unserer Leute mit. Er wird Ihnen überallhin folgen und immer in Ihrer Nähe bleiben. Wir werden Sie nie allein lassen. Übrigens – hatten Sie nicht erwähnt, daß Sie ein Faible für reiche Texaner haben? Also suchen Sie bitte nach dem, der mit im Flugzeug sitzt.«

Langsam legte sie den Hörer auf und griff zur Zigarette. Dann öffnete sie die Doppeltür, ging trotz der Kälte auf die Terrasse und schaute über die Stadt, deren Lichter in der Winternacht kalt funkelten.

Von unten her vernahm sie undeutliche Worte. Neugierig schaute sie über die Brüstung. Die Stimmen kamen nicht von der Straße herauf, sondern vom Stockwerk unter ihr. Die Terrassen an dieser Seite des Hotels waren von oben nach unten gestaffelt. Jede sprang ein Stück weiter vor als die in der Etage über ihr. So konnte Ileana das junge Paar sehen, das sich umfangen hielt, und sie konnte trotz der Dunkelheit das Gesicht des Mädchens sehen, das den Kopf beim Küssen zurückneigte. Von der Kälte schienen beide nichts zu merken. Sie aber fror jetzt, ging wieder hinein und schloß sorgfältig die Tür.

Dreiundzwanzigstes Kapitel

»Captain«, sagte Baker zu Strang, der ihm gegenüber am Schreibtisch saß, »ich glaube, der erste Silberstreifen am Horizont wird sichtbar! Cardinali bittet seinen Onkel um eine Zusammenkunft. Wenn diese Begegnung zustande kommt und sein Onkel der Mann ist, an den ich denke, dann werden wir den Fall lösen und die Mordkette sprengen.«

Strang sagte mit etwas skeptischem Lächeln: »Zeit dafür wäre es. Aber was ist, wenn die Meuchelmörder den Cardinali schon vorher liquidieren?«

»Das muß unbedingt verhindert werden. Es steht zuviel auf dem Spiel«

»Sie können ihm aber nicht jederzeit Schützenhilfe leisten, wenn man auf ihn losballert«, gab Strang zu bedenken.

»Schon richtig, aber ich habe einen ganz besonderen Plan.«

»Und der wäre?«

Baker senkte die Stimme. »Es muß unter uns bleiben, Captain«, sagte er. »Der Chef würde mir das nie verzeihen. Es verstößt gegen die Vorschriften.«

Strang lächelte wieder. »Mir gefällt der Plan jetzt schon, obgleich ich ihn noch gar nicht kenne.«

»Also – wir werden Cardinali eine solche Angst einjagen, daß er sich versteckt«, erklärte Baker. »Durch eine regelrechte Kampagne. Telefonanrufe zu jeder Stunde. Drohungen. Unter unseren Leuten suchen wir die brutalsten Typen aus, die ihn beschatten werden, und zwar so, daß er sie irgendwann bemerkt und sie für die gegen ihn angesetzten Mafiosos hält. Das muß ihn weichmachen, und wenn er dann nur so lange untertaucht, bis die bewußte Begegnung stattfinden kann, haben wir schon beinahe gewonnen.«

»Möglich, daß das funktioniert«, meinte Strang.

»Es muß einfach! Sobald wir ihn in ein Versteck getrieben haben, können wir das so unter Beobachtung halten, daß ohne unser Wissen niemand aus und ein gehen kann.«

»Wenn das aber nicht klappt, sind wir unsere Posten los«, sagte Strang.

»Weiß ich.«

»Sie sind auf diesen Burschen ja mächtig versessen.«

»Wundert Sie das?« Baker ging zum Fenster. Als er wieder sprach, bebte seine Stimme. »Ich kann die meisten von diesen Kerlen verstehen, denn ich habe gesehen, aus welcher Umgebung sie stammen, und ich kenne die grenzenlose Armut, in der sie ihr Leben begonnen haben. Aber dieser eine ist mir unbegreiflich. Er hat von Jugend auf alles gehabt. Soweit wir das beurteilen können, kann er sich heute jeden Wunsch erfüllen. Vielleicht tut er es nur aus Langeweile, vielleicht aus Lust am Töten? Ich kann's mir einfach nicht erklären. Ich weiß nur, daß noch mehr Menschen sterben müssen, wenn wir kein Mittel finden, ihm das Handwerk zu legen. Und nicht nur Gangster werden dann sterben, sondern auch unschuldige Leute, wie zum Beispiel Barbara Lang in Florida.«

Captain Strang holte seine Pfeife aus der Tasche und klopfte sie im Aschenbecher aus. Er steckte sie ohne Tabak in den Mund und sah Baker an. Sein Lächeln paßte nicht zum grimmigen Ton seiner Stimme. »Ich bin nun schon dreißig Jahre bei der Polizei und wollte eigentlich nie eine feste Stellung haben«, sagte er.

Das Telefon klingelte. Cesare ging an den Apparat und meldete sich: »Hier Cardinali.« Die ihm unbekannte Stimme war grob und hart: »Cardinali?« fragte sie drohend. »Das Stilett hat seine Rolle ausgespielt. Wir kriegen dich doch früher oder später. Warum willst du dir's nicht einfacher machen?«

Die Stimme schwieg. Gereizt drückte Cesare die Gabel herunter und ließ sie wieder los. »Hallo, wer ist denn dort? Wer ist dort?«

Keine Antwort. Er legte den Hörer auf und ging wieder zum Sofa. »Wer war's denn?« fragte Luke neugierig.

»Eine Warnung«, erwiderte er. »Vermutlich von einem billigen Ganoven.«

Sie nickte nachdenklich. »So fangen sie's gewöhnlich an. Ich kenne die Masche von früher. Sie werden versuchen, dich mürbe zu machen.«

Cesare war zornig. »Falls die sich einbilden, sie könnten mich durch Telefonanrufe in Panik versetzen, werden sie merken, daß ich anders bin als die Schweine, mit denen sie sonst zu tun haben!« Wütend ging er zur Tür.

»Wohin willst du?«

Er drehte sich um. »Mal nach unten, um dafür zu sorgen, daß Ileana das Flugzeug erreicht. Willst du mitkommen?«

Sie schüttelte den Kopf. »Nein, danke«, entgegnete sie, »ich kann durchaus weiterleben, ohne deiner Freundin Lebewohl zu sagen.«

Cesare verließ das Gebäude der italienischen Luftfahrtgesellschaft und ging zu dem Parkplatz, wo er seinen Wagen abgestellt hatte. Ileana besorgte ihren Auftrag bestimmt gut. Die Mitteilung für Matteo gelangte an ihr Ziel, da durfte er ohne Sorge sein.

Aber – wer außer Ileana hätte in einer solchen Situation noch die Nerven gehabt, Ausschau nach lukrativen Eroberungen zu haben? Er lächelte vor sich hin bei der Erinnerung, wie sie die neue Bekanntschaft gemacht hatte. Der große weiße Stetsonhut war der Magnet gewesen, und – natürlich! – trug ihn ein junger, offenbar reicher Ölmensch aus Texas. Nun, er würde noch vor der Landung um etliches ärmer geworden sein!

Cesare betrat den Parkplatz und ging die Wagenreihe entlang. Es war schon spät, deshalb standen dort relativ wenig Fahrzeuge. Auf einmal hörte er Schritte, genau im gleichen Rhythmus mit den seinen. Eine Sekunde blieb er stehen und blickte sich um.

Kein Mensch war zu sehen. Achselzuckend ging er weiter. Da – wieder die Schritte. Als er haltmachte, um sich eine Zigarette anzuzünden, verstummten auch die Schritte. Rauchend setzte er seinen Weg fort. Kurz danach hörte er die Schritte abermals. Schwere, zielbewußte Schritte. Diesmal war er sicher, daß sie ihm folgten. Er ging langsamer, um festzustellen, ob sie sich seinem Tempo anpaßten. Ja, das taten sie.

Er ließ das Stilett in seine Hand gleiten. Sobald er das kalte Metall fühlte, wurde er ruhig. Er trat zwischen zwei Autos und wirbelte dann jäh herum, die Spitze des Dolches nach vorn gestreckt. »Wer ist da?« Seine Stimme hallte sonderbar über den Parkplatz.

Keine Antwort. Er wartete und lauschte angestrengt. Alles still. Also war es wohl nur der Widerhall meiner eigenen Schritte, den ich hörte, dachte er. Ich bin doch sonst nicht so schreckhaft!

Er ließ das Stilett wieder in seine Hülle zurückschnappen und stieg kopfschüttelnd in den Wagen.

Als er den Motor seines Alfa Romeo startete, spürte er wieder das leichte Prickeln auf der Haut, wie stets nach überstandener Gefahr.

Vierundzwanzigstes Kapitel

»Zwei Tage läuft unsere Operation nun schon«, sagte Captain Strang. »Was meinen Sie zu den Aussichten?«

Baker zuckte die Achseln. »Ich weiß wahrhaftig nicht, wie es klappen wird. Jetzt legt Cardinali, wenn ein Anruf kommt, den Hörer immer so schnell wieder auf, daß unsere Leute ihr Sprüchlein nur halb aufsagen können.« Er rauchte eine Zigarette an. »Und was haben Sie zu melden?«

»Jetzt ist schon die sechste Schicht auf Posten«, antwortete Strang. »Angeblich beginnt er, nervös zu werden. Das Übliche: Blicke über die Schulter, größte Vorsicht bei Hauseingängen und Torwegen.«

»Und die Frau?« fragte Baker. »Wie benimmt die sich?«

»Scheint in besserer Form zu sein als er. Sie ist dauernd bei ihm, merkt aber vielleicht gar nicht recht, was vorgeht.«

»Ich habe jetzt den vollständigen Bericht über sie vorliegen«, sagte Baker. »Klingt alles ganz ordentlich. Sie ist tatsächlich Rennfahrerin. Soweit wir wissen, gute Klasse. Hat aber auch Pech gehabt, voriges Jahr ihren Wagen verpfändet und verloren. Spart jetzt, um sich wieder einen zu kaufen.«

»Diese Angaben nützen uns wenig. Sie erklären ja nicht, warum sie ihm so bereitwillig ein Alibi gibt für die Zeit, als der ganze Zauber da unten in Mexiko passiert ist.«

»Offenbar liegt ihr sehr viel daran, wieder einen Rennwagen zu haben, und Cardinali wäre derjenige, der ihr einen schenken könnte«, entgegnete Baker.

»Zur Zeit wohl kaum. Wir haben nämlich gerade festgestellt, daß seine Importlizenzen widerrufen wurden.«

»Sämtliche?«

Strang nickte. »Ja. Ich überlege dauernd, ob da ein Zusammenhang besteht.«

»Könnte sein«, meinte Baker. »Ich werde das nachprüfen lassen.« Das Telefon klingelte. Er nahm den Hörer. »Für Sie«, sagte er und gab ihn Strang.

Captain Strang hörte nur ein paar Sekunden zu, dann legte er auf und sagte: »Einer meiner Leute. Cardinali und die Frau sind eben zum Essen ins *Pavillon* auf der Siebenundfünfzigsten Straße gegangen.«

Baker griff lächelnd zum Telefon und wählte schnell eine Nummer. »Dann wird's ja Zeit für einen neuen Anruf«, sagte er zu Strang. Und in den Apparat: »Lassen Sie Mr. Cardinali im Restaurant *Pavillon* ans Telefon holen und spielen Sie ihm wieder das Tonband vor.«

Cesare war nervös. »Und ich sage dir, daß ich bemerkt habe, wie der Mann uns verfolgte. Ich habe ihn erkannt. Ich habe ihn schon mal gesehen.«

»Täuschst du dich auch nicht, Cesare?« fragte Luke Nichoals gelassen. »Ich habe niemand bemerkt.«

»Als du hinschautest, war er schon um die Ecke zur Park Avenue. Ich weiß genau, zum Donnerwetter, und...« Er hielt inne, da der Kellner ihre Drinks brachte. Schweigend tranken sie, bis er außer Hörweite war. Dann legte sie eine Hand auf Cesares Arm. »Du mußt unbedingt mal ausspannen«, sagte sie sanft. »Letzte Nacht hast du kein Auge zugetan.«

»Wer kann schlafen, wenn dauernd das Telefon klingelt?« sagte er gereizt. »Vier Anrufe waren es, bevor wir auf die glorreiche Idee kamen, den Hörer neben den Apparat zu legen.«

»Ich hätte das Telefon überhaupt ganz abgeschaltet«, sagte sie.

»Damit die glauben, sie hätten mich nervös gemacht?« entgegnete er. »Nein. Das könnte denen so passen!«

Der Kellner kam wieder an ihren Tisch. Er brachte ein Telefon mit und sagte höflich: »Ein Anruf für Graf Cardinali.«

Cesare sah erst Luke fragend an, bevor er antwortete: »Gut. Sie können verbinden.«

Der Kellner schob den Stecker in die Schaltdose hinter ihrem Tisch. Cesare nahm den Hörer entgegen. »Hier Cardinali.«

Luke beobachtete, wie sein Gesicht sich jäh veränderte. Stumm legte er den Hörer auf und nickte, ihre unausgesprochene Frage beantwortend. »Schon wieder«, sagte er gepreßt und ergriff sein Glas. »Bist du jetzt davon überzeugt, daß wir beschattet werden?«

Kaum hatten sie die Wohnung betreten, da klingelte auch dort das Telefon. Tonio eilte beflissen an ihnen vorbei und meldete sich: »Hier bei Graf Cardinali. Ja, Moment bitte, ich werde nachsehen, ob der Herr Graf zu Hause ist.«
Er ging zu Cesare und Luke Nichols. »Ein Anruf für Sie, Exzellenz, aber der Signore will seinen Namen nicht nennen. Sagt bloß, daß er Ihnen etwas Wichtiges mitteilen müßte.«
»Ja, ich komme.« Cesare ging an den Apparat und hörte schweigend zu. Plötzlich verzerrte sich sein Gesicht vor Wut. Er riß das Telefon mit dem Kabel aus der Wand und schleuderte es durchs Zimmer.
»Verfluchtes Dreckding!« schrie er, als es gegen eine Vase krachte. Er warf sich auf die Couch. Tonio stürzte herein. Sein rundes Gesicht war verängstigt.
»Mach da sauber!« herrschte Cesare ihn an.
»Jawohl, Exzellenz.« Der kleine Kerl rannte hinaus, um einen Besen zu holen.
Cesare verbarg sein Gesicht in den Händen. Luke Nichols stellte sich hinter ihn und massierte ihm mitleidig den Nacken. »Nicht aufregen, das schadet dir nur«, sagte sie. »Ich mache dir einen Drink zurecht.«
Sie ging zur Hausbar, nahm Gin und Vermouth heraus, mixte schnell einen Martini und schenkte ein Glas ein. Dann suchte sie nach dem Angostura.
Auf den Regalen fand sie die Flasche nicht. Sie drehte den Schlüssel an der kleinen Tür in der Rückwand um. Dort stand nur ein winziges dunkles Flakon. Sie nahm es heraus, drehte sich zu Cesare um und fragte: »Einen Tropfen Angostura?«
Er starrte auf ihre Hand. »Wo hast du das her?«
Sie wies mit der Hand in den Schrank. »Es stand da drin. Ich weiß doch, daß du gern . . .«
»Stell das zurück!« schrie er. »Und laß deine Finger von verschlossenen Türen!«

»Deshalb brauchst du mir nicht gleich den Kopf abzureißen«, sagte sie ärgerlich, stellte das Fläschchen wieder hinein und schloß die Tür ab.

Er wurde ruhiger. »Entschuldige, Liebling«, sagte er. »Der Angostura steht im Regal unter der Bar.«

»Und was ist in dem Fläschchen?« fragte sie, während sie ihm den Martini gab.

Nachdem er getrunken hatte, sah er sie an. »Gift«, antwortete er. »Leider kann ich das nicht so an die Wand hängen wie die Waffen. Ich habe es von einem Chemiker in Florenz bekommen. Sein Spezialgebiet waren die Gifte, die Lucrezia Borgia benutzt hat. Ein paar Tropfen genügen, und ein Gegengift gibt es nicht. Der Mann erklärte mir, daß die Leute damals geradezu phantastische Kenntnisse in Chemie und Toxikologie gehabt haben.«

Sie blickte neugierig nach dem Schrank hinüber. »Ich würde mich mit dem Zeug im Haus nicht sicherfühlen«, sagte sie.

Cesare trank sein Glas leer. »Hier bist du absolut sicher. Die kleine Tür öffnete nie jemand, auch nicht beim Saubermachen.«

Er legte sich wieder zurück und schloß die Augen. »Ich bin so müde«, murmelte er.

Sie streichelte seine Stirn. »Ich weiß, Liebster«, sagte sie zärtlich. »Wenn wir nur wüßten, wohin wir gehen könnten. Es müßte ein Ort sein, wo niemand uns finden kann, bis Ileana wieder zurück ist.«

Er drehte sich plötzlich um und blickte zu ihr auf. Die Spannung in seinem Gesicht löste sich, er begann zu lächeln. »Ich hab's!« rief er. »Warum habe ich bloß nicht eher daran gedacht! Ich weiß genau den richtigen Ort. Uns dort zu suchen, wird keinem Menschen einfallen.«

Auch sie lächelte nun. Ihr wurde innerlich ganz warm. Erst jetzt beginnt die Zeit, da er begreifen wird, wie sehr er mich braucht, dachte sie.

Sergeant McGowan sah auf seine Uhr. Kurz vor elf. Noch eine Stunde, bis er abgelöst wurde. Er stampfte durch die

Nachtkälte. Seit vier Uhr nachmittags hatte er in der Nähe des Hotels auf Posten gestanden.

Allzu schlimm war es trotzdem nicht. Hier brauchten sie wenigstens nicht, wie sonst häufig, unsichtbar zu bleiben. Im Fernsehen beschattete ein einziger Privatdetektiv den Verdächtigen auch noch in seinem Schlafzimmer, ohne je entdeckt zu werden. Wie anders sah es in Wirklichkeit aus! Der Captain hatte sechs Mann für diese Aufgabe angesetzt. An jedem Eingang des großen Hotels stand einer, während zwei Mann pausenlos im Auto um den Block fuhren, um mit den übrigen Kontakt zu halten und notfalls einzugreifen.

Gerade war der Wagen wieder in die Lexington Avenue eingebogen, und gerade hatte McGowan den Blick wieder auf seinen Hoteleingang gerichtet, da kamen sie heraus.

Die Frau trug einen kleinen Handkoffer, der Mann spähte kurz nach links und rechts über die Straße, winkte einem sich nähernden Taxi ab und hakte sich bei der Frau ein. Sie gingen schnell in Richtung Lexington Avenue.

McGowan folgte ihnen. Natürlich mußte er das Pech haben, daß sie kurz vor seiner Ablösung erschienen. Nun kam er vor sechs Uhr früh nicht nach Hause.

An der Ecke überquerten sie die Lexington Avenue zur Einundfünfzigsten Straße. Er blieb ziemlich dicht hinter ihnen, und als der Mann einmal zurückblickte, versuchte er nicht, sich unauffällig zu benehmen, denn bei diesem Job brauchte er das nicht. Sie bogen um die Ecke und gingen in die Untergrund-Station hinunter.

Jetzt begann McGowan zu laufen und kam gerade auf der obersten Treppenstufe an, als unten donnernd ein Zug einlief. Er hastete die Treppe hinab. Was der Captain sagen würde, wenn er das Paar wieder aus den Augen verlor – daran mochte er gar nicht denken.

Als er am Fuß der Treppe um die Ecke bog, bemerkte er flüchtig eine schattenhafte Gestalt. Im Begriff weiterzulaufen, sah er die gestreckt erhobene Hand niedersausen. Er versuchte noch, sich abzudrehen, doch dem Schlag gegen seinen Hals konnte er nicht mehr ausweichen. Ein furchtbarer Schmerz fuhr ihm bis in die Schulter, er knickte in die Knie.

Ganz bewußtlos war er nicht. Funken tanzten ihm vor den Augen, und in seinem Kopf dröhnte es. Wie im Fernsehen, dachte er halb betäubt. Als er den Kopf schüttelte, wurde sein Blick wieder klarer.

Er stemmte eine Hand gegen die Treppenmauer und erhob sich schwerfällig. Ihm war schwindlig. Eine Sekunde stand er still und spähte den Bahnsteig entlang. Da sah er sie mitten in einer Schar von Passagieren in den Zug einsteigen. Er gab sich einen Ruck und wollte ihnen folgen. Doch bevor er an den Waggon gelangte, schlossen sich die Türen, und der Zug fuhr ab. Durchs Fenster sah er noch das Gesicht des Mannes, der ihn lächelnd anblickte.

Erschöpft machte er kehrt und wankte zur Telefonzelle, sank gegen die Wand und warf die Münze ein. Daß der Captain jetzt wütend wurde, war klar, aber er hätte ihm vorher sagen sollen, wie dieser Kerl zuschlagen konnte. Er wählte die Nummer.

Strang legte den Hörer auf die Gabel und sagte grimmig zu Baker: »Ihr Plan hat sich bewährt, aber allzu gut. Der Kerl hat McGowan auf einem Bahnsteig der Untergrund fast k. o. geschlagen und ist ihm entwischt.«

»Auch die Frau?« fragte Baker.

Strang nickte. »Die auch.«

Baker griff nach einer Zigarette. Seine Finger zitterten. »Der Himmel sei den beiden gnädig, wenn die Killer sie eher entdecken als wir!«

»Wenn's dazu kommt, tippen Sie lieber gleich Ihr Rücktrittsgesuch«, sagte Strang düster. »Meines habe ich schon im obersten Schreibtischfach liegen.«

»Ich meines auch«, sagte Baker.

Fünfundzwanzigstes Kapitel

In New York gibt es nur wenige Bezirke, die sich der Vorfinanzierung von modernen billigen Mietskasernen so erfolgreich widersetzen wie die obere Park Avenue. Zum Teil liegt es daran, daß sich dort das Einkaufsgebiet des spanischen Viertels von Harlem befindet. Hier, unter den Gleisen der Hochbahn, wird einer der letzten offenen Märkte dieser Riesenstadt abgehalten.

Die Menschen, die hier einkaufen, stammen vorwiegend aus Puerto Rico. Sie drängen sich in ihrer fröhlich bunten Kleidung zwischen den Schubkarren und den Ständen am Trottoir und plaudern trotz ihrer Armut so unbeschwert und zufrieden wie daheim auf ihrer tropischen Insel. Auch Hotels gibt es in diesem Teil der Park Avenue. Zwar haben sie wenig Ähnlichkeit mit den stadteinwärts gelegenen Luxusquartieren, erfüllen aber den gleichen Zweck.

Cesare wandte sich vom Fenster des Hotels *Del Rio* ab, als draußen ein Zug vorbeiratterte. Er betrachtete Luke Nichols, die, mit den Morgenzeitungen vor sich, in einem Sessel saß. »Kannst du denn den ganzen Tag lang weiter nichts tun als die verdammten Zeitungen lesen?« fragte er gereizt.

Sie blickte zu ihm auf. Schon seit einer Woche war er so schnell aufbrausend. Und seit zwei Wochen, seit Ileanas Abreise, hockten sie unablässig in diesem Raum, ihrem Versteck. Anfangs hatten sie es noch lustig gefunden und über die kleinen Ärgernisse gelacht. Über den tropfenden Wasserhahn, das knarrende Bett, die tief durchsackenden Sessel. Aber allmählich ging ihnen das schäbige Zimmer auf die Nerven, und nun fanden sie das alles durchaus nicht mehr komisch.

Luke hatte diesen Stimmungswechsel vorausgesehen, Cesare jedoch nicht. Frauen vermögen sich viel eher anzupassen als Männer, sie haben bedeutend mehr Ausdauer und sind gleichsam von Natur aufs Wartenmüssen vorbereitet.

»Willst du dich nicht lieber hinlegen und ein bißchen ausruhen?« fragte sie geduldig.

Wütend herrschte er sie an: »Ausruhen? Ich tue in diesem stinkigen Hotel nichts anderes. Jetzt hab ich's satt!«

»Immer noch besser, als tot zu sein«, meinte sie lakonisch.

»Manchmal bezweifle ich das«, entgegnete er barsch, ging zurück zum Fenster und starrte auf die Straße hinab.

Als sie wieder Zeitung lesen wollte, sagte er, ohne sich umzudrehen: »Menschen wie die da unten habe ich als kleiner Junge in dem Dorf in Italien gesehen. Schau sie dir bloß an. Sie lächeln und machen Witze, während sie etwas Eßbares zu ergattern versuchen.«

Luke stand auf und ging zu ihm ans Fenster »Ja, mir kommen sie auch glücklich vor«, sagte sie, nachdem sie ein paar Sekunden hinuntergeblickt hatte.

»Das ist es eben, was ich nie recht begriffen habe«, sagte Cesare ehrlich verwundert. »Was macht sie zu jeder Zeit so froh und zufrieden? Was besitzen sie denn, das wir nicht auch hätten? Wissen sie nicht, daß diese Welt den wenigen gehört, die sich nehmen, was sie haben wollen? Das müßten sie doch wissen. Es scheint aber nicht so. Trotzdem lächeln sie zufrieden und lachen und zeugen Kinder. Was haben sie nur, das uns vielleicht fehlt?«

Sie sah ihn an und dachte an ihre Kindertage. An die Aufregung, wenn zum Einkaufen in die Stadt gefahren wurde. Der arme Cesare – es gab so vieles, was er nie kennengelernt hatte. »Vielleicht haben sie – Hoffnung«, antwortete sie.

»Hoffnung?« Er lachte. »Ein von Träumen erfundenes Wort.«

»Dann vielleicht Glauben«, sagte sie.

Wieder lachte er. »Ein von Priestern geprägter Begriff.«

Sie wollte seinen nackten Arm, den sie umfaßt hatte, nicht loslassen, denn sie hoffte, durch diese Berührung ihr Wissen und ihr Fühlen auf ihn übertragen zu können. »Vielleicht . . .«, sagte sie leise, »vielleicht haben sie Liebe.«

Cesare sah sie jetzt an, wandte sich ab und entzog ihr seinen Arm. »Dieses Wort ist der größte Betrug, den es gibt«, sagte er. »Ein Wort, das die Frauen erfunden haben, um ihre biologischen Bedürfnisse und Pflichten zu bemänteln. Liebe, pah!«

Sie ging zu ihrem Sessel zurück, setzte sich und griff wieder nach den Zeitungen, ohne jedoch wirklich zu lesen. Ein merkwürdig vertrauter Schmerz durchzuckte sie. »Dann weiß ich es wohl doch nicht«, sagte sie resigniert.

Er wandte sich vom Fenster ab und betrachtete sie, und sie wußte, ohne zu ihm aufzublicken, daß wieder das grausame Lächeln auf seinen Lippen war. Sie hatte es in den letzten Tagen oft genug gesehen. Jedesmal, wenn er sich von ihr, von ihrem brennenden Verlangen nach ihm abwandte, hatte sie es bemerkt.

»Richtig«, sagte er jetzt, »du weißt es nicht. Tatsächlich weiß es niemand, aber ich bin der einzige Mensch, der das zugibt. Die Menschen bestehen aus nichts weiter als dem Lebenstrieb. Und wie sie ihr Dasein fristen, ist den meisten eigentlich gleichgültig. Bloß existieren, von Tag zu Tag, von Jahr zu Jahr. Für nichts.«

Luke wollte ihm gerade antworten, da wurde an die Tür geklopft. Als sie den Blick hob, sah sie in seiner Hand ein Stilett. »Ja, bitte?« rief sie.

Der Hausdiener sagte von draußen: »Ich hab die Nachmittagszeitungen, *Ma'am*.«

»Lassen Sie sie vor der Tür«, rief sie. »Ich hole sie mir gleich herein.«

»Ja, *Ma'am*«, antwortete der Mann.

Als sie hörten, daß er die Treppe hinabstieg, erhob sich Luke, ging zur Tür, öffnete sie einen Spaltbreit, zog die Zeitungen herein und schloß die Tür wieder. Sie setzte sich wieder in ihren Sessel und begann eine Zeitung zu entfalten.

Erbost schlug er ihr das Blatt aus den Fingern. »Wirst du denn nie aufhören, dieses verfluchte Geschreibsel zu lesen?« schimpfte er und ging wieder zum Fenster.

Geduldig bückte sie sich, um die Zeitung wieder aufzuheben – da sah sie das Bild.

»Cesare! Hier, schau!« rief sie und hielt ihm die Seite hin. »Sie ist zurück!«

Ja, das *Journal American* brachte auf der Bildseite ein Foto von Ileana, wie sie lächelnd und winkend ein Transatlantikflugzeug verließ. Die Überschrift lautete: *Baronin von*

Auslandsferien zurück.

Die in Bakers Dienstzimmer versammelten Männer beugten sich gespannt vor, als Ileanas Stimme aus dem Lautsprecher auf dem Schreibtisch ertönte. »Hallo«, sagte sie.

Cardinalis Stimme klang nervös, gehetzt. »Hier Cesare. Hast du die Nachricht mitgebracht?«

Einer der Detektive ergriff ein anderes Standtelefon und flüsterte hinein.

»Cesare, wo bist du denn? Geht es dir gut?« hörten sie Ileana.

Baker sagte zu dem Kollegen am anderen Telefon: »Sie hält ihn nur hin, wie wir's ihr eingebleut haben. Haben Sie schon Bescheid, von wo Cardinali spricht?«

»Nein, aber meine Leute arbeiten so schnell wie möglich«, antwortete der Beamte.

»Ja, Cesare, ich habe die Nachricht«, sagte Ileana. »Aber – ich verstehe nicht, was sie bedeutet.«

»Das ist ja egal!« rief er heftig. »Los, sag mir den Wortlaut, genau!«

Sie schien zu zögern, bevor sie antwortete: »Der Mond wird heute abend aufgehen.«

Im Lautsprecher war das metallische Knacken vernehmbar, als Cesare einhängte, dann wieder Ileanas Stimme. »Cesare! Cesare! Bist du noch da?«

»Na, Anschluß festgestellt?« fragte Baker hoffnungsvoll den technischen Mitarbeiter.

Der schüttelte den Kopf. »Nein, der Mann hat zu schnell und zu wenig gesprochen.«

Ileana rief noch einmal: »Cesare?«

Baker ergriff den Hörer vom zweiten Apparat auf seinem Tisch. »Er hat aufgehängt, Baronin.«

Jetzt kam ihre Stimme ihm ängstlich vor, als sie fragte: »Habe ich's richtig gemacht, Mr. Baker? Ich habe ihn doch am Apparat festgehalten, solange es ging, nicht wahr?«

»Sie haben's sehr gut gemacht, Baronin«, sagte er zuversichtlicher, als er sich fühlte. »Wir sind im Bilde.« Er legte den Hörer auf und sagte zu dem Techniker: »Besten Dank. Sie können jetzt Schluß machen.«

»Bestimmt werden wir etwas erreichen, wenn er morgen aus seinem Schlupfwinkel kommt«, meinte der Beamte.

»Was denn?« fragte Baker.

»Er hat doch die Frau ins Ausland geschickt, um eine Nachricht für ihn zu holen.«

»Na und?« Baker lächelte. »Das ist doch nicht gesetzwidrig.« Der Detektiv ging kopfschüttelnd hinaus. Baker wandte sich Captain Strang zu, der ihm am Schreibtisch gegenüber saß. Strang sagte ruhig: »Als Versuch war es gut, George.«

»Aber nicht gut genug.«

»Sie haben jedenfalls das Bestmögliche getan.«

Baker stand auf. Er spürte den Mißerfolg wie einen beizenden Geschmack im Mund. »Wir wollen uns nichts vormachen, Dan. Es ist aus.« Er ging zum Fenster und blickte hinaus. »Falls Cardinali morgen zum Vorschein kommt, so bedeutet das, daß ›Stiletto‹ straffrei ausgeht, weil ihm nichts nachzuweisen ist. Und wenn er nicht auftaucht – nun, auch dann haben wir verloren. Wir sind diesem Matteo um keinen Schritt näher als zuvor.« Er drehte sich um und schloß bitter: »Die sind uns überlegen, Dan. Wie wir es auch drehen – die Verlierer sind wir.«

Sechsundzwanzigstes Kapitel

Sie verließen das Hotel um zehn Uhr abends. »Es ist nicht weit«, sagte Cesare, als sie zu Fuß den Weg antraten. Von der Park Avenue bogen sie in die Hundertsechzehnte Straße in Richtung Madison Avenue. Nachdem sie noch um mehrere Ecken gegangen waren, berührte Cesare sie am Arm. »Da gegenüber ist es«, sagte er.

Sie schauten hin. Es war eines der altmodischen Häuser aus braunem Sandstein. Im Parterre zeigte ein kleines Neonleuchtschild in weißen und grünen Buchstaben an, daß sich dort das Lokal *The Quarter Moon* befand.

Cesare führte sie am Eingang zur Bar vorbei durch die offene Haustür in den Flur und zur Treppe. Von der Decke verbreitete eine kahle Glühbirne mattgelben Schimmer.

Luke Nichols sah ihn an und fragte: »Wen sollen wir denn hier treffen?«

»Matteo selbstverständlich«, antwortete er nüchtern.

»Aber ich dachte, der darf amerikanischen Boden nicht mehr betreten?«

»Das hat wenig zu bedeuten. Er ist, weiß Gott, nicht der einzige, dem sie das verboten haben«, sagte er lächelnd und nahm sie beim Arm. »Komm.«

Sie stiegen eine Treppe hinauf. Im ersten Stock klopfte Cesare an eine Tür.

»Herein, es ist nicht zugeschlossen«, ertönte von drinnen Matteos Stimme.

Cesare öffnete, sie traten ein. Luke Nichols war erstaunt, sich in einem behaglich und gediegen eingerichteten Büro zu befinden, wie sie es in einem solchen Hause nie vermutet hätte.

Cesare schloß die Tür. Matteo, der hinter einem Schreibtisch saß, sagte: »Don Cesare! Und Miss Nichols auch! Das ist aber eine Überraschung!«

Cesare ließ Luke bei der Tür stehen und ging bis vor den Schreibtisch, wo er, ohne sich zu setzen, stumm auf Matteo hinabblickte.

In der Ecke stand ein Tisch mit einer Schreibmaschine darauf, daneben ein Aktenschrank, und neben diesem verdeckte ein Vorhang eine kleine Nische, hinter der vermutlich der Waschraum lag. Fenster gab es anscheinend hier nicht.

»Du hast um eine Zusammenkunft gebeten, mein Neffe«, sagte Matteo.

Cesare nickte. »Ich bin gekommen, um ein Mißverständnis zwischen uns zu klären.«

»Ja?« Emilio neigte den Kopf.

»Als wir uns zuletzt trafen«, begann Cesare in gedämpftem Ton, »da sagtest du, ich hätte meine Aufgabe gut gelöst und die Gesellschaft sei darüber erfreut.«

»Ja, das stimmt.« Emilio nickte.

»Wieso fordern sie dann meinen Tod?«

»Die Gesellschaft«, erwiderte Emilio salbungsvoll, »verdankt ihr Bestehen einer einzigen simplen Regel. Einem

Grundsatz, der sie befähigt hat, viele Kriege und Revolutionen und manche schwierige Epoche zu überleben und sich die Macht aufzubauen, die sie heute besitzt. Und diese einfache Regel macht unsere Stärke aus. Sie lautet: ›Keiner darf am Leben bleiben, der, abgesehen von der eigenen, die Sicherheit der anderen gefährdet.‹«

»Diese Regel habe ich nicht durchbrochen«, sagte Cesare rasch. »Jedenfalls nur auf Wunsch der Gesellschaft, um bestimmte Mitglieder zu beschützen.«

Emilio sprach geduldig weiter, wie zu einem Kind.

»Gewiß ist es bedauerlich, aber – deine Mitwisserschaft setzt uns nun das Messer an die Kehle. Du wirst nämlich bereits von der Polizei verdächtigt, und falls die von dem, was du weißt, irgendwie erfahren sollte . . .« Er ließ den Satz unvollendet.

»Von mir werden sie nichts erfahren«, sagte Cesare.

»Ich glaube das«, erklärte Emilio, »aber sollten wir beide uns da irren, so würde ungeheurer Schaden angerichtet. Die übrigen Mitglieder haben nicht das gleiche Vertrauen wie du und ich.«

»Und warum nicht?« forschte Cesare. »Ich habe doch meinen Schwur gehalten und verlange von ihnen überhaupt nichts.«

»Das ist es ja gerade«, sagte Emilio rasch. »Eben das macht ihnen Sorge. Ein Mann, der nichts verlangt, hat nichts, was er schützen müßte, meinen sie. Du bist nicht zu vergleichen mit Dandy Nick oder mit Big Dutch und Allie Fargo, die du schon aus dem Wege geräumt hast. Die hatten allen Anlaß, der Gesellschaft treu zu bleiben. Sie hatten etwas zu beschützen, und sie brachten der Gesellschaft Gewinn. Während du, mein Neffe, für uns weder Profit noch sonst etwas Produktives beisteuerst. Du bist ein Dilletant. Dir geht es wie einem Jungen nur um Abenteuer und Gefahr.«

»Also fordern sie wegen Dandy Nick meinen Tod?« fragte Cesare.

Emilio sah ihn an und hob mit einer hilflosen Geste die Hände. »Aus dem Grunde mußt du jetzt deinen Schwur halten.«

Luke bemerkte eine Bewegung hinter dem Vorhang und schrie, plötzlich in furchtbarer Angst: »Cesare, paß auf!«

Er wirbelte so rasch herum, daß sie gar nicht wahrnahm, wie das Stilett aus seiner Hand flog. Es fuhr durch den Vorhang und durchbohrte den dahinter versteckten Mann. Er packte den Stoff und riß ihn im Sturz mit sich. Neben Luke fiel eine Pistole zu Boden.

Cesare kniete sofort neben dem Mann und zerrte ihm den Vorhangstoff vom Gesicht. »Nun ist nach eurem Gesetz keiner mehr da, der von mir bedroht wird!«

»Doch, einer noch, mein Neffe«, sagte Emilio sanft.

Cesare starrte ihn an. »Und wer ist das, mein Onkel?«

Emilio hatte plötzlich eine Pistole in der Hand. »Ich«, sagte er ruhig, den Finger am Abzug. Eigentlich ein Jammer, dachte er. Cesare hätte einer der ganz Großen werden können, einer der Dons ...

Während er noch darüber nachgrübelte, entging ihm, wie Luke Nichols die Pistole vom Boden aufhob und abdrückte. Die Wucht des aus so geringer Entfernung in seine Schulter einschlagenden Geschosses warf ihn rückwärts vom Stuhl, und die Pistole flog ihm aus der Hand.

Im selben Moment hatte sich Cesare schon auf ihn gestürzt, das Stilett hoch über seinem Kopf schwingend.

»Nein, nein!« schrie Matteo. »Ich werde mit dem Vorstand reden! Sie werden auf mich hören!«

Cesare lachte höhnisch. »Zu spät, mein Onkel! Eure eigenen Regeln sprechen dein Urteil. Wenn du tot bist, bin ich frei.«

Erstarrt vor Grauen sah Luke, wie die Klinge immer wieder in Emilios Körper hinabstieß. »Halt, halt, Cesare!« rief sie. »Hör auf, bitte ...«

Langsam richtete sich Cesare auf. Er ging auf sie zu, das wilde Funkeln seiner Augen erlosch, die wie vom Wahnsinn verzerrten Züge glätteten sich, und schon lächelte er wieder, nahm sie beim Arm und öffnete die Tür. Er warf noch einen Blick in das Zimmer zurück und sagte mit leisem Lachen zu ihr: »Weißt du, er begann sich einzubilden, er sei wirklich mein Onkel!«

Als sie in seine Wohnung kamen, setzte er sich gleich an den Schreibtisch, schob den Stapel Postsachen beiseite, holte ein Scheckheft hervor und schrieb.

Luke stellte sich hinter ihn und fing an, sanft seinen Nacken zu massieren. »Es ist schön, wieder daheim zu sein«, sagte sie leise.

Er hatte den Scheck ausgeschrieben, drehte sich herum und hielt ihn ihr hin. »Hier«, sagte er schroff.

Sie hörte auf, ihn zu massieren, und fragte erstaunt: »Was ist damit?«

Seine Stimme war kalt, die Augen wie die eines Fremden, als er antwortete: »Du sagtest, daß du gern wieder einen Ferrari haben willst. Nun kannst du deine Sachen packen und verschwinden.«

Fassungslos sah sie ihn an. »Du denkst...« Für Sekunden versagte ihre Stimme. »Du denkst, ich sei deshalb bei dir geblieben?«

Er stand vom Stuhl auf, ging achtlos an ihr vorbei zur Hausbar und schenkte sich einen Kognak ein, den er schnell austrank. Dann wandte er sich ihr wieder zu und sagte: »Was ich denke, ist hierbei Nebensache. Zwischen uns ist es aus.«

Sie mußte es ihm sagen. Vielleicht wandelten sich seine Gefühle, wenn er erfuhr, daß sie schwanger war. Sie mußte Geduld mit ihm haben. Das alles war zuviel für ihn gewesen. »Cesare, was soll ich denn nun anfangen? Ich bin ... ich habe nicht ...«

Er griff in den Schrank hinter sich, öffnete das Türchen in der Rückwand und nahm die kleine dunkle Flasche heraus. Er stellte sie vorn auf die Bar neben den Whisky. »Mir ist's einerlei, was du anfängst, aber du hast die Wahl«, unterbrach er sie. »Was in dieser Flasche ist, weißt du. Ein paar Tropfen, und in drei Minuten ist alles vorbei ... Ganz schmerzlos. Ich schenke sie dir!«

Als er an ihr vorbei zur Tür ging, folgte sie ihm und schrie: »Cesare! Wohin willst du jetzt? Zu Ileana?«

Er lächelte böse und sagte mit leiser, brutaler Stimme: »Ja. Ich habe genug von dir. Ich habe es satt, mit dir auf grobem, nach Chlor riechendem Bettzeug zu liegen. Ich kann deine

Umarmungen nicht mehr ertragen – du bist mir körperlich zuwider, weil du so gewöhnlich bist. Du hattest recht mit dem, was du bei unserer ersten Begegnung sagtest: Ileana kann mir in zehn Minuten mehr geben als du in zehn Tagen! Und das hast du wahrhaftig bewiesen!«

Sie griff nach seinem Rockaufschlag. »Du willst mich nicht mehr?« fragte sie dumpf.

Cesare stieß ihre Hand beiseite. »Das stimmt nicht ganz«, entgegnete er kalt. »Ich brauche dich nicht mehr.«

Die Tür klappte hinter ihm zu. Luke Nichols starrte noch einen Moment wie betäubt auf das Schloß, dann schlich sie langsam zur Couch zurück. Ihr Blick wanderte zu dem Giftflakon auf der Hausbar. Cesare hatte recht: Für eine Frau wie sie war das der einzige Ausweg.

Sie erhob sich, um hinzugehen, doch da überfiel sie jäh Übelkeit. Sie hastete ins Bad und beugte sich würgend über das Wasserbecken. Tränen brannten in ihren Augen. Sie sank auf die Knie und lehnte den Kopf an das kühle Porzellan. Tränen strömten ihr über die Wangen. Nun gab es keinen Zweifel mehr ...

Siebenundzwanzigstes Kapitel

Cesare schloß Ileanas Zimmer auf und trat ein. Die Lampen brannten, und das Rauschen des Wassers im Bad war deutlich zu hören. Lächelnd ging er an die Tür und rief: »Ileana!«

Der Wasserhahn wurde zugedreht, und Ileana fragte: »Cesare, bist du's?«

»Ja, ich bin wieder da«, antwortete er lachend.

»Und wie geht's dir?«

»Prima!« rief er. »Komm schnell heraus, ich muß dir etwas Wichtiges erzählen!«

Ja, es wird Zeit für uns, dachte er. Mit den Abenteuern ist jetzt Schluß, ich muß eine Familie gründen. Den Namen nicht aussterben lassen, wie mein Vater mich mahnte. Damals war ich noch zu jung oder zu gleichgültig, um darüber

nachzudenken.
Sie rief durch die geschlossene Tür: »Bitte, sei so lieb und reiche mir mein Schminkköfferchen herein, ja? Es steht auf dem Nachttisch.«

Er ging zum Nachttisch und ergriff das Kästchen am Henkel. Das Schnappschloß war nicht zu, der Deckel klappte auf, und ein Teil des Inhalts fiel zu Boden. Lächelnd bückte er sich, um die Sachen aufzuheben, warf die Lippenstifte und Puderdosen einfach hinein und begann die Karten und Briefe aufzusammeln.

Ohne großes Interesse betrachtete er sie. Was für Zeug die Frauen mit sich herumtragen! Kreditkarten, Rechnungen, Quittungen und so weiter. Sein Blick fiel auf den Dienststempel, den der letzte Brief trug. Absender: die Einwanderungsbehörde. Adressiert an Ileana. Mechanisch begann er zu lesen:

»Auf Ersuchen von Mr. George Baker vom Federal Bureau of Investigation (FBI) teilen wir Ihnen hierdurch mit, daß Ihr Antrag auf Erteilung eines Aufenthaltsvisums für Ausländer genehmigt wurde. Sie werden gebeten, diesen Brief und Ihren Paß zu unserer nächstgelegenen Dienststelle zu bringen, damit die entsprechende Eintragung ordnungsgemäß erfolgen kann.«

Langsam richtete Cesare sich auf, den Brief immer noch in der Hand. Das Kästchen ließ er unbeachtet liegen. Erst als er die Tür zum Bad schon geöffnet hatte, wurde ihm klar, was dieses Schreiben bedeutete. Sie hatte die ganze Zeit für Baker gearbeitet! Einen anderen Grund, ihr zu helfen, konnte der ja nicht haben.

Ileana, die im Morgenrock vor dem Spiegel stand, sah ihn eintreten und fuhr, über sein Gesicht erschrocken, herum. »Cesare! Was ist geschehen?« rief sie. Da bemerkte sie den Brief in seiner Hand. Mit schreckensweiten Augen starrte sie ihn an.

Er blieb in der Tür stehen, sein Blick war kalt und leer. »Warum, Ileana, warum?« fragte er tonlos. »Du kamst zu mir und batest mich als deinen Freund, dir zu helfen. Und ich half dir. Warum nun dies?«

Hastig, vor Angst fast gelähmt, erwiderte sie: »Ich mußte es tun, Cesare, sie ließen mir keine Wahl!«

»Das glaube ich dir nicht, Ileana«, entgegnete er und ging auf sie zu. »Du hättest es mir trotzdem sagen können. Wir hätten das gemeinsam durchstehen können.«

Sie beobachtete, wie er langsam die Hand hob. Seltsam – jetzt, da es geschehen mußte, spürte sie keine Furcht mehr. »Tu es nicht, Cesare«, sagte sie ganz ruhig. »Diesmal kommst du nicht damit durch. Die Polizei wird wissen, daß nur du es gewesen sein kannst.«

Er blickte sie an, seine Hand stockte.

»Laß es sein, Cesare«, sagte sie rasch, sein Zögern nutzend. »Du bist krank. Laß mich dir helfen.«

»Du hast gerade genug geholfen«, sagte er bitter. »Und ich war sogar dumm genug, dich heiraten zu wollen!«

Plötzlich versuchte sie, an ihm vorbei zur Tür zu eilen. Sie sah den Schlag nicht kommen, der sie bewußtlos zu Boden warf.

Schwer atmend starrte er auf sie hinab. Seine Gedanken überstürzten sich – er mußte schnell entscheiden. Das Stilett wagte er jetzt nicht zu benutzen. Es mußte eine Möglichkeit geben, es als Unfall zu tarnen. Ähnlich wie bei Barbara.

Er spähte vom Bad ins Schlafzimmer. Die Flügeltür zur Terrasse, auf die sein Blick fiel, brachte ihn auf eine Idee. Ja, Selbstmord, das wäre eine noch bessere Lösung.

Schnell hob er Ileana vom Fußboden auf, trug sie zur Terrassentür, öffnete sie und blickte hinaus. Die Nacht war still, Schnee fiel in dicken Flocken. Mit der Frau auf den Armen ging er zur Brüstung, legte ihren schlaffen Körper auf den Steinrand und betrachtete sie.

Ihr bleiches Gesicht wirkte sonderbar klein. Im Geist hörte er ihr eigenartiges, melodisches Lachen. Als Braut hätte sie bestimmt reizend ausgesehen, dachte er.

Ein leichter Stoß ... sie rollte über die Steinkante ... und war verschwunden.

Cesare hielt sich nicht damit auf, ihr nachzublicken, sondern eilte durch das Zimmer hinaus auf den Korridor.

In seinem Wohnzimmer kam ihm Luke entgegen. Er fuhr sie an: »Ich habe dir doch gesagt, du sollst verschwinden!«

Keine Antwort.

Er ließ sich auf die Couch sinken. »Worauf wartest du noch? Verschwinde!«

Müde stützte er den Kopf in die Hände und rieb sich den Nacken. Sie ging zur Hausbar, schenkte einen Drink ein und brachte ihm das Glas. »Hier«, sagte sie nur.

Er nahm es, leerte es in einem Zug, stellte es auf den Tisch und blickte Luke kalt an. »Nun verschwinde schon!«

Schweigend ging sie ins Schlafzimmer, während er sich zurücklegte und die Augen schloß. Er war sehr müde. Morgen, dachte er, fahre ich irgendwohin ... in die Sonne. Wie lange bin ich nicht mehr in der Sonne gewesen ... Aber jetzt kann ich ebensogut zu Bett gehen.

Er wollte aufstehen, doch etwas schien im Wege zu sein. Nein, es war dieses taube Gefühl – als seien seine Beine eingeschlafen. Er stemmte sich gegen die Couch und konnte trotzdem nicht hochkommen, denn seine Arme waren kraftlos. Luke Nichols kam mit ihrem Handkoffer aus dem Schlafzimmer und ging wortlos an ihm vorbei.

Er spürte, wie auf seiner Stirn der Schweiß ausbrach. »Luke, hilf mir!« ächzte er. »Mir ist nicht gut ...«

Sie drehte sich um, sah ihn an und sagte leise: »Jetzt kann ich dir nicht mehr helfen, Cesare.«

Einen Moment musterte er sie unsicher, dann plötzlich, als er das leere Glas auf dem Tisch sah, begriff er. »Du gemeines Luder! Du hast mich vergiftet!« schrie er. »Oh, ich Idiot! Hätte ich dich doch damals umgebracht!«

»Vielleicht wäre das richtig gewesen«, entgegnete sie gleichgültig. »Ich hatte dir ja gesagt, daß ich nie wieder die Verliererin sein wollte.« Sie ging zur Tür und öffnete sie.

Draußen standen Baker und mehrere Polizisten. Sie schoben sie wieder ins Zimmer und folgten.

Baker fragte sie nach einem Blick auf den hilflos daliegenden Cesare: »Was ist mit ihm los?«

In Cesares schon verwirrtem Gehirn meldete sich eine vage Erinnerung. Mit krampfhaft gespanntem Gesicht sah er die Männer an.

»Er stirbt«, sagte Luke.

»Lukrezia!« schrie Cesare plötzlich.

»Holen Sie schnell einen Arzt!« befahl Baker einem der Polizisten.

»Dafür ist es zu spät.« Luke begann zu lachen. »Helfen kann ihm nur noch ein Priester.«

»Trotzdem – Arzt holen«, sagte Baker hastig, »und schafft die Frau hier raus.«

Captain Strang betrat das Zimmer, als Luke Nichols und ein Polizist hinausgingen. »Die Baronin hat's gut überstanden«, sagte er zu Baker. »Sie muß ein paar Tage liegen, hat aber nichts gebrochen.«

»Aber ... Ileana ist doch tot!« flüsterte Cesare.

»Nein.« Baker schüttelte den Kopf. »Die untere Terrasse springt weit vor. So fiel sie nur ein Stockwerk tief, und eine Markise dämpfte noch ihren Sturz.«

Cesare begann zu lachen.

Strang sah Baker an und fragte: »Was ist mit ihm?«

»Er liegt im Sterben. Hat Gift genommen«, antwortete Baker. Cesare sah die Männer an. Das war ja der ungeheuerlichste Witz von allem ... Diese Narren wußten nicht, daß kein Borgia sich selbst vergiftete. Fast hätte er ihnen erzählt, was sich in Wirklichkeit abgespielt hatte, doch er behielt es für sich. Mochte auch das zu den vielen Einzelheiten gehören, die die stupiden *carabinieri* nie aufklären konnten. Er lachte wieder. Baker beugte sich über ihn. »Wo sind Matteo und Dandy Nick?«

Lächelnd antwortete Cesare: »Tot. Alle sind tot.«

»Warum haben Sie das getan, Cardinali – warum nur?« fragte Baker schnell. »Sie hatten doch ganz andere Ziele als diese Leute, und Ihnen hat das Leben alles beschert, was Sie sich wünschten.«

Cesare versuchte, Bakers Gesicht genau zu betrachten, doch es verschwamm vor seinen Augen. »Das sagte mein Vater auch immer, Mr. Baker«, erwiderte er, »doch er hat mich nur in sein Haus aufgenommen, um den Namen Cardinali fortleben zu lassen. Aus keinem andern Grund. Und ich weiß nicht, ob Sie dafür Verständnis hätten. Es gibt nur zwei Dinge im Leben, die Bedeutung haben: Geburt und Tod. Alles, was dazwischen liegt, ist nichts. Leere.«

Er rang nach Luft. »Nur wenn er mit diesen zwei Augenblicken konfrontiert ist, lebt ein Mann wirklich. Deshalb will er sich in die Frauen versenken, um erneut geboren zu werden. Deshalb stehen Sie jetzt alle da und sehen zu, wie ich sterbe, und sind freudig erregt über meinen Tod. In diesem Augenblick fühlen Sie sich lebendiger als je zuvor.« Erschöpft ließ er den Kopf zurücksinken. Sein Gesicht war schweißüberströmt.

»Der Mensch ist wahnsinnig.« Es war Captain Strang, der das sagte. »Total wahnsinnig.«

Cesare hob wieder den Kopf, um Strang anzublicken. Es kostete ihn seine ganze Kraft, durch den Schleier zu sehen, der sich vor seine Augen legen wollte. In der Ferne konnte er ein Kind weinen hören. Ja, vielleicht hatte der Mann recht. Vielleicht war er wirklich wahnsinnig. Aber wie kam ein Kind hierher, und weshalb weinte es? Und plötzlich wurde ihm bewußt: Es war sein Kind ... Das war es, was Luke ihm noch hatte sagen wollen. Sie erwartete ein Kind von ihm ...

Er sammelte seine letzten Kräfte, um noch einmal sprechen zu können, und spürte, wie seine Lippen sich bei dieser schmerzhaften Anstrengung verzerrten. »Ist nicht ... die ganze Welt ... wahnsinnig?«

Dann senkte sich der Schleier ... Endgültig ...

Harold Robbins

Die Manager

Roman

Gondrom

Für Gary

Lizenzausgabe für Gondrom Verlag GmbH & Co. KG, Bindlach 1992
Mit Genehmigung des Scherz Verlages, Bern und München
Titel des Originals: »Never Leave Me«
Einzig berechtigte Übersetzung aus dem Amerikanischen
von Wolf Hackenberg
Copyright © 1965 by Harold Robbins
Alle deutschsprachigen Rechte beim Scherz Verlag, Bern und München
Covergestaltung: Graphik Design Studio L. Mielau, Wiesbaden
ISBN 3-8112-0998-1

Ende als Anfang

Um halb drei kam ich vom Mittagessen ins Büro zurück. Meine Sekretärin hob den Kopf, als ich die Tür öffnete.
»Sind die Verträge vom Rechtsanwalt schon da?« fragte ich.
Sie nickte. »Ich habe sie Ihnen reingelegt, Brad.«
Ich ging in mein Zimmer, setzte mich an den Schreibtisch, nahm die Dokumente in die Hand und blätterte sie durch. Diese Bogen, eng mit Maschinenschrift bedeckt, voll von vertrackten Wenngleichs und Indems: das war's! Einfach großartig! Ich schwelgte in tiefster Genugtuung. Das tat noch viel wohler als Kognak nach dem Essen.
Das Telefon summte. Ohne aufzuschauen, nahm ich den Hörer ab.
»Paul Remey ruft aus Washington auf Apparat zwei«, sagte meine Sekretärin.
»Sehr gut!« Ich drückte den Knopf runter. Meine Stimme war voller Selbstzufriedenheit. »Paul, ich hab' den Vertrag...«
»Brad!« Seine Stimme klang rauh und abgehackt. Irgendwas ließ mir das Herz stocken.
»Was ist, Paul?«
Seine Antwort traf mich wie ein Kinnhaken. »Elaine hat Selbstmord begangen!«
»Nein! Paul!« Der Vertrag glitt mir aus den Fingern, die weißen Blätter flatterten über Tisch und Fußboden. Eine eiserne Kompresse lag um meine Brust. Zweimal versuchte ich zu sprechen, beide Male mißlang es.
Ich sank in meinen Sessel zurück. Das Zimmer begann sich zu drehen. Ich schloß die Augen. Elaine, stöhnte ich leise. Elaine, Elaine, Elaine.

Mit einiger Anstrengung bekam ich meine Stimme wieder in die Gewalt, sie klang gebrochen, fremd. »Wie denn, Paul? Und wann?«
»Letzte Nacht«, antwortete er. »Schlaftabletten.«
Ich holte tief Luft. Meine Selbstbeherrschung kehrte allmählich zurück.
»Warum, Paul?« Ich zwang mich zu dieser Frage, obwohl ich die Antwort wußte. »Hat sie irgendeine Nachricht hinterlassen?«

»Keinerlei Nachricht. Nichts. Kein Mensch weiß, warum sie's tat.«
Erleichtert atmete ich auf. Die Kleine hatte ganze Arbeit geleistet.

Meine Stimme klang jetzt fester: »Das ist ein furchtbarer Schlag, Paul.«
»Für uns alle, Brad«, sagte er. »Gerade jetzt, wo für sie alles gut auszugehen schien. Noch vor einigen Wochen meinte Edith, Elaine sehe so glücklich aus, jetzt, wo du ihr bei der Kinderlähmungs-Kampagne hilfst. Elaine hat sich wieder gefangen, sagte sie, seit sie etwas für andere Menschen tut.«
»Ich weiß«, antwortete ich schwach, »ich weiß.«
»Deshalb habe ich auch angerufen, Brad. Sie mochte dich sehr gern. Sie schwärmte beinahe von dir. Sie erzählte Edith immer wieder, wie nett du zu ihr warst.«
Seine Worte taten weh. Ich mußte ihn zum Schweigen bringen, oder ich würde die Fassung verlieren. »Ich fand sie auch ganz reizend«, bemerkte ich heiser.
»Der Meinung waren wir alle«, versicherte Paul. »Wir haben uns immer gefragt, wo sie diesen Mut und diese Kraft hernahm, um mit alldem fertig zu werden, was sie zu tragen hatte. Jetzt werden wir es wohl nie erfahren.«
Ich schloß die Augen. Sie werden es nie wissen, aber ich weiß es. Ich wußte eine Menge. Zu viel. »Wann ist der Trauergottesdienst?« hörte ich mich automatisch fragen.
»Übermorgen«, antwortete er und nannte mir den Namen der Kirche. »Um elf Uhr«, fügte er hinzu. »Sie wird neben ihrem Mann und den Kindern beigesetzt.«
»Ich komm' rüber«, sagte ich. »Ich treffe euch dort. Wenn ich in der Zwischenzeit noch irgendwas tun...«
»Nein, Brad. Es ist schon alles erledigt. Jetzt gibt es nichts mehr, was wir für sie tun können.«
Ich legte den Hörer auf, seine Worte klangen mir noch im Ohr. Ich saß da und starrte auf die Papiere, die am Boden und auf dem Schreibtisch verstreut lagen. Automatisch bückte ich mich, um sie aufzuheben, und plötzlich liefen mir die Tränen übers Gesicht.
Ich hörte, wie die Tür geöffnet wurde, aber ich schaute mich

nicht um. Mickey stand vor mir. Ich fühlte ihre Hand auf meiner Schulter.
»Es tut mir so leid, Brad«, sagte sie.
Ich richtete mich auf und schaute sie an. »Sie wußten es?«
Sie nickte. »Er sagte es mir, bevor ich zu Ihnen durchschaltete«, antwortete sie sanft. »Eine furchtbare Geschichte.« Sie streckte ihre Hand aus und hielt mir ein Glas Whisky entgegen. Ich nahm ihr das Glas ab und setzte es an die Lippen, während sie die restlichen Blätter vom Boden aufsammelte. Bis sie alles beisammen hatte, war ich mit dem Whisky fertig. Sie schaute mich fragend an. Ich brachte eine Grimasse zustande, die man gerade noch als Lächeln gelten lassen konnte. »Es geht schon wieder«, sagte ich. »Lassen Sie die Verträge hier. Ich schau sie mir später an.« Sie stapelte sie säuberlich auf meinem Schreibtisch und war schon auf dem Weg hinaus, als ich ihr nachrief: »Keine Anrufe, Mickey – und keine Besuche. Ich bin für eine Weile nicht zu sprechen.« Sie nickte und schloß behutsam die Tür hinter sich.
Ich ging zum Fenster und starrte hinaus. Der Himmel war von einem kalten winterlichen Blau, in das die weißen Häuser der Stadt unbarmherzig hinaufstießen.
Eintausendachthundert Quadratmeter Baufläche in der Madison Avenue, das bedeutete Mieteinnahmen für ungefähr viertausendsechshundert Quadratmeter. Und überall wuchsen die Neubauten wie riesige Ameisenhaufen in die Höhe. Das war ein Teil der großen Konjunktur, und die große Konjunktur war ein Teil von mir.
Das war's, was ich mir von Jugend an gewünscht hatte. Jetzt wußte ich, wieviel es wert war. Nichts. Aber auch gar nichts. Ein einziger, unbedeutender Mensch auf der Straße war mehr wert als die ganze Stadt zusammen.
Sie war tot, und ich konnte es nicht glauben. Ich hatte doch noch vor kurzem ihre warmen Lippen gespürt, ihre Stimme an meinem Ohr gehört.
Elaine. Ich sprach den Namen laut vor mich hin. Bisher war das ein sanfter, zärtlicher Laut gewesen; jetzt durchbohrte er mich wie ein Dolch. Warum hast du das getan, Elaine?
Das Telefon summte. Ich kehrte an den Schreibtisch zurück und nahm ärgerlich den Hörer ab: »Ich bilde mir ein, ich hätte gesagt: keine Anrufe!« schnauzte ich Mickey an.

»Ihr Vater ist hier«, antwortete sie leise.
»In Ordnung«, erwiderte ich und wandte mich zur Tür. Unbeholfen betrat er das Zimmer. Vater schaute immer unbeholfen aus, wenn er lief. Manierlich sah er nur aus, wenn er hinter dem Steuer eines Autos saß. Er blickte mich forschend von der Seite an. »Hast du schon gehört?« fragte er.
Ich nickte. »Paul hat angerufen.«
»Ich hab's im Autoradio gehört. Da bin ich gleich rübergekommen.«
»Danke.« Ich ging an den Schnapsschrank und nahm eine Flasche heraus. »Ich werd' schon damit fertig.« Ich goß zwei Gläser voll und hielt ihm eins hin.
Ich kippte meinen Whisky herunter, er aber behielt sein Glas noch in der Hand.
»Was wirst du jetzt machen?« erkundigte er sich.
Ich schüttelte den Kopf. »Ich weiß nicht. Als ich mit Paul telefonierte, dachte ich, ich würde rüberfahren. Aber jetzt weiß ich nicht, ob ich's kann. Ich weiß nicht, ob ich ihr gegenübertreten kann.«
Er blickte mich immer noch forschend an. »Warum?«
Ich starrte ihn eine Weile an, dann platzte ich heraus: »Warum? Du weißt genausogut wie ich, warum. Weil ich sie umgebracht habe! Hätte ich mit einem Gewehr auf sie gezielt und abgedrückt, hätte ich auch keine bessere Arbeit leisten können!« Ich ließ mich neben dem Schrank auf einen Stuhl fallen und bedeckte das Gesicht mit beiden Händen.
Er setzte sich mir gegenüber. »Woher weißt du das?«
Meine Augen brannten, als ich ihn anschaute. »Weil ich mit ihr ins Bett gegangen bin, sie belog, ihr Versprechungen machte, obwohl ich wußte, daß ich sie nie halten würde. Weil sie mich liebte, mir glaubte, mir vertraute und sich nicht vorstellen konnte, daß ich sie verlassen würde. Als ich es dann tat, gab es nichts mehr für sie auf dieser Welt, weil ich ihre Welt geworden war.«
Er trank schluckweise seinen Whisky und schaute mich an. Schließlich fing er an zu sprechen. »Du glaubst das wirklich?«
Ich nickte.
Er überlegte einen Augenblick. »Dann mußt du rüberfahren und mit ihr Frieden machen, oder du kommst nie zur Ruhe.«

»Aber wie kann ich das denn, Vater?« rief ich aus.
Er stand auf. »Doch. Du kannst das«, erklärte er zuversichtlich.
»Weil du mein Sohn bist, Bernhard. Du hast viele meiner Schwächen und Fehler, aber ein Feigling bist du nicht! Es mag schwer sein, aber du wirst dich mit ihr aussöhnen.«
Die Tür schloß sich hinter ihm, und ich war wieder allein.
Ich blickte auf das Fenster. Die frühe Dämmerung des Winters hatte den Tag bereits ausgelöscht. Es war noch gar nicht so lange her, daß ich sie – an einem Tag wie diesem – zum erstenmal gesehen hatte.
Irgendwie, in der Zeit zwischen damals und heute, würde ich die Antwort finden.

1

Während ich mich rasierte, beobachtete ich sie in der einen Ecke des Spiegels. Die Badezimmertür stand offen, ich konnte sie aufrecht im Bett sitzen sehen. Ihr rötlichbraunes Haar fiel über die schlanken weißen Schultern, die durch das Nachthemd hindurchschimmerten. Sie hat sich gut gehalten, dachte ich stolz. Niemand hätte vermutet, daß wir in etwa drei Wochen zwanzig Jahre verheiratet waren.
Zwanzig Jahre. Zwei Kinder – ein Junge von neunzehn und ein Mädchen von sechzehn –, und trotzdem sah sie selber noch wie ein junges Mädchen aus. Sie war schlank, zartgliedrig und trug immer noch die gleiche Größe 38 wie damals, als wir heirateten. Ihre grauen Augen waren noch genauso groß, strahlend und frisch wie einst, ihr Mund weich und voll. Er gefiel mir auch ohne Lippenstift. Er war warm, frisch und natürlich, ihr Kinn voll, vielleicht ein bißchen eckig.

Ich sah, wie sie aus dem Bett stieg und in ihren Morgenmantel schlüpfte. Ihre Figur war genau dieselbe geblieben, jung, gesund und aufregend. Ich beobachtete sie, wie sie aus dem Blickfeld des Spiegels verschwand, und wandte mich dann wieder der ernsten Beschäftigung des Rasierens zu. Ich fuhr mit den Fingern über mein Kinn. Immer noch rauh. Jeden Morgen dasselbe. Ich mußte mich stets zweimal rasieren, bevor sich meine Haut glatt anfühlte. Ich griff wieder nach dem Rasierpinsel und begann, mein Gesicht von neuem einzuseifen. Plötzlich merkte ich, daß ich vor mich hinsummte.
Mit einiger Überraschung schaute ich mein Spiegelbild an. Denn gewöhnlich summe ich nicht beim Rasieren. In der Regel bin ich dabei alles andere als vergnügt, weil ich Rasieren hasse. Wenn es nach mir ginge, ließe ich mir einen schwarzen Vollbart stehen.
Marge lacht mich immer aus, wenn ich über die Rasiererei jammere. »Warum suchst du dir keine Stellung, bei der du Gräben ausschachten kannst?« sagt sie dann stets. »Die Figur dazu hast du!«
Das Gesicht dazu hatte ich auch. Woran man mal wieder deutlich sieht, daß man einem Menschen nicht am Gesicht ansehen

kann, was er von Beruf ist. Ich habe eines jener breiten, grobschlächtigen Gesichter, die man eigentlich bei einem Holzfäller vermutet. Dabei kann ich mich nicht erinnern, wann ich das letztemal draußen gearbeitet habe. Ich mache keinen Finger krumm, um im Garten zu helfen.
Ich summte also leise vor mich hin und rasierte mich ein zweites Mal. Ich war glücklich – warum sollte ich das unterdrücken? Es ist doch großartig, wenn einem Mann das nach zwanzigjähriger Ehe passierte!
Ich rieb mein Gesicht mit etwas Rasierwasser ein, spülte den Apparat ab und kämmte mein Haar. Das war ein Pluspunkt für mich. Ich hatte immer noch einen ganz beachtlichen Haarwuchs, obwohl ich in den letzten fünf Jahren ziemlich grau geworden war.
Als ich ins Schlafzimmer zurückkam, war es leer. Aber Unterwäsche, Socken, ein sauberes Hemd, Krawatte und ein Anzug lagen ausgebreitet auf meinem Bett. Ich grinste vor mich hin. Marge ging im Hinblick auf meinen Geschmack kein Risiko ein. Ich war mehr für kräftige Farbzusammenstellungen. Aber sie meinte, das ließe sich nicht mit meiner Stellung vereinbaren, ich müsse seriös aussehen.
Das war nicht immer so, erst in den letzten acht oder neun Jahren. Davor hätte ich eine Pferdedecke umhaben können, und kein Mensch hätte Anstoß daran genommen. Aber jetzt war ich kein simpler Presseagent mehr. Jetzt war ich Werbeberater mit einem Einkommen von dreißigtausend Dollar im Jahr an Stelle von dreitausend und einem piekfeinen Büro in der Madison Avenue an Stelle einer Küchentischbreite in einem Raum von der Größe einer Telefonzelle.
Als ich angezogen war und in den Spiegel schaute, mußte ich Marge recht geben. Der alte Knabe sah solide aus. Die Kleidung machte etwas aus mir. Sie milderte die Derbheit meines Gesichts, sie verhalf mir zu einem guten Eindruck und einem vertrauenswürdigen Ausdruck.
Als ich ins Speisezimmer kam, saß Marge bereits am Frühstückstisch und las einen Brief. Ich ging zu ihr hinüber und küßte sie auf die Wange. »Morgen, Kleines«, sagte ich.
»Morgen, Brad«, erwiderte sie, ohne von dem Brief aufzuschauen. Ich blickte über ihre Schulter. Eine vertraute Hand-

schrift. »Brad?« fragte ich. Das bedeutete Brad Rowan junior. Er war das erste Jahr auf dem College und gerade lange genug fort, um nur noch einmal wöchentlich zu schreiben. Sie nickte. Ich setzte mich an meinen Platz. »Na, was schreibt er denn?« erkundigte ich mich und nahm mein Glas Orangensaft in die Hand. Ihre grauen Augen blickten mich über den Rand des Briefes hinweg klar an. »Er hat sein Examen mit durchschnittlich achtzig bestanden. Nur in Mathematik hatte er einige Schwierigkeiten.«
Ich grinste sie an. »Kein Grund zur Aufregung. Das hätte mir auch Kummer gemacht, wenn ich aufs College gegangen wäre.« Ich war gerade mit meinem Orangensaft fertig, als Sally, unser Mädchen, meine Eier mit Speck brachte.
Zwei Dinge mochte ich besonders gern. Eier zum Frühstück und am Morgen eine Dusche. Beides waren Genüsse, die ich als Kind nicht gekannt hatte. Wie hatten nie viel Geld. Mein alter Herr verdiente sich als Taxifahrer seinen Lebensunterhalt. Noch heute, trotz seiner vierundsechzig Jahre. Das einzige, was ich für ihn tun durfte, war ihm ein eigenes Taxi kaufen. In vieler Hinsicht war er ein Kauz. Er wollte nicht zu uns ziehen, nachdem Mama gestorben war. »Würde mich nicht wohl fühlen, so weg von der Hochbahn an der Third Avenue.«
Es war aber auch noch etwas anderes. Er wollte nicht von Mama weg. In dieser langgestreckten Wohnung an der Bahn würde es immer etwas geben, was an sie erinnerte. Ich konnte es ihm nachfühlen, und so ließen wir es dabei bewenden.
»Was schreibt der Junge denn sonst noch?« fragte ich. Ich hatte mir aus irgendeinem Grund vorgestellt, daß Jungens im College in ihren Briefen nach Hause stets um Geld bitten würden. Insgeheim war ich direkt enttäuscht, daß Brad nie um irgendwelche Sonderzulagen bat. Sie schaute beunruhigt aus, als sie mich jetzt ansah. Sie deutete mit dem Finger auf den Brief: »Hier unten schreibt er, daß er sich schon acht Tage lang, seit dem Examen, mit einer Erkältung herumplagt und daß er den Husten nicht los wird.« Ihre Stimme klang besorgt.
Ich lächelte ihr zu. »Er kommt schon wieder in Ordnung«, versicherte ich ihr. »Schreib ihm, er soll dort zu einem Arzt gehen.«
»Das macht er ja doch nicht, Brad«, entgegnete sie. »Du weißt doch, wie er ist.«

»Sicher«, antwortete ich zwischen zwei Bissen. »So sind nun mal alle Jungens. Aber eine Erkältung ist wirklich eine Kleinigkeit. Die schüttelt er schon wieder ab. Er ist ja ein kräftiger Bursche.«
In diesem Augenblick kam Jeannie zum Frühstück. Wie üblich, war sie sehr in Eile. »Bist du schon fertig mit frühstücken, Dad?« erkundigte sie sich.
Ich schaute sie lächelnd an. Das war meine Tochter! Sie war wie ihre Mutter, nur verwöhnt. »Na, wo brennt's denn? Ich muß noch meinen Kaffee trinken.«
»Aber dann komme ich doch zu spät zur Schule!« protestierte sie. Ich betrachtete sie liebevoll. Sie war maßlos verwöhnt. Und ich allein war schuld daran. »Die Omnibusse sind den ganzen Morgen lang gefahren«, sagte ich zu ihr. »Du hättest nicht auf mich zu warten brauchen.«
Sie legte ihre Hand auf meinen Arm und küßte mir die Wange. An so einem Kuß, den eine Sechzehnjährige ihrem Vater gibt, ist schon was dran.
»Ach, Daddy«, schmollte sie. »Du weißt doch, wie gern ich mit dir zur Schule fahre.«
Ich grinste, obwohl ich genau wußte, daß sie schwindelte. Ich kann's nicht ändern. Mir machte es Spaß. »Du wartest ja bloß auf mich, weil ich dich fahren lasse«, neckte ich sie.
»Vergiß nicht, daß ich dein neues Kabrio auch recht gern mag«, zahlte sie es mir heim, und ihre braunen Augen lachten.
Ich blickte zu Marge hinüber. Ein stilles Lächeln lag um ihren Mund, während sie uns beobachtete. Sie wußte, wie es weitergehen würde.
»Was mache ich bloß mit diesem Mädchen?« stöhnte ich und tat völlig hilflos.
Sie antwortete immer noch lächelnd: »Zu spät, um das zu tun, was du längst hättest tun müssen! Jetzt nimmst du sie am besten mit.«
Ich leerte meine Kaffeetasse und stand auf. »Na schön«, sagte ich.
Jeannie grinste mich an: »Ich hol' dir Hut und Mantel, Dad.« Sie rannte in den Flur.
»Kommst du heute zeitig nach Hause, Brad?«
Ich drehte mich zu Marge um. »Weiß noch nicht«, antwortete

ich. »Kann sein, daß ich mit Chris über dem Projekt für die Stahl-Fritzen festsitze. Aber ich tue mein möglichstes, darauf kannst du dich verlassen.«
Sie stand auf und kam um den Tisch herum auf mich zu. Ich beugte mich hinunter und küßte sie auf die Wange. Sie war weich und zart. Sie hielt mir ihre Lippen entgegen. Ich küßte sie. Es schmeckte gut.
»Arbeiten Sie nicht zu schwer, mein Herr.« Sie sah mich zärtlich an.
»Keine Bange, meine Dame«, sagte ich. Vor dem Haus ertönte die Hupe. Jeannie war mit dem Wagen bereits vorgefahren. Ich drehte mich um und ging auf den Ausgang zu. Plötzlich blieb ich stehen und schaute zurück.
Sie lächelte mir nach.
Ich sah sie einen Augenblick lang an und lächelte dann: »Wissen Sie, gnädige Frau«, sagte ich rasch, »wenn ich zwanzig Jahre jünger wäre, würde ich Sie glatt heiraten!«

2

Als ich zum Auto hinunterging, spürte ich um mich herum, wie der Oktober mehr und mehr dahinschwand. Mir tat es richtig leid, wie er so erlosch. Denn das war meine Jahreszeit. Manche lieben das saftige Grün; ich würde mich jederzeit für das Rot, das Braun und das Gold des frühen Herbstes entscheiden. Die Farben bedeuteten mir etwas. Ich fühlte mich warm und munter – einfach prächtig.
Ich hielt neben dem Wagen und starrte Jeannie an. Sie lächelte mir zu.
»Du willst doch nicht etwa offen fahren?« fragte ich sie und griff nach meinem Trenchcoat, der neben ihr auf dem Vordersitz lag. Ich vollführte ein paar Schulterverrenkungen und schlüpfte hinein.
»Aber, Dad!« entgegnete sie rasch. »Was ist denn ein Kabrio, wenn du nicht das Dach runtermachst?«
»Liebes Kind«, protestierte ich und kletterte neben sie. »Wir haben Herbst, der Sommer ist vorbei.«
Sie schaltete, und bevor sie antwortete, waren wir bereits die

Auffahrt hinunter. Ihr Tonfall klang jetzt nüchtern, in ihm lag die ganze geduldige Nachsicht der sehr Jungen gegenüber den sehr Alten.
»Sei nicht so zimperlich, Dad«, sagte sie klar und unmißverständlich.
Ich lächelte leise vor mich hin und schaute dann zu ihr hinüber. Sie fuhr mit der ihr eigentümlichen, drolligen Aufmerksamkeit. Als sie in die Straße einbog, kam ihre rosa Zungenspitze zwischen den Lippen zum Vorschein. Das tat sie immer, es mußte wohl an der Kurve liegen. Sie drückte das Gaspedal runter, ich merkte, wie der Wagen schneller wurde. Ich warf einenBlick auf den Tacho. Wir fuhren auf diesem kurzen Stück bereits neunzig, und die Tachonadel stieg noch weiter. »Rase nicht so, Liebling«, warnte ich sie. Ihr kurzer Blick war vielsagend genug. Ich begann, mich direkt alt zu fühlen. Ich schwieg schuldbewußt und starrte geradeaus auf die Straße. Nach ein paar Minuten fühlte ich mich schon besser. Sie hatte recht. Was für einen Sinn hatte ein Kabrio, wenn man nicht das Dach runtermachte. Es war schon was dran, im Herbst offen über die Landstraße zu brausen: über sich den freien Himmel und ringsumher die leuchtenden Farben.
Ihre Frage überraschte mich: »Was schenkst du Mutter zum Hochzeitstag, Dad?«
Ich schaute sie an. Ihre Augen waren auf die Straße gerichtet. Ich stolperte über meine Antwort. Ich hatte noch nicht darüber nachgedacht. »Ich weiß nicht«, gestand ich.
Sie warf mir einen kurzen Blick zu: »Solltest du dich nicht bald entschließen?« sagte sie in diesem praktischen Ton, den Frauen immer an sich haben, wenn sie über Geschenke reden. »Es sind nur noch drei Wochen.«
»Jaja«, murmelte ich, »ich sollte mal darüber nachdenken.« Mir kam eine Idee. »Vielleicht kannst du mir sagen, was sie gern hätte?«
Sie schüttelte den Kopf. »Ah, ah, ich nicht. Darüber zerbrich du dir mal den Kopf. Ich war ja nur gespannt.«
»Gespannt worauf?« Ich wurde neugierig, was wohl in ihrem hübschen, kleinen Kopf vorging.
Sie brachte den Wagen an einer Verkehrsampel zum Halten und schaute mich an. »Nur so«, lächelte sie mir zu. »Ich war nur

neugierig, ob du dieses Mal wieder mit dem üblichen Blumenstrauß in letzter Minute ankommen würdest.«
Ich merkte, wie ich rot anlief. Ich hatte nicht damit gerechnet, daß diese jungen Augen so viel sehen würden. »Ich weiß immer nie so recht, was ich ihr schenken soll.«
Sie blickte mich an. »Du hast absolut keine Phantasie, Dad.«
Allmählich wurde ich ärgerlich. »Moment mal, Jeannie«, sagte ich. »Ich bin ein ziemlich vielbeschäftigter Mann und kann nicht an alles denken. Außerdem hat deine Mutter alles, was sie braucht. Was soll ich ihr also sonst noch kaufen?«
Sie fuhr wieder an. »Gewiß«, antwortete sie trocken. »Sie hat alles, was sie braucht. Einen neuen Kühlschrank, einen Herd, eine Waschmaschine...« Ihr Blick kehrte wieder zu mir zurück. »Hast du jemals daran gedacht, ihr etwas ganz Persönliches zu schenken? Was vielleicht nicht so schrecklich praktisch ist, woran sie aber einfach Freude hätte?«
Langsam wurde ich verzweifelt. Sie hatte etwas auf Lager. »Was zum Beispiel?«
»Einen Nerzmantel zum Beispiel«, antwortete sie rasch und starrte auf die Straße.
Überrascht blickte ich sie an. »Das wünscht sie sich?« fragte ich beinahe ungläubig. »Sie hat mir immer gesagt, sie wolle keinen Nerzmantel.«
»Daddy, du bist wirklich naiv! Die Frau möchte ich sehen, die nicht gern einen Nerzmantel hätte, egal, was sie auch behauptet.« Sie lachte. »Also wirklich. Ich weiß nicht, was Mom an dir gefunden hat. Du bist kein bißchen romantisch.«
Jetzt mußte ich selbst lachen. Fast hätte ich sie gefragt, ob sie etwa noch an den Klapperstorch glaube. Aber so kann man mit einer Sechzehnjährigen nicht mehr reden, die über alles Bescheid weiß – auch wenn es die eigene Tochter ist. Ich sprach jetzt ganz ernsthaft mit ihr. »Du meinst also, ich sollte ihr wirklich einen Nerzmantel schenken?«
Sie nickte und hielt vor der Schule.
»Na gut, dann mach ich's!« antwortete ich.
»Du bist in Wirklichkeit gar nicht so übel, Dad«, behauptete sie und lehnte sich gegen die Tür des Wagens. Ich rutschte ans Steuer hinüber und beugte mich dicht zu ihr. »Vielen Dank auch«, sagte ich feierlich.

Sie gab mir rasch einen Kuß.
Gegen elf Uhr war ich im Büro. Ich war bester Laune. Don hatte mir versprochen, für Marge etwas ganz Besonderes anzufertigen. Er besaß noch ihre Maße von dem Persianer, den sie sich im letzten Sommer hatte machen lassen. Ich war überzeugt, daß er sein Bestes tun würde. Das wollte ich ihm auch geraten haben. Schließlich schüttelte man sechstausendfünfhundert Dollar nicht so einfach vom Baum runter.

Mickey blickte auf, als ich hereinkam. »Wo haben Sie denn gesteckt, Chef?« erkundigte sie sich und nahm mir Hut und Mantel ab. »Paul Remey hat schon den ganzen Morgen aus Washington angerufen.«
»Einkaufen«, erklärte ich ihr und ging in mein Zimmer. Sie folgte mir. Ich drehte mich um. »Was wollte er denn?«
»Das hat er nicht gesagt. Nur – daß er Sie sofort sprechen müßte.«
»Na, dann rufen Sie gleich zurück«, ordnete ich an und setzte mich an meinen Schreibtisch. Die Tür schloß sich hinter ihr, und ich fragte mich, was Paul wohl auf dem Herzen haben könnte. Ich hoffte nur, daß alles in Ordnung war. Bei einem Regierungsposten konnte man nie sicher sein, egal wie begabt man auch war – selbst als persönlicher Assistent des Präsidenten nicht, wie Paul es war.
Ich mochte ihn wirklich gern. Wenn es ihn nicht gegeben hätte, wäre ich niemals so weit gekommen, wie ich heute war. In gewisser Hinsicht war es sein Verdienst, und es reichte weit zurück, bis in die ersten Kriegstage.
Mit Entschiedenheit war ich damals von allen Waffengattungen abgewiesen worden, bis ich schließlich bei der Propaganda-Abteilung im Überwachungsamt für Kriegsproduktion landete. Da traf ich das erste Mal mit Paul zusammen. Er leitete eine Abteilung, die vor allem für den Ausbau der Schrottverwertungs-Kampagne verantwortlich war. Ich wurde damals seinem Büro zugeteilt.
Und wie's halt manchmal so geht: wir waren zwei Menschen, die sich auf Anhieb sympathisch fanden. Er war drüben im Westen ein sehr erfolgreicher Geschäftsmann gewesen, hatte seinen ganzen Laden verkauft und war nach Washington ge-

kommen, um sich der Regierung zur Verfügung zu stellen. Ich hatte für eine Filmgesellschaft gearbeitet und war nach Washington gekommen, weil es hieß, die Erwerbsmöglichkeiten wären dort gut, und weil mich meine bisherige Firma gerade rausgeworfen hatte. Er leistete eine Mordsarbeit, und denselben Eindruck hatte er auch von mir. Als der Krieg zu Ende war, rief er mich in sein Büro: »Was wirst du denn jetzt anfangen, Brad?«
Ich erinnere mich noch, wie ich mit den Achseln zuckte: »Mich vermutlich nach einem Posten umschauen.«
»Hast du jemals daran gedacht, dich selbständig zu machen?« fragte er.
Ich zuckte wieder mit den Schultern. »So was ist eine große Sache. Das kann ich mir nicht leisten. Dazu habe ich nicht das Geld.«
»Das meine ich auch nicht«, erklärte er. »Ich meine in der Werbung. Ich kenne da einige Geschäftsleute, die an dieser Art von Hilfe, wie du sie ihnen geben könntest, unter Umständen interessiert wären. Für den Anfang brauchst du nichts weiter als ein kleines Büro.«
Ich hatte ihn über den Schreibtisch hinweg angestarrt. »Das ist das Luftschloß jedes Presseagenten«, sagte ich und zog mir einen Stuhl heran. »Aber erzähl mir mehr darüber. Sprich dich ruhig aus.«
Das war der Anfang. Es begann mit einem Ein-Zimmer-Büro und Mickey als Sekretärin; und daraus entstanden die ausgedehnten Büroräume, in denen jetzt fünfundzwanzig Angestellte saßen. Paul hatte viele Freunde, und diese Freunde hatten wieder Freunde.
Das Telefon summte, ich nahm den Hörer ab. Mickeys Stimme klang an mein Ohr. »Mr. Remey ist am Apparat, Brad.«
Ich drückte den Knopf runter: »Hallo, Paul«, rief ich, »wie stehen die Aktien?«
Paul gluckste stillvergnügt vor sich hin und gab es mir zurück. »Sie werden nicht mehr steigen.«
»Lassen Sie noch nicht alle Hoffnung fahren, Chef«, sprach ich ihm Mut zu. »Man kann nie wissen.«
Er lachte wieder, aber dann fuhr er ernsthaft fort: »Ich wollte dich fragen, ob du mir einen Gefallen tun kannst, Brad?«

»Jederzeit, Paul«, antwortete ich. »Worum geht's?«
»Es dreht sich mal wieder um eine von Ediths Wohltätigkeitsveranstaltungen«, sagte er. Edith war seine Frau. Eine reizende Person, aber sie hatte an dem Washingtoner Rummel Geschmack gefunden und nahm diese Betriebsamkeit ein bißchen zu wichtig. Ich war ihr schon früher manchmal behilflich gewesen. Das gehörte zu den Dingen, die man einfach tun mußte; und solange es für Paul war, machte es mir auch nichts aus.
»Selbstverständlich, Paul«, sagte ich rasch. »Sehr gern. Schieß los!«

»Viel weiß ich auch nicht, Brad«, antwortete er. »Edith hat mir nur aufgetragen, dich ganz bestimmt anzurufen und dir zu sagen, daß eine Mrs. Hortense E. Schuyler heute nachmittag bei dir vorbeikommen und dir alles Nähere erzählen wird.«
»Geht in Ordnung, Paul«, sagte ich und schrieb mir den Namen auf einen Zettel. »Ich werd' mich drum kümmern.«
»Und, Brad«, fügte Paul noch hinzu, »Edith bat mich noch ausdrücklich, dir zu sagen, du möchtest besonders nett zu dem Mädchen sein. Sie sagte, es läge ihr sehr viel daran.«
Mir machte es immer Spaß, wie Edith die Bezeichnung »Mädchen« gebrauchte. Edith war Mitte fünfzig, und alle ihre Freundinnen waren für sie »Mädchen«.
»Sag Edith, sie kann ganz beruhigt sein«, versicherte ich Paul, »die Dame wird bei mir Vorzugsbehandlung genießen.«
Er lachte. »Vielen Dank, Brad. Du weißt ja, was diese Dinge Edith bedeuten.«
»Ich weiß«, antwortete ich. »Du kannst dich auf mich verlassen.«
Wir tauschten noch ein paar Worte miteinander, dann hängte ich auf und schaute auf den Notizzettel. Hortense E. Schuyler. Alle diese Damen aus Washington hatten ähnlich klingende Namen. Und danach sahen sie dann auch aus. Ich drückte auf den Knopf.
Mickey kam herein, Block und Bleistift in der Hand.
»Jetzt ran an die Arbeit«, befahl ich. »Sie haben heute morgen hier schon genug Zeit verbummelt.«

3

Ungefähr um halb fünf Uhr nachmittags, als ich mit Chris gerade über der Kostenaufstellung für die Werbung des Verbands der Stahlindustrie brütete, rief mich der Summer der Sprechanlage von der Wandtafel weg. Rasch ging ich zu meinem Schreibtisch hinüber und kippte den Schalter um.
»Keine Anrufe, Mickey!« fauchte ich ärgerlich. »Das habe ich Ihnen doch schon vorhin gesagt.« Ich schaltete wieder ab und kehrte an die Tafel zurück. »So, jetzt geben Sie mir mal die Zahlen, Chris.«
Seine fahlen blauen Augen glänzten hinter der Nickelbrille. Er sah direkt glücklich aus. Wenn er von Geld sprechen konnte, sah er immer zufrieden aus. »Einmal wöchentlich in 400 Zeitungen«, erläuterte er mit seiner dünnen, näselnden Stimme, »das macht 515 000 Dollar. Unsere 15prozentige Kapitaleinlage dabei beträgt 77 000 Dollar. Künstlerische Gestaltung, Abzüge und Aufmachung belaufen sich wöchentlich auf 1000 Dollar, das heißt im Jahr 52 000 Dollar.«
»Großartig, großartig«, unterbrach ich ihn ungeduldig. »Aber können wir uns das auch leisten? Ich will nicht wieder in der Klemme sitzen – so wie letztes Jahr bei dem Mason-Projekt.«
Er schaute mich ruhig an. Ich hatte damals einen Auftrag über 35 000 angenommen, der uns hernach in der Ausführung 60 000 Dollar gekostet hatte. Er lächelte kühl. »Dafür bezahlen Sie mich ja schließlich«, meinte er, »damit Sie nicht wieder so einen Fehler begehen.«
Ich nickte. »Wieviel also?«
»Das kostet Sie wöchentlich 400 Dollar«, antwortete er. »Dabei haben wir immer noch 180 000 Dollar Überschuß.«
Ich lächelte ihn an. »Gut so!« sagte ich und klopfte ihm auf die Schulter. »Jetzt lassen Sie uns noch einen Blick auf die Werbetexte werfen.«
Er rang sich die Spur eines Lächelns ab, bevor er sich wieder der Tafel zuwandte, auf der die erste Serie von Anzeigenentwürfen montiert war.
Ich hörte, wie die Tür hinter uns geöffnet wurde. Ich drehte mich um. Mickey kam auf mich zu. »Habe ich nicht gesagt, daß ich nicht gestört werden will!« fuhr ich sie an.

»Mrs. Schuyler ist da, um Sie zu sprechen«, sagte sie ruhig und achtete überhaupt nicht auf meine schlechte Laune. Ich schaute sie verwirrt an.
»Mrs. Schuyler? Wer, zum Teufel, ist denn das?«
Mickey schaute auf eine schmale Visitenkarte, die sie in der Hand hielt. »Mrs. Hortense E. Schuyler«, las sie ab. Sie streckte mir die Karte entgegen. »Sie sagt, sie hätte mit Ihnen eine Verabredung.«
Ich nahm ihr die Karte ab und schaute sie mir an. Nur der Name, in einfachen Buchstaben. Er sagte mir gar nichts. Ich gab sie ihr zurück. »Ich kann mich an keine Verabredung erinnern«, sagte ich. »Ich habe mir absichtlich den ganzen Nachmittag freigehalten, um mit Chris dieses Projekt hier zu Ende zu bringen.«
Ein eigenartiger Ausdruck lag in Mickeys Blick, als sie mir die Karte wieder abnahm. »Was soll ich ihr sagen?« fragte sie.
Ich zuckte die Achseln. »Sagen Sie ihr irgendwas. Ich sei verreist oder in einer Konferenz oder sonst was. Damit wir sie loswerden. Ich will jetzt das hier erst fertigmachen.« Und schon hatte ich mich wieder der Tafel zugewandt.
Mickeys Stimme klang über meine Schulter. »Sie sagt, sie hätte volles Verständnis, wenn Sie keine Zeit für sie haben, nachdem sie so kurzfristig angemeldet worden sei. Aber sie wird morgen nachmittag in Washington zurückerwartet. Sie möchten ihr doch sagen, wann es Ihnen zu einem späteren Zeitpunkt paßt.«
Jetzt fiel der Groschen! Nun erinnerte ich mich: das war doch eine von Edith Remeys »Mädchen«. Rasch drehte ich mich um.
»Warum haben Sie denn das nicht gleich gesagt?« fragte ich sie. »Deshalb hat mich Paul ja heute morgen angerufen. Ich muß mit ihr sprechen.« Ich dachte nach. »Sie möchte sich einen Moment gedulden. Sagen Sie ihr, wie sehr ich diese Verzögerung bedauere. Ich rufe zurück, sobald wir hier fertig sind.«
Der eigenartige Ausdruck in Mickeys Blick verschwand, sie sah erleichtert aus. »In Ordnung, Chef«, antwortete sie munter. Ich schaute Chris an. »Ja, das war's für heute«, sagte ich ärgerlich.

»Da bleibt Ihnen aber nicht viel Zeit«, entgegnete er. »Um zwei Uhr sollen Sie Matt Brady und den Vorstand treffen, und bis dahin müssen Sie den ganzen Plan ja beinahe auswendig können!«
Ich kehrte an meinen Schreibtisch zurück. »Ich kann es nicht ändern, Chris«, sagte ich. »Wenn ich steckenbleibe, muß ich eben improvisieren; das habe ich schon öfter gemacht.«
Er stand vor dem Schreibtisch und schaute mich mißbilligend an.
»Das sind immerhin gewitzte Burschen!«
Ich setzte mich. »Machen Sie sich keine Sorgen, Chris«, beruhigte ich ihn. »Es sind auch nur Menschen, oder nicht? Genau wie wir. Die mögen auch gern Geld, Frauen und Schnaps und tragen Kleider und keine Flügel. Wir werden sie schon kriegen, genau wie alle anderen. Jeder Mensch kann gewonnen werden, wenn man erst mal weiß, worauf er hinauswill. Und wenn wir das herausbekommen, kriegen wir auch den Auftrag. Einfache Sache.«
Er schüttelte den Kopf, während ich auf den Knopf der Sprechanlage drückte. Ich lachte vor mich hin. Armer, alter Chris! Er lebte immer noch in einer altmodischen Welt, wo es nur ums Geschäft und um sonst gar nichts ging. Ich erinnerte mich noch, als er zum erstenmal hörte, daß ich für einen Kunden eine »Dame« besorgte. Er lief so rot an, daß ich Angst hatte, es würde auf seinen weißen, steifen Kragen abfärben.
»Also los, Mickey. Schicken Sie die alte Schachtel rein«, rief ich in die Sprechanlage.
Ich hörte durch den Lautsprecher, wie sie überrascht die Luft anhielt. »Was haben Sie gesagt, Brad?« hallte ihre skeptische Stimme an mein Ohr.
»Ich sagte: Schicken Sie die alte Schachtel rein. Was ist denn heute nachmittag los mit Ihnen? Sind Sie taub oder was?«
Ihr Flüstern wurde zu einem Kichern: »Haben Sie sie denn schon jemals gesehen?«
»Nein«, fuhr ich sie an, »und ich hoffe auch, sie nach dem heutigen Tag nicht noch einmal sehen zu müssen!«
Jetzt lachte sie richtig. »Zehn zu eins, daß Sie Ihre Meinung ändern! Wenn nicht, dann muß ich Ihnen das nächste Mal

allerdings wohl glauben, daß das Kapitel Frauen für Sie abgeschlossen ist.«
Der Lautsprecher knackte. Ich schaute zu Chris hinüber. »Sie ist völlig übergeschnappt!«
Er lächelte traurig und ging auf die Tür zu. Bevor er sie erreichte, wurde sie von der anderen Seite geöffnet. Er trat rasch zur Seite, damit er nicht im Weg war.
Ich erhob mich langsam, als Mickey zur Tür hereinkam. Chris starrte an ihr vorbei in das angrenzende Büro. Sein Gesicht zeigte einen Ausdruck, den ich bei ihm noch nie gesehen hatte. Dann kam sie herein, und ich wußte, was der Ausdruck auf seinem Gesicht bedeutete. Schließlich flossen keine Dollarscheine durch seine Adern.
Meine Miene muß wahrhaftig den Preis des Eingeständnisses wert gewesen sein, denn Mickey lachte, als sie die Tür hinter sich und Chris schloß. Ich merkte, wie ich unsicher um meinen Schreibtisch herum und auf sie zuging. »Mrs. Schuyler«, sagte ich und streckte ihr meine Hand entgegen, »ich bin Brad Rowan.«
Sie lächelte zurück und ergriff meine Hand. »Ich freue mich, Sie kennenzulernen, Mr. Rowan«, antwortete sie leise. »Edith hat mir schon so viel von Ihnen erzählt.« Ihre Stimme klang, als ob im Büro plötzlich Glocken läuteten.
Ich schaute sie an. Ich hatte schon früher Frauen gesehen. Viele. Als ich damals für die Filmgesellschaft arbeitete, hatte ich die schönsten Frauen der Welt um mich. Das war mein Beruf. Sie beunruhigten mich nicht. Es war egal. Aber diese hier war etwas Besonderes. Sie war Klasse: wie die Königin auf dem Schachbrett, das goldene Vorbild, die weiße Orchidee im Fenster eines Blumenladens, Musik von Rodgers und Hammerstein, die träge Sonne an einem Sommermorgen, die grüne, freundliche Erde, Ruby-Portwein nach dem Essen, ein Liebeslied von Billy Eckstine.
Ihr Haar hatte einen vollen, warmen braunen Ton. Vorn war es kurz geschnitten, hinten reichte es ihr fast bis auf die Schultern. Ihre Augen waren dunkelblau, beinahe lila, mit so großen schwarzen Pupillen, daß man fast hineintauchen konnte. Ihr Gesicht war nicht ganz rund, mit hohen Backen-

knochen, ihr Mund war weich und voll. Ihr Kinn war nicht ganz gerade, ihre Nase kaum gebogen. Ihre Zähne strahlten weiß und ebenmäßig, kein Verdienst des Zahnarztes, sondern der Natur.
Ich holte tief Luft und zog meinen Bauch ein. Plötzlich wünschte ich, ich hätte im letzten Sommer ein bißchen eifriger Tennis oder Golf gespielt, so daß mich der leichte Bauch, den ich in letzter Zeit entwickelte, jetzt nicht irritieren würde.
»Sagen Sie Brad«, lächelte ich und holte einen Stuhl für sie herbei. »Bitte, nehmen Sie Platz.«
Sie setzte sich, und ich ging, noch immer halb benommen, an meinen Schreibtisch zurück, um mein Gleichgewicht wiederzufinden. Ich blickte zu ihr hinüber. Sie zog ihre Handschuhe aus. Ich sah ihre weißen, schlanken, schmalgliederigen Hände. Ihre Fingernägel waren korallenrot lackiert. An ihrer linken Hand trug sie einen großen hellen Diamantring, das war ihr ganzer Schmuck.
»Paul hat Sie bereits angekündigt«, begann ich unbeholfen. »Aber ich hatte Sie noch nicht so bald erwartet. Was kann ich für Sie tun, Mrs. Schuyler?«
Sie lächelte wieder. Es schien, als ob kein anderes Licht mehr im Raum vorhanden wäre. »Sagen Sie Elaine«, entgegnete sie.
»Elaine«, sprach ich ihr nach, genauso, wie sie es betont hatte. »Hortense konnte ich nie leiden«, lachte sie. Ihre Stimme klang leicht vertraulich. »Das habe ich meiner Mutter nie verziehen.«
Ich grinste. »Ich weiß genau, was Sie meinen. Ich wurde von meinen Eltern Bernhard getauft. Alle Welt nannte mich Bernie.«
Sie nahm eine Zigarette aus ihrem goldenen Etui. Ich brach mir fast das Genick bei dem Versuch, möglichst rasch um den Schreibtisch herumzukommen und ihr Feuer zu geben. Sie machte einen kräftigen Zug und stieß den Rauch langsam wieder aus.
Ich ging zu meinem Stuhl zurück und setzte mich. Ich stritt immer noch mit mir selbst herum. Ich konnte es nicht begreifen. Mit großen Augen schaute sie mich an. »Edith riet mir, Sie aufzusuchen, weil« – sie lachte freundlich – »Sie der einzige Mensch auf der Welt wären, der mir helfen könnte.«

Ich lachte mit ihr. Allmählich fühlte ich mich wohler. Ich hatte mich wieder unter Kontrolle. Ich hatte wieder Grund unter den Füßen. Die alte Form. Ich sah sie wieder an. Ich glaube, es hatte mich deshalb so erwischt, weil ich jemand völlig anderes erwartet hatte. Ich hätte nie geglaubt, daß Ediths »Mädchen« etwas anderes als der Abklatsch ihrer selbst sein könnten.
»Wie?« erkundigte ich mich.
»Man hat mich zur Präsidentin unserer örtlichen Kommission für die Kinderlähmungs-Kampagne gewählt. Ich dachte, Sie könnten mir bei der Planung einer solchen Aktion behilflich sein, damit auch wirklich etwas dabei herauskommt.« Sie schaute mich erwartungsvoll an.
Ich fühlte einen bitteren Zynismus in mir aufsteigen. Sie war eben doch eine von Ediths »Mädchen«, egal, wie sie aussah. Das einzig Wichtige bei der ganzen Sache war für sie, möglichst groß in der Presse herauszukommen – als Entschädigung für ihre Bemühungen. Ich war enttäuscht.

Ich wußte eigentlich nicht, warum. Aber trotzdem. Diese Damen der guten Gesellschaft waren doch alle gleich. Klasse oder nicht Klasse, sie waren alle durch die Bank reklamesüchtig, auf der Jagd nach möglichst fetten Artikeln über sie selbst. Ich stand auf.
»Ich werde Ihnen selbstverständlich gern behilflich sein, Mrs. Schuyler«, erklärte ich brüsk. »Hinterlassen Sie doch bitte Ihren Namen und Ihre Adresse draußen bei meiner Sekretärin. Halten Sie uns auf dem laufenden über alle Unternehmungen Ihrer Organisation und natürlich auch über Ihre persönliche Aktivität. Wir werden dafür sorgen, daß Sie die entsprechende Reklame und Berichterstattung darüber bekommen.«
Sie starrte mich überrascht an. Bestürzung lag in ihren Augen, daß unser Gespräch ein so abruptes Ende gefunden hatte.
Ihre Stimme klang ungläubig: »Ist das alles, was Sie in dieser Hinsicht tun können, Mr. Rowan?«
Ich schaute sie nun gleichfalls verwirrt an. Ich hatte alle diese Heuchlerinnen so satt, die in Nerzmänteln in irgendwelchen Versammlungen beisammensaßen! »Entspricht das denn nicht

Ihren Wünschen, Mrs. Schuyler?« fragte ich boshaft. »Schließlich können wir Ihnen ja keine schriftliche Garantie dafür geben, wieviel Platz wir für Sie in der Presse herausschlagen können. Aber Sie werden schon auf Ihre Kosten kommen. Das ist doch der Grund, warum Sie mitmachen – oder nicht?«

Plötzlich schloß sie den Mund. Ihre Augen blickten dunkel und kalt. Schweigend stand sie auf und drückte ihre Zigarette in dem Aschenbecher neben ihrem Stuhl aus. Sie nahm ihre Handtasche auf, und als sie sich zu mir drehte, war ihr Gesichtsausdruck genauso finster und abweisend wie ihre Augen. Der Ton ihrer Stimme übertraf sogar den meinen.
»Sie haben mich mißverstanden, Mr. Rowan. Ich habe keine persönliche Reklame beabsichtigt. Davon habe ich mehr als genug gehabt. Der einzige Grund, warum ich zu Ihnen gekommen bin, war der, den Plan für eine Kinderlähmungs-Aktion im nächsten Jahr auszuarbeiten. Ich habe diese Aufgabe nur deshalb übernommen, weil ich weiß, was es heißt, jemanden durch diese furchtbare Krankheit zu verlieren. Ich wünsche keiner anderen Frau oder Mutter, daß sie jemals das durchmachen muß, was ich hinter mir habe.«
Sie drehte sich um und ging zur Tür.
Ich schaute ihr einen Moment verwirrt nach. Dann, als ich flüchtig ihr Profil sah, weiß vor Zorn, wurde mir plötzlich alles klar. Ich erinnerte mich und nannte ihren Namen: »Mrs. David E. Schuyler«! Jetzt fiel mir die ganze Geschichte wieder ein. Im stillen verwünschte ich mich. Die Zeitungen waren im vergangenen Jahr voll von ihr gewesen: wie sie ihre Zwillinge und ihren Mann durch Kinderlähmung verloren hatte.
Ich fing sie an der Tür ab, bevor sie die Hand auf die Klinke legte. Ich lehnte mich dagegen und versperrte ihr den Weg. Sie schaute zu mir auf, Tränen des Zorns standen in ihren Augen.
»Mrs. Schuyler«, sagte ich reumütig, »können Sie einem blöden Dummkopf aus der Third Avenue, der sich für wunder wie gescheit hält, noch einmal verzeihen? Ich schäme mich entsetzlich!«
Einen Augenblick schaute sie mir fest in die Augen, dann holte sie tief Atem und kehrte schweigend an ihren Platz zu-

rück. Sie nahm ihr Zigarettenetui heraus und öffnete es. Ihre Finger zitterten, als sie die Zigarette in den Mund steckte. Ich gab ihr Feuer.
»Es tut mir schrecklich leid«, sagte ich, als die Flamme ihr Gesicht golden überstrahlte. »Ich glaubte, Sie wären auch eine von diesen Frauen, denen es dabei nur um die Reklame geht.«
Sie schaute mich immer noch an, und der Rauch zog bläulich an ihrem Gesicht vorbei. Plötzlich sah ich nur noch ihre dunkelblauen Augen und verlor mich in ihrem wirbelnden Schmerz. Ihre Stimme klang sehr ruhig und sanft. »Wenn Sie mir wirklich helfen wollen, Brad, dann will ich Ihnen verzeihen.«

4

Das Telefon schnarrte. Es war Chris. »Der Rechnungsprüfer hat gerade den Reingewinn vom letzten Monat ermittelt«, sagte er.
Ich schaute zu Elaine hinüber. »Entschuldigen Sie mich bitte einen Moment«, lächelte ich, »geschäftlich.«
»Aber selbstverständlich«, nickte sie.
»Na, dann schießen Sie los«, forderte ich ihn auf.
»Gewinn vor Abzug der Steuern 21000, nach Abzug der Steuern 9000«, leierte er mit seiner langweiligen, trockenen Stimme runter.
»Gut«, sagte ich, »weiter.«
»Haben Sie denn Zeit?« fragte er mit leisem Sarkasmus.
»Ich habe Zeit«, antwortete ich kühl.
Er fing an, aus der Bilanzaufstellung eine Kette von Zahlen herunterzurasseln. Ich hörte gar nicht zu. Ich beobachtete sie. Sie war aufgestanden und zur Wandtafel hinübergegangen, wo sie die Entwürfe für die Stahl-Aktion betrachtete. Mir gefielen ihre Bewegungen, ihre Haltung; wie sie den Kopf auf die Seite legte, um eine Zeichnung zu studieren. Sie mußte meinen Blick im Rücken gespürt haben, denn plötzlich drehte sie sich um und lächelte. Ich erwiderte ihr Lächeln. Sie kehrte zum Schreibtisch zurück und setzte sich hin.
Endlich war er fertig, und ich legte den Hörer auf. »Entschuldigen Sie bitte.«

»Sie müssen sich nicht entschuldigen«, bemerkte sie, »ich verstehe das.« Sie wies auf die Zeichnungen an der Tafel. »Das sind ja ziemlich ungewöhnliche Anzeigen. Eigentlich sagen sie nichts Spezifisches aus. Sie weisen lediglich auf die Funktion des Stahls hin.«

»Das ist auch beabsichtigt«, erklärte ich. »Es ist der Teil einer Sonderaktion, die wir für den Verband der Amerikanischen Stahlindustrie vorbereitet haben.«

»Oh, Sie meinen, für die große Werbekampagne des Verbands?« rief sie aus.

»Sie wissen davon?«

»Die letzten zwei Wochen habe ich nichts anderes zu hören bekommen«, sagte sie. Verwirrt schaute ich sie an, und sie begann zu erklären: »Mein Onkel, Matthew Brady, ist Präsident von *Consolidated Steel*. Ich war gerade zwei Wochen zu Besuch beim ihm.«

Ich pfiff durch die Zähne. Matt Brady war einer der letzten Stahlbosse vom alten Schlag. Durch und durch ein Pirat. Scharf, eiskalt und rücksichtslos. Ich hatte mir sagen lassen, daß er die Nuß wäre, die wir knacken müßten, wenn wir etwas erreichen wollten. Er war der Bursche, vor dem Chris solche Angst hatte.

Sie fing an zu lachen: »Sie schauen mit einemmal so lustig aus. An was denken Sie?«

Ich suchte ihren Blick und kam zu der Überzeugung, daß sie eine Frau war, der man reinen Wein einschenken mußte. »Ich habe gerade daran gedacht, daß mich ein gütiger Geist beschützt haben muß. Beinahe hätte ich Sie aus meinem Büro hinausgeworfen. Wo Matt Brady Ihr Onkel ist! Das hätte das Ende meines Vorstoßes ins Stahlgeschäft bedeutet.«

»Glauben Sie, das wäre für mich von irgendwelcher Bedeutung gewesen?« fragte sie, und das Lächeln verschwand aus ihrem Gesicht.

»Ah, ah.« Ich schüttelte den Kopf. »Nicht für Sie. Aber für mich schon, wenn ich Ihr Onkel wäre. Wenn ich Matt Brady wäre, dann sollte sich nur einer getrauen, Sie schlecht zu behandeln!«

Das Lächeln kehrte in ihre Augen zurück. »Dann kennen Sie meinen Onkel nicht«, antwortete sie. »Wenn es ums Geschäft

geht, sind ihm verwandtschaftliche Beziehungen völlig egal.«
»Davon habe ich gehört«, sagte ich. Ich hatte noch Schlimmeres erfahren, doch davon sagte ich ihr nichts.
»Aber er ist reizend, und ich mag ihn sehr gern«, fügte sie rasch hinzu.
Ich schmunzelte vor mich hin. Etwas schwierig, sich das vorzustellen: Matt Brady als reizender Mensch. Matt Brady, der bei der letzten Wirtschaftskrise alle kleinen Stahlgesellschaften an die Wand gedrückt und dann für einen Pappenstiel aufgekauft hatte. Gott allein weiß, wie viele Menschen er mit dieser simplen Manipulation zugrunde gerichtet hatte!
Ich schaute auf meine Notizen. »Genug davon«, erklärte ich. »Um auf unsere augenblicklichen Probleme zurückzukommen: die Schwierigkeit bei all diesen Unternehmungen ist die, daß die Leute die Nase voll haben von schicksalsschweren Geschichten, sie wollen das einfach nicht mehr hören. Aber dagegen kämen wir schon an – wenn Sie den nötigen Schneid haben.«
Ihr Mund wurde schmal. »Ich werde alles tun, um zu helfen.«
»Gut«, sagte ich. »Dann werden wir für Sie einen ganzen Schwung von Zeitungs-, Radio- und Fernseh-Interviews arrangieren. Sie erzählen denen dann Ihre eigene Geschichte. Einfach. Menschlich.«
Ein Schatten fiel auf ihre Augen. Noch nie hatte ich ein so schmerzvolles Gesicht gesehen. Impulsiv griff ich nach ihrer Hand. Sie lag still und ruhig in der meinen. »Sie müssen nicht«, sagte ich rasch, um sie von dem Schmerz zu befreien. »Es gibt auch noch andere Wege. Wir werden schon was finden.«
Ruhig zog sie ihre Hand wieder zurück und legte sie in den Schoß. Ihr Blick war fest. »Wir werden es so machen«, sagte sie. »Sie haben recht. Das ist die beste Art.«
Sie hatte Mut, wirklich Mut. Matt Brady brauchte sich seiner Nichte nicht zu schämen. »Tapferes Mädchen«, sagte ich.
Die Sprechanlage summte, und ich schnippte den Hebel um. »Ja?«
Mickeys Stimme ertönte, flach und metallen. »Es ist halb sieben, Chef, und ich habe heute abend eine Verabredung; eine wichtige. Muß ich noch dableiben?«
Ich schaute auf meine Uhr und fluchte. Ich hatte gar nicht be-

merkt, daß es schon so spät war. »Nein, gehen Sie nur, Mickey«, sagte ich zu ihr, »ich räume schon alles zusammen.«
»Vielen Dank, Chef«, klang ihre Stimme zurück. »Legen Sie die Unterlagen auf meinen Schreibtisch. Gute Nacht.«
Ich kippte den Schalter wieder um und wandte mich an Elaine. Sie lächelte mir zu.
»Ich wollte Sie nicht so lange aufhalten, Brad«, sagte sie.
»Ich Sie auch nicht.«
»Aber Sie werden zu spät zum Essen nach Hause kommen. Ich kann ja über meine Zeit frei verfügen.«
»Marge macht das nichts aus«, antwortete ich. »Sie ist schon Kummer gewöhnt.«
»Trotzdem mache ich mich jetzt besser auf den Weg«, erklärte sie, nahm einen langen, schmalen Lippenstift aus ihrer Handtasche und zog sich die Lippen nach.
Ich beobachtete sie. »Aber wir sind doch noch gar nicht fertig«, protestierte ich. Widerstrebend schaute ich zu, wie sie aufbrach. »Und morgen fahren Sie nach Washington zurück.«
Sie blickte mich über den Rand ihres Spiegels an. »Aber nächste Woche bin ich wieder hier.« Sie überprüfte ihr Make-up und steckte den Lippenstift ein. »Da können wir dann die Sache weiter besprechen.«
»Aufgewärmter Kaffee schmeckt nicht!« hörte ich mich argumentieren.
Prüfend musterte sie mich. »Und was schlagen Sie vor?«
Von Minute zu Minute wunderte ich mich mehr über mich selbst. »Bleiben wir doch in der Stadt und gehen zusammen essen, falls Sie keine andere Verabredung haben«, schlug ich eilig vor. »Anschließend können wir hierher zurückgehen und die Pläne zu Ende besprechen.«
Einen Moment lang schaute sie mir in die Augen und schüttelte dann kaum merklich den Kopf. »Lieber nicht«, antwortete sie. »Mir wäre nicht wohl bei dem Gedanken, Ihren ganzen Abend durcheinandergebracht zu haben. Schlimm genug, daß ich Sie so lange aufgehalten habe.«
Ich half ihr in ihre Pelzjacke. »Meinetwegen«, sagte ich enttäuscht. »Wie wär's dann mit einem Aperitif?«
Sie drehte sich um und blickte mich fest an. »Was erwarten Sie sich eigentlich, Brad?«

Die Überraschung auf meinem Gesicht war nicht ganz echt. »Gar nichts. Muß man denn immer etwas erwarten, wenn man mit einer Dame einen Whisky trinken geht?«
Sie verzog keine Miene. »Nicht unbedingt. Ich hatte eigentlich nicht den Eindruck, daß Sie zu der Sorte von Männern gehören, die es darauf anlegen, Frauen einen Drink zu spendieren.«
Ich merkte, wie ich rot anlief. »Das tue ich auch nicht.«
Ihr Blick ruhte immer noch forschend auf meinem Gesicht. »Warum tun Sie's dann bei mir?«
Ich fühlte mich ungemütlich und verwirrt, wie ein Junge, der sich mit einem Mädchen verabreden wollte und einen Korb bekommt. Endlich fiel mir eine passende Antwort ein: »Weil es mir leid tut, wie ich mich vorhin benommen habe, und weil ich Ihnen das beweisen wollte.«
Ihr Gesicht entwölkte sich, es verlor etwas von seiner Gespanntheit. »Das müssen Sie wirklich nicht, Brad«, sagte sie ruhig. »Sie haben das schon längst bewiesen.«
Ich schwieg.
»Gute Nacht, Brad«, sagte sie und streckte mir ihre Hand entgegen, »und vielen Dank.«
Ich ergriff ihre Hand. Sie war schlank und leicht, und die Haut fühlte sich zart unter meinen Fingern an. Ich blickte einen Moment auf sie hinunter, der korallenrote Nagellack schimmerte mir entgegen. »Gute Nacht, Elaine.«
»Montag bin ich wieder in der Stadt, und dann können wir uns verabreden, wenn es Ihnen paßt«, schlug sie vor.
»Wann immer Sie wollen«, antwortete ich und hielt immer noch ihre Hand. Ich fühlte, wie mir das Blut in den Kopf stieg. Sie blickte auf ihre Hand und zog sie sanft zurück. Ich merkte, daß sie leicht errötete. Sie drehte sich um und ging auf die Tür zu.
»Wenn Sie früh genug in der Stadt sind«, rief ich ihr nach, »können wir doch zusammen zu Mittag essen.«
Sie blieb stehen und schaute sich um. »Wo?«
Ich stützte die Hände auf den Schreibtisch. »Holen Sie mich hier gegen ein Uhr ab.«
»Abgemacht«, sagte sie immer noch ernst.
Ich beobachtete, wie sich die Tür hinter ihr schloß, ging dann

um den Schreibtisch herum und setzte mich wieder hin. Ich starrte auf die Tür. Der Duft ihres Parfums steckte mir noch in der Nase. Ich holte tief Luft – und da hatte er sich verflüchtigt. Ich beugte mich nach vorn, um das Telefon zu erreichen und Marge Bescheid zu sagen, daß ich um acht zum Essen zu Hause wäre.
Auf dem ganzen Heimweg dachte ich über sie nach. Je mehr ich an sie dachte, um so ärgerlicher wurde ich über mich selbst. Was war eigentlich in mich gefahren? Sie war keineswegs die schönste Frau, die ich je in meinem Leben gesehen hatte. Auch nicht besonders sexy. Dafür fehlte ihr die Figur.
Während des Abendessens erzählte ich Marge alles über sie und wie ich mich ihr gegenüber benommen hatte, als sie in mein Büro kam. Marge hörte mir schweigend zu, so aufmerksam, wie sie das immer tat. Als ich fertig war, seufzte sie leise.
»Warum seufzt du?« fragte ich rasch.
»Die arme Frau«, sagte sie langsam. »Die arme, unglückliche Frau.«
Ich starrte sie mit großen Augen an, als hätte sie plötzlich in einem dunklen Raum das Licht angemacht und ich könnte jetzt wieder sehen. Das war's! Sie hatte den Nagel auf den Kopf getroffen. Elaine Schuyler bedeutete mir überhaupt nichts. Mitleid war es, was ich für sie empfand.
Ich fing an, mich wieder wohler zu fühlen, mich wiederzufinden. Das muß der Grund gewesen sein. Als ich ins Bett ging, war ich davon überzeugt.
Aber ich hatte mich getäuscht. Und ich wußte es in dem Augenblick, als sie am Montag mein Büro betrat.

5

Als ich Montag in mein Büro kam, fühlte ich mich wieder normal. Ich hatte mir alles schön zurechtgelegt: Ich würde mit ihr essen gehen, höflich und hilfsbereit sein und weiter nichts. Ich lächelte, als ich mich über die Morgenpost stürzte. Um ein Haar hätte ich mich selbst zum Narren gemacht. Der Gedanke allein war albern gewesen. Über die Zeit war ich hinaus. Mit dreiundvierzig ist das vorbei.

Es gibt ein Stadium im Leben eines Mannes, in dem die Frau eine große Rolle spielt, deutlicher gesagt: Sex und Romantik. Aber das bewegt einen, solange man jung ist und nicht mit dreiundvierzig. Mit dreiundvierzig Jahren gibt es andere Dinge, über die man nachdenkt. Das gehörte einfach zum Erwachsenwerden. Ich habe das bei fast jedem Mann, den ich kenne, festgestellt. Mit dreiundvierzig erfordern Sex und Romantik viel zuviel Anstrengung; es strapaziert die Gefühle und den Körper viel zu sehr. Man braucht den Auftrieb für andere Dinge. Für den Beruf zum Beispiel.
Ich erinnere mich, daß einmal jemand gesagt hat, der Beruf sei der amerikanische Ersatz für Sex. Wenn ein Mann älter und seine Maschine schwächer wird, schaut er sich nach anderen Gebieten um, auf denen er seine Fähigkeiten beweisen kann. Und der Beruf ist der logische Ausweg. Deswegen gehen so viele Männer mit der Arbeit ins Bett. Und deswegen sind auch so viele Frauen unglücklich. Aber das ist die normale Entwicklung einer Ehe. Es leuchtete mir ein. Man verfügte nur über ein gewisses Maß an Kraft, und ich war schlau genug, meine Grenzen zu kennen. Außerdem war sie Matt Bradys Nichte. Warum sollte ich mir Ärger an den Hals hängen.
Als es auf ein Uhr zuging, hatte ich meine Verabredung beinahe vergessen. Es war ein turbulenter Vormittag gewesen. Ich wurde über die Rufanlage verlangt. Ungeduldig kippte ich den Hebel herunter.
»Mrs. Schuyler ist da.«
Die Worte hallten in meinem Ohr nach. Ich holte tief Luft. Eine plötzliche Erregung packte mich. »Sie möchte bitte hereinkommen«, sagte ich und stand auf.
Ich war ein ganz Gescheiter. Alles war genau überlegt. Noch vor ein paar Minuten hatte ich überhaupt nicht an sie gedacht, sie war mir nicht wichtig gewesen. Aber jetzt war sie es.
Ich wußte es in den Sekunden, in denen ich darauf wartete, daß die Tür aufging. Ich wollte hinübereilen, um sie zu öffnen, und ging um meinen Schreibtisch herum. Aber da hatte sie den Raum bereits betreten.
Ich hatte gedacht, es würde nicht noch einmal passieren. Es könnte nicht noch einmal passieren. Beim erstenmal, als ich sie gesehen hatte, war es so gewesen. Aber diesmal war es un-

möglich. Diesmal wußte ich, wie sie aussah. Ich war auf der Hut. Auch in diesem Punkt hatte ich mich getäuscht.
Sie lächelte mir zu, und ich brachte kaum ein Wort heraus.
»Hallo, Brad.« Ihre Stimme klang tief und warm.
Einen Augenblick zögerte ich, dann ging ich quer durch das Zimmer auf sie zu und ergriff ihre Hand. »Elaine.« Ihre zarten, kühlen Finger brannten wie Feuer in meiner Hand. »Elaine«, wiederholte ich, »ich bin so froh, daß Sie gekommen sind.«
Sie fing an zu lachen, um irgendeine vergnügte, belanglose Bemerkung zu machen. Plötzlich schaute sie mich an, und die Worte blieben ihr in der Kehle stecken. Ein Schatten flog über ihr Gesicht, und sie wandte ihren Blick von mir.
»Es tut mir leid, Brad«, flüsterte sie und entzog mir ihre Hand, »aber ich kann mit Ihnen nicht essen gehen.«
»Warum nicht?« platzte ich heraus.
Sie schaute mich immer noch nicht an. »Ich hatte eine frühere Verabredung vergessen. Ich bin nur vorbeigekommen, um mich zu entschuldigen.«
Ich starrte sie an. Ihr klares, zerbrechliches Profil grub sich tief in mein Bewußtsein. Ich fühlte, wie ein Schauer meine ganze Erregung wegfegte. Ich wurde plötzlich ärgerlich. »Das ist doch nicht Ihr Ernst!«
Sie antwortete nicht.
Ich ging einen Schritt auf sie zu. »Wenn Sie anderweitig verabredet waren, dann hätten Sie mich anrufen können«, erklärte ich schroff. »Deswegen hätten Sie nicht heraufzukommen brauchen. Es gibt genügend Telefone in der Stadt.«
Sie drehte sich um und wollte fort. Ich fühlte, wie mich eine wütende, ratlose Enttäuschung zu ersticken drohte. Ich packte ihre Schulter und wirbelte sie herum. »Warum belügen Sie mich?« fragte ich und starrte ihr ins Gesicht.
In ihren Augen schimmerte es feucht. »Brad, ich belüge Sie nicht«, antwortete sie schwach.
Ich beachtete das überhaupt nicht. »Wovor haben Sie Angst, Elaine?« fragte ich hart. Ich fühlte, wie sie plötzlich unter meinen Händen zusammensackte, als ob sie alle Kraft verloren hätte. Tränen standen jetzt in ihren Augen.
»Lassen Sie mich gehen, Brad«, flüsterte sie. »Habe ich nicht schon Kummer genug gehabt?«

Ihre kaum hörbare Stimme spülte meinen Ärger wie mit einer Dusche kalten Wassers fort. Ich ließ die Hände sinken, ging an meinen Schreibtisch zurück und ließ mich in den Sessel fallen. Dann schaute ich sie an. »Gut, Elaine«, sagte ich, »Sie können gehen, wenn Sie wollen.«
Sie zögerte und schaute sich nach mir um. »Brad, es tut mir leid.« Ich antwortete nicht.
Ich beobachtete, wie sich die Tür hinter ihr schloß, und blickte finster auf meinen Schreibtisch. Sie hatte recht. Da gab es nichts zu bereden. Ich bereitete mir nur Unannehmlichkeiten. Sie war keine Frau, die man mal eben aufgabelte und dann wieder laufenließ. Sie gehört zu dem Typ, der nach Dauer verlangte.
Ich steckte mir eine Zigarette in den Mund und zündete sie an. So war es wahrscheinlich die beste Lösung. Mit dreiundvierzig war man zu alt, um Jugendträumen nachzujagen.
Auf irgendeine Weise verging auch dieser Nachmittag, und als gegen fünf das Telefon läutete, fühlte ich innerlich nur mehr den unbestimmten Schmerz des »es wär' so schön gewesen«. Ich nahm den Hörer ab.
»Paul Remey ist am Apparat, Chef«, sagte Mickey.
Ich schaltete um. »Paul, wie geht's?« erkundigte ich mich.
»Ausgezeichnet, Brad«, antwortete er. »Können wir heute abend zusammen essen gehen?«
»Sicher«, antwortete ich überrascht. »Wo, zum Teufel, steckst du denn?« fragte ich rasch.
»Ich bin hier in der Stadt«, lachte er über meine Überraschung. »Ich mußte für den Chef einen Zaun flicken, wenn du verstehst, was ich meine. Edith ist mitgekommen, um ein bißchen einzukaufen. Mir kam gerade die glänzende Idee, dich zum Essen einzuladen. Es wird sowieso nicht spät werden. Ich fliege mit der Neun-Uhr-Maschine wieder zurück.«
»Großartig«, sagte ich und gab mir Mühe, so herzlich wie möglich zu klingen. »Wie wär's, wenn wir uns um sechs im ›21‹ treffen? Wir können uns zum Essen Zeit lassen. Ich fahre euch anschließend zum Flughafen.«
»In Ordnung«, erwiderte er. »Bis nachher.«
Ich legte den Hörer auf und schaute aus dem Fenster. Es war schon fast dunkel – das ging erstaunlich schnell, wenn der

Sommer erst mal vorüber war! Ich war hundemüde. Am liebsten wäre ich nach Hause gefahren und hätte mich in mein Bett verkrochen, um dieses vage, unbefriedigte Gefühl in mir zu verschlafen. Aber ich mußte noch ein paar Dinge erledigen.
Ich nahm den Hörer wieder ab, um nach Hause zu telefonieren. Marge war am Apparat. »Ich werde heute nicht zum Essen kommen, Kleines«, sagte ich. »Paul ist hier, ich gehe mit ihm essen. Hast du nicht Lust, mit uns zu kommen?«
»Ich glaub' nicht«, antwortete sie. »Ich werde mit Jeannie essen und früh zu Bett gehen. Ich wünsch' euch beiden viel Spaß.«
»Ist gut, Kleines«, sagte ich. »Wiedersehn.«
Ich drehte mich wieder zu meinem Schreibtisch um und las die Kostenvoranschläge für die Stahl-Aktion bis zur letzten Seite. Ich zeichnete sie ab und schickte sie Chris zurück. Inzwischen war es fast sechs, und ich brach auf.
Der Abend war kühl geworden und die Luft frisch. Ich atmete tief ein und kam zu der Überzeugung, daß mir ein paar Schritte zu Fuß ganz gut täten. Ich marschierte die Madison Avenue entlang bis zur 52. Straße und dann hinüber zu dem Restaurant.
Die Geschäftsführerin erwischte mich gerade, als ich meinen Hut abgab. »Mr. Rowan«, begrüßte sie mich liebenswürdig, »Mr. Remey erwartet Sie. Bitte hier entlang.«
Paul stand auf, als ich mich dem Tisch näherte. Edith saß zu seiner Rechten. Nachdem ich ihm die Hand geschüttelt hatte, wandte ich mich an sie und lächelte ihr zu. »Edith! Na, so eine freudige Überraschung«, rief ich aus. »Marge wird sehr enttäuscht sein. Warum habt ihr uns nicht früher gesagt, daß ihr kommt?«
Sie lächelte zurück. »Es kam so überraschend, Brad«, antwortete sie. »Schön, dich mal wiederzusehen.«
»Ja, finde ich auch«, entgegnete ich und setzte mich. »Du siehst jedesmal jünger aus.«
Sie lachte. »Immer derselbe alte Brad!« Aber ich wußte genau, daß sie es gern hörte.
Ich bemerkte, daß der Tisch für vier Personen gedeckt war. Fragend schaute ich zu Paul hinüber. »Fehlt noch jemand?« erkundigte ich mich.
Er wollte gerade antworten, aber Edith kam ihm zuvor. »Nein«, antwortete sie. »Da kommt sie schon.«

Ich sah, wie Paul über meine Schulter blickte und aufstand. Automatisch erhob ich mich gleichfalls und drehte mich um. Ich glaube, wir bemerkten uns beide im selben Moment. Ein helles Leuchten trat in ihre Augen und verschwand ebenso rasch wieder. Einen Augenblick schien sie zu zögern, aber dann kam sie auf unseren Tisch zu. Sie streckte ihre Hand aus. »Mr. Rowan«, begrüßte sie mich höflich und formell. »Nett, Sie wiederzusehen.«
Ich ergriff ihre Hand. Ihre Finger zitterten vor Erregung. Ich hielt ihren Stuhl, während sie sich setzte. Edith beugte sich lächelnd vor: »Elaine hat sich heute mittag in letzter Minute entschlossen, mit mir zum Essen und anschließend einkaufen zu gehen, Brad. Sie hat so einen fabelhaften Geschmack! Wir haben die Hälfte der New Yorker Geschäfte leergekauft.«
»Na, hoffentlich hast du noch so viel Geld übriggelassen, daß ich jetzt unser Abendessen bezahlen kann«, lachte Paul.
Edith erwiderte etwas, aber ich hörte ihre Antwort nicht. Ich hätte nicht mal bemerkt, wenn um uns herum das Gebäude eingestürzt wäre. Ich schaute zu Elaine hinüber. Ihre Augen waren von einem rauchfarbenen Blau und taten weh. Ihr Mund erschien weich, rot und warm. Das einzige, woran ich denken konnte, war, wie wunderbar es sein müßte, ihn zu küssen.

6

Um acht Uhr, während wir noch gemütlich beim Kaffee saßen, kam die Geschäftsführerin an unseren Tisch: »Ihr Wagen ist vorgefahren, Mr. Rowan.«
»Vielen Dank«, entgegnete ich. Ich hatte vorher meiner Garage Bescheid gesagt, man möge mir den Wagen um acht rüberschicken. Ich blickte in die Runde: »Fertig?«
»Fertig«, antwortete Paul.
Edith kramte ihre Puderdose hervor und puderte sich in aller Eile noch einmal das Gesicht, während ich mich an Elaine wandte: »Wie wär's, wenn Sie uns zum Flugplatz hinausbegleiten würden?«
Sie schüttelte den Kopf. »Ich geh' lieber ins Bett. Ich bin müde. Aber trotzdem vielen Dank, Mr. Rowan.«

»Ach, Elaine, nun komm schon!« drängte Edith. »Brad setzt dich um zehn wieder vor deinem Hotel ab. Ein bißchen frische Luft wird dir schon nicht schaden.«
Elaine schaute mich unschlüssig an.
Ich nickte. »Wir können um zehn wieder in der Stadt sein.«
»Also gut«, willigte sie ein. »Ich komme mit.«
Auf der Fahrt hinaus saßen die beiden Frauen hinten, während Paul vorn neben mir Platz genommen hatte. Ab und zu spähte ich in den Rückspiegel. Sie beobachtete mich, wandte aber jedesmal rasch den Kopf zur Seite. Wenn ich nach einer Weile erneut hinschaute, erwischte ich ihren Blick wieder.
Ich berichtete Paul über die Schwierigkeiten, mit denen wir bei dem Stahlauftrag zu kämpfen hatten, und er erzählte mir den letzten Klatsch aus Washington. Die Fahrt ging glatt; zehn Minuten vor Abflug der Maschine trafen wir auf dem Flugplatz ein. Ich parkte den Wagen, und wir gingen alle zusammen zum Flugsteig. Wir verabschiedeten uns voneinander, und ich versprach, daß Marge morgen Edith anrufen würde. Paul und Edith passierten die Sperre, Elaine und ich kehrten zum Auto zurück.
Wir sprachen kein Wort. Ich hielt ihr schweigend die Tür auf, und sie stieg ein. Dann ging ich um den Wagen herum und setzte mich ans Steuer. Ich beugte mich vor, um den Motor anzulassen, aber ihre Hand gebot mir Einhalt.
»Warten Sie einen Moment«, bat sie, »bis ihre Maschine abgeflogen ist.«
Ich lehnte mich zurück und schaute sie an. Sie beobachtete das Flugzeug durch die Windschutzscheibe. Auf ihrem Gesicht lag ein Ausdruck von Verlassenheit.
»Ist irgendwas los?« fragte ich rasch.
Sie schüttelte den Kopf. »Nein«, antwortete sie. »Ich möchte mich nur vergewissern, daß sie gut wegkommen.«
»Sie halten wohl sehr viel von ihnen?« fragte ich. Es war mehr eine Feststellung als eine Frage.
Sie nickte. »Ich habe sie lieb«, entgegnete sie schlicht. »Ich weiß nicht, wie ich mit alldem, was geschehen ist, ohne Paul und Edith fertig geworden wäre.«
Während die Flugzeugmotoren durch die Nacht dröhnten, zündete ich mir eine Zigarette an. Wir saßen schweigend, bis

die Maschine in der Dunkelheit verschwand. Da drehte sie sich zu mir um. Ein schwaches Lächeln spielte um ihren Mund. »So, nun können wir fahren.«
Ich rührte mich nicht. Ich betrachtete ihr Gesicht im Schein der Zigarette. Ihre Haut schimmerte golden, tief in ihren Augen glimmten Feuerfunken.
Sie schaute mich gleichfalls an. Das Lächeln war aus ihrem Gesicht verschwunden. »Ich hatte nicht erwartet, Sie noch einmal zu sehen«, flüsterte sie.
»Ich auch nicht«, antwortete ich. »Tut es Ihnen leid?«
Sie überlegte einen Augenblick. »Darauf kann ich nicht antworten, Brad. Ich bin mir über meine Gefühle nicht im klaren.«
»Aber ich«, sagte ich bestimmt.
»Das ist ein Unterschied«, antwortete sie rasch. »Sie sind ein Mann. Sie empfinden die Dinge anders. Es gibt nichts, was einem Mann ebenso wichtig ist wie einer Frau.«
»Nein?« fragte ich. Ich schnipste meine Zigarette aus dem Wagenfenster, legte meine Hand um ihre Schulter und zog sie an mich. Ich küßte sie.
Ihre Lippen bewegten sich nicht, und trotzdem verharrten sie nicht regungslos; sie waren weder kalt noch warm, sie erwiderten meinen Kuß nicht und waren doch nicht teilnahmslos. Ich löste mich von ihr. Mit weit geöffneten Augen schaute sie mich an.
»Vom ersten Augenblick an, wo ich dich sah, wollte ich dich küssen«, sagte ich.
Sie rutschte auf ihren Sitz zurück und nahm eine Zigarette heraus. Ich gab ihr Feuer. Sie machte einen langen Zug und legte den Kopf an die Rücklehne. Sie sah mich nicht an. »Als David noch lebte, schaute ich keinen anderen Mann an – und er keine andere Frau.« Ihre Augen blickten schwermütig und gedankenverloren, während ich sie weiterbeobachtete. Ich sagte nichts.
»Während des Krieges«, fuhr sie nachdenklich fort, »waren wir oft getrennt. Du weißt, wie es damals in Washington zuging. Du warst ja selbst da. Jeder war hinter dem Geld her. Nichts schien mehr von Bedeutung zu sein. Es machte mich ganz krank.«
Ich beobachtete sie immer noch schweigend.
»Und das ist heute noch so«, sagte sie langsam. Unvermittelt

sah sie mich an, ihr Gesicht hatte einen gewollt unbeteiligten Ausdruck. Ich begegnete ihrem Blick gleichmütig. Unsere Augen trafen sich, in einem kurzen, lautlosen Kampf maßen wir unsere Kräfte.
»Liebst du deinen Mann immer noch?« fragte ich.
Sie senkte die Lider und verbarg ihre Augen vor mir. Leiser Schmerz lag in ihrer Stimme, als sie antwortete: »Diese Frage ist nicht fair. David ist tot.«
»Aber du bist nicht tot«, entgegnete ich grausam. »Du bist eine erwachsene Frau, kein Kind mehr. Du hast Bedürfnisse...«
»Männer?« unterbrach sie mich. »Sex?« Sie lächelte schwach. »Du meinst, das sei wichtig?«
»Liebe ist wichtig«, antwortete ich. »Lieben und geliebt werden ist für jeden von uns wichtig.«
Sie schaute mich an. »Willst du damit sagen, daß du mich liebst?« fragte sie skeptisch.
Ich dachte einen Augenblick nach. »Ich weiß nicht«, sagte ich zögernd. »Es kann sein, aber ich weiß es nicht.«
»Was willst du denn sonst damit sagen, Brad?« fragte sie. »Warum bist du mir gegenüber – und auch dir gegenüber – nicht aufrichtig und sagst, was du wirklich von mir willst?«
Ich starrte auf meine Hände, um ihrem Blick auszuweichen. »Im Augenblick weiß ich nur, daß ich dich haben will«, sagte ich. Sie schwieg. Als ich zu ihr aufblickte, brannte die Zigarette unbeachtet in ihrer Hand. »Von der ersten Sekunde an, als ich dich sah, war ich verrückt nach dir. Ich weiß nicht, was es ist oder wie oder warum. Aber ich weiß, daß ich dich mehr als alles andere in meinem bisherigen Leben begehre.«
Ihr Gesicht war völlig unbewegt. »Brad«, sagte sie ruhig.
Ich beugte mein Gesicht über sie und küßte ihre Lippen. Diesmal waren sie nicht reglos und kalt. Sie waren zart, süß und bebten. Ich schloß sie in meine Arme, und wir drängten uns aneinander. Wir küßten uns, bis uns der Atem ausging.
Sie legte ihren Kopf auf meinen Arm über dem Rücksitz. Ihre Augen blickten mich sanft an. »Brad«, flüsterte sie.
Ich küßte sie rasch noch einmal. »Ja, Elaine?«
Ihre Lippen bewegten sich sanft unter meinen. »Laß uns nicht wie all die anderen sein, Brad. Tu nichts, was dir hinterher leid täte.«

»Bis zu diesem Augenblick«, antwortete ich schnell, »hast du nur immer von mir geredet. Wie steht's denn mit dir? Was willst du denn?«
»Für mich ist das nicht so wichtig wie für dich, Brad«, antwortete sie. »Du hast mehr zu verlieren als ich.«
Ich antwortete nicht. Ich konnte dazu nichts sagen.
Sie schaute mir wieder in die Augen. »Was empfindest du für deine Frau? Liebst du sie?«
»Ja, natürlich liebe ich sie«, antwortete ich rasch. Und als diese Worte unzureichend in der Luft hingen, fügte ich hinzu: »Man bleibt nicht so lange miteinander verheiratet wie wir, wenn man sich nicht mag.«
Sie sprach ruhig und ohne Groll. »Und wozu brauchst du mich dann, Brad? Langweilst du dich vielleicht ein bißchen? Oder suchst du ein Abenteuer? Eine neue Eroberung?«
Ich starrte sie an. »Jetzt bist du nicht fair. Ich habe vorhin gesagt, ich weiß es noch nicht. Ich weiß einfach nicht, wie da plötzlich etwas zwischen einem Mann und einer Frau entsteht. Ich habe mich nie viel um Frauen gekümmert, ich hatte viel zuwenig Zeit dazu. Ich weiß, daß ich dich besitzen will. Ich weiß, daß du etwas für mich empfindest und ich etwas für dich, etwas, das keiner von uns bisher für einen anderen Menschen empfunden hat. Frag mich nicht, wieso ich das weiß, weil ich dir diese Frage nicht beantworten könnte. Ich behaupte auch nicht, daß ich ohne dich nicht leben kann. Ich kann es. Wenn es sein muß, kann ich ohne alles auskommen. So viel weiß ich. Das Leben bringt so viele Enttäuschungen, und die Menschen überstehen sie, ganz gleich, wie schwer sie auch sein mögen. Aber etwas anderes weiß ich jetzt auch: daß ich ungern ohne dich auskommen würde, wenn es nicht sein muß.«
Sie lächelte schwach. »Du bist wenigstens ehrlich, Brad. Andere Männer hatten mehr anzubieten.«
»Aufrichtigkeit ist der einzige Luxus, der unserer Gesellschaft noch verblieben ist. Allerdings ist er auch der teuerste.«
Sie nahm eine neue Zigarette aus ihrem flachen goldenen Etui und zündete sie an. Eine goldene Flamme tanzte in ihren Augen. »Fahr mich jetzt lieber zurück, Brad!«
Schweigend schaltete ich die Zündung ein. Der starke Motor summte leise, ich manövrierte den Wagen aus dem Parkplatz

hinaus und fuhr in die Stadt zurück. Wir sprachen auf dem ganzen Weg kein Wort miteinander.
Vor dem Hotel hielt ich und schaute sie an.
»Ich weiß nicht, Brad – ich weiß nicht, ob wir es tun sollten.«
»Fürchtest du dich vor mir?«
Sie schüttelte den Kopf. »Du bist ein komischer Mann! Nein, ich fürchte mich nicht vor dir.«
»Hast du Angst, du könntest dich in mich verlieben?«
»Nein, ich habe auch keine Angst, ich könnte mich in dich verlieben. Ich habe nichts zu befürchten.« Sie öffnete die Tür und stieg aus. »Aber du, Brad. Du laß dir lieber alles noch einmal durch den Kopf gehen. Du bist nicht frei. Du könntest in Schwierigkeiten geraten.«
»Laß das meine Sorge sein«, antwortete ich rasch. »Wann sehe ich dich wieder?«
»Tue, was ich dir sage, Brad«, entgegnete sie sanft. »Überlege es dir noch einmal.«
»Und wenn ich es mir überlegt habe und dich trotzdem wiedersehen möchte?«
Sie zuckte kaum merklich die Schultern. »Ich weiß nicht recht. Das werden wir ja dann sehen.« Sie wandte sich ab. »Gute Nacht, Brad!«
»Gute Nacht, Elaine!« Ich blickte ihr nach, wie sie ins Hotel ging und in der Halle verschwand. Dann fuhr ich wieder an.

7

Es war fast elf Uhr, als ich das Garagentor schloß und den Weg zum Haus hinaufging. Ich sah noch Licht in unserem Schlafzimmer, und ein seltsames Unbehagen überfiel mich. Zum erstenmal wäre es mir lieber gewesen, Marge hätte nicht auf mich gewartet. Bis zu einem gewissen Grade war es wohl mein Schuldgefühl, was da zutage trat. Denn elf Uhr bedeutete nicht, daß Marge auf mich wartete – es war ihr einfach noch zu früh, schlafen zu gehen. Ich blieb vor der Haustür stehen und zündete mir eine Zigarette an.
Es war Zeit, daß ich mit mir ins reine kam und vernünftig wurde. Elaine hatte recht. Es war höchste Zeit, über all das nachzudenken. Was wollte ich überhaupt mit ihr anfangen? Ich

war zufrieden, und so bestand gar keine Notwendigkeit, mich ins Unglück zu stürzen. Frauen waren schließlich Frauen.
Ich setzte mich auf eine Stufe der Veranda und starrte in die Nacht hinaus. Zähle mal deine Schätze zusammen, Brad, sagte ich zu mir selber. Da hast du ein Haus, das sind dreißigtausend Dollar; dann ein Geschäft, das hunderttausend wert ist. Dann zwei prächtige Kinder und eine liebevolle, gute Frau, die dich kennt, dich versteht und an die du gewöhnt bist. Du hast alles, wonach du dich all die Hungerjahre hindurch gesehnt hast. Warum willst du jetzt das alles aufs Spiel setzen? Warum etwas sein wollen, was du gar nicht bist?
Aber da setzte mir etwas anderes zu. Elaine. Ihr Gesicht. Es war wie ein Traum, den ich einmal gehabt hatte – alle Schönheit, die ich je in einer Frau gesucht, Schönheit, die ich nie für möglich gehalten hatte.
Ich konnte im Innern noch ihre Stimme hören: sanft, tief und warm. Elaine war so einsam, wie ich es als junger Mensch gewesen war. Und die Welt war ein schrecklicher Platz, wenn man darin einsam war. Sie hatte genau solche Angst wie ich damals. Angst vor dem, was das Leben einem alles antun kann. Sie war von einer Angst erfüllt, die nur aus der Erfahrung entstanden sein konnte.
Ich wußte, daß sie mich mochte. Das hatte ich sofort gemerkt. Entweder mochten mich die Menschen sofort – oder überhaupt nicht. Elaine mochte mich. Das hatte ich gleich am ersten Tag gemerkt, als sie mein Büro verlassen wollte und ich ihr in den Weg trat. Sicher war ich meiner Sache nach ihrem Verhalten heute. Und die Entscheidung war gefallen, als ich sie geküßt hatte.
Nicht beim erstenmal. Beim zweiten. Da küßte auch sie, und sie fieberte genauso wie ich. Die Begierde in ihrem Kuß forderte meine Kraft. In mir erwachte eine Leidenschaft wieder, die ich längst verloren glaubte; ich war über ihre Gewalt ebenso überrascht wie erschrocken. Deshalb hatte ich aufgehört. Mir kam plötzlich zum Bewußtsein, daß ich auch nicht anders war als die anderen Männer, und ich war mir noch nicht darüber klar, ob mir das eigentlich gefiel oder nicht.
»Brad!« erklang Marges sanfte Stimme hinter mir. »Was tust du denn noch hier draußen?«

Ich spürte, wie sie voller Ruhe ihre Hand auf meine Schulter legte. Ohne mich umzudrehen, griff ich nach oben und erfaßte sie.

»Nachdenken«, sagte ich.

Stoff raschelte. »Hast du Sorgen, Brad?« erkundigte sie sich teilnahmsvoll und setzte sich neben mich auf die Stufen. »Erzähl's doch der Mama, vielleicht kann sie dir helfen.«

Ich sah sie an. Das Haar rahmte ihr Gesicht zu einem sanften Oval, mit einem hübschen, geschwungenen Mund darin. Das war etwas, was mir an ihr gefiel: Sie konnte zuhören, sie wollte auch zuhören. Aber das jetzt war nichts, was ich ihr erzählen konnte. Damit mußte ich allein fertig werden.

»Kein Kummer, Kleines«, antwortete ich. »Ich sitze hier nur so und denke darüber nach, wie gut es ist, aus der Stadt herauszukommen.«

Sie lächelte, stand auf und zog mich zu sich hoch. »In diesem Fall, du Freiluftfanatiker, denk bitte daran, daß der Sommer vorbei ist. Du wirst dich erkälten, wenn du so herumsitzt. Komm lieber mit hinein. Ich mache uns einen Kaffee, und dabei kannst du mir von deinem Abendessen mit Paul und Edith erzählen.«

Ich folgte ihr durchs Wohnzimmer. »Mrs. Schuyler war auch dabei«, sagte ich. »Ich habe Paul und Edith zum Flughafen gebracht und dann Mrs. Schuyler ins Hotel gefahren.«

Sie warf mir einen schelmischen Blick zu. »Hüte dich vor diesen Washingtoner Witwen, mein Junge!« neckte sie. »Die fliegen auf junge Männer wie dich!«

»Sie tut mir leid«, entgegnete ich und verteidigte mich gegen nichts.

Sie zog mich weiter auf. »Hab nur nicht allzuviel Mitleid!« Sie schaltete die Kochplatte unter dem Kaffeekessel an. »Vergiß nicht, daß du eine Frau und zwei Kinder hast, um die du dich kümmern mußt.«

»Das werde ich nicht vergessen«, sagte ich ernst.

Irgend etwas in meiner Stimme ließ sie aufschauen. Das Lächeln war aus ihren Augen verschwunden. Sie kam zu mir herüber und sah mich an. »Das weiß ich, Brad«, sagte sie ruhig. Ihre Lippen berührten meine Wange. »Und deshalb liebe ich dich.«

Die Morgensonne strahlte durch unser Schlafzimmer, und das weckte mich auf. Benommen starrte ich an die Decke. Irgend etwas schien mit diesem Zimmer nicht zu stimmen, seine Proportionen hatten sich offenbar verändert. Doch dann merkte ich, woran das lag: Ich war in Marges Bett.
Langsam drehte ich meinen Kopf herum. Ihr Gesicht lag dicht neben mir auf dem Kissen. Sie schaute mir lächelnd in die Augen. Ich lächelte zurück. Sie flüsterte etwas.
Ich verstand sie nicht. »Was sagst du?« fragte ich, und meine Stimme zerstörte die Stille des Morgens.
»Du bist ja ein ganz feuriger Liebhaber«, flüsterte sie. »Ich hatte das schon beinahe vergessen.«
Da erinnerte ich mich an die letzte Nacht.
Sie legte den Arm um meinen Hals und zog mich noch näher an sich. »Du bist wundervoll, Brad«, murmelte sie ganz dicht an meinem Ohr. »Weißt du das?«
Ich hatte einen Kloß im Hals, ich konnte nicht reden. Wie viele Männer hatten bei ihren Frauen schon Leidenschaften entwickelt, die durch eine ganz andere erregt worden waren? Und welcher Betrug ist schlimmer – der tatsächliche oder der in der Einbildung vollzogene?
Ihre Finger fuhren durch mein Haar. Sie flüsterte mir immer noch irgend etwas ins Ohr.

Ich stieg zu Jeannie in den Wagen. Marge schaute uns von der Tür aus nach. »Versuche, pünktlich hier zu sein«, rief sie. »Vater kommt heute abend zum Essen!«
»Ich bin pünktlich«, versprach ich. Vater besuchte uns jeden Dienstagabend.
Jeannie schaltete den Gang ein, und wir rollten die Auffahrt hinunter. Beinahe hätte sie einen Zaunpfahl mitgenommen, als sie auf die Straße schoß. Ich seufzte. »Eines Tages reißt du das Ding noch mal um.«
Sie grinste zu mir herüber. »Ruhig Blut, Dad!«
»Behalte du lieber ruhig Blut«, ermahnte ich sie.
Abrupt trat sie auf die Bremse und hielt an der Verkehrsampel. Sie wandte sich zu mir. »Hast du über das nachgedacht, was ich dir gestern gesagt habe?«
Ich stellte mich absichtlich dumm. »Über was?«

»Na, über das Geschenk für Mami zum Hochzeitstag«, erinnerte sie mich nachsichtig.
»Ja, natürlich.« Ich sprach ganz beiläufig.
Sie war sofort in heller Aufregung. »Wirklich? Was schenkst du ihr denn?«
Ich überhörte diese Frage absichtlich. »Wir haben Grün«, sagte ich.
»Ach, laß doch das blöde Licht! Was hast du ihr gekauft?« Sie fuhr wieder an.
»Das wirst du schon sehen. Wenn sie's bekommt. Es soll ja schließlich eine Überraschung sein. Ich denke nicht daran, es mit deiner Hilfe der ganzen Stadt mitzuteilen.«
»Ich verrate nichts, Daddy. Bestimmt!« Sie hatte ihre Stimme auf Verschwörer-Lautstärke gedämpft.
»Versprichst du mir das?«
»Ich verspreche es dir.«
»Einen Nerzmantel.«
»Oh, Dad! Das ist einfach toll!«
»Nimm den Fuß vom Gas weg. Oder keiner von uns beiden wird mehr in der Lage sein, ihr noch etwas zu schenken.«
Sie trat mit Vehemenz auf die Bremse, wir waren vor der Schule angelangt. Sie machte die Tür auf, änderte dann überraschend ihre Absicht, lehnte sich über den Sitz zu mir herüber und küßte mich auf die Wange. »Du bist einfach großartig, Dad!«
Ich schaute ihr nach, wie sie über die Straße rannte, und rutschte dann ans Steuer hinüber. Vom Fußboden leuchtete mir etwas Helles entgegen. Ich beugte mich vor und hob es auf. Ein schmales, goldenes Zigarettenetui glänzte im Sonnenschein. Langsam drehte ich es in der Hand. In der oberen Ecke befand sich ein kleines Monogramm. Ein Wort.
Elaine.

8

Matt Brady war ziemlich klein, und nie sah ich ihn lächeln. Seine Augen waren groß, blau und wachsam. Sie blickten einen geradeheraus an und durch einen hindurch. Ich mochte ihn nicht. Ich weiß nicht, warum. Aber in dem Augenblick, als ich ihn sah, wußte ich, daß ich ihn nicht leiden konnte.

Vielleicht war es der Nimbus von Macht, der ihm wie ein unsichtbarer Mantel um die Schultern hing. Vielleicht wegen der Art und Weise, wie sich die übrigen Mitglieder des Vorstands ihm gegenüber benahmen. Jeder von ihnen war auf seinem Gebiet ein großer Mann. Jeder leitete ein Unternehmen, das mehrere Millionen Dollar wert war. Und trotzdem katzbuckelten sie alle vor ihm und nannten ihn »Mister Brady«, als wäre er der liebe Gott persönlich. Und er behandelte sie wie den letzten Dreck.

Ich warf Chris einen raschen Blick zu, um an seiner Reaktion zu sehen, wie ich bei den Leuten »angekommen« war. Sein Gesicht war völlig teilnahmslos. Innerlich verfluchte ich ihn, weil er so verdammt rechtschaffen dasaß.

Ich drehte mich wieder zu Matt Brady. Dessen Stimme war so kalt wie der ganze Rest von ihm. »Junger Mann«, sagte er, »ich kann meine Zeit hier nicht mit läppischer Konversation vergeuden. Ich bin es gewohnt, mich kurz zu fassen, und komme gleich zur Sache. Kein Wort Ihrer Ausführungen hat mich davon überzeugt, daß wir mit Ihren Vorstellungen von Werbung den Mann auf der Straße gewinnen können, daß er überhaupt kapiert, was wir von ihm wollen.«

Gelassen erwiderte ich seinen Blick. Ich konnte beim besten Willen nicht verstehen, was Elaine so reizend an ihm fand.

»Mr. Brady«, entgegnete ich, »ich bin Berater für sogenannte Öffentlichkeitsarbeit. Sie wissen, was das ist? Eine reichlich verrückte Bezeichnung für den Mann, der längst vor dem Zirkus in der Stadt eintrifft, um überall die Plakate anzukleben. Nur sage ich den Leuten nicht, daß sie in den Zirkus gehen sollen. Sondern ich sage ihnen, wie schön das Leben ist, weil es den Zirkus gibt.«

Man konnte den alten Bussard nicht ablenken. Worte bedeuteten ihm nichts. Sein Verstand arbeitete wie eine Maschine. Mir wurde allmählich klar, auf welche Weise er dorthin gelangt war, wo er jetzt war.

»Ich zweifle nicht an Ihren Fähigkeiten, junger Mann«, erklärte er, »ich bezweifle lediglich den Wert Ihrer Vorschläge. Sie erscheinen mir zu oberflächlich, nicht genügend durchdacht. Sie scheinen mir mehr daran gedacht zu haben, viel Geld zu verdienen, als Ihren Kunden nützlich zu sein.«

Mit Angabe kommt man eine ganze Strecke vorwärts. Aber dann muß man auch das Blaue vom Himmel herunterreden. »Mr. Brady«, lächelte ich möglichst freundlich, »wenn ich für mich das gleiche Recht zur Offenheit in Anspruch nehmen darf, das Sie für sich geltend machen, dann möchte ich Ihnen sagen, daß Sie nicht die leiseste Ahnung haben, wovon ich gerade gesprochen habe. Weil es Ihnen nämlich viel wichtiger ist, was aus dieser Kampagne für Matt Bradys persönliche Interessen herausspringt, und weil Ihnen die Ergebnisse für die Stahlindustrie als Ganzes ziemlich gleichgültig sind.«
Ich fühlte die Erregung, die sich der Tischrunde bemächtigt hatte, mehr, als daß ich sie erkannte. Chris starrte mich entsetzt an. Matt Bradys Stimme klang verdächtig ruhig. »Fahren Sie fort, junger Mann.«
Ich blickte ihn an. Vielleicht war ich übergeschnappt, aber ich bildete mir ein, den Funken eines Lächelns in seinen Augen zu entdecken. »Mr. Brady«, fuhr ich ruhig fort, »Sie machen Stahl, ich mache Meinungen. Ich nehme an, Sie verstehen Ihr Geschäft, und wenn ich etwas kaufe, das aus Ihrem Stahl hergestellt ist – ein Auto oder einen Kühlschrank –, dann verlasse ich mich darauf, daß Sie das geeignete Material für diese Arbeit verwendet haben. Das Vertrauen, daß Sie es tun, veranlaßt mich zum Kauf.«
Ich wandte mich von ihm ab und blickte den Tisch entlang zu seinen Kollegen.
»Meine Herren«, fuhr ich fort, »in Ihren Geschäftsbüchern befindet sich bei jedem ein Posten, der ›Vertrauen‹ heißt. Bei manchen macht dieser Posten einen Dollar aus, bei anderen eine Million und mehr. Ich kenne die Buchungsmethoden nicht, mit denen man den Wert von etwas Immateriellem festsetzt. Ich bin kein Buchhalter. Ich verkaufe Nichtgreifbares. Sie können das, was ich Ihnen verkaufe, nicht in der Hand halten, Sie können es nicht auf die Waagschale legen und wiegen; Sie können es nicht zusammenzählen und in der Bilanz nicht auf die Liste der Vermögenswerte setzen.«
Jetzt hörten sie interessiert zu, das konnte ich an ihren Gesichtern ablesen. »Ich handle mit dem Posten, den Sie ›Vertrauen‹ nennen. Wenn Sie gestatten, möchte ich Ihnen kurz einige Dinge ins Gedächtnis zurückrufen, die die Leute vor

einiger Zeit über Ihre Branche gesagt haben. Es sind keine angenehmen Erinnerungen, aber sie sind für mein Plädoyer leider notwendig.
Nach dem Angriff auf Pearl Harbour konnte man überall hören, daß uns die Japaner mit ihren Bomben die angebliche Hochbahn wieder zurückgegeben hätten, die Sie, die Stahlindustrie, ihnen verkauft hatten. Es spielt keine Rolle, daß die Wahrheit ganz anders aussah, als das Gerücht behauptete. Wichtig ist, daß man Ihnen dieses Geschäft lange Zeit übelgenommen hat. Aber das kümmerte Sie nicht sonderlich. Sie waren ja am Absatz an Privatleute gar nicht interessiert. Sie waren nur hinter Rüstungsaufträgen her. Wären Sie damals von Privatkunden abhängig gewesen, hätte das eine sehr große Rolle gespielt. Ich weiß das.
Ich wurde nämlich 1942 nach Washington beordert, um die Schrottsammlung anzukurbeln. Einer der Hauptgründe, warum diese Sammlung nicht recht vorankam, war der, daß die Leute nicht sicher waren, was Sie mit dem Schrott anfangen würden. Wir starteten eine Aufklärungsaktion, und die Bevölkerung kapierte die Sache. Ergebnis: Das Vertrauen in die Stahlindustrie war wiederhergestellt, der Verwendungszweck des Schrotts war genau erklärt, und der Strom von Altmetall, der in Ihre Fabriken floß, war erheblich.«
Ich machte eine kurze Pause, um zu verschnaufen und einen Schluck Wasser aus der Karaffe zu trinken, die vor mir stand. Aus dem Augenwinkel heraus konnte ich sehen, daß selbst Matt Brady mir interessiert zugehört hatte.
»Vertrauen zu schaffen, meine Herren«, begann ich erneut, »das ist mein Beruf. Ich versuche, dazu beizutragen, daß die Leute gut von Ihnen denken. Ich könnte mit meinen Künsten vermutlich nicht mal einen Büchsenöffner für zehn Cent verkaufen. Aber wenn ich mit dem hier Erfolg habe, wird die Bevölkerung eine bessere Meinung von Ihnen haben, als sie sie im Augenblick hat. Aller Wahrscheinlichkeit nach werden sich die vielen Dinge, die Sie herstellen, leichter verkaufen, wenn die Leute gut auf Sie zu sprechen sind. Ob Sie's wahrhaben wollen oder nicht, meine Herren, es ist für Sie ebenso wichtig wie für den Bonbonladen um die Ecke, daß Ihre Kunden Sie mögen. Und ob Sie es nun gern hören oder nicht, meine Her-

ren, ich bin der Meinung, daß Sie nichts weiter sind als Geschäftsleute im größten Bonbonladen an der größten Ecke der Welt.«
Ich nahm meine Unterlagen auf und steckte sie in die Aktentasche. Was mich anbelangte, so war die Sitzung beendet. Ich mußte erst gar nicht zu Chris am Ende des Tisches hinüberblicken, um das bestätigt zu bekommen, was ich bereits fühlte: In unseren Büchern würde eine halbe Million Dollar niemals in Erscheinung treten...
Als wir mit dem Aufzug nach unten fuhren, sprach Chris kein einziges Wort. Trotz des Sonnenscheins schien die Luft draußen kalt. Ich schlug meinen Mantelkragen hoch.
Er winkte ein Taxi herbei. Ich wollte gerade einsteigen, als ich es mir plötzlich anders überlegte und ihm meine Aktentasche in die Hand drückte. »Fahren Sie zurück ins Büro, Chris, ich vertrete mir noch ein bißchen die Beine.«
Er nickte, nahm die Aktentasche und bestieg das Taxi. Ich sah zu, wie es von der Bordschwelle abfuhr, und tauchte zurück in die Menschenmenge auf der Fifth Avenue. Ich senkte den Kopf, vergrub die Hände tief in die Manteltaschen und setzte mich in Richtung Nord-Manhattan in Bewegung.
Ich war doch der größte Dummkopf der Welt. Ich hätte vernünftiger sein sollen. Und trotzdem hätte ich es unter Umständen doch noch geschafft, wenn nicht Matt Brady gewesen wäre – mit seinen kalten Augen und seinem skeptischen Mund. »Nimm dich vor kleinen Männern in acht«, hatte Vater mal gesagt. Ein kleiner Mann mußte gewitzter sein, um zu überleben. Vater hatte recht. Matt Brady war ein kleiner Mann. Und gerissen. Er hatte mein Geschwätz glatt durchschaut. Ich begann, ihn zu hassen. Er wußte alles, er hatte auf alles eine Antwort. Zumindest war er davon überzeugt. Aber er täuschte sich. Niemand wußte alle Antworten.
Ich weiß nicht, wie lange ich so herumgelaufen war und in welcher Gegend ich mich befand. Aber plötzlich stand ich vor ihrem Hotel. Ich schaute an der Hausfront hinauf. Das goldene Zigarettenetui, das ich seit dem Morgen bei mir trug, fühlte sich kalt an.

Sie stand schon an der Tür, als ich vom Aufzug aus den Gang

entlangkam. Sobald ich ihr Gesicht sah, wußte ich, daß sie mich erwartet hatte.
Ich folgte ihr ins Zimmer mit dem Zigarettenetui in der Hand.
»Du hast es absichtlich im Wagen liegenlassen«, sagte ich.
Sie nahm es mir schweigend ab, ohne etwas zu erwidern. Sie wich meinem Blick aus. »Vielen Dank, Brad.«
»Warum?«
Langsam drehte sie mir ihr Gesicht zu. Und wieder lag dieser verlorene Ausdruck in ihren Augen. Sie öffnete den Mund, als wollte sie etwas sagen, aber dann füllten sich ihre Augen mit Tränen. Ich streckte meine Arme aus, und sie schmiegte sich hinein, als würde sie dorthin gehören. Ihr Gesicht lag auf meiner Brust. Ihre Tränen schmeckten salzig.
So stand ich eine ganze Weile und hielt sie fest. Allmählich versiegten ihre Tränen. Ihre Stimme klang sehr tief. »Es tut mir leid, Brad, es ist schon wieder vorbei.«
Ich sah, wie sie durch das Zimmer ging. Sie verschwand im Schlafzimmer. Ein paar Sekunden später hörte ich Wasser plätschern. Ich warf meinen Mantel über den Stuhl und ging zum Telefon.
Die Zimmerbedienung in diesem Hotel klappte vorzüglich. Ich hatte gerade etwas Whisky in die Gläser gegossen, als sie zurückkam. Ihr Gesicht sah sauber und frisch aus, und in ihren Augen war keine Spur mehr von Tränen zu sehen. Ich hielt ihr ein Glas hin. »Du kannst einen gebrauchen.«
»Es tut mir leid, Brad«, entschuldigte sie sich erneut. »Ich wollte nicht weinen.«
»Denk nicht mehr dran«, antwortete ich rasch.
Sie schüttelte heftig den Kopf. »Ich hasse Tränen«, fuhr sie beharrlich fort. »Es ist nicht fair.«
Ich ließ mich neben meinen Mantel in den Sessel fallen. »Alles in der Liebe ist fair, und...«
Der Ausdruck auf ihrem Gesicht ließ mich verstummen.
Schweigend nippte ich an meinem Whisky. Meine Nerven hörten auf zu zucken, als der Whisky in meinem Magen landete und alles wohlig in mir kribbeln ließ. Sie saß mir gegenüber.
Wie lange wir so dasaßen, werde ich nie genau wissen. Bis ich mir den zweiten Whisky eingegossen hatte und Ruhe und Zufriedenheit mich erfüllten, sagte ich kein Wort. Die Welt und

das Geschäft waren so weit weg! Selbst die Enttäuschung von vorhin.
Die Dämmerung hatte das Fenster hinter ihr verhüllt. Meine Stimme hallte durch den Raum. Ich hatte mein Glas erhoben und schaute hinein. Ganz selbständig sprach mein Mund die Worte.
»Ich liebe dich, Elaine.«
Ich stellte das Glas ab und sah sie an.
Sie nickte mit dem Kopf. »Und ich liebe dich«, antwortete sie. Dann begriff ich, warum sie genickt hatte. Es war, als ob wir es von Anfang an gewußt hätten. Ich rührte mich nicht von meinem Stuhl.
»Ich weiß nicht, wie es passiert ist oder warum.«
»Das ist egal«, unterbrach sie mich. »Von dem Augenblick an, wo ich dich sah, fing ich wieder an zu leben. Ich war einsam.«
»Jetzt bist du nicht mehr einsam«, antwortete ich.
»Nein?« fragte sie sanft.
Wir trafen uns in der Mitte des Zimmers. Glut brannte in meinem Innern.
Ich spürte, wie sich meine Muskeln mit einer fast vergessenen Kraft strafften. Meine Arme wurden wieder stark, ich preßte Elaine an mich.
Sie schlang ihre Arme um meinen Hals. Ich wandte ihr mein Gesicht zu. Mit verschleierten Augen schaute sie mich an. Nur ihre Lippen bewegten sich. »Nein, Brad. Bitte nicht.«
Ich hob sie auf meine Arme.
Meine Stimme klang rauh, als ich auf sie hinunterblickte. »Dafür gibt es keine Worte. Das ist so einmalig. Das ist noch nie vorher geschehen.« Ich preßte meinen Mund auf ihre Lippen. »Nur uns.«
Ihre Lippen waren warm und bebten. Allmählich aber wurden sie still und strahlten nur noch Wärme aus. Sie lag in meinem Arm wie eine Figur aus altem Elfenbein, die orangefarbenen Strahlen der untergehenden Sonne verwandelten ihre Haut in zartes Gold. Ihr Körper war wie ein Feuer, das zu lange auf den Funken gewartet hatte, damit es brennen durfte. Wir waren in einer anderen Welt, ganz für uns allein, auf einer Wolke genau über dem Mond, schneller als eine Rakete, schneller als das Licht.

Ich fand ihren Mund. Ein Komet traf mich und zerbarst in mir wie tausend Sternschnuppen. Es folgte ein verwirrender Moment der Stille, dann stürzte ich in ein unergründliches Nichts – und ein verrückter Gedanke durchfuhr mich.
Was für eine ausgefallene Art, sich an Matt Brady zu rächen, der mich eine halbe Million Dollar gekostet hatte!

9

Ich erwachte durch das Geräusch von fließendem Wasser. Ich lag ganz still und gewöhnte meine Augen allmählich an die eigenartige Finsternis. Instinktiv griff ich nach meinen Zigaretten. Sie lagen nicht an ihrem gewohnten Platz. Jetzt erst wurde mir klar, wo ich war.
Ich rollte mich hinüber bis zur Bettkante und setzte mich auf. Ich drehte das Licht auf dem Nachttisch an und schaute auf meine Uhr. Neun. Marge würde sich Sorgen machen. Ich nahm den Hörer ab und gab der Vermittlung meine Nummer.
Ich hörte, wie die Badezimmertür geöffnet wurde. Elaine kam herein. Sie blieb einen Augenblick stehen und schaute auf mich herunter. Das Licht in der Türöffnung rahmte sie ein. Sie hatte ein kleines Handtuch um den Kopf geschlungen und ihren Körper in ein großes Frottiertuch gehüllt.
»Rufst du zu Hause an?« Es war mehr eine Feststellung als eine Frage.
Ich nickte.
Sie sagte nichts. In dem Moment hörte ich Marges Stimme am Apparat: »Brad?«
»Jaa«, antwortete ich, »ist alles in Ordnung, Kleines?«
»Ja, Brad. Wo steckst du denn? Ich habe mir schon solche Sorgen gemacht!«
»Mir geht's gut«, sprach ich ins Telefon und schaute dabei Elaine an, die immer noch in der Tür stand. »Ich hab' ein bißchen getrunken.«
»Und dir geht's wirklich gut?« fragte sie beharrlich weiter. »Du klingst so komisch.«
»Ich habe dir doch gesagt, daß es mir gutgeht«, erwiderte ich ungeduldig. »Ich hab' nur ein paar Whiskys getrunken.«

Elaine ging zurück ins Badezimmer und machte die Tür hinter sich zu. Ich angelte mir eine Zigarette heraus und versuchte sie anzuzünden.
»Wo bist du denn?« erkundigte sich Marge. »Das Büro hat schon den ganzen Nachmittag versucht, dich zu erreichen.«
»In einer Bar in der Third Avenue«, schwindelte ich. »Was wollten sie denn?«
»Das weiß ich nicht«, antwortete sie. »Chris sagte, es sei irgendwas mit dem Stahl-Verband. Du möchtest ihn zu Hause anrufen.« Sie zögerte einen Moment. »Was ist passiert, Brad? Hat's nicht geklappt?«
»Nein«, antwortete ich brüsk.
Ich konnte direkt sehen, wie sie mir durch das Telefon ermutigend zulächelte. »Nimm's dir nicht zu Herzen, Brad. So wichtig ist es doch auch wieder nicht. Wir kommen auch ohne die aus.«
»Ja«, sagte ich.
»Chris meinte, du müßtest unter Umständen zu ihrem Hauptbüro nach Pittsburgh fliegen. Er wußte es noch nicht genau, als ich vorhin mit ihm telefonierte. Ich habe dir inzwischen mal einen Koffer gepackt und ins Büro geschickt, für den Fall, daß du ihn brauchst. Rufst du ihn jetzt gleich an?«
»Ja«, antwortete ich.
Ihre Stimme klang lebhafter: »Du rufst mich dann gleich wieder an und läßt mich wissen, was los ist, ja?«
»Natürlich, Kleines«, erwiderte ich.
»Hoffentlich hast du nicht zuviel getrunken«, sagte sie. »Du weißt, wie sehr dir das schadet.«
»Nein, nein«, antwortete ich. Plötzlich wollte ich von dem Telefon loskommen. »Ich rufe jetzt Chris an und melde mich dann noch mal.« Ich legte den Hörer auf, während mir noch ihr »Auf Wiedersehen« in den Ohren klang. Wie auf ein Zeichen öffnete Elaine die Tür des Badezimmers und trat wieder heraus.
»Das wäre nicht nötig gewesen«, sagte ich, »es war nichts Vertrauliches.«
Sie blickte mich gedankenvoll aus großen Augen an. »Ich konnte hier einfach nicht so stehenbleiben und zuhören, wie du gelogen hast.«

Ich versuchte es auf die scherzhafte Tour. »Keinen Schneid, hm?«
Ein Schatten huschte über ihr Gesicht. »Keinen Schneid«, antwortete sie ernst. »Das habe ich dir schon vorher gesagt.«
Ich griff nach ihr, aber sie wich aus.
»Du mußt doch noch mal telefonieren, nicht wahr?« bemerkte sie spitz.
»Das hat Zeit«, sagte ich und hielt sie fest. Ich küßte sie. Ich spürte die Wärme ihres Körpers durch das Handtuch hindurch. Ihre Arme lagen um meinen Hals. »Brad – Liebling – Brad...«
Ich küßte sie in die Halsgrube, wo noch ein paar Tropfen Wasser vom Duschen hingen. »Ich liebe dich, Elaine«, flüsterte ich. »So wie ich noch nie in meinem Leben geliebt habe, wie ich es nie für möglich gehalten hätte.«
Ich konnte ihren zufriedenen Seufzer hören, als sie sich enger an mich schmiegte. »Sag es mir, Brad. Sag es mir. Zeig mir, daß du nicht lügst, daß du nicht mit mir spielst. Sag mir, daß du mich genauso liebst, wie ich dich liebe. Sag's mir.«

Als ich schließlich Chris anrief, klang seine Stimme ganz aufgeregt. »Wo, zum Teufel, haben Sie denn nur gesteckt?«
»Hab' was getrunken«, antwortete ich lakonisch. »Was ist denn los?«
»Ich habe den ganzen Nachmittag versucht, Sie zu erreichen«, erklärte er. »Brady will Sie morgen früh in seinem Büro in Pittsburgh sprechen.«
Seine Erregung steckte mich an. Der alte Gauner hatte seine Karte doch noch ausgespielt, und jetzt wäre es schwachsinnig gewesen, weiter zu bluffen.
»Ich komme sofort rüber und besorge Flugkarten!« sagte ich.
»Habe ich schon erledigt«, entgegnete er rasch. »Sind am Flugplatz auf Ihren Namen hinterlegt. Ihr Koffer ist auch schon draußen – bei der Gepäckaufbewahrung.«
Ich schaute auf meine Uhr. Es war gleich zehn. Ich mußte mich beeilen. »In Ordnung, Chris. Bin schon auf dem Weg.«
Erleichterung klang aus seiner Stimme: »Hals- und Beinbruch, Chef! Wenn Sie den Auftrag in der Tasche haben, können wir uns alle gesundstoßen.«
»Na, dann wischen Sie mal im Kassenschrank Staub«, grinste

ich, legte den Hörer auf und drehte mich zu Elaine um. »Hast du gehört?«
Sie nickte. »Beeil dich«, antwortete sie. »Du hast nicht mehr viel Zeit.«
»Beeil du dich lieber«, entgegnete ich. »Pack ein paar Sachen zusammen. Du kommst mit.«
Sie richtete sich entgeistert auf. »Brad, sei nicht albern. Das kannst du nicht machen.«
Ich packte schon meine Sachen zusammen. »Mein Engel«, sagte ich, »du kennst mich nicht. Ich kann alles machen. Du bist mein Talisman. Ich lasse dich jetzt nicht mehr aus den Augen, bis der Vertrag unterzeichnet, versiegelt und übergeben ist.«
Während Elaine ihren Koffer packte, rief ich noch mal zu Hause an.
»Ich nehme die Elf-Uhr-Maschine nach Pittsburgh«, erklärte ich.
»Ich hab' mich schon gewundert, warum du nicht sofort wieder zurückgerufen hast«, erwiderte Marge.
»Ich konnte nicht«, antwortete ich eilig, »Chris' Leitung war besetzt. Gerade eben habe ich ihn erst erwischt. Brady will mich sprechen.«
»Herrlich«, lachte sie ins Telefon. »Ich bin so stolz auf dich, Brad – ich wußte ja, du würdest es schaffen.«

Chris hatte wirklich an alles gedacht. An meinem Koffer hing ein Zettel, daß im Brook-Hotel ein Appartement auf meinen Namen reserviert wäre. Ich füllte das Anmeldeformular aus, und um zwei Uhr früh gingen wir auf unser Zimmer.
Sie stand mitten im Wohnraum, während der Hotelpage nochmals die Räume überprüfte. Schließlich kam er auf mich zu und übergab mir den Zimmerschlüssel. Ich drückte ihm einen Dollar in die Hand, und dann schloß sich die Tür hinter ihm. Ich drehte mich zu ihr und lächelte. »Und sei's auch noch so bescheiden, am schönsten ist's zu Haus.«
Sie antwortete nicht.
»Schau nicht so finster, mein Engel«, sagte ich, »so gräßlich kann Pittsburgh gar nicht sein.«
Endlich machte sie den Mund auf. »Ich muß verrückt ge-

wesen sein, daß ich mitgekommen bin. Was ist, wenn du einen Bekannten triffst?«
»Na, und was ist, wenn du jemanden triffst?« entgegnete ich.
»Ich bin niemandem über nichts Rechenschaft schuldig«, erwiderte sie, »aber du...«
Ich ließ sie nicht aussprechen. »Das laß nur meine Sorge sein.«
»Brad«, protestierte sie, »du weißt nicht, was die Leute alles reden werden, wie sie sind und was sie tun...«
»Und mir ist das alles egal«, unterbrach ich sie erneut. »Mir sind die Leute völlig piepe. Der einzige Mensch, der mir wichtig ist, bist du. Ich will dich in meiner Nähe haben, ganz dicht bei mir. Ich will nicht schon wieder von dir getrennt sein, wo ich dich gerade gefunden habe. Ich habe schon zu lange auf dich gewartet.«
Sie kam ganz nahe zu mir und studierte mein Gesicht.
»Brad, das ist doch dein Ernst, nicht wahr?«
Ich nickte. »Wir sind hier zusammen, oder? Ist das nicht Antwort genug!«
Ihre Augen ruhten immer noch auf meinem Gesicht. Ich wußte nicht, was sie da suchte. Doch sie mußte wohl gefunden haben, was sie wollte. Meine Stimme ließ sie kurz vor der Tür stehenbleiben. Sie drehte sich um und blickte mich fragend an.
»Warte einen Augenblick, Elaine«, sagte ich. »Wir müssen die Sache richtig machen.«
Ich nahm sie auf meinen Arm und trug sie über die Schwelle.

10

Das Verwaltungsgebäude der *Consolidated Steel* war neu und strahlend weiß. Es lag unmittelbar hinter dem Drahtzaun, der den ganzen Komplex abgrenzte. Hinter dem Gebäude erstreckten sich die schwarzen, rußbedeckten Gießereien, deren Schlote Flammen und Rauchschwaden in den klaren blauen Himmel spuckten. Als ich durch das Portal trat, hielt mich ein uniformierter Werkpolizist an.
»Mr. Rowan zu Mr. Brady«, sagte ich.
»Haben Sie einen Paß?« erkundigte er sich.

Ich schüttelte den Kopf.
»Eine Verabredung?«
»Ja.«
Dicht neben ihm auf seinem Tisch stand ein Telefon. Er nahm den Hörer ab, flüsterte hinein und behielt mich die ganze Zeit im Auge. Während ich darauf wartete, daß er mich durchlassen würde, steckte ich mir eine Zigarette an. Ich konnte gerade einen Zug machen, bevor er wieder auflegte. »Mit diesem Aufzug bitte, Mr. Rowan«, sagte er höflich und drückte auf einen Knopf.
Die Fahrstuhltür öffnete sich, und ein zweiter Werkpolizist in Uniform stand vor mir. »Mr. Rowan zu Mr. Bradys Büro«, erklärte der erste, während ich den Aufzug betrat.
Die Tür schloß sich hinter mir, und der Aufzug setzte sich in Bewegung. Ich schaute den Fahrstuhlführer an. »Das ist ja beinahe so schlimm, wie wenn man den Präsidenten besuchen wollte«, lächelte ich.
»Mr. Brady ist Aufsichtsratsvorsitzender«, erklärte er einfältig. Einen Moment lang war ich versucht, ihm zu erklären, daß ich eigentlich den Präsidenten der Vereinigten Staaten gemeint hatte; aber es wäre vergebene Liebesmühe gewesen, und so hielt ich den Mund. Der Fahrstuhl hielt, die Tür öffnete sich, ich stieg aus.
Der Polizist ging dicht hinter mir. »Hier lang bitte, mein Herr.« Ich folgte ihm auf einem langen, marmorverkleideten Korridor, vorbei an einer Anzahl holzgetäfelter Türen. Neben jeder Tür befand sich eine Lampe in Form einer Fackel, die von einer Figur aus der griechischen Klassik gehalten wurde. Jeden Augenblick wartete ich darauf, daß sich eine der Türen öffnen und ein Leichenbestatter uns zu irgendwelchen sterblichen Überresten geleiten würde.
Er blieb vor einer der Türen stehen, klopfte kurz an, öffnete sie und schob mich hinein. Nach dem Marsch durch den düsteren Flur blieb ich geblendet stehen und hörte, wie sich die Tür hinter mir wieder schloß.
»Mr. Rowan?« Das Mädchen hinter dem halbrunden Schreibtisch schaute mich fragend an.
Ich nickte und trat näher.
Sie stand auf und ging um den Schreibtisch herum. »Mr. Brady

ist noch beschäftigt und läßt sich entschuldigen. Würden Sie bitte so freundlich sein und einen Augenblick im Wartezimmer Platz nehmen.«
Ich stieß einen leisen Pfiff aus. Sollte mir noch mal einer weismachen, daß Matt Brady ausschließlich der Stahl am Herzen lag! Nicht bei einer Sekretärin wie dieser! Die Kleine war für gemeinsame Freiübungen wie geschaffen und besaß auch die nötige Ausrüstung dafür.
»Muß ich?« lächelte ich.
Das Lächeln war völlig umsonst, denn sie machte kehrt und führte mich zu einer anderen Tür. Ich folgte ihr langsam und ergötzte mich an ihrem Gangwerk. Das war eine Frau, die wußte, was sie hatte, und sie zeigte es auch. Sie hielt mir die Tür auf. Ich blieb stehen und musterte sie. »Wie kommt's, daß Sie keine von diesen Spezial-Polizeiuniformen tragen?« fragte ich sie.
Sie verzog keine Miene. »Machen Sie sich's bequem«, sagte sie förmlich. »Wenn Sie irgend etwas wünschen, rufen Sie mich bitte.«
»Ist das ernst gemeint?« grinste ich.
Zum erstenmal verriet ihr Gesicht eine Regung. Sie war verwirrt.
Ich lachte laut. »Meinen Sie das wirklich?« fragte ich deutlicher.
Das verdutzte Stirnrunzeln verschwand. »Natürlich«, erwiderte sie. »Zigarren und Zigaretten sind in dem Behälter auf dem Tisch. Zeitungen und Zeitschriften in dem Ständer daneben.« Sie schloß die Tür, bevor ich noch Gelegenheit hatte, etwas zu sagen.
Ich schaute mich in dem Raum um. Er war kostspielig, aber dezent eingerichtet: mit Eichenholz getäfelte Wände, schwere lederne Polstermöbel, dicke Teppiche; man versank fast bis zu den Knöcheln darin. Mein Blick fiel auf eine Reihe säuberlich gerahmter Fotografien, die, zu einer Gruppe angeordnet, an der gegenüberliegenden Wand hingen.
Ich ging hinüber. Einige sehr bekannte Gesichter schauten da auf mich herab. Sechs Fotografien, alle mit persönlicher Widmung für Matt Brady. Lauter Präsidenten der Vereinigten Staaten. Woodrow Wilson, Harding, Hoover, F. D. Roosevelt, Truman und Eisenhower.

Ich drückte meine Zigarette im Aschenbecher aus. Kein Wunder, daß der Fahrstuhlführer von meinem Scherz nicht begeistert war. Präsidenten kommen und gehen, aber Matt Brady bleibt bestehen. Ich setzte mich hin und starrte auf die Fotografien. Zäher kleiner Mann, Matt Brady. Gerissen. Er hängte die Bilder nicht in seinem Büro auf, wo er seine Besucher damit beeindrucken konnte, wie das jeder andere Mann getan hätte: entweder, indem er darauf hinwies, oder aber, indem er darauf hinzuweisen unterließ. Er hängte sie in sein Wartezimmer, als wenn er die Leute damit von vornherein in ihre Schranken verweisen wollte.

Allmählich begann ich mich zu fragen, was ich eigentlich hier sollte. Jemand, der ein so hochentwickeltes Gefühl für Massenpsychologie besaß wie Matt Brady, brauchte so jemanden wie mich überhaupt nicht. Ich schaute auf meine Uhr. Ungefähr fünf Minuten war ich bereits in diesem Raum. Wenn meine Kalkulation stimmte, würde er mich nach zehn Minuten rufen lassen. Dann hätte der psychologische Effekt dieses Raumes seine Wirkung ausgeübt.

Ich grinste vor mich hin. Beinahe hätte er mich gehabt. Aber bei einem solchen Spiel gibt's immer zwei. Ich stand auf und öffnete die Tür. Das Mädchen schaute verwirrt zu mir auf. Ich nahm mir eine Illustrierte aus dem Ständer und erkundigte mich: »Wo ist der Waschraum?«

Schweigend deutete sie auf die gegenüberliegende Tür. Ich durchquerte eilig den Raum. Als ich die Tür öffnete, hörte ich gerade noch ihre Stimme: »Mr. Brady wird in ein paar Minuten frei sein!«

»Bitten Sie ihn zu warten«, antwortete ich und machte rasch die Tür hinter mir zu.

Ich hatte ungefähr zehn Minuten in der Toilette verbracht, als sich die Tür auftat und jemand hereinkam. Unter dem Türschlitz konnte ich ein Paar Herrenschuhe erkennen, die zögernd vor der Toilettentür stehenblieben. Es waren die Schuhe eines Uniformierten. Um das zu erkennen, mußte ich nicht erst die grauen Hosenaufschläge sehen. Ich grinste und verhielt mich ruhig. Nach einigen Sekunden verschwanden die Schuhe wieder, und die Tür wurde zugeschlagen.

Eine von Vaters Prophezeiungen hatte sich jetzt, nach vielen

Jahren, doch noch erfüllt. Ich erinnerte mich, daß er einmal zu Mutter gesagt hatte, man könne mich nur aus dem Klo herausbekommen, wenn man mir die Polizei auf den Hals schicke.

Ich saß da also und blätterte in der Illustrierten herum. Fünf Minuten später flog die Tür wieder auf. Ich schaute auf den unteren Türspalt. Ein Paar kleine, glänzende Schuhe gingen daran vorbei. Ich lächelte grimmig vor mich hin. Eine Runde für mich.

Ich ließ die Illustrierte zu Boden fallen. Eine Sekunde später trat ich aus der Toilette und ging hinüber zum Waschbecken. Der kleine Mann, der dort stand, schaute mich prüfend an. Sichtlich erstaunt grinste ich auf ihn nieder. »Mr. Brady«, sagte ich, »was haben Sie für reizende Büros hier!«

Matt Bradys eigenes Büro war riesig; es hätte leicht als Foyer für einen Konzertsaal dienen können. Es war ein Eckzimmer, und an zwei Wänden befanden sich riesige Fenster, durch die man ein Gebäude hinter dem anderen erkennen konnte, alle mit dem glitzernden, rostfreien Firmenzeichen von *Consolidated Steel*. Bradys Schreibtisch füllte die große Ecke aus, in der die beiden Fenster aneinanderstießen. Um seinen Schreibtisch waren drei Sessel mit dem Blick zu ihm gruppiert. Gegenüber befand sich ein langer Konferenztisch mit zehn Stühlen. Dann war da noch eine lange Couch, davor ein niedriger Tisch mit einer Marmorplatte und zwei weitere Stühle.

Durch einen Wink forderte er mich auf, Platz zu nehmen, während er hinter seinen Schreibtisch trat. Schweigend setzte er sich hin und musterte mich. Ich wartete, daß er endlich sprechen würde. Die erste Frage kam von links außen. »Wie alt sind Sie, Mr. Rowan?«

Ich schaute ihn neugierig an. »Dreiundvierzig«, antwortete ich. Die nächste Frage kam aus dem Abseits. »Wieviel verdienen Sie im Jahr?«

»Fünfunddreißigtausend«, antwortete ich fix, noch ehe ich eine Möglichkeit hatte zu lügen.

Er nickte schweigend und starrte auf seine Schreibtischplatte. Da lagen ein paar Seiten mit Schreibmaschine beschrieben. Er schien sie zu studieren. Ich wartete darauf, daß er fortfuhr.

Nach einer Weile schaute er mich wieder an. »Wissen Sie, warum ich Sie herbestellt habe?« fragte er.
»Ich dachte eigentlich, ich wüßte es«, sagte ich aufrichtig, »aber jetzt bin ich nicht mehr ganz sicher.«
Er lächelte freudlos. »Ich halte viel von einer ehrlichen Aussprache, junger Mann«, sagte er. »Deshalb will ich keine Zeit verplempern und gleich zum Kern der Sache kommen. Wollen Sie sechzigtausend im Jahr verdienen?«
Ich lachte nervös. So wie der Bursche da mit Zahlen umherwarf – ich fühlte mich wie damals in Washington.
»Mit Vergnügen«, antwortete ich.
Er beugte sich vertraulich zu mir herüber. »Auf der Sitzung gestern haben Sie einen Werbeplan für die ganze Stahlindustrie vorgelegt. Erinnern Sie sich?«
Ich nickte. Ich traute mich nicht, den Mund aufzumachen. Ich erinnerte mich sehr wohl, daß er ihm nicht sonderlich gefallen hatte.
»Da waren einige Fehler drin«, fuhr er fort, »aber grundsätzlich war er in Ordnung.«
Ich atmete auf. Der fette Brocken war also am Ende doch noch nicht davongeschwommen. Mich packte ein Siegestaumel.
»Freut mich sehr, daß Sie dieser Meinung sind«, sagte ich rasch.
»Als ich die Sitzung verließ, war ich ziemlich verärgert, das muß ich gestehen«, erläuterte er, immer noch in diesem vertraulichen Ton. Seine Augen waren auf mich geheftet. »Wegen Ihrer Beschuldigungen.«
»Das tut mir leid, Sir«, erwiderte ich. »Es war nur wegen...«
Mit einer großmütigen Handbewegung unterbrach er mich. »Sie brauchen nichts weiter zu sagen. Ich gestehe, ich habe Sie hinreichend provoziert. Aber was Sie sagten, hat mich beeindruckt. Sie waren in der ganzen Runde der einzige, der den Schneid hatte, das Kind beim richtigen Namen zu nennen.«
Er lächelte schief. »Es ist schon zu lange her, daß jemand so zu mir gesprochen hat.«
Bis jetzt drehte ich mich im Kreis. Ich wußte nicht, worauf er hinauswollte, deshalb verhielt ich mich ruhig. Noch niemals war einer gehängt worden, weil er seinen Mund gehalten hatte.
Er deutete mit seiner Hand auf die hinter ihm liegenden Fenster.

»Sehen Sie das da, Mr. Rowan?« fragte er. »Das ist *Consolidated Steel*, und das ist bei weitem noch nicht alles. Es gibt in Amerika noch zwanzig weitere Gießereien dieser Art. Es handelt sich hier um eine der fünf größten Aktiengesellschaften der Welt – und ich habe sie zu dem gemacht, was sie heute ist. Vielen Leuten haben meine Methoden nicht gepaßt, aber das ist mir gleichgültig. Was viel wichtiger war: Ich habe einen Traum realisiert. Als Zwölfjähriger war ich Wasserträger in einer Gießerei. Seitdem habe ich praktisch mit Stahl gelebt.«
Von meinen eigenen Interessen einmal abgesehen – dieser kleine Mann beeindruckte mich. In seiner Stimme lag die Leidenschaft eines Missionars. Ich schwieg.
»Als Sie gestern sagten, ich würde eigennützig denken, hatten Sie vollkommen recht. Ich entschuldige mich deswegen nicht. Zu viele Jahre sind seither vergangen, und ich bin alt, ich kann mich nicht mehr ändern.«
Ich sah immer noch nicht, worauf er eigentlich hinauswollte. Ich wartete ab. Er lehnte sich in seinem Sessel zurück und musterte mich. Ich steckte mir eine Zigarette an. Er ließ mich einmal ziehen, bevor er weitersprach. Und das war gut so, denn was er jetzt sagte, warf mich fast vom Stuhl.
»Sie gefallen mir, Mr. Rowan«, sagte er ruhig. »Weil Sie genauso sind wie ich. Alles, was Sie mir gesagt haben, trifft für Sie genauso zu. Hart. Egoistisch. Rücksichtslos. Ich würde es anders nennen: praktisch. ›Die Anerkennung der Naturgesetze, die einem das Überleben ermöglichen.‹ Deshalb habe ich Sie gebeten, zu mir zu kommen. Ich biete Ihnen den Posten als Vizepräsident und Direktor der Abteilung für Public Relations an mit einem Jahresgehalt von sechzigtausend Dollar. Ich brauche einen Mann mit Ihrem Organisationstalent. Sie sollen die Projekte, die Sie für die ganze Stahlindustrie ausgearbeitet haben, für *Consolidated Steel* durchführen.«
Ich hielt mich an meinem Stuhl fest. »Aber was wird dann aus der Kampagne für die Industrie?« fragte ich.
Er lachte kurz. »Darüber sollen die sich selber Gedanken machen«, erwiderte er lakonisch.
Ich sagte kein Wort. Das war's. Mein ganzes Leben lang hatte ich auf so einen Volltreffer gewartet. Jetzt, wo er da war, konnte ich es einfach nicht glauben.

Matt Brady begann wieder zu sprechen. Offensichtlich hatte er mein verblüfftes Schweigen für Zustimmung gehalten. Wieder lag dieses unfrohe Lächeln auf seinem Gesicht. Er tippte auf die Papierbogen auf seinem Schreibtisch. »Mr. Rowan, dies hier sind Unterlagen über Ihren Lebenslauf, soweit ich sie in so kurzer Zeit beschaffen konnte. Wie Sie sehen, liegt mir daran, soviel wie möglich über meine Mitarbeiter zu wissen. Und ich glaube, da ist nur ein geringfügiger Punkt, über den wir sprechen müssen.«
Ich blickte ihn fragend an. Mein Kopf drehte sich immer noch. Worüber redete er denn jetzt schon wieder?
Er schaute auf die Unterlagen und fuhr fort. »Ihr beruflicher Leumund ist tadellos. Da gibt es nichts, über das ich mit Ihnen sprechen müßte. Ihr Familienleben ist auch in Ordnung. Es gibt da aber etwas in Ihrem Privatleben, vor dem Sie sich, glaube ich, in acht nehmen sollten.«
Ich bekam eine Gänsehaut. »Und das wäre, Mr. Brady?«
»Letzte Nacht sind Sie mit einer Frau im Brook-Hotel abgestiegen, die nicht Ihre Frau ist, Mr. Rowan. Das ist sehr unklug. Wir von *Consolidated Steel* dürfen nicht vergessen, daß wir ständig beobachtet werden.«
Ich wurde ärgerlich. Wie lange hatte mich der Kerl schon überwachen lassen? War das vielleicht alles nur sein Preis, um mich von Elaine zu trennen?
»Von wem beobachtet, Mr. Brady?« fragte ich kalt. »Wer könnte so viel Interesse an mir haben, zu erfahren, was ich tue?«
»Jeder, der in Pittsburgh etwas mit Stahl zu tun hat, muß damit rechnen, überwacht zu werden, Mr. Rowan«, antwortete er.
Ich mußte herausfinden, was in diesen Unterlagen stand. »Ich nehme an, Ihre Spione haben Ihnen auch den Namen der Dame mitgeteilt, die letzte Nacht mit mir zusammen war?« fragte ich.
Er schaute mich frostig an. »Die Namen Ihrer Bettgenossinnen interessieren mich nicht, Mr. Rowan. Ich erwähne das nur im Hinblick auf unsere geplante Zusammenarbeit.«
Ich stand auf. »Ich bin zu dem Entschluß gekommen: Ich bin an Ihrem Angebot nicht interessiert, Mr. Brady.«
Er erhob sich. »Seien Sie nicht albern, junger Mann«, sagte er rasch. »So viel ist keine Frau wert.«

Ich lachte kurz auf. Was würde er wohl sagen, wenn er wüßte, daß es seine Nichte war, über die wir uns unterhielten!
»Das hat damit nichts zu tun, Mr. Brady«, sagte ich kühl.
Ich ging zur Tür und öffnete sie.
Ein Werkpolizist, der direkt neben der Tür saß, schnellte hoch. Er schaute mich erwartungsvoll an.
Ich blickte noch einmal zurück in das Büro, wo der kleine Mann hinter seinem Schreibtisch stand. »Sie übertreiben die Sache mit den Polizisten ein bißchen, Mr. Brady«, sagte ich. »Selbst die Gestapo konnte Hitler nicht mehr helfen, nachdem die Würfel gefallen waren.«

11

Ich kochte vor Wut, als ich auf die Straße hinausstürzte. Die gleißende Sonne stach mir derart in die Augen, daß ich blinzeln mußte. An der nächsten Ecke lag Oscars Bar. Der kühle, dämmrige Raum war genau das Richtige. Ich zwängte mich durch die Drehtür. Es war eine von diesen Bars mit anschließendem Restaurant. Ich ging zur Theke und kletterte auf den Hocker. Das Lokal wimmelte von *Consolidated-Steel*-Leuten. Ich konnte das aus den Abzeichen an ihrer Kleidung ersehen. Das hier war das Lokal für die Angestellten; die Arbeiter hatten offensichtlich ihre eigene Stammkneipe. Der Barmixer schob sich zu mir herüber.
»Doppelten Whisky mit Eis«, bestellte ich, »und Zitrone.«
Er warf drei Eiswürfel in ein Glas und schob es mir vor die Nase. Er griff nach rückwärts, angelte eine Flasche »Black Label« herunter und füllte das Glas dreiviertel voll. Dann preßte er ein Stück Zitronenschale über dem Glas aus und ließ es anschließend hineinfallen.
»Dollar Fuffzig.«
Entweder taugte der Barkeeper nichts, oder das Zeug war gepanscht. Ich legte fünf Dollar auf die Theke und nahm mein Glas. »Stimmt so«, sagte ich. Ich brauchte Zeit zum Nachdenken.
Dieses Schriftstück auf Matt Bradys Schreibtisch beunruhigte mich. Derjenige, der den Bericht geschrieben hatte, könnte

unter Umständen wissen, daß es Elaine gewesen war, die ich bei mir gehabt hatte. Das wäre fatal. Was ich gesagt hatte, konnte Matt Brady noch ignorieren. Aber ich war sicher, er würde mir nie verzeihen, daß ich mit Elaine geschlafen hatte. Meinen Augenzahn würde ich dafür opfern, um zu erfahren, wer ihm diesen Bericht geschickt hatte!
Ich dachte an Elaine, die jetzt im Hotel auf mich wartete. Ich erinnerte mich, wie sie sich heute morgen beim Frühstück benommen hatte. Ich war nervös gewesen. Mein Magen hatte sich zusammengekrampft. »Nur ruhig, Liebling, ruhig«, hatte sie mich zu besänftigen versucht. »Onkel Matt ist kein Unmensch. Er wird dich schon nicht fressen. Er will doch nichts weiter, als ein Geschäft mit dir machen.« Mir war nicht danach zumute, aber ich hatte gelächelt. Für Matt Brady war es vielleicht nur irgendein Geschäft, für mich aber bedeutete es den großen Abschluß.
Ich trank noch einen Schluck Whisky, aber es war nur noch das reine Wasser. Ich gab dem Barmixer Zeichen, er solle noch mal nachgießen. Das war also endgültig im Eimer. Ich schaute auf die Uhr. Zwei. Gräßlicher Gedanke, jetzt ins Hotel zurückzugehen und ihr zu erzählen, was passiert war.
Ich war bei meinem zweiten doppelten Whisky, als ich zufällig in den Spiegel über der Bar schaute. Mir war, als hätte mir ein Mädchen zugelächelt. Tatsächlich. Das Mädchen im Spiegel lächelte wieder. Ich drehte mich auf meinem Hocker herum und lächelte zurück. Sie winkte mir, ich nahm mein Glas und ging an ihren Tisch. Es war Matt Bradys Sekretärin. Ich fühlte mich leicht angeheitert. »Wie kommt's, daß der Alte Sie zum Mittagessen gehen läßt?« erkundigte ich mich. »Das Arbeitsamt wird ihm auf die Pelle rücken!«
Sie überhörte meine Stichelei. »Mr. Brady verläßt um halb zwei das Büro«, erklärte sie mir, »und kommt auch nicht mehr zurück.«
Ich verstand ihren Wink und ließ mich auf dem Stuhl neben ihr nieder. »Gut«, sagte ich, »ich trinke sowieso nicht gern allein.«
Sie lächelte. »Bevor er ging, rief er bei Ihnen im Hotel an und hinterließ eine Nachricht für Sie.«
»Bestellen Sie ihm einen schönen Gruß, er soll sie für sich be-

halten«, entgegnete ich herausfordernd. »Ich will nichts mit ihm zu schaffen haben.«
Sie erhob die Hände, so als wollte sie einen Schlag abwehren. »Lassen Sie doch Ihre Wut nicht an mir aus, Mr. Rowan«, sagte sie, »ich arbeite ja nur für ihn.«
Sie hatte recht. Ich war albern. »Entschuldigen Sie, Miß – äh – Miß...«
»Wallace«, ergänzte sie. »Sandra Wallace.«
»Miß Wallace«, sagte ich formell, »darf ich Ihnen was zu trinken bestellen?« Ich winkte den Kellner herbei und schaute sie fragend an.
»Ganz trockenen Martini«, bestellte sie. Der Kellner entfernte sich. »Mr. Brady mag Sie«, sagte sie.
»Na schön«, antwortete ich. »Ich mag ihn nicht.«
»Er möchte, daß Sie für ihn arbeiten. Er war sicher, daß Sie annehmen würden. Er hatte sich sogar schon bei der Rechtsabteilung einen Vertrag für Sie aufsetzen lassen.«
»Haben seine Spitzel auch einen Anstellungsvertrag?« fragte ich.
Der Kellner stellte den Martini vor sie hin und verschwand wieder. Ich nahm mein Glas und trank ihr zu. »Den einzigen Posten, den ich momentan von ihm annehmen würde, wäre, Sie anzuschauen.«
Sie lachte. »Sie sind ja verrückt!«
»Worauf Sie sich verlassen können«, bestätigte ich. »Für diesen Job müßte er mich nicht mal bezahlen.«
»Vielen Dank, Mr. Rowan«, bedankte sie sich und hob ihr Glas an die Lippen.
»Brad war der Name; wenn mich jemand Mister nennt, drehe ich mich immer um – weil ich glaube, die Leute reden mit meinem Vater.«
»Also gut, Brad«, lächelte sie. »Früher oder später werden Sie sich schon daran gewöhnen und das tun, was er will.«
»Sie haben mich ja gehört, als ich sein Büro verließ«, erklärte ich ihr. »Ich nehme den Posten nicht an.«
Ein seltsamer Ausdruck trat in ihr Gesicht. Fast, als hätte sie das nicht zum erstenmal gehört. »Er wird Sie dazu bringen, Brad«, fuhr sie ruhig fort. »Sie kennen ihn nicht. Matt Brady kriegt immer das, was er will.«

Plötzlich fuhr ein Blitz durch meinen benommenen Kopf, der einiges erleuchtete. »Sie mögen ihn nicht?«
Sie senkte die Stimme zu einem Flüstern: »Ich hasse ihn!«
Umgehend wurde mein Kopf wieder klar. »Und warum bleiben Sie dann? Sie müssen doch nicht für ihn arbeiten. Es gibt doch auch noch andere Posten.«
»Als ich elf Jahre alt war, kam mein Vater in der Gießerei ums Leben – von dem Augenblick an wußte ich, daß ich eines Tages seine Sekretärin sein würde.«
»Wieso denn das?« erkundigte ich mich interessiert.
»Meine Mutter ging damals in sein Büro und zerrte mich mit. Für mein Alter war ich gut entwickelt, und Matt Brady ließ keine Möglichkeit ungenutzt. Ich sehe ihn noch vor mir, wie er um diesen Schreibtisch herumging und meine Hand nahm. Ich spüre heute noch, wie kalt seine Finger waren, während er mit meiner Mutter sprach. ›Machen Sie sich keine Sorgen, Mrs. Wolenciwicz‹, sagte er, ›Sie bekommen von mir Geld genug, um zu leben. Und wenn Alexandra alt genug ist, kann sie zu mir kommen und hier für mich arbeiten. Vielleicht sogar als meine Sekretärin.‹ Er vergaß nie, was er damals gesagt hatte. Hin und wieder ließ er meine Mutter kommen, um zu kontrollieren, ob ich die richtigen Kurse besuchte und wie's in der Schule ging.« Sie nahm ihren Martini und starrte in das Glas. »Wenn ich jetzt von ihm weggginge, würde er mich keine andere Stellung finden lassen.«
»Selbst wenn Sie in eine andere Stadt ziehen?«
Sie lächelte schmerzlich. »Ich hab' das einmal probiert. Mit aller Seelenruhe machte er mich fertig, und dann gab er mir großzügig meinen Posten zurück.«
Ich trank einen Schluck. Es schmeckte komisch. Ich stellte das Glas wieder auf den Tisch zurück. Für diesen Nachmittag hatte ich genug. Ich holte tief Luft. »Er hält Sie also aus?« fragte ich rundheraus.
»Nein«, antwortete sie. »Viele hier glauben das. Aber er hat noch nie was zu mir gesagt, was nichts mit dem Geschäft zu tun gehabt hätte.« Sie schaute mich offen an. In ihren Augen lag ein rätselvoller Ausdruck, so als würde sie mich bitten, ihr das zu erklären. »Ich versteh' das einfach nicht«, fügte sie hinzu.

Ich starrte sie eine volle Minute lang an, bevor ich wieder sprach. »Läßt er Sie auch überwachen?«
»Ich weiß nicht«, sagte sie. »Manchmal glaube ich ja, manchmal wieder nein. Er traut niemandem.«
Ich hatte das Gefühl, daß ich ihr trauen konnte. »Haben Sie den Bericht über mich gesehen?«
Sie schüttelte den Kopf. »So was kommt vom Personalbüro. Es ist ihm persönlich in einem versiegelten Umschlag übergeben worden.«
»Besteht irgendeine Möglichkeit, daß ich davon eine Kopie bekomme?«
»Es gibt nur eine Kopie, und die liegt in seinem Schreibtisch.«
»Können Sie mich da nicht rasch einen Blick reinwerfen lassen?« drängte ich. »Ich muß es sehen. Unter Umständen steht was drin, das mir große Unannehmlichkeiten bereiten könnte.«
»Das nutzt gar nichts, Brad«, sagte sie. »Wenn es da was gibt, wird er es nie vergessen.«
»Aber es wäre für mich besser, wenn ich wüßte, was er weiß«, antwortete ich rasch.
Sie sagte kein Wort. Ich sah, daß sie jetzt ein bißchen verängstigt war, weil sie mir so viel erzählt hatte. Schließlich hatte sie keine Ahnung, wer ich war. Ich konnte ja trotz allem, was sie wußte, einer von Matt Bradys Spitzeln sein.
»Eine Hand wäscht die andere«, sagte ich rasch. »Sie helfen mir, ich helfe Ihnen. Sie lassen mich schnell den Bericht anschauen, und ich helfe Ihnen, von Matt Brady wegzukommen – und zwar so, daß er Sie nicht wiederfindet.«
Sie holte tief Luft, und plötzlich kam mir zum Bewußtsein, was mir vorhin im Büro so ins Auge gefallen war. Sie hatte einen enormen Busen. Einen Moment lang glaubte ich, sie würde aus ihrem Kleid herausplatzen. Sie merkte, wie ich sie anstarrte. Ein eigenartiges Lächeln umspielte ihre Lippen.
»Da hab' ich's nicht versteckt«, erklärte sie anzüglich.
»Ich wünschte, Sie hätten's«, sagte ich und richtete meinen Blick langsam wieder auf ihr Gesicht. »Aber ich habe kein Glück. Da wäre die Arbeit ein Vergnügen.«
Eine leichte Röte überflog ihre Wangen. »Und warum glauben Sie, es könnte nicht so sein?« fragte sie mit rauher Stimme.

Wir gingen durch das große Gittertor auf das Portal des Verwaltungsgebäudes zu. Sie berührte meinen Arm. »Hier entlang«, sagte sie.
Ich folgte ihr um die Ecke des Hauses. Hier befand sich in einer verborgenen Mauernische eine Tür. Sie nahm einen Schlüssel aus ihrer Handtasche und schloß auf. »Matt Bradys Privateingang«, erklärte sie.
Wir befanden uns in einem schmalen Korridor. Einige Schritte von der Tür entfernt war der Lift. Sie drückte auf den Knopf, und die Türen öffneten sich. Wir stiegen ein, und sie drehte sich lächelnd zu mir. »Matt Bradys Privatfahrstuhl«, sagte sie. Ich spürte, wie sich der Aufzug in Bewegung setzte.
Sie lächelte mich immer noch an. Man konnte eine solche Einladung schlecht ablehnen. Ich zog sie an mich. Ihre Augen waren weit offen, während sie ihre Arme um mich schlang. Die Fahrstuhltüren hatten sich längst geöffnet, aber sie hing immer noch an meinem Hals.
Schließlich machte sie sich los, weil sie Atem holen mußte. Ihre Augen strahlten. »Ich mag Sie«, stellte sie sachlich fest. Ich fabrizierte ein Lächeln. Ich mußte vorsichtig sein.
»Sie sind mein Typ«, erklärte sie. »Ich wußte das in dem Moment, als Sie ihn dazu brachten, daß er Sie aus dem Waschraum holte.«
Ich sagte kein Wort.
»Verdammt!« rief sie und schaute mich immer noch an.
Überrascht fragte ich: »Was ist los?«
Ohne nähere Erklärungen machte sie kehrt und stieg aus dem Aufzug. Ich folgte ihr in Matt Bradys Privatbüro. Sie ging um den Schreibtisch herum und nahm wieder einen Schlüssel aus ihrer Handtasche. Einen Moment zögerte sie, dann schloß sie auf und nahm den Bericht heraus. »Ich bin schön dumm«, sagte sie. »Jetzt können Sie mir die Polizei auf den Hals hetzen.«
Ich sagte nichts, ich sah sie nur an. Eine Weile verging, dann gab sie mir – ohne hinzuschauen – das Schriftstück. Zum zweitenmal innerhalb kurzer Zeit überraschte sie mich. »Wollen Sie sich das denn nicht mal ansehen?« fragte ich.

Sie ging um mich herum auf ihre Tür zu und öffnete sie. Im Türrahmen stehend, warf sie mir einen Blick zu. »Nein«, antwortete sie. »Ich weiß, Sie sind verheiratet. Das macht mir nichts aus. Aber wenn Sie ein anderes Mädchen schon geangelt hat, will ich ihren Namen nicht wissen.«
Die Tür schloß sich hinter ihr, und ich ging ans Fenster, um besseres Licht zu haben. Ich zog in Gedanken meinen Hut vor Matt Brady. Es war ihm ja für dieses Dossier nicht viel Zeit geblieben, aber da fehlte wirklich kaum etwas. Mein ganzes Leben war auf diesen paar Seiten festgehalten. Ich durchblätterte den Bericht und suchte ihren Namen.
Kein Grund zur Beunruhigung. Es stand lediglich drin, daß ich in Begleitung einer Frau gewesen war, die die Nacht in meinem Zimmer verbracht hatte, und daß laut Anordnung die weitere Überwachung eingestellt würde. Ich ließ die Unterlagen auf seinen Schreibtisch fallen und steckte mir eine Zigarette an.
Ich hatte gerade eine kräftigen Zug gemacht, als die Tür aufging.
»Nun?« erkundigte sie sich.
»Ich hab' ihn gelesen«, antwortete ich und deutete auf den Bericht.
»Alles in Ordnung?« Sie betrat das Büro und schloß hinter sich die Tür.
»Ja«, antwortete ich. Mir war ein bißchen komisch zumute. Ich ging auf sie zu. »Ich weiß nicht, wie ich Ihnen danken soll«, fügte ich reichlich unbeholfen hinzu.
Sie sagte nichts.
Ich ging zum Fahrstuhl. »Ich glaube, ich gehe jetzt lieber.«
»Sie können jetzt nicht gehen«, entgegnete sie. »Man würde Sie entdecken. Unten in der Halle würden sie das Signal des Aufzugs auf der Kontrolltafel bemerken und nachschauen.«
Ich blieb stehen. »Und wie komme ich hier wieder raus?«
Ein seltsames Lächeln umspielte ihren Mund. »Sie müssen schon auf mich warten. Ich gehe um Viertel nach fünf, wenn der Hauptschwung weg ist.«
Ich schaute auf meine Uhr. Es war gleich vier. Sie beobachtete mich noch immer lächelnd. »Nehmen Sie Platz, und warten Sie«, sagte sie. »Ich bringe Ihnen etwas zu trinken.«

Ich durchquerte den Raum und ließ mich auf der geräumigen Couch nieder. »Ich kann was brauchen.«
Ich beobachtete sie, wie sie im Büro hin und her ging und mir meinen Whisky herrichtete. Die Eiswürfel klirrten beruhigend gegen das Glas, während sie es mir herüberbrachte. Dankbar trank ich ein paar Schlucke.
Sie ließ sich mir gegenüber in einen Stuhl gleiten. »Was werden Sie nun machen, Brad?«
Ich trank noch einen Schluck. »Nach New York zurückgehen und die ganze Geschichte vergessen.«
»Das wird nicht so einfach sein«, sagte sie, »Matt Brady will Sie haben.«
Ich lächelte ihr zu.
»Lachen Sie nicht«, erwiderte sie ernst. »Wenn Sie in Ihr Hotel zurückkommen, werden Sie dort eine Nachricht vorfinden – eine Einladung zum Abendessen bei ihm zu Hause.«
»Ich werde nicht hingehen.«
»Sie werden doch gehen«, antwortete sie. »Bis Sie wieder in Ihrem Hotel sind, werden Sie sich alles noch mal überlegt haben. Sie werden sich an das viele Geld erinnern, das er Ihnen angeboten hat, und Sie werden sich überlegen, was Sie alles damit anfangen können.« Sie nippte an ihrem Glas. »Sie werden gehen.«
»Sie wissen wohl auf alles eine Antwort«, sagte ich und beobachtete sie.
Sie senkte den Blick. »Nein, leider stimmt das nicht«, erwiderte sie. »Aber ich habe das schon mehrfach erlebt. Er wird Sie rumkriegen. Geld spielt für ihn keine Rolle. Er wird es vor Ihnen aufstapeln, bis Ihnen schwindelig wird. Er wird Ihnen Honig um den Mund schmieren, er wird Ihnen erzählen, wie großartig Sie sind, er wird Ihnen erzählen, wie bedeutend Sie sein werden. Und während der ganzen Zeit werden Sie den Geldhaufen vor sich wachsen und wachsen sehen, bis Ihnen die Augen übergehen. Und dann – päng! –, dann gehen Sie in die Knie.«
Ich stellte mein Glas vor mich auf den Couchtisch. »Warum erzählen Sie mir das eigentlich alles?« fragte ich sie. »Was haben Sie davon?«
Sie stellte ihr Glas dicht neben meines. »Ich habe schon viele

große und bedeutende Leute vor ihm kriechen sehen. Diese Feigheit zu beobachten macht mich ganz krank.« Ihre Stimme klang schleppend.
»So?« fragte ich leise.
»Sie sind groß und stark und mutig. Ihnen merkt man keine Furcht an. Sie waren nicht so eingeschüchtert, daß Sie mich überhaupt nicht gesehen haben wie die meisten anderen, die mich für ein Stück Möbel hielten. Ich habe genau gesehen, wie Sie mich anschauten.«
»Wie habe ich Sie denn angeschaut?«
Sie erhob sich und stand sehr gerade vor mir. Dann ging sie ganz langsam um den Couchtisch herum auf mich zu. Ich blickte zu ihr auf und verfolgte jede ihrer Bewegungen. Sie blieb vor mir stehen und schaute auf mich herab. »Genauso, wie Sie mich jetzt anschauen.«
Ich schwieg. Ich rührte mich nicht.
Wieder lag dieses seltsame, eigenartige Lächeln um ihren Mund. »Ich weiß, wir beide kommen nicht zusammen«, sagte sie. »Ich weiß genau, daß eine andere Frau im Spiel ist. Und Sie wissen es auch. Ich habe das gemerkt, als Sie mich küßten. Aber das ändert nichts an der Sachlage. Für Sie bin ich nicht Matt Bradys Sekretärin, kein Inventar seines Büros. Sondern ein menschliches Wesen, eine eigene Persönlichkeit, eine Frau. Und so betrachten Sie mich.«
Ich sagte kein Wort. Das einzig Wertvolle auf dieser Erde war, daß jeder von uns ein Individuum war und kein Rädchen an einer Maschine. Kein Mensch war durch bestimmte Umstände oder Zufälle besser als der andere, jeder für sich war wichtig.
Ich langte nach meinem Glas, aber sie ergriff meine Hand und hielt sie fest. Ich schaute sie an, unsere Blicke trafen sich und hielten einander fest.
Der Puls an meinen Schläfen begann zu klopfen. Ich wußte nicht, was mich zurückhielt. Der Preis war in Ordnung. Sie besaß alles, was ein Mann bei einer Frau erwarten konnte – bis auf eines. Die Liebe fehlte. Ich machte mir nichts aus ihr.
Sanft schob ich sie zurück. Ich wollte sie nicht verletzen. Ich wußte nicht, was ich sagen sollte.
Sie starrte mir ins Gesicht. »Es steckt eine andere Frau dahinter, nicht wahr?«

Ich nickte.
Sie holte tief Luft und erhob sich. Ich schaute zu ihr auf. Ihre Lippen zitterten, während sie zu lächeln versuchte. »Das ist auch was, was ich an Ihnen mag. Sie sind ehrlich. Sie betrügen nicht nur um des Betrugs willen.«
Sie ging in ihr Zimmer zurück. Kurze Zeit später konnte ich das schwache Klappern ihrer Schreibmaschine hören. Langsam krochen die Minuten dahin. Ich begab mich ans Fenster und schaute auf die Gießereien hinunter. Matt Brady hatte allen Grund, stolz zu sein. Wenn die Verhältnisse anders wären, könnte ich sogar lernen, den Burschen sympathisch zu finden. Aber sie waren es nun mal nicht. Vielleicht weil er mit dem, was er sagte, recht hatte. Wir waren uns zu ähnlich.
Irgendwo draußen auf dem Flur erklang ein Glockenzeichen. Der sanfte Ton hing noch in der Luft, als sie das Büro betrat. Ich wandte mich zu ihr um.
»Jetzt haben wir's geschafft«, sagte sie. »In ein paar Minuten können wir gehen.«

13

Vor dem Tor hielt ich ein Taxi an und war gegen Viertel vor sechs wieder im Hotel. Männlicher Stolz ist schon eine merkwürdige Sache. Ich habe schätzungsweise genug für sechs. Aber ich fühlte mich großartig. Zeigen Sie mir mal einen anderen, der sechzigtausend Dollar und ein appetitliches Mädchen ausschlägt – und das alles an einem Tag!
Ich war mächtig stolz auf mich und konnte es kaum erwarten, Elaine zu erzählen, was ich für ein großartiger Mann war. Ich stieß die Tür zu unserem Appartement auf und rief laut: »Elaine!«
Keine Antwort.
Ich schloß die Tür hinter mir und entdeckte einen Zettel auf dem Garderobentisch. Meine freudige Erregung verrann wie Wasser im Abflußrohr, mein Herz klopfte in plötzlicher Besorgnis. War sie etwa einfach gegangen und hatte mich verlassen? Das konnte sie doch nicht!
Ich nahm den Zettel auf und war so erleichtert, als hätte

mich während einer Hitzewelle plötzlich eine kühle Brise getroffen.

»Liebling, 4.30 nachmittags
eine Weile hält es eine Frau ja aus. Dann geht sie zum Friseur. Wenn alles gutgeht, bin ich um halb sieben wieder zurück.
Ich liebe Dich, Elaine.«

Ich ließ den Zettel auf den Tisch fallen, durchquerte das Zimmer und ging zum Telefon. Ich nahm den Hörer ab und ließ mich mit dem Büro verbinden.
Chris' Stimme klang aufgeregt. »Wie ist's denn gegangen, Brad?«
»Nicht sehr gut«, antwortete ich. »Brady wollte, daß ich den ganzen Kram hinschmeiße und für ihn arbeite.«
»Was hat er denn geboten?«
»Sechzigtausend im Jahr«, sagte ich. Ich konnte Chris auch ohne Telefon pfeifen hören. »Er mag mich«, fügte ich sarkastisch hinzu.
Befriedigung klang aus seiner Stimme. »Wann fangen Sie an?«
»Überhaupt nicht«, sagte ich geradeheraus. »Ich habe abgelehnt.«
»Sie sind ja wahnsinnig!« schrie er ungläubig. »Kein normaler Mensch schlägt einen solchen Haufen Geld aus!«
»Na, dann bestellen Sie mal gleich ein Bett für mich in der Cornell-Klinik«, sagte ich, »denn ich habe das getan.«
»Aber Brad!« protestierte er. »Das ist doch die Chance, auf die Sie Ihr Leben lang gewartet haben! Sie können doch den Posten annehmen und hier stiller Teilhaber bleiben. Ich kann den Laden hier für Sie in Schwung halten, und am Ende jeden Jahres teilen wir uns den Kuchen.«
In seiner Stimme lag ein Ausdruck, den ich bei ihm noch nie vorher bemerkt hatte. So was wie Ehrgeiz und die nackte Begierde, Chef zu werden. Mir gefiel die Art und Weise nicht, wie wir plötzlich Partner geworden waren.
»Ich habe Ihnen gesagt, daß ich den Posten nicht nehme, Chris«, erklärte ich kühl. »Noch bin ich Chef. Ich will nichts weiter als den Auftrag des Verbandes.«

»Wenn Sie Matt Brady in die Quere kommen«, sagte Chris, »dann können Sie den Auftrag in den Schornstein schreiben.«
Schmerzvoll erstarb der Ehrgeiz in seiner Stimme.
»Das lassen Sie meine Sorge sein!« antwortete ich schroff.
»Okay, Brad, wenn Sie's nicht anders haben wollen.«
»Nein.«
Einen Augenblick herrschte betretenes Schweigen, dann kam die Frage: »Kommen Sie heute nacht zurück?«
Ich hatte die Antwort sofort auf den Lippen.
»Nein. Morgen früh. Ich habe heute abend noch mal eine Verabredung mit Brady.«
»Soll ich Marge anrufen und ihr Bescheid sagen?« fragte er förmlich.
»Ich ruf' sie selber an. Bis morgen.«
»Hals- und Beinbruch«, sagte er, bevor wir wieder einhingen. Aber seine Stimme klang nicht begeistert.
Ich gab der Vermittlung meine Privatnummer. Bis Marge an den Apparat kam, hatte ich Zeit, mir einen Whisky einzugießen. Er schmeckte vorzüglich. Allmählich fand ich Geschmack an dem Zeug, stellte ich düster fest. Dann hörte ich ihre Stimme.
»Hallo, Kleines«, rief ich.
Ihre Stimme klang erfreut. Sie kannte mich zu gut, um zu fragen, wie alles gegangen war. Ich würde es ihr schon früh genug erzählen. »Du klingst müde.«
Zwei Worte hatte ich nur gesagt, und doch wußte sie, daß ich erledigt war. »Mir geht's gut«, versicherte ich rasch. »Dieser Brady ist eine harte Nuß.«
»Warst du den ganzen Tag in seinem Büro?«
Ich war froh, daß sie es so formulierte. So mußte ich wenigstens nicht lügen. »Ja«, sagte ich. »Er bot mir einen Posten an. Sechzigtausend im Jahr.«
»Na, du klingst aber nicht sehr glücklich«, meinte sie.
»Bin ich auch nicht. Ich habe sein Angebot abgelehnt. Ich mag ihn nicht.«
Ihre Antwort war so anständig, so voll Vertrauen, daß ich mich einen Augenblick lang einfach lausig fühlte. »Du weißt schon, was du tust, Brad«, antwortete sie, ohne zu zögern.
»Hoffentlich«, sagte ich. »Das kann bedeuten, daß der ganze Stahlauftrag in die Binsen geht.«

»Es gibt noch andere. Das beunruhigt mich nicht.«
»Bevor die Nacht rum ist, werde ich mehr wissen«, fügte ich rasch hinzu. »Er hat mich zum Essen eingeladen.«
»Was immer du tust, ich bin damit einverstanden.«
Ihr Vertrauen bereitete mir Unbehagen. Ich wechselte rasch das Thema. »Wie geht's Jeannie?«
»Gut«, antwortete sie, »sie tut sehr geheimnisvoll. Sie macht allerhand Andeutungen von einer Überraschung zu unserem Hochzeitstag. Ich bin gespannt, was sie vorhat.«
Ich war bereit, jede Wette einzugehen, daß sie Marge von dem Mantel erzählen würde, bevor noch der Hochzeitstag da war.
»Gibt's was Neues von Brad?«
»Heute morgen kam ein Brief. Er ist immer noch erkältet und liegt seit ein paar Tagen im Bett. Ich mache mir Sorgen.«
»Das mußt du nicht, Kleines«, beruhigte ich sie, »er wird schon wieder gesund.«
»Aber er liegt im Bett; er ist bestimmt richtig krank. Du weißt doch, wie er ist.«
»Er ist bestimmt nicht kränker als ich«, sagte ich. »Er schwänzt nur ein paar Tage die Schule.«
»Aber...«
»Es ist schon nichts Schlimmes, Marge. Hör auf, dir Sorgen zu machen. Ich bin morgen wieder zurück.«
»Na gut«, sagte sie. »Beeil dich, du fehlst mir.«
»Du fehlst mir auch, Kleines«, sagte ich. »Wiedersehn.«
Ich legte den Hörer auf, goß mir Whisky nach, tat ein paar Eisstückchen in mein Glas und streckte mich auf die Couch. Mir war komisch zumute. Irgend etwas stimmte nicht mit mir. Aber ich kam nicht dahinter, was es war. Das berühmte Gewissen hätte mir eigentlich schon längst die Zähne einschlagen müssen, aber bisher hatte es sich überhaupt nicht um mich gekümmert. Vielleicht täuschte sich Matt Bradys Mädchen, vielleicht war ich keinen Deut anders als die anderen Kerle. Konnte durchaus sein, daß ich ein Betrüger war, der von Natur aus immer nur Platz für jeweils eine Dame hatte. Vielleicht war ich damit auch etwas zu spät dran. Ich weiß es nicht.
Elaine. Ihr Name kreuzte meine Gedanken, und ich lächelte, als ich an sie dachte. Wenn jemals eine Frau für einen Mann erschaffen wurde, dann war sie es. Alles an ihr war erstklassig und

reinstes Vergnügen. Ihre Augen, ihre stramme kleine Figur und die Art und Weise, wie sie ging. Ich trank noch einen Schluck und schloß die Augen, um sie besser vor mir zu sehen. Es war, als ob man das Licht abschaltete, um zu träumen.
Und das tat ich.
In meinem Traum war sie das kleine Mädchen, das am Sutton Place wohnte. Ich erinnerte mich, wie ich von unserer Wohnung in der Third Avenue aus durch die Unterführung der Hochbahn ging, um sie zu beobachten. Sie war sehr schön mit ihren langen blonden Haaren, und ihre sorgfältig gekleidete Gouvernante war ständig um sie herum. Niemals schaute sie mich auch nur an, bis eines Tages ihr blauroter Ball zu mir herüberkullerte. Ich hob ihn auf und streckte ihn ihr schüchtern entgegen.
Schweigend nahm sie ihn mir ab, als ob es sich so gehörte, daß ich ihr den Ball aufhob, und machte kehrt. Aber ihre Gouvernante gebot ihr, zurückzugehen und sich bei mir zu bedanken. Ihre Stimme klang wie eine helle Glocke inmitten der Straßen.
»Merci«, sagte sie.
Ich starrte sie einen beglückenden Moment lang an, dann machte ich kehrt, rannte den ganzen Weg heim und drei Treppen hoch, um meine Mutter zu fragen, was es bedeutete.
»Ich glaube, es heißt ›Danke‹ auf französisch«, erklärte mir Mama.
Ich fühlte eine Hand auf meiner Schulter und erwachte. Elaine lächelte auf mich herab. »Schon wieder betrunken«, sagte sie.
Ich grinste und zog sie an mich. Ich nahm ihr Gesicht in meine Hände und küßte sie. Wir paßten so gut zueinander. Nach einer Weile riß sie sich los.
»He!« rief sie aus. »Wofür ist das?«
»Gratis!« antwortete ich.
Sie lächelte und küßte mich wieder. Die ganze Welt versank, und als ich wieder auf die Erde zurückkehrte, war ich erhitzt von dem strahlenden Glanz ihrer Existenz.
»Merci«, sagte ich.

14

Ich beobachtete, wie sich die Scheinwerfer des Flughafens emportasteten, um uns aufzugreifen. Ich spürte, wie das Flugzeug den Boden berührte. Zunächst ganz sanft, als ob es erst prüfen wollte, ob es auch sicher genug wäre, um dann fest aufzusetzen, während die Scheinwerfer uns in ihre Arme schlossen.
»Ich halte es immer noch für töricht«, bemerkte ich und neigte mich zu Elaine hinüber.
Sie wandte sich vom Fenster weg zu mir. »Nicht törichter als deine Weigerung, heute abend noch mal mit Onkel Matt zu sprechen«, erwiderte sie. »Vielleicht hättest du doch etwas bei ihm erreichen können.«
Ich war verärgert. Ich hatte ihr alles erzählt – bis auf eine Sache. Ich hatte ihr nichts davon gesagt, daß er mich hatte überwachen lassen, seit ich in das Hotel gezogen war. Ich wollte sie nicht beunruhigen. »Ich habe dir schon vorhin erklärt«, reagierte ich kühl, »daß ich nicht für deinen Onkel arbeiten will. Ich will meine Selbständigkeit behalten.«
Das Flugzeug rollte langsam aus und blieb stehen. Ich löste den Haltegurt und beugte mich zu Elaine hinüber, um ihr zu helfen.
»Ich bin sicher, daß ihr zu irgendeiner Lösung gekommen wärt«, beharrte sie. »Ich hätte ja mitgehen und dir ein bißchen helfen können. Aber du mit deinem Stolz wolltest ja unter keinen Umständen Nutzen aus meiner Bekanntschaft ziehen.«
Ich wurde nur noch ärgerlicher, weil ich ihr den wahren Grund nicht sagen konnte: warum ich es nicht gewagt hätte, sie zu Brady mitzunehmen. Nach diesem Bericht vom Hotel hätte ein Blick auf sie genügt – und ich wäre erledigt gewesen. Ich gab ihr keine Antwort, sondern wartete, daß sie aufstand.
»Zumindest hättest du ihn anrufen und ihm sagen können, daß du nicht kommen würdest.«
Mir platzte der Kragen. »Es ist mir völlig schnuppe, was er von mir denkt«, entgegnete ich heftig.
Wir betraten die Rollbahn, ich nahm unsere Koffer und begab mich schweigend zum Taxistand. Ärgerlich stolzierte ich voraus und starrte auf den Boden.
Plötzlich fing sie an zu lachen. Ich drehte mich um und schaute sie verwundert an. »Worüber lachst du?«

»Über dich.« Sie lachte über das ganze Gesicht. »Du siehst aus wie ein kleiner Junge, der immerzu Pech hat.«
Ich mußte lachen. Sie hatte recht. Von dem Moment an, da ich ihr erzählt hatte, daß ich bei ihrem Onkel essen sollte, daß ich aber nicht hingehen würde, war nichts so gelaufen, wie ich erwartet hatte. Ich wollte mit ihr in Pittsburgh über Nacht bleiben, aber sie bestand darauf, daß wir nach New York zurückkehrten. Wir erwischten die Neun-Uhr-Maschine und verbrachten den ganzen Flug damit, uns darüber zu streiten, ob es besser gewesen wäre, wenn ich hingegangen wäre oder nicht.
»So ist's schon besser«, sagte sie. »Das ist das erste Lächeln des Abends. Wenn du morgen früh wieder ins Büro mußt, ist es viel gescheiter, du bist ausgeruht und nicht völlig durchgerüttelt von einem unruhigen Flug. Bei mir im ›Towers‹ werden wir es viel gemütlicher haben.«
»Ist schon gut«, brummelte ich vor mich hin und winkte ein Taxi herbei.
Das Taxi rollte langsam heran und hielt vor uns. Ich machte die Tür auf, schob die Koffer hinein und stieg dann zu Elaine in den Wagen.
»Zum ›Towers‹«, rief ich dem Fahrer zu.
Ich hatte es mir gerade auf meinem Sitz bequem gemacht und eine Zigarette angesteckt, als ich die Stimme des Fahrers hörte.
»Das ist ja reizend, mein Lieber. Erkennst nicht mal das Taxi deines Vaters!«
»Pap!« In dem flackernden Licht des Streichholzes sah ich, wie er mich angrinste. Der Wagen fuhr an, schoß in die Kurve und auf den Ausgang zu.
»Um Himmels willen, Pap!« fluchte ich. »Schau doch, wo du hinfährst!«
Sein Hinterkopf wackelte traurig. »Eine schlimme Nacht. Eine schlimme Nacht!« Ein amüsiertes Lachen gluckste tief in seinem Hals. »Als junger Bengel, da hast du meinen Wagen schon aus sechs Häuserblocks Entfernung erkannt, und jetzt...«
»Immer noch, Pap«, fing ich an zu lachen. »Ich habe dich nie an deinem Wagen erkannt, sondern immer nur an deiner verrückten Fahrweise. Eines Tages werden sie dich erwischen!«
Er hielt vor einer Verkehrsampel und beobachtete mich durch den Rückspiegel. »Ich hab heut' nachmittag mit Marge tele-

foniert. Sie sagte mir, du wärst in Pittsburgh und wüßtest nicht, ob du heute abend oder morgen früh zurück wärst. Das sei 'ne große Sache, meinte sie.«
Ich lächelte vor mich hin, als der Wagen wieder anfuhr. Pap war ein ganz Argwöhnischer. Immer bereit, von jedem das Schlechteste zu denken. Es amüsierte mich, daß er nicht mal bei mir eine Ausnahme machte. »War ein großer Fisch, Pap«, sagte ich. »Aber wie's so schön in der Anglergeschichte heißt: Leider ging er durch die Maschen.«
Pap konnte man nicht so leicht ablenken. »Und die Dame? Sicher eine Geschäftsfreundin?« fragte er trocken.
Ich warf Elaine einen verstohlenen Seitenblick zu. Sie hatte sofort begriffen. Ein amüsiertes Lächeln lag um ihren Mund. »Sozusagen, Pap«, bemerkte ich gleichgültig und wußte, daß er sich darüber ärgern würde. Ich wandte mich an Elaine. »Elaine, das ist mein Vater. Er ist ein alter Mann und schrecklich boshaft. Aber dafür bin ich nicht verantwortlich. So war er schon, bevor ich geboren wurde.« Ich verständigte mich mit ihm durch die Scheibe: »Pap – Mrs. Schuyler.«
Elaines Stimme klang sehr tief aus der Dunkelheit. »Es freut mich, Sie kennenzulernen, Mr. Rowan.«
Pap nickte verlegen mit dem Kopf. Im Grunde war er immer sehr scheu, wenn er mal Freunde von mir kennenlernte.
»Mrs. Schuyler flog mit derselben Maschine«, erklärte ich. »Ich bot ihr an, sie an ihrem Hotel abzusetzen.«
»Brad ist sehr liebenswürdig, Mr. Rowan.« Elaine nahm die Rolle an und spielte sie weiter. »Ich habe ihm gesagt, er solle doch meinetwegen keinen Umweg machen, aber er bestand darauf.«
»Bernhard hat eine besondere Vorliebe für Frauen, Mrs. Schuyler«, erklärte Pap. »Besonders für hübsche.«
Sie lachte. »Jetzt sehe ich, von wem Ihr Sohn das Schmeicheln geerbt hat, Mr. Rowan.«
»Er ist ein feiner Kerl, Mrs. Schuyler«, sagte Pap plötzlich ernst. »Er hat zwei großartige Kinder. Hat er Ihnen das erzählt? Einen Jungen, fast neunzehn. Auf dem College. Und eine Tochter auf der High-School.«
Ich konnte ihre Zähne im Dunkeln schimmern sehen, als sie lächelte. »Ich weiß.«
»Er ist ein guter Ehemann und ein guter Vater«, fuhr Pap fort.

»Er ist mit einem sehr netten Mädchen verheiratet. Er kennt sie schon seit der Volksschule.«
Verlegen begann ich auf meinem Sitz herumzurutschen. Was war eigentlich in ihn gefahren? »Jetzt reicht's aber, Pap!« unterbrach ich ihn. »Ich bin sicher, daß Mrs. Schuyler an meinem Lebenslauf nicht sonderlich interessiert ist.«
»Aber nein, Mr. Rowan, im Gegenteil.« Ihre Stimme hatte eine sarkastische Schärfe. »Ich bin außerordentlich interessiert.«
Das war das Stichwort für ihn. Von da an bis zum Ende der Fahrt vor ihrem Hotel redete er ununterbrochen. Ich mußte zugeben, daß es eine miese Geschichte war. Wen interessierte es schon, was für ein schlechter Schüler ich gewesen war und daß ich die High-School nicht fertig gemacht hatte? Ich war froh, als wir endlich ihr Hotel erreichten.
»Warte auf mich, Pap«, sagte ich, nahm ihren Koffer und sprang aus dem Wagen. »Ich begleite Mrs. Schuyler nur noch hinein.«
Elaine schüttelte Pap zum Abschied die Hand, dann folgte sie mir durch die Drehtür. »Dein Vater ist sehr stolz auf dich, Brad«, stellte sie fest, während wir die Halle durchquerten.
Ich blieb vor der Tür des Aufzugs stehen. »Ich bin sein Einziger«, erklärte ich, »er ist voreingenommen.«
Ein seltsames Lächeln lag um ihren Mund. »Er hat auch allen Grund dazu. Du bist schon ein außergewöhnlicher Bursche.« Ihre Stimme klang gereizt. Ich wurde nicht schlau aus ihr. Irgend etwas an ihr wich vor mir zurück.
»Elaine«, flüsterte ich, »was ist los?«
»Nichts.« Sie schüttelte den Kopf. »Sehr viel.«
»Ich versuche ihn loszuwerden«, schlug ich vor. »Er kann mich zur Garage fahren. Dort hole ich meinen Wagen und sage ihm, daß ich selbst nach Hause fahren will.«
»Sei doch nicht albern«, zischte sie wütend. »Er hat am Flughafen doch nur gewartet, um dich nach Hause fahren zu können. Daß du das nicht begreifst!«
Das stimmte. Er konnte gar nicht gewußt haben, daß Marge erst morgen früh mit mir rechnete; er hatte mit ihr am Nachmittag telefoniert, ich aber erst am Abend. Darauf hätte ich auch gleich kommen können, denn sein Wagen war nicht aus der Schlange wartender Taxis gekommen, sondern von gegenüber, wo er auf mich gewartet hatte.

»Ich hab' dir ja gesagt, wir hätten in Pittsburgh übernachten sollen«, entgegnete ich verdrossen.
Ihre Stimme klang matt. »Das spielt jetzt keine Rolle.«
Ich warf ihr einen prüfenden Blick zu. In ihren Augen lag wieder dieser schmerzvolle Ausdruck. Wir sprachen kein Wort. Ich empfand diesen Schmerz nach, er ergriff jetzt auch mich. Ich mußte zuschauen, wie er sich über ihr Gesicht in winzigen scharfen Furchen ausbreitete. Die Türen des Aufzugs öffneten sich, sie ging darauf zu.
Ich reichte ihr den Koffer. »Ich rufe dich an«, stammelte ich hilflos.
In ihren Augen schimmerte es feucht. Wortlos nickte sie mit dem Kopf.
»Gute Nacht, Liebling«, sagte ich, während die Türen sich wieder schlossen.
Ich durchquerte die Halle und stieg in das Taxi. »Okay, Pap«, seufzte ich mißmutig und ließ mich in den Sitz fallen. Auf dem ganzen Weg durch die Stadt sagte er kein Wort. Erst als wir wieder auf dem Highway waren, blickte er mich durch den Rückspiegel an. »Sie ist eine sehr schöne Frau, Bernhard.«
Ich nickte. »Ja, Pap.«
»Wie hast du sie kennengelernt?«
Zögernd erzählte ich ihm die ganze Geschichte. Als ich geendet hatte, schüttelte er traurig den Kopf. »Das schreit ja zum Himmel!«
Ich war erleichtert, als der Wagen in unsere Einfahrt bog und stehenblieb. Ich mochte nicht mehr darüber reden. Ich schaute auf die Uhr. Es war nach Mitternacht.
»Du kannst doch genausogut bei uns übernachten, Pap«, schlug ich vor. »Es ist zu spät, um noch heimzufahren.«
Wie gewöhnlich, regte sich sein Freiheitsdrang. »Unsinn, Bernhard. Die Nacht ist noch jung. Die einträglichsten Fahrten liegen noch vor mir.«
Wie gewöhnlich, mußte ich ihm was vorflunkern. »Bleib doch hier, Pap, wir können dann morgen früh zusammen in die Stadt fahren. Du weißt doch, wie mir die Bahnfahrt zuwider ist.«
Marge war überrascht, daß ich schon kam. Ich erklärte ihr, daß die Zusammenkunft in letzter Minute abgesagt worden war und ich dann beschlossen hatte, nach Hause zu fahren.

Jeannie kam herunter, und wir tranken alle zusammen in der Küche Kaffee. Ich erinnere mich noch an Vaters seltsam mißtrauischen Blick, als ich erwähnte, auf dem Rückflug Elaine im Flugzeug getroffen zu haben. Aber der verschwand, als ich ihnen von Matt Bradys Angebot erzählte.
Es war halb zwei, als wir endlich Schluß machten. Der Drugstore, drei Häuser weiter, hatte inzwischen auch geschlossen, ich hatte keine Möglichkeit mehr, Elaine anzurufen. Und so ging ich hinauf ins Bett.
Ich hatte einen unruhigen Schlaf, ich wälzte mich hin und her. Einige Male streckte Marge ihre Hand zu mir herüber und rüttelte mich an der Schulter.
»Fehlt dir was, Brad?« Ihre Stimme klang sanft wie die Nacht.
»Nein«, erwiderte ich kurz. »Ich bin wahrscheinlich ein bißchen durchgedreht.«
»Zu viele große Probleme?« flüsterte sie. Ich hörte die Decken rascheln, dann kroch sie in mein Bett. Sie schlang die Arme um meinen Hals und zog meinen Kopf an ihre Brust. »Schlaf, mein Kleiner, ruh dich schön aus.« Sie summte leise vor sich hin, als ob ich ein Kind wäre.
Zuerst verkrampften sich meine Muskeln, ich lag gespannt wie eine Spirale. Aber dann, als ich auf ihre ruhigen, gleichmäßigen Atemzüge lauschte, löste sich allmählich alles, die Wärme ihres Körpers durchströmte mich, und ich schloß die Augen.

Sobald ich am Morgen im Büro war, rief ich Elaine an. Die Auskunft der Vermittlung überraschte mich nicht. In dem Augenblick, als sie den Aufzug betrat, hatte ich irgendwie gespürt, wie es kommen würde. Und doch wollte ich es nicht wahrhaben.
»Was ist los?« fragte ich dumm zurück, als könne ich nicht verstehen.
Die Telefonistin sprach noch deutlicher als sonst, mit der professionellen Gereiztheit einem Laien gegenüber. Ihre Stimme klang nun erschreckend klar an mein Ohr.
»Mrs. Schuyler ist heute morgen abgereist.«

15

Um drei Uhr nachmittags packte mich die Verzweiflung. Zuerst war ich ärgerlich gewesen, dann verletzt. So hätte sie auch nicht davonzulaufen brauchen. Schließlich waren wir doch Erwachsene. Man verliebt sich, das ist eine stürmische Angelegenheit, aber dann läuft man nicht einfach weg. Denn es gibt keinen Platz, um sich vor der Liebe zu verstecken.
Ich stürzte mich in die Arbeit. Die einzige Möglichkeit, um darüber hinwegzukommen. Bis zum Mittag hatte ich im Büro alle verrückt gemacht. Ich fuhrwerkte herum wie ein Besessener, und ich wußte es. Ich nahm mir nicht mal Zeit zum Mittagessen. Aber es half überhaupt nichts. Langsam kroch der Schmerz wieder in mich zurück, bis ich es einfach nicht mehr aushalten konnte.
Ich warf jeden aus meinem Büro und sagte Mickey, daß ich nicht gestört werden wollte. Ich machte eine Flasche Whisky auf und goß mir ein ordentliches Glas voll ein. Zwanzig Minuten später schmerzte mein Kopf genauso wie mein Herz.
Mein Privatapparat, der nicht über die Vermittlung lief, läutete. Eine Weile war ich unentschlossen. Ich wollte nicht rangehen. Marge war die einzige, die mich unter dieser Nummer anrief. Ich wollte im Augenblick nicht mit ihr sprechen. Aber es läutete ununterbrochen weiter. Schließlich stand ich auf und nahm den Hörer ab. »Hallo?« rief ich unfreundlich.
»Brad?«
Mein Herz vollführte Sprünge, als ich die Stimme erkannte. »Wo bist du?« grollte ich.
»Bei Onkel Matthew.«
Ich seufzte erleichtert. »Ich dachte schon, du wolltest davonlaufen.«
»Das bin ich auch«, entgegnete sie niedergeschlagen.
Einen Augenblick lang brachte ich kein Wort heraus. Der Schmerz in den Schläfen umklammerte meinen Kopf wie ein eiserner Ring. »Warum? Warum?« konnte ich lediglich fragen.
»Wir sind nicht füreinander geschaffen, Brad.« Ihre Stimme klang so leise, daß ich sie kaum hören konnte. »Jetzt weiß ich es. Besonders seit gestern abend. Ich muß völlig verrückt gewesen sein.«

»Mein Vater ist ein alter Mann«, warf ich schnell ein, »das verstehst du nicht.«
»Ich verstehe nur zu gut«, unterbrach sie mich. »Ich wünschte, ich hätte es nicht getan. Ich begreife einfach nicht, wie ich mich mit dir einlassen konnte. Ich hatte von Anfang an keine Chancen.«
»Elaine!« Ich spürte, wie mich der Schmerz durchfuhr.
»Vielleicht, weil ich mich einsam fühlte«, fuhr sie fort, als hätte ich sie gar nicht unterbrochen. »Oder vielleicht, weil David mir so sehr fehlte.«
»Das ist doch nicht wahr, Liebling«, entgegnete ich verzweifelt, »und das weißt du auch.«
Ihre Stimme klang matt. »Ich weiß überhaupt nicht mehr, was noch wahr ist. Es ist auch egal. Ich weiß nur, daß ich den Kampf nicht gewinnen kann. Und so ist es besser, ich laufe rechtzeitig davon, bevor der Schaden so groß ist, daß man ihn nicht mehr reparieren kann.«
»Aber ich liebe dich, Elaine«, widersprach ich. »Ich liebe dich so sehr – seit ich dich heute morgen im Hotel nicht erreichen konnte, bin ich ganz krank! Nichts auf dieser Welt hat mir jemals mehr bedeutet als du. Wenn wir zusammen sind, dann haben wir alles, was ein Mann und eine Frau überhaupt füreinander empfinden können. Wir sind nie wie zwei Menschen, sondern ein...«
»Es hat keinen Zweck, Brad«, schnitt sie mir das Wort ab. »Wir schaffen es nicht. Es gibt für uns keine Lösung.«
»Elaine, du kannst mich doch nicht einfach verlassen!«
»Ich verlasse dich nicht«, antwortete sie ruhig, »es wird so sein, als wären wir uns nie begegnet.«
Die Verzweiflung überschwemmte mich wie eine Flut. »Vielleicht für dich!« schrie ich. »Aber nicht für mich. Da kann ich mir genausogut einbilden, ich wäre nie geboren!«
Ihre Stimme klang auffallend ruhig. »In gewisser Beziehung wird es auch so sein, Brad.«
Ich antwortete nicht. Ich wußte nicht, was ich noch sagen sollte. Wie ein Messer stachen mir ihre Worte ins Herz, und ihr Ton ließ mich meinen, sie drehe es dann auch noch herum.
»Ich rufe dich übrigens nur an, um dir zu sagen, daß Onkel Matt geschäftlich in New York ist. Er will unter Umständen

– wenn er es zeitlich schafft – bei dir im Büro vorbeikommen. Auf Wiedersehen, Brad.«
Die Leitung war tot. Langsam legte ich den Hörer auf, sank in meinen Sessel zurück und starrte über den Schreibtisch. Ich war innerlich wie erstarrt.
Keine Träume mehr, keine Höhepunkte mehr, keine Ekstasen.
Die Rufanlage summte. Ohne die Flasche aus der Hand zu stellen, kippte ich den Schalter um. »Mr. Brady ist da und möchte Sie sprechen«, sagte Mickey.
»Ich kann ihn nicht empfangen«, antwortete ich. »Schicken Sie ihn zu Chris.«
»Aber Mr. Rowan...«, rief sie verwundert.
»Schicken Sie ihn zu Chris!« schrie ich sie an. »Ich sage Ihnen doch, ich bin nicht zu sprechen!«
Ich schlug den Hebel herum und unterbrach dadurch einfach die Verbindung. Eine Weile starrte ich auf den Apparat, während der Schmerz in meinem Innern aufstieg und mir die Kehle zuschnürte. Auf Schmerz folgt Gewalttat. Mein Fuß brannte, als ich den Stuhl quer durch das Zimmer stieß.
In meinen Ohren dröhnte es, während ich von meinem Schreibtisch alles auf den Boden fegte. Die Tür wurde geöffnet. Rasch sprang ich quer durch den Raum und hielt sie zu. Mickeys Stimme klang angsterfüllt. »Brad, was ist los? Ist Ihnen nicht gut?«
Ich lehnte mich schwer atmend gegen die Tür. »Mir geht's gut«, japste ich. »Gehen Sie weg.«
»Aber...«
»Mir ist gut«, beharrte ich, »verschwinden Sie, und zwar sofort!«
Ich hörte, wie sich ihre Schritte von der Tür entfernten, dann das Quietschen ihres Stuhles, als sie sich wieder an ihren Schreibtisch setzte. Leise schloß ich die Tür ab und blickte in mein Büro zurück. Es glich einem Schlachtfeld. Ich versuchte, wieder Ordnung zu machen, aber ich konnte es nicht. Es war auch ganz egal. Ich zog mein Taschentuch aus der Brusttasche und wischte mir über die Stirn. Schweiß stand mir auf dem Gesicht. Mir war übel. Ich durchquerte den Raum und öffnete das Fenster.

Kalte Luft strömte ins Zimmer, die Übelkeit verschwand. Lange Zeit blieb ich dort stehen.
Du bist ein Esel, sagte ich zu mir selbst. Du benimmst dich wie ein Teenager. Alles, was du auf dieser Welt wolltest, hast du bekommen: Geld, eine einflußreiche Stellung, Achtung. Was willst du noch mehr? So wichtig kann eine Frau gar nicht sein. Das war's. Keine Frau war so wichtig. Das wußte ich schon die ganze Zeit. Das war's doch, was ich immer gesagt hatte. Ich schloß das Fenster und trat in mein Zimmer zurück. Ich setzte mich auf die Couch und lehnte mich in die Kissen zurück. Ich war müde und erledigt. Ich schloß die Augen – und da stand sie wieder im Raum. Ich spürte ihr weiches Haar, sah ihr sanftes Lächeln, hörte ihre Stimme. Ich wälzte mich auf die Seite und vergrub mein Gesicht in den Kissen, bis ich kaum mehr atmen konnte. Aber es half nichts.
Ich stieß den Kopf in die Kissen, um ihr Gesicht zu verscheuchen. Ich riß die Augen auf, aber sie befand sich immer noch im Zimmer, nur außerhalb meines Blickfeldes. Wütend stand ich auf und schrie: »Geh weg! Quäl mich nicht!« Schuldbewußt hielt ich mir den Mund zu, als meine Worte durch den leeren Raum schallten.

16

Als ich mich in meinem Klub beim Empfang eintrug, erkundigte ich mich beim Portier, ob Telefonanrufe für mich eingegangen wären. Er kontrollierte die Liste. »Nein, Mr. Rowan.« Ich ging in mein Zimmer hinauf. Ich hatte Marge gestern abend gesagt, daß ich noch spät in der Stadt zu tun hätte und im Klub übernachten würde. Ich war hundemüde und zerschlagen. Ich beschloß, in die Sauna zu gehen, mich massieren zu lassen und zu duschen.
Ich lag flach auf dem Massagetisch, während Sam mir die verkrampften Muskeln auseinanderknetete. Die Hände hatte ich auf meine Arme gelegt. Sam verstand sein Geschäft. Er hatte kräftige, aber geschmeidige Hände. Schon bald spürte ich, wie sich die Spannungen in mir lockerten.
Ein jäher, kräftiger Klaps auf mein Hinterteil riß mich aus

meinen Träumen. »Sie können jetzt duschen gehen, Mr. Rowan«, sagte Sam.
Träge ließ ich mich von dem Tisch rollen und ging in die Duschkabine. Das kalte Wasser schoß auf mich nieder, und ich wurde vollends munter.
Mickey hatte einen eigenartigen Ausdruck im Gesicht, als ich ins Büro kam.
»Sie möchten Pete Gordy anrufen«, sagte sie.
»Verbinden Sie mich«, ordnete ich an und betrat mein Zimmer. Ich schaute mich um. Das Durcheinander von gestern war aufgeräumt worden.
Mickey folgte mir in mein Büro und legte mir einige Papiere auf den Schreibtisch. Sie drehte sich um und wollte stillschweigend hinausgehen.
Ich hielt sie zurück. »Vielen Dank fürs Aufräumen, Mickey.« Sie starrte mich an, als würde sie nicht mehr schlau aus mir.
»Was ist bloß in Sie gefahren, Brad?« fragte sie. »So habe ich Sie noch nie erlebt.«
Ich zuckte mit den Achseln. »Vermutlich zuviel gearbeitet«, antwortete ich. »Und jetzt hat's mich halt erwischt.«
Es war offensichtlich, daß sie mir das nicht abkaufte. Aber ich war schließlich ihr Chef, und so ließ sie es dabei bewenden. Einige Sekunden später hatte sie Pete Gordy am Apparat.
Pete war einer meiner besten Kunden. Er besaß die größte unabhängige Charter-Fluggesellschaft im Osten. Er bestritt fünfundzwanzig Prozent meiner Einnahmen. Nach der üblichen Begrüßung ging ich zum geschäftlichen Teil über und erkundigte mich, was ich für ihn tun könnte. Seine Stimme klang verlegen.
»Ja, Brad«, begann er in seiner näselnden Sprechweise. »Ich weiß nicht recht, wie ich Ihnen das sagen soll.«
Für einen Moment hielt ich die Luft an, dann ließ ich sie wieder langsam entweichen. Ich glaube, er mußte es mir gar nicht erst sagen. Irgendwie hatte ich schon so was geahnt, in dem Moment, als ich ins Büro kam und seine Nachricht vorfand.
»Was, Pete?« fragte ich und ließ meine Stimme möglichst beiläufig und ausdruckslos klingen.
»Ich werde meinen Dauerauftrag bei Ihnen stornieren müssen, Brad«, sagte er.

»Warum?« erkundigte ich mich. Ich wußte, warum, aber ich wollte es von ihm hören. »Ich dachte immer, wir hätten für Sie gute Arbeit geleistet.«
»Das haben Sie, Brad«, antwortete er rasch. »Darüber gibt es keine Klagen, aber...«
»Aber was?« bohrte ich weiter.
»Es sind da gewisse Dinge eingetreten«, erläuterte er. »Meine Bank bestand darauf.«
»Was, zum Teufel, geht denn die an, wer für Sie arbeitet?« platzte ich heraus. »Ich dachte immer, Sie wären einer von denen, die Ihr Unternehmen selber leiten.«
»Brad, machen Sie mir die Sache nicht noch schwerer, als sie schon ist«, bat er. »Sie wissen genau, wie ich über Sie denke. Ich bin in diesem Fall machtlos. Ich muß es machen, oder sie sperren meine Gelder.«
Mein Ärger verrauchte. Im Grunde genommen hatte er recht. Er konnte wirklich nichts tun. Matt Brady hatte zum Angriff geblasen. Wer würde es wagen, sich ihm zu widersetzen?
»Okay, Pete«, sagte ich, »ich verstehe.«
Ich legte den Hörer behutsam zurück und drückte auf den Knopf. Ich bat Mickey, Chris zu mir zu schicken. Ich drehte mich auf meinem Stuhl herum und starrte aus dem Fenster. Es war kaum zu glauben, daß ein einzelner Mann eine solche Macht haben konnte. Die Rufanlage knarrte. Ich kippte den Hebel um. Mickeys Stimme ertönte. »Chris' Sekretärin sagt, daß er das Büro verlassen hat, bevor Sie heute morgen kamen.«
»Wann wird er zurück sein?«
»Sie weiß es nicht«, kam die Antwort. Ich kippte den Hebel wieder um. Das war ja großartig! Das Haus stürzte zusammen, und der Feuerwehrhauptmann ging einfach weg.
Das Telefon schnurrte, und ich nahm ab. Ein anderer Kunde. Die gleiche Geschichte. Tut mir leid, alter Knabe. Wiedersehn. Und so ging es den ganzen Tag lang. Einer nach dem anderen rief mich an. Ich hatte nicht mal Zeit, zum Mittagessen zu gehen; so beschäftigt war ich, all die Absagen entgegenzunehmen.
Um fünf hörte das Telefon auf zu läuten. Ich schaute dankbar auf die Uhr. Ich war froh, daß dieser Arbeitstag vorüber war.

Noch zwei solche Stunden, und ich würde wieder in meiner Telefonzelle hocken, in der ich einmal angefangen hatte.
Ich ging quer durchs Zimmer an den Schnapsschrank und schloß ihn auf. Der ganze Whisky war verschwunden. Ich lächelte finster. Mickey hatte sich auf kein Risiko eingelassen, nachdem sie heute morgen mein Büro aufgeräumt hatte. Ich machte die Tür auf und schaute zu ihr hinaus. »Wo haben Sie denn den Whisky versteckt, Baby?« fragte ich. »Ich brauch' einen.«
Sie musterte mich skeptisch. »Brad, werden Sie auch nicht wieder solche Geschichten machen?«
Ich schüttelte den Kopf. »Nein, Baby, ich brauch' bloß einen Schluck zu trinken.«
Sie zog eine Flasche aus dem Aktenschrank neben ihrem Schreibtisch und folgte mir in mein Büro. »Ich kann auch einen gebrauchen«, erklärte sie. Ich beobachtete sie, wie sie die beiden Whiskys herrichtete, und nahm ihr das Glas ab, das sie mir entgegenhielt. Dankbar trank ich einen Schluck.
»Schon was von Chris gehört?« fragte ich.
Sie schüttelte den Kopf. »Ich möchte nur wissen, wo der steckt.«
Mir kam eine Idee. »Hat er gestern mit Matt Brady gesprochen?« Sie blickte mich verwundert an. »Na, als ich Ihnen sagte, Sie sollten ihn zu Chris schicken«, fügte ich hinzu.
»Oh – ja«, erinnerte sie sich.
»Lange?« erkundigte ich mich.
»Nur ein paar Minuten«, sagte sie. »Dann ging Matt Brady wieder.«
»Hat Chris irgend etwas gesagt?«
Sie schüttelte den Kopf. »Kein Wort. Er ging vor Ihnen weg. Er schien sehr nervös.«
Ich trank noch einen Schluck. Die Sache gefiel mir nicht. Selbst wenn Matt Brady den Befehl zum Angriff gegeben hatte – wie konnte er so rasch an die Liste meiner Kunden gekommen sein? Er mußte seine Informationen aus erster Quelle haben.
Mickey beobachtete mich. »Was ist los, Brad? Was ist bloß mit euch allen los? Hat McCarthy Sie einen Kommunisten genannt?«
Ich grinste. »Genauso schlimm«, erklärte ich. »Brady hat mich überall angeschwärzt – rasch und gründlich.«

17

Richtig müde und zerschlagen kam ich zum Abendessen nach Hause. Marge schaute mich nur kurz an und steuerte mich dann ins Wohnzimmer. »Trink mal erst einen Cocktail, bevor du etwas ißt«, sagte sie rasch. »Du bist ja ganz fertig!«
Ich sank in den Klubsessel und blickte sie an. Mir war, als wäre ich eine Ewigkeit fort gewesen. Sie schaute besorgt aus, aber sie sprach erst, nachdem ich einen Schluck getrunken hatte. »Was ist los, Brad?«
Erschöpft lehnte ich meinen Kopf in den Sessel zurück. Ich schloß die Augen. »Ich hab' Schwierigkeiten«, antwortete ich. »Brady gefiel der Ton nicht, in dem ich mit ihm geredet habe, und jetzt versucht er, mich fertigzumachen.«
»Sieht es schlimm aus?« erkundigte sie sich.
Ich blickte zu ihr hinüber. »Schlimm genug«, erwiderte ich. »Acht meiner besten Kunden haben heute gekündigt.«
Ein Ausdruck von Erleichterung trat in ihre Augen. Sie setzte sich auf die Lehne des Sessels. »Ist das alles?«
Ich starrte sie verwirrt an. Wir standen kurz vor der Pleite, und für sie war das überhaupt nicht wichtig. »Ist das vielleicht nicht genug?« wollte ich wissen. »Ich wüßte nicht, was noch Schlimmeres passieren könnte.«
Sie lächelte auf mich herab. »Doch«, antwortete sie leise. »Viel Schlimmeres. Und ich dachte erst, das wäre geschehen.«
Ich verstand sie nicht. »Was zum Beispiel?«
Sie ergriff meine Hand. »Ich könnte dich verlieren«, sagte sie ernst. »Und ich dachte, es handelte sich darum. Du hast dich so komisch benommen. Aber jetzt weiß ich, es waren nur geschäftliche Dinge. Seit diese Stahlgeschichte losgegangen ist, bist du nicht mehr derselbe.«
Ich gab keine Antwort.
»Deshalb warst du auch die ganze Zeit immer so durcheinander, und deswegen bist du auch gestern nacht nicht nach Hause gekommen. Nicht wahr?«
Ich nickte und wagte nicht zu sprechen. Am Ende hätte mich meine Stimme verraten.
»Armer Junge«, sagte sie leise und preßte ihre Lippen auf meine Wange...

Jeannie hatte eine Verabredung, und so aßen wir beide allein zu Abend. Bei Tisch berichtete ich ihr von den Ereignissen des Tages. Ihre Augen blickten ernst, während ich sprach.
»Was wirst du jetzt machen?« fragte sie, nachdem ich geendet hatte.
»Ich weiß nicht«, antwortete ich. »Ich muß abwarten und sehen, was morgen passiert, wie viele Aufträge mir noch übrigbleiben. Davon hängt es ab, ob ich den Betrieb aufrechterhalten kann. Auf jeden Fall muß ich sofort reduzieren. Solche Lohnkosten wie im Augenblick kann ich mir nicht mehr leisten.«
»Du wirst Leute entlassen müssen?«
»Es bleibt mir nichts anderes übrig.«
Sie schwieg einen Moment. »So ein Jammer!« sagte sie leise.
Ich wußte, an was sie dachte. »Das ist für sie nicht so schlimm, Kleines«, erklärte ich. »Es ist nicht so wie damals, als ich während der großen Krise entlassen wurde. Es gibt jetzt einen Haufen Arbeitsplätze. Es ist nur ein Jammer, daß man so einen Laden auflösen muß. Es hat lange genug gedauert, bis ich ihn so weit hatte.«
»Was sagt denn Chris dazu?« erkundigte sie sich.
Ich wußte, sie hielt eine Menge von ihm. Ich zuckte mit den Achseln.
»Ich weiß nicht, wie er darüber denkt«, antwortete ich, »ich habe ihn den ganzen Tag nicht gesehen. Er ging schon am frühen Morgen fort.«
»Das ist merkwürdig«, bemerkte sie. »Wußte er denn, was los war?«
»Ich weiß nicht«, antwortete ich, »aber ich habe so das Gefühl, als ob er's wußte.« Und ich erklärte ihr meine Vermutungen.
»Das kann ich mir nicht vorstellen«, rief sie entsetzt aus.
Ich lächelte sie an. »Ehrgeiz ist ein zäher Gebieter. Er treibt einen Menschen auf die verschiedensten Wege. Einige davon sind nicht sonderlich fein. Aber das ist nun mal eines der Merkmale unserer Gesellschaft.«
»Aber doch nicht Chris!« sagte sie. »Du hast doch so viel für ihn getan!«
»Habe ich das?« fragte ich zurück. »Betrachte die Sache doch mal von seinem Standpunkt aus. Er hat so viel für mich getan. Jetzt will er mal dran sein.«

»Ich kann einfach nicht glauben, daß Chris zu so etwas imstande wäre«, beharrte sie.
Ich stieß meinen Stuhl vom Tisch zurück. »Hoffentlich hast du recht, Baby. Ich möchte mich nur allzugern in diesem Punkt irren.«
Ich hörte, wie ein Wagen quietschend vor unserem Haus hielt. »Nanu, wer ist denn das noch?«
»Wahrscheinlich kommt Jeannie nach Hause«, erwiderte Marge. Die Türglocke läutete. Marge stand auf. Ich winkte ihr ab. »Trink erst deinen Kaffee aus«, sagte ich, »ich schau' schon nach, wer's ist.« Ich öffnete die Tür. Paul Remey stand vor mir. Einen Augenblick lang schaute ich ihn überrascht an. »Paul! Was machst du denn hier?«
»Ich muß mit dir sprechen«, sagte er und betrat den Flur. »Bist du total übergeschnappt? Was hast du eigentlich vor, willst du dich völlig ruinieren?«
Ich nahm ihm Hut und Mantel ab und hängte alles in die Garderobe.
»Wir trinken gerade Kaffee«, sagte ich und wich seiner Frage aus. »Komm, trink eine Tasse mit.«
Er folgte mir ins Wohnzimmer. Nachdem er Marge begrüßt hatte, wandte er sich wieder an mich. »Was ist das also mit deinem Kampf gegen Matt Brady?« erkundigte er sich.
»Ich bekämpfe ihn gar nicht«, antwortete ich ruhig. »Ich habe lediglich den Posten, den er mir angeboten hat, abgelehnt. Das ist alles.«
»So habe ich das aber nicht gehört«, entgegnete er gereizt. »Man erzählte mir, daß du ihn aus deinem Büro geschmissen hättest.«
»Du solltest mich besser kennen, Paul«, sagte ich. »Ich will einfach nicht für ihn arbeiten. Er kam in mein Büro, und ich empfing ihn nicht, weil ich zu tun hatte.«
Paul starrte mich mit offenem Munde an. Schließlich holte er wieder Luft. »Du konntest ihn nicht empfangen«, erwiderte er sarkastisch, »einen der fünf einflußreichsten Geschäftsmänner dieses Landes, und du wolltest nicht mit ihm sprechen. Du mußt völlig verrückt sein. Kannst du dir nicht denken, daß er bis morgen deinen ganzen Betrieb stillgelegt hat? Wo hast du denn deinen Verstand, Brad?«

»Zu spät, Paul«, erklärte ich, »er hat heute schon gute Arbeit geleistet. Fünfundsechzig Prozent habe ich heute bereits verloren.«
Paul stieß einen Pfiff aus. »So rasch, eh?«
Ich nickte. »Woher weißt du's denn?«
»Pearson weiß, daß ich ein Freund von dir bin. Er rief mich an, um die Sache vorher zu prüfen, bevor er sie weitergab. Ich sagte ihm, daß ich von der ganzen Angelegenheit nichts wüßte. Ich wußte lediglich, daß deine Firma für das Public-Relations-Programm der Stahlindustrie in Aussicht genommen worden war.«
Neuigkeiten verbreiten sich schnell. Das Stichwort war gefallen. Ich ließ mich wieder in meinen Sessel zurückfallen. Sie hatten recht. Wer war ich schon, um mich Matt Brady zu widersetzen? Ebenso hätte man eine Fliege beauftragen können, einen Elefanten zu fangen.
Er schaute zu mir herüber. »Was ist eigentlich los?«
»Brady verlangte, daß ich dem Stahl-Verband den Laufpaß geben und für ihn arbeiten sollte. Ich sagte ihm, daß ich kein Interesse daran hätte, für jemanden exklusiv zu arbeiten«, erklärte ich mit schwacher Stimme.
Ich fühlte mich abgespannt und schloß die Augen. Zum erstenmal heute trat sie mir vor Augen. Elaine. Mit niemandem konnte ich darüber reden. Sagte ich etwas, würde es die Sache nur noch schlimmer machen. Matt Brady würde die Wahrheit erfahren, und dann könnte nichts mehr ihn zurückhalten.
Paul redete. Er versuchte, einen Ausweg für mich zu finden. Aber nichts, was er vorbrachte, schien sehr sinnvoll, selbst ihm nicht. Nach einer Weile verfiel er in finsteres Schweigen, und wir starrten alle verdrossen vor uns hin.
Plötzlich schnippte er mit den Fingern. »Ich hab's!« schrie er. »Elaine Schuyler!«
Jetzt war ich hellwach. »Was ist mit ihr?« fragte ich.
»Sie ist Matt Bradys Lieblingsnichte«, erklärte er. »Ich werde sie anrufen. Sie soll ihm erzählen, wieviel du für sie getan hast.«
Ich schüttelte den Kopf. »Nix da! Ich kann meinen Kampf allein ausfechten.«
»Sei doch nicht albern, Brad«, entgegnete er. »Sie kann den Alten um den Finger wickeln.«

»Das ist mir völlig schnuppe, was sie kann!« sagte ich und stand auf. »Das ist meine und Matt Bradys Angelegenheit. Sie hat nichts damit zu tun. Ich will nicht heulend an ihren Rockschößen zu ihm gelaufen kommen.«
»Aber Brad!« warf Marge ein. »Du tust doch so viel für sie. Du sagst doch sonst immer: ›Eine Hand wäscht die andere.‹«
»Diesmal nicht!« entgegnete ich. »Ich will nicht, daß sie in die Geschichte verwickelt wird.«
»Aber warum denn, Brad?« redete mir Marge zu. »Es steht doch so viel auf dem Spiel! Sicher würde sie sich freuen, dir helfen zu können. Du hast doch gesagt, daß du sie magst und daß sie dich mag.«
»Das ist wahr, Brad«, fügte Paul hinzu. »Edith sagte, sie hätte Elaine noch nie von jemandem so begeistert gesehen.«
Eine Sekunde lang starrte ich beide an. Ich versuchte zu sprechen. Aber ich konnte nicht. Ein wilder Gedanke schoß mir durch den Kopf. Was hatte sie bei unserem letzten Telefongespräch gesagt? Oder war ich es gewesen, der es gesagt hatte? Ich konnte mich nicht mehr erinnern. Es würde so sein, als ob wir uns nie begegnet wären. Wie töricht waren wir! Wie sehr kann man sich täuschen. Ich fand meine Sprache wieder. »Nein!« schrie ich und verließ das Zimmer.

18

Millionen Sterne standen am Himmel, die Nacht war klar und kalt. Ich saß auf der Treppe draußen und zitterte. Ich zog an meiner Zigarette. Ich war zu halsstarrig, um wieder hineinzugehen. Durch die hellerleuchteten Wohnzimmerfenster konnte ich Paul und Marge beobachten, die immer noch am Tisch saßen und diskutierten.
Ich blickte hinauf zum Haus und dann die lange Auffahrt hinunter durch die parkähnliche Gartenanlage bis zur Straße. Ich überlegte, wie lange ich das wohl halten könnte, wenn ich meinen Laden schließen müßte. Ich zählte meine Guthaben zusammen: nicht allzu lange. Alles, was ich eingenommen hatte, war sofort wieder zwecks Erweiterung ins Geschäft zurückgeflossen.

Ein Auto hielt vor dem Haus. Ich hörte den Klang junger Stimmen. Und dann die Schritte von Jeannie, die den Weg heraufkam. Sie summte leise vor sich hin. Ich lächelte. Die Kleine hatte keine Ahnung. Für sie war die Welt noch ein Bilderbuch.
Besser so als anders.
Sie blieb abrupt stehen, als sie mich sitzen sah. »Daddy!« rief sie. »Was machst du denn hier draußen?«
Ich lächelte ihr zu. »Frische Luft schnappen, mein Schatz.«
Sie küßte mich flüchtig auf die Wange und setzte sich neben mich. »Ich habe Mutter auch nichts von dem Geschenk gesagt«, flüsterte sie.
Ich gab keine Antwort. Ich hatte es schon beinahe vergessen. So, wie die Dinge im Augenblick lagen, bestand keine große Wahrscheinlichkeit, daß ich den Pelz abholen könnte.
Kluges Kind, meine Tochter. Sie hatte meine Stimmung rasch erfaßt.
»Stimmt irgendwas nicht, Dad?« erkundigte sie sich ängstlich und forschte in meinem Gesicht. »Hast du mit Mutter Streit gehabt?«
Ich schüttelte den Kopf. »Nein, nein, Kleines«, antwortete ich. »Geschäftliche Sorgen.«
»Oh.« Es klang nicht überzeugt.
Ich schaute sie an. Und in diesem Augenblick wußte ich, daß sie kein Kind mehr war. Sie war eine Frau, mit all der Anmut, Intuition und Unergründlichkeit ihres Geschlechts. »Du stellst komische Fragen. Wie kommst du darauf?«
Sie zögerte. »Nichts«, antwortete sie ausweichend.
»Du mußt doch einen Grund dafür haben«, beharrte ich.
Sie schaute mich nicht an. »Du hast dich in letzter Zeit so merkwürdig benommen, und Mutter ging mit einem traurigen Gesicht umher.«
Ich versuchte zu lachen. Aber es gelang mir nicht. Niemand als mich selbst hatte ich die ganze Zeit zum Narren gehalten.
»Das ist doch albern«, erklärte ich.
Sie warf mir wieder so einen prüfenden Blick zu und schob ihren Arm unter meinen. Es sah so aus, als sei sie beruhigt. »Ich habe in der Zeitung ein Bild von dieser Mrs. Schuyler gesehen«, erzählte sie. »Sie ist sehr hübsch.«

Ich stellte mich dumm. »O ja, sie ist nett.«
»Großvater meint, sie sei in dich verliebt.«
Innerlich verfluchte ich ihn. Pap hätte mehr Verstand haben sollen, als so etwas zu sagen. »Du kennst ihn doch«, entgegnete ich mit erzwungener Heiterkeit. »Er denkt immer, alle Frauen wären hinter mir her.«
Nachdenklich sah sie mich an. »Möglich ist das schon, Vati«, sagte sie, »schließlich bist du noch nicht altersschwach, nicht wahr?«
Ich lächelte. »Erst kürzlich hast du behauptet, ich sei senil und altmodisch und überhaupt nicht romantisch. Erinnerst du dich?«
»Aber du könntest dich in sie verlieben«, fuhr sie beharrlich fort, »so was kommt doch vor. Ich hab' mal einen Film gesehen, wo Clark Gable...«
»Ja, im Film«, unterbrach ich sie. »Und außerdem bin ich nicht Clark Gable.«
»Du siehst besser aus als er«, sagte sie rasch.
Ich schaute sie skeptisch an. Ihr Gesicht war ernst. Ich lachte, und ein wohliges Gefühl durchströmte mich. »Mit Schmeicheln wirst du nicht weit kommen«, erklärte ich.
Plötzlich war sie wieder ein Kind mit der ganzen romantischen Leidenschaft ihres Alters.
»Wäre es nicht schrecklich, Dad«, flüsterte sie, »wenn sie dich lieben würde und ihr ganzes Leben lang wüßte, daß sie dich nie haben könnte?«
Ein Schmerz, den ich in den letzten Tagen beinahe vergessen hatte, stellte sich wieder ein. Aus dem Mund eines Kindes...
Ich stand auf. Mir reichte es. »Komm rein«, sagte ich. »Onkel Paul ist da. Er wird sich bestimmt freuen, dich zu sehen.«
Ich schlief nicht gut. Die undeutlichen Geräusche der Nacht schlugen unentwegt an die Fenster. Nichts brachte mir Erleichterung. Schließlich stahlen sich die ersten grauen Schatten des kommenden Tages in den Raum. In der Nacht hatte ich keine Antwort gefunden; vielleicht würde mir die aufsteigende Sonne einen Weg zeigen. Ich schloß die Augen und döste vor mich hin...
Auf dem Weg ins Büro setzte ich Paul am Flughafen ab. Er war sehr mürrisch. »Laß doch wenigstens mich mit ihm reden«, bat er mich, bevor er die Maschine bestieg.

Ich schüttelte den Kopf.
Einen Augenblick lang starrte er mich an. »Du mit deinem blöden Stolz!« brummte er und streckte mir seine Hand entgegen. Ich griff danach. Sein Händedruck war warm und freundlich. Er schaute mir in die Augen. »Ich hoffe, es wird noch alles gut«, sagte er aufrichtig.
»Wird schon«, entgegnete ich zuversichtlicher, als ich mich fühlte. »Es muß!«
Er ging auf die Maschine zu. »Alles Gute!« rief er mir über die Schulter zu.
»Danke«, sagte ich. Selbst seinem Gang sah man an, wie niedergeschlagen er war. Spontan rief ich ihm nach: »Paul!«
Er blieb stehen und drehte sich um.
»Dies ist erst die erste Runde!« rief ich ihm lachend zu. »Sei tapfer!« Eine Weile zeigte sein Gesicht überhaupt keinerlei Bewegung; dann lächelte er zurück. »Du bist verrückt«, rief er, schüttelte den Kopf und winkte mir zu.

Als ich ins Büro kam, saß Mickey an ihrem Schreibtisch, die Schreibmaschine hämmerte wie verrückt. »Schicken Sie mir Chris«, befahl ich. Sie deutete mit dem Kopf in Richtung auf die Tür zu meinem Büro. »Er ist schon drin und wartet auf Sie.«
Ich zog verständnisvoll eine Augenbraue hoch. Er vergeudete keine Zeit. Ich ging weiter in mein Büro. Er saß auf meinem Stuhl hinter dem Schreibtisch und notierte etwas auf einen Zettel. Langsam hob er den Kopf und stand auf.
Ich machte das Spielchen mit und winkte ihn wieder auf seinen Platz zurück. Er beobachtete mich neugierig. Ich sagte keinen Ton, sondern setzte mich nur hin und starrte ihn an.
Nach einigen Minuten des Schweigens begann er sich ungemütlich zu fühlen. Ich sah, wie die Röte langsam aus seinem Kragen aufstieg. Ich sagte immer noch nichts.
Er räusperte sich. »Brad...«
Ich lächelte ihn an. »Bequemer Stuhl da, eh, Chris?«
Er sprang auf, als ob ich ihn mit einem glühenden Eisen berührt hätte. Immer noch lächelnd stand ich auf. »Warum haben Sie mich das nicht früher wissen lassen, daß Sie daran interessiert sind, Chris?« fragte ich freundlich.
Er lief puterrot an.

Bevor er noch Gelegenheit hatte, etwas zu erwidern, fuhr ich fort: »Dann hätten wir doch schon längst mal etwas unternehmen können, damit Sie auch so einen bekommen«, sagte ich mit leiser Stimme, ging um den Schreibtisch herum und setzte mich hin.
Er sagte kein Wort. Die Farbe wich aus seinem Gesicht. Ich sah, wie er sich allmählich wieder unter Kontrolle bekam.
»Sie verstehen mich nicht, Brad«, entgegnete er, »ich will doch nur helfen.«
»Wem?« schrie ich. »Sich selbst?«
Seit ich ihn kannte, sah ich ihn zum erstenmal die Beherrschung verlieren. »Wenigstens einer muß doch hier einen klaren Kopf behalten«, schrie er zurück. »Sie reißen den ganzen Betrieb mit sich in den Abgrund, weil Sie an nichts anderes denken als an sich selbst.«
Jetzt wurde mir wohler. Nun befanden wir uns auf einer Ebene, die ich übersehen konnte. Dieses Drumherumgerede, diese hinterlistigen, geschraubten Büromanieren hatten mir nie gefallen. In der Third Avenue hatten wir unsere Streitigkeiten immer offen und ehrlich bereinigt.
»Wo, zum Teufel, haben Sie gestern den ganzen Tag über gesteckt?« fauchte ich ihn an.
»Ich versuchte Ihnen Matt Brady vom Hals zu halten«, erklärte er; »ich war in seinem Büro. Dort haben wir ein Geschäft abgeschlossen.«
»Was für ein Geschäft?« fragte ich. »Alle unsere Kunden sind weg, der Rest wird vermutlich heute folgen.«
Er nickte kühl. »Ich weiß. Er sagte mir, daß er an dem Tag, als Sie ihn nicht empfangen wollten, beschlossen hat, uns zu erledigen.«
»Wer hat ihm unsere Kundenkartei gegeben, daß er so schnell an die Arbeit gehen konnte?« Ich stand auf. »Haben Sie etwa geglaubt, mir auf diese Weise helfen zu können? Raus mit der Sprache!«
Sein Gesicht lief rot an. »Er wollte einige Referenzen von uns.«
Ich lächelte. »Das klingt nicht gerade überzeugend, finden Sie nicht, Chris?« Ich ging um den Schreibtisch herum und blickte auf ihn hinab. »Sie glauben doch nicht etwa, daß ich Ihnen das abkaufe?«

Er starrte mich von unten an. Seine Stimme klang kalt und beherrscht. »Es ist mir völlig schnuppe, was Sie glauben«, entgegnete er. »Ich habe für die Leute, die hier arbeiten, eine Verantwortung. Ich kann nicht einfach dabeistehen und zusehen, wie ihre Stellungen zum Teufel gehen.«
»Äußerst großmütig«, spottete ich. »Selbst Judas hatte Mitleid mit den anderen. Was sind Ihre dreißig Silberlinge?«
Er schaute mich strahlend an. In seinen Augen glitzerte der Ehrgeiz. Ich wußte, daß er der Meinung war, ich sei erledigt.
»Brady will Frieden schließen, wenn Sie aussteigen«, sagte er.
»Und stiller Teilhaber bleiben, wie Sie neulich am Telefon andeuteten?«
Er schüttelte den Kopf. »Ich kann Ihnen für die Firma einen anständigen Preis anbieten. Sie müssen gehen, im Interesse aller anderen...«
Ich setzte mich wieder hin. »Was heißt ein anständiger Preis?«
Er zögerte einen Moment. »Fünfzigtausend.«
Großes Geschäft. Der Laden brachte jährlich mehr als hundertfünfzigtausend ein.
»Wie können Sie so großzügig sein?« fragte ich sarkastisch.
»Das *ist* großzügig«, sagte er hartnäckig. »Sie sollten sich über eines klar sein, Brad: Sie sind hier erledigt. Es sind nicht mal genügend Aufträge mehr da, um die Miete zu bezahlen, ganz abgesehen von allem übrigen.«
Was er sagte, stimmte nur zu gut. Aber irgendwie machte es mir nichts aus. Wenn ich den Laden zumachen müßte, dann machte ich eben zu. Aber ich wollte verflucht sein, wenn ich mir das, was ich mit soviel Stolz und Mühe aufgebaut hatte, von jemand anders wegnehmen lassen würde.
»Und Matt Brady? Wird er Sie finanzieren?« fragte ich. »Das gehört doch sicher auch zu dem Geschäft?«
Ich studierte ihn eine Minute lang. Er hielt meinem Blick stand.
»Chris«, sagte ich freundlich.
Ein schwacher Schatten des Triumphes flackerte für einen Moment in seinen Augen, während er sich erwartungsvoll zu mir herüberlehnte.
»Ich bin ja beinahe versucht, die Kröten zu nehmen und Ihnen den Laden zu überlassen«, sagte ich langsam. »Aber ich habe

doch für die Leute, die hier arbeiten, eine noch größere Verantwortung als Sie. Sehen Sie, ich habe das Ganze hier aufgebaut und ihnen ihre Stellungen gegeben. Für mich wäre es das einfachste, ich würde Ihr Geld nehmen und was anderes anfangen. Das würde ich schaffen.«
»Sicherlich, Brad«, entgegnete er eifrig und schnappte nach dem Köder, »Sie schaffen alles, was Sie wollen.«
Ich ließ ihn in dem Glauben, daß er mich dorthin manövrierte, wo er mich haben wollte. »Glauben Sie wirklich, Chris?« fragte ich, als ob ich zweifelte.
Jetzt hing er am Haken und kämpfte verzweifelt, um dran zu bleiben. »Sie sind einer der besten Männer auf diesem Gebiet, Brad«, sagte er. »Es gibt kaum einen Betrieb, dessen Chef nicht seinen Augenzahn opfern würde, um Sie zu gewinnen. Ihr Erfolg hier spricht doch für sich selbst. Sie haben mit nichts angefangen; und schauen Sie, was Sie erreicht haben.«
»Sie haben mich überzeugt, Chris«, sagte ich.
Er stand auf. Der Triumph stand ihm jetzt deutlich in den Augen. »Ich wußte doch, daß man mit Ihnen reden kann, Brad«, sagte er, kam um den Schreibtisch herum und klopfte mir auf die Schulter. »Ich habe Mr. Brady gleich gesagt, daß Sie vernünftigen Argumenten zugänglich sind.«
Ich schaute ihn scheinbar bestürzt an. »Ich glaube, Sie haben mich mißverstanden, Chris.«
Seine Hand glitt von meiner Schulter, seine Kinnlade fiel runter.
»Wenn ich wirklich so gut bin«, fuhr ich fort, »dann bleibe ich doch gleich da, wo ich jetzt bin. Wir werden schon drüber wegkommen. Meine Verantwortung gegenüber meinen Mitarbeitern ist zu groß, als daß ich mir erlauben könnte, sie wie Sklaven zu verkaufen.«
»Aber, Brad«, sagte er, »ich...«
Ich schnitt ihm das Wort ab. »Ihnen oder Matt Brady würde ich nicht mal meinen Hund anvertrauen«, erwiderte ich kalt, »geschweige denn menschliche Wesen.« Ich drückte auf den Knopf. Mickeys Stimme ertönte in der Rufanlage: »Ja, Brad?«
»Schicken Sie mir die gesamte Belegschaft, einschließlich Botenjunge, sofort in mein Büro«, sagte ich.
»Wird gemacht, Brad«, antwortete sie und schaltete ab.

Ich wandte mich wieder an Chris. Er stand wie angewurzelt da. »Was stehen Sie noch herum?« lächelte ich. »Sie haben hier nichts mehr zu suchen.«
Er wollte etwas sagen, besann sich aber eines anderen und ging auf die Tür zu. Als er sie öffnete, sah ich, daß schon der größte Teil der Mitarbeiter in Mickeys Zimmer versammelt war und wartete. Mir kam eine Idee. »Chris!« rief ich.
Er drehte sich mit der Hand auf dem Türgriff um. Ich sprach so laut, daß es alle anderen hören konnten. Ich wählte um des Effektes willen meine Worte sehr sorgsam. »Lassen Sie meine Sekretärin wissen, wohin wir Ihnen die Post nachschicken sollen. Zu Matt Brady oder zum Teufel.« Ich lachte. »Scheint mir kein großer Unterschied zwischen beiden zu sein.«

19

Ich saß an meinem Schreibtisch und beobachtete, wie die letzten nacheinander mein Büro verließen. Ich konservierte mein Lächeln, bis sich die Tür hinter ihnen geschlossen hatte. Dann konnte ich endlich aufhören zu lächeln. Mein Gesicht schmerzte bereits davon. Es war eine erfreuliche Zusammenkunft gewesen. Ich hatte ihnen einen kurzen Überblick über die letzten Ereignisse gegeben, angefangen von der ersten Unterredung mit Matt Brady bis zu der Auseinandersetzung mit Chris, kurz bevor sie hereinkamen. Ich erklärte, daß ich ihnen lediglich versprechen könnte, zu kämpfen, daß es nicht leicht sein würde, aber daß wir es schaffen könnten, wenn sie mich unterstützen würden.
Es konnte nicht schiefgehen; vor allem nicht, nachdem ich sie meine letzten Worte an Chris hatte mitanhören lassen.
Sie versprachen mir ihre Mitarbeit und bemühten sich alle, mir Mut zu machen. Einige erklärten sich sogar freiwillig mit vorübergehenden Gehaltskürzungen einverstanden, bis wir uns wieder gefangen hätten.
Ich winkte ab, ließ mir aber die Möglichkeit offen, gegebenenfalls später einmal auf diese Angebote zurückzukommen. Ich schüttelte jedem von ihnen die Hand, und dann gingen sie.
Es war großartig. Ich hatte einen Haufen versprochen und

nichts gesagt. Niedergeschlagen starrte ich auf meinen Schreibtisch. Die Telefone waren merkwürdig stumm. Normalerweise läuteten sie um diese Zeit Sturm. Ich lächelte finster vor mich hin. Es gibt im Geschäftsleben ein altes Sprichwort: »Wenn dich niemand mehr anruft, bist du ein Schlager von gestern.« Genauso war mir zumute. Die Rufanlage summte. Gleichgültig schnippte ich den Hebel herum. »Ja?«
»Mrs. Schuyler ist hier und läßt fragen, ob Sie Zeit hätten, ein paar Notizen zur Kinderlähmungs-Kampagne durchzusehen?« Mickeys Stimme klang provozierend heiter.
Für einen Moment war ich sprachlos. »Sie möchte hereinkommen«, sagte ich zögernd und kippte den Hebel wieder um. Ich war aufgestanden, als sich die Tür öffnete. Ich versuchte mit aller Gewalt, die wilde Erregung zu zügeln, die sich meiner bemächtigt hatte.
Da stand sie und schaute mich an. Ihre Augen wirkten wie große, traurige Seen. Sie lächelte nicht. Langsam näherte sie sich meinem Schreibtisch.
Ich sagte kein Wort. Ich konnte einfach nicht. Irgend etwas ging von ihr aus und rührte an meinen Lebensnerv. Ich erfühlte diese Frau mit jeder Faser meines Körpers.
Sie schaute mir ins Gesicht. »Du siehst nicht gut aus, Brad«, sagte sie ruhig.
Ich sprach nicht, ich verschlang sie nur mit meinen Augen.
»Willst du mir nicht guten Tag sagen?« fragte sie.
Ich fand meine Stimme wieder. »Elaine...« Ich griff nach ihrer Hand. Allein die Berührung ihrer Finger erregte meinen Wunsch, sie an mich zu ziehen.
Sie schüttelte den Kopf und entzog mir ihre Hand. »Nein, Brad«, entgegnete sie sanft. »Es ist vorbei. Laß uns nicht wieder von vorn anfangen.«
»Ich liebe dich«, erwiderte ich, »es ist nicht vorbei.«
»Ich habe einen Fehler begangen, Brad«, erklärte sie mit matter Stimme. »Wirf es mir doch nicht immer wieder vor! Ich möchte deine Freundin sein.«
»Liebst du mich nicht?« fragte ich.
Noch nie hatte ich solche Augen gesehen. Sie erklärten vieles; unendliches Leid lag in ihnen. »Laß mich gehen, Brad«, bettelte sie. »Bitte!«

Ich holte tief Luft, ging an meinen Platz zurück und setzte mich. Nervös klopfte ich eine Zigarette auf meinen Schreibtisch und steckte sie dann an. Durch die ausgestoßene Rauchwolke starrte ich sie an. »Warum bist du zurückgekommen, Elaine?« fragte ich. »Um mich zu quälen?«
Meine Worte schienen sie wie ein Schlag zu treffen. Ich konnte förmlich sehen, wie sie vor meinen Augen zusammensackte. Ihre Stimme klang beherrscht, aber man spürte die Qual hindurch. »Es ist meine Schuld«, sagte sie. »Wenn ich nicht gewesen wäre, würdest du jetzt nicht mit meinem Onkel streiten.«
»Du hast damit überhaupt nichts zu tun«, erwiderte ich rasch. »Er weiß nicht mal, daß ich dich kenne.«
»Ich kenne den Bericht, den er von dir hat«, sagte sie. »Deshalb wolltest du auch an dem Abend nicht zu ihm gehen. Du spürtest, daß er Bescheid wissen würde, wenn ich mitgekommen wäre. Du hast mich beschützt.«
»Ich habe lediglich mich selbst beschützt«, sagte ich. »Ich war in diesem Punkt völlig egoistisch. Andersherum wären die Dinge für mich noch schlimmer gewesen.«
Sie antwortete nicht.
»Wie kommt es, daß du den Bericht kennst?« erkundigte ich mich. Hatte Sandra etwa geplaudert? Sie wußte den Namen. Nun gut. Sie hätte zwei und zwei zusammenzählen können.
»Onkel Matt erzählte mir alles«, antwortete sie. »Er ärgerte sich einfach über die Art und Weise, wie du ihn behandelt hast. Er ist überzeugt, er hätte nur dein Bestes gewollt.«
»Der Himmel bewahre mich vor Matt Bradys besten Absichten«, sagte ich sarkastisch. »Wenn sie noch besser wären, wäre ich bereits erledigt.«
»Onkel Matt glaubt, daß du bei ihm eine großartige Zukunft hättest«, fuhr sie beharrlich fort.
»Meine großartige Zukunft lag haargenau hier. Dein Onkel hat dafür gesorgt, daß mir jetzt nichts mehr davon übriggeblieben ist.«
Ich drückte die Zigarette aus, die mir bereits die Fingerspitzen verbrannte. »Er ist wirklich eine hilfsbereite Natur«, fügte ich hinzu. »Solange man ihm nicht in die Quere kommt.«
»Ich kann mit ihm reden«, schlug sie vor.
»Nein, vielen Dank«, antwortete ich. »Kein Interesse. Es ist

sowieso zu spät. Meine besten Kunden hat er bereits vertrieben«, lächelte ich bitter. »Dein Onkel Matt verplempert keine Zeit.«
»Brad, es tut mir wirklich leid«, hauchte sie.
Ich stand auf. »Mir nicht«, sagte ich. »Vor allem nicht für mich. Man muß für alles auf dieser Welt zahlen. Es gibt nichts umsonst. Ein bißchen Glück – ein bißchen Leid, das große Glück – der große Preis. Am Ende ist alles wieder im Lot. Die Bilanz ist ausgeglichen.«
Sie stand auf. Kühle Verachtung lag in ihrer Stimme.
»Du hast schon aufgegeben.«
»Was meinst du damit – ich habe aufgegeben?« rief ich überrascht aus. »Was soll ich machen? Ihn verklagen?«
Ihre Augen blickten kalt. »Onkel Matt wird enttäuscht sein«, sagte sie. »Ich hatte den Eindruck, daß er sich auf diesen Kampf richtig freut.«
»Womit soll ich ihn denn bekämpfen?« fragte ich. »Mit Streichhölzern? Wenn er mir meine Kunden wegnimmt, nimmt er mir die Moneten.«
»Ich habe etwas Geld«, erwiderte sie.
»Behalt es«, antwortete ich kurz und bündig.
»Ich möchte dir gern helfen, Brad. Kann ich denn gar nichts tun?«
Ich starrte sie an und schüttelte den Kopf. »Ich weiß nicht, Elaine. Ich weiß nicht, ob irgend jemand jetzt überhaupt noch was tun kann. Es gibt in diesem Beruf ein ungeschriebenes Gesetz, und das habe ich übertreten. Egal, wie man selbst darüber denkt: Der Kunde hat immer recht. Keiner von ihnen wird jetzt noch zu mir kommen – aus Furcht, ich könnte mit ihnen das gleiche machen.«
»Wie steht es denn mit den anderen Mitgliedern des Stahl-Verbands?« erkundigte sie sich. »Ich kenne einige von ihnen. Sie haben immer noch Interesse an deinem Plan.«
Ich lachte. »So wie ich die Dinge sehe, hat sich dein Onkel auch die bereits vorgeknöpft.«
»Wie kannst du das wissen, bevor du es versucht hast?« fragte sie. »Ich kenne sie ziemlich gut. Die meisten von ihnen können Onkel Matt nicht leiden.«
Das sprach zu ihren Gunsten. Es war einen Versuch wert. Ich

griff nach dem Telefon. »Wer mag ihn am wenigsten?« fragte ich.
»Richard Martin von *Independent Steel*«, antwortete sie erregt. »Du willst ihn anrufen?«
Ich nickte und bat Mickey, mich mit ihm zu verbinden. Ich legte den Hörer wieder auf und wartete, bis die Verbindung hergestellt war.
»Gut«, sagte sie, und ihre Augen strahlten. »Wir haben schon viel zuviel Zeit verloren.«
Ich begann zu lächeln. Das war ein Mädchen nach meinem Herzen. Alles, was sie tat, tat sie für mich. Auch ihr Denken hatte sie auf mich eingestellt. Sie zog ihr Zigarettenetui hervor. Das Gold strahlte bis zu mir herüber. Ich ging auf sie zu, um ihr Feuer zu geben. Sie blickte zu mir auf. Der blaue Rauch warf wirbelnde Schatten in ihre Augen. Ich schmunzelte auf sie hinunter. »Wenn ich dich nicht liebte, würde ich dich zu meinem Teilhaber machen.«
»Nimm dich in acht«, warnte sie mich lächelnd, »ich könnte dich beim Wort nehmen. Dann wirst du mich nie los.«
»Das ist gar keine schlechte Idee«, sagte ich. »Ich war ja nicht derjenige, der davonlaufen wollte.«
Das Lächeln verschwand von ihren Lippen. »Können wir nicht Freunde sein, Brad?«
Ich schaute sie so lange an, daß es ihr unter meinem Blick ungemütlich wurde. Sie wandte ihre Augen von mir ab und schaute auf den Boden. »Geht das nicht, Brad?« wiederholte sie mit schwacher Stimme.
»Vielleicht können wir's«, sagte ich, »wenn die Liebe dahin ist.«
Sie schaute zu mir auf. Mein Herz tat einen Sprung bei dem plötzlichen Schmerz in ihren Augen. Ich streckte meine Hand halb nach ihr aus, um den Kummer wegzuwischen, doch dann hielt ich inne.
Das Telefon summte, und ich trat hinter meinen Schreibtisch, um den Hörer abzunehmen. Während ich sie weiter beobachtete, richtete mir Mickey aus, daß Martin zum Mittagessen gegangen sei. Ich bat sie, es später noch einmal zu versuchen, und legte auf.
»Er ist zum Essen gegangen«, erklärte ich.

»Oh«, bemerkte sie mit ausdrucksloser Stimme und schaute wieder auf den Boden.
»Elaine«, sagte ich scharf.
»Was?« fragte sie mit gesenktem Blick in dem gleichen ausdruckslosen Ton.
»Aber die Liebe ist noch nicht vorbei, Elaine«, sagte ich. Und als sie zu mir aufschaute, merkte ich, daß sie sich vor mir nicht verstellen konnte.
Der Schmerz war aus ihren Augen verflogen.

20

Wir gingen ins »Colony« zum Mittagessen. Der Empfangschef fing uns an der Tür ab. »Mr. Rowan«, murmelte er, »ich habe dort hinten einen wunderbaren Tisch für Sie.«
Ich schaute mich um. Das Lokal war gerammelt voll. Dieser Bursche war ein ausgemachter Schmeichler; für ihn war jeder Platz wunderbar. Er führte uns zu einem Tisch, der weit vom Eingang des Restaurants entfernt lag; noch zwei Schritte weiter, und wir hätten bereits auf der nächsten Straße gesessen. Ich überlegte, ob er wohl das Gerede über mich gehört hatte. Als ich dieses Lokal zum erstenmal betreten hatte, war ich ein aufstrebender junger Mann gewesen, der versuchte, auf einen künftigen Kunden Eindruck zu machen. Ich hatte gar keine so schlechte Karriere gemacht seither. Ich lächelte, während ich mich hinsetzte. Wenn ich mich recht erinnerte, hatte ich den Auftrag nie bekommen.
»Worüber lachst du?« fragte Elaine.
Ich erzählte es ihr, und sie lachte ebenfalls. »Ist das nicht grotesk?«
Ich schüttelte ernst den Kopf. »So sind nun mal die Leute hier in New York«, sagte ich. »Offenbar hat es sich bereits herumgesprochen: Rowan ist pleite.«
Wir lachten immer noch, als ich plötzlich eine Stimme hinter mir vernahm.
»Elaine Schuyler!« rief jemand. »Was machen Sie denn in New York?«
Ergeben stand ich auf, bereits ein höfliches Lächeln auf den

Lippen. Eine attraktive, jugendlich wirkende Frau mittleren Alters lächelte uns zu. Ich fluchte leise vor mich hin, als ich sie erkannte. Das hätte ich mir ja auch denken können. Sie schrieb die Klatschspalte für eine der Nachrichtenagenturen. Morgen früh würde es in der Hälfte aller amerikanischen Zeitungen stehen. Denn solch eine saftige Geschichte konnte man sich natürlich nicht entgehen lassen: Matt Bradys Nichte und sein Gegenspieler zusammen beim Mittagessen.
Kurz darauf verabschiedete sie sich, und ich schaute zu Elaine hinüber. »Du weißt, was das bedeutet?« fragte ich sie.
Sie nickte.
»Dein Onkel wird böse sein.«
Sie lächelte zögernd. »Das ist mir egal.« Ihre Hand ruhte für einen Augenblick über meiner auf der Tischplatte. »Ich halte zu dir.«
Wir gingen wieder zurück ins Büro, und während wir auf mein Telefongespräch warteten, erzählte sie mir einiges aus Matt Bradys Vergangenheit. Es war eine tolle Geschichte. Diese Burschen kannten wirklich keine Skrupel. Dagegen waren die Leute in meinem Beruf geradezu Stümper. Offenbar hatte jeder von diesen Stahlkönigen den anderen mindestens einmal übers Ohr gehauen. Die meisten hatten es wohl sogar mehrfach praktiziert. Es schien ihre Hauptbeschäftigung zu sein.
Aber man erwischte sie nie – entweder, weil sie alle miteinander keine reine Weste hatten, oder weil sie sich so ausgezeichnet zu tarnen verstanden. Kein Wunder, daß mich Matt Brady gewarnt hatte. Wohl oder übel mußten diese Brüder nach außen hin einig sein. Sie setzten sich keiner Gefahr aus. Mein Privatapparat summte. Ich nahm den Hörer ab. Es war Marge.
»Wie geht's denn, Liebling?« erkundigte sie sich.
»Besser«, sagte ich und lächelte Elaine über den Hörer zu. »Mrs. Schuyler besuchte mich heute morgen. Sie hat mir ihre Hilfe angeboten, und ich habe die Herausforderung angenommen.«
»Wird sie mit ihrem Onkel reden?« fragte Marge.
»Nein«, antwortete ich, »du weißt, darauf lasse ich mich nicht ein. Aber wir setzen uns jetzt mit den anderen Mitgliedern des Verbands in Verbindung, und sie will mir helfen, daß ich auch ohne Matt Brady den Auftrag bekomme.«

»Oh«, bemerkte sie enttäuscht.
»Mir ist es so lieber«, sagte ich rasch.
In ihrer Stimme vollzog sich eine leichte Wandlung. »Was ist mit Chris?«
Ich erzählte ihr kurz, was sich heute morgen ereignet hatte. Als ich fertig was, herrschte Schweigen auf der anderen Seite der Leitung. »Bist du noch da?« fragte ich besorgt.
Ihre Stimme klang niedergeschlagen. »Ja.«
»Du warst so still.«
»Ich weiß einfach nicht, was ich dazu sagen soll«, erwiderte sie. »Ich hätte nie gedacht, daß Chris...«
»Denk nicht mehr dran«, sagte ich, »da kann man nichts machen. Er taugt nichts, das ist alles.«
»Brad«, sagte sie zögernd.
»Ja?«
»Vielleicht wäre es doch besser, sein Angebot anzunehmen. Wenn du den Auftrag nicht bekommst, bleibt uns nichts mehr.«
»Sei nicht töricht, Marge«, sagte ich. »Wenn ich sein Angebot annehme, bin ich genauso erledigt. Das Geld reicht nicht bis in alle Ewigkeit, und hinterher finde ich keinen Job mehr. Kein Mensch nimmt einen Versager.«
»Ich habe heute morgen wieder Post von Brad bekommen«, wechselte sie das Thema.
»Fein«, sagte ich, »was schreibt er denn?«
»Er glaubt, die Erkältung sei ein bißchen besser. Er hofft, nächste Woche wieder zum Unterricht gehen zu können.«
»Großartig«, sagte ich, »ich hab' dir ja gesagt, er würde sich wieder aufrappeln.«
»Hoffentlich«, entgegnete sie. »Aber ich weiß nicht recht. Ich mache mir Sorgen. Alles geht schief.«
»Quäl dich nicht«, sagte ich, »das führt zu nichts.«
»Ich weiß.«
»Bevor es wieder besser wird, wird's immer erst schlimmer«, versuchte ich zu scherzen. Aber es nutzte nichts.
»Gerade davor habe ich Angst«, sagte sie ernst.
»Marge!« entgegnete ich scharf. Allmählich riß mir die Geduld. Was war denn nur in sie gefahren. »Jetzt hör aber auf!«
»Bist du allein?« fragte sie, und ihr Tonfall änderte sich wieder ein wenig.

»Nein.«
»Ist Mrs. Schuyler bei dir?«
»Ja«, antwortete ich kurz angebunden.
Einen Augenblick war es still, bevor sie weitersprach. »Vergiß nicht ihr zu sagen, wie sehr wir ihr für ihre Hilfe danken, Liebling«, sagte sie sarkastisch.
Und damit legte sie auf. Ich schaute rasch zu Elaine hinüber. Sie beobachtete mich. Ich überlegte, ob sie gehört haben konnte, was Marge gesagt hatte. Ich spielte zu Ende.
»Wiedersehen, Liebes«, sprach ich in die tote Leitung und legte auch auf. Ich wandte mich an Elaine. »Marge bat mich, dir für deine Unterstützung zu danken.«
»Deine Frau mag mich nicht.«
»Wieso denn?« lächelte ich unbeholfen. »Sie kennt dich ja gar nicht.«
Elaine blickte auf ihre Finger. »Ich kann's ihr nicht verdenken. Wenn ich an ihrer Stelle wäre, würde ich genauso empfinden.«
Endlich kam Martins Anruf durch. Ich war richtig erleichtert. Seine Stimme klang kühl. Er konnte sich noch genau an mich erinnern. Nein, er wäre an einer weiteren Diskussion über den Werbefeldzug nicht interessiert. Natürlich beträfe das nur ihn persönlich, nicht die anderen Mitglieder des Verbandes. Aber nach dem, was vorgefallen wäre, zweifle er daran, daß die anderen noch Interesse hätten.
»Was ist denn passiert?« fragte ich.
Seine Stimme klang unpersönlich und ertränkte all meine Hoffnungen in einem Schwall kalten Wassers.
»*Consolidated Steel* ist heute aus dem Verband ausgetreten und verfolgt künftig seine eigenen Pläne.«
Ich legte auf und schaute zu Elaine hinüber. Ich versuchte zu lächeln.
»Dein Onkel hat's geschafft. Er hat *Con Steel* aus dem Verband zurückgezogen, wobei er natürlich genau wußte, daß die anderen nicht das nötige Geld haben, um mein Projekt ohne ihn zu machen.«
Sie schwieg eine Weile. »Brad, du mußt mich mit ihm reden lassen! Auf mich wird er hören.«
Ich schüttelte müde den Kopf. »Ah-ah. Es muß noch einen anderen Weg geben.«

»Was denn für einen Weg?« fragte sie niedergeschlagen.
Ich lehnte mich in meinem Stuhl zurück. »Ich weiß nicht«, sagte ich. »Aber irgendwo muß es einen Ausweg geben.« Ich schaute zu ihr hinüber. »Du hast mir vorhin von dem Stahlgeschäft und deinem Onkel berichtet. Erzähl mal weiter. Vielleicht stoße ich dabei auf irgend etwas.«
Der Tag verstrich, während ich ihr zuhörte. Es war kurz nach sechs Uhr, als ich plötzlich bei einer Bemerkung zusammenfuhr. Ich hatte mit dem Rücken zu ihr gesessen und in die Dämmerung hinausgestarrt. Ich schwang mich in meinem Stuhl herum.
Sie hatte gerade erwähnt, daß ihr Mann etwas darüber gewußt hatte, wie die Antitrust-Klage der Regierung gegen *Con Steel* beigelegt worden war, und daß er mit Brady darüber sprechen wollte.
»Worum ging es denn dabei?« fragte ich.
»Das habe ich nie so genau erfahren«, entgegnete sie. »David erwähnte es nur einmal. Er schien ziemlich verärgert darüber.«
»Hat er mit deinem Onkel gesprochen?« fragte ich.
Ein Schatten fiel über ihre Augen. »Ich glaube nicht«, sagte sie. »Es war ganz kurz vor seiner Erkrankung.«
Ich hatte so eine Vorahnung. Ich wußte nicht, was ich herausfinden würde. Aber ich mußte der Sache nachgehen. Ich erwischte Paul in Washington gerade noch, bevor er sein Büro verließ.
Ich verlor keine Zeit mit den üblichen Begrüßungsfloskeln. »Wie ist der Antitrust-Fall gegen *Con Steel* niedergeschlagen worden?«
»Durch einstimmigen Kommissionsbeschluß«, antwortete er.
»Warum?«
»War irgend etwas faul dabei?«
»Nein. Die übliche Geschichte. *Con Steel* erklärte sich bereit, die Unternehmungen seiner Konkurrenten nicht zu stören.«
»Ich verstehe«, antwortete ich. »Wer vertrat den Fall für die Regierung?«
»Ich weiß nicht. Aber das kann ich feststellen. Ist es wichtig?«
»Ja. Ich hab' so das Gefühl«, sagte ich. »Hoffentlich liege ich richtig. Wenn nicht, bin ich erledigt.«
»Ich ruf' dich morgen früh an.« Er hängte auf.

Elaine beobachtete mich aufmerksam. »Glaubst du, du findest etwas?«
Ich schüttelte den Kopf. »Ich versuche es mal«, sagte ich. »Ich darf keine Möglichkeit auslassen. Jetzt erzähl mir mal alles, woran du dich noch erinnern kannst. Alles, was dein Mann in diesem Zusammenhang erwähnt haben könnte.«
Wieder fiel der Schatten über ihre Augen, aber sie erzählte die ganze Geschichte noch mal von vorn, während ich aufmerksam zuhörte.

Es war schon dunkel, als wir auf die Madison Avenue hinaustraten. Ich schaute auf meine Uhr. Halb neun. Ich nahm ihren Arm. »Laufen wir ein Stück?«
Sie nickte. Wir waren fast einen ganzen Häuserblock entlanggelaufen, bevor sie sprach.
»An was denkst du, Brad?«
Ich lächelte sie an. »Ich habe das Gefühl, daß doch noch alles gut werden wird«, schwindelte ich.
Sie drückte meinen Arm. »Wirklich, Brad? Ich bin so froh!«
Ich blieb stehen und blickte auf sie hinunter. Ihre Augen so strahlend zu sehen, war die Lüge wert. »Ich habe dir ja gesagt, du bringst mir Glück, Baby.«
Der Glanz in ihren Augen verschwand wieder. »Letztes Mal nicht, Brad.«
»Letztes Mal gilt nicht«, sagte ich rasch. »Das hatte nichts mit dir zu tun. Das jetzt zählt. Dies hier hast du ermöglicht. Ohne dich hätte ich überhaupt keine Chance mehr.«
Sie antwortete nicht, wir gingen schweigend einige Häuserreihen weiter. Die kalte Nachtluft machte mich hungrig. Ich blieb stehen. »Wie wär's mit Abendbrot?« fragte ich sie. »Ich sterbe vor Hunger.«
Sie schaute zu mir auf, ihr Gesicht war ganz ruhig. »Ich glaube, wir sollten das lieber nicht tun, Brad.«
Ich grinste sie an. »Was ist los? Hast du Angst vor mir? Ich eß dich schon nicht auf.«
Sie schüttelte den Kopf. »Darum geht's nicht, Brad«, sagte sie ernst. »Ich glaube nur, es wäre für uns beide besser, das ist alles.«
Der Schmerz, der den ganzen Tag über verschwunden war,

während sie bei mir war, kehrte zurück. »Was ist denn schon dabei?« fragte ich ärgerlich. »Du bist den ganzen Tag mit mir zusammen gewesen, und nichts ist passiert.«
Unsere Blicke trafen sich. Tief im Innern ihrer Augen tanzten diese unruhigen Schatten. »Das ist auch ein Unterschied, Brad. Es war rein geschäftlich. Jetzt haben wir keine Ausrede mehr.«
»Seit wann brauchen wir denn eine Ausrede?« erkundigte ich mich.
Sie wich meiner Frage aus. »Bitte, Brad«, sagte sie leise. »Wir wollen uns nicht streiten. Außerdem bin ich müde.«
Ich sagte kein Wort mehr. Ich winkte ein Taxi herbei, setzte sie vor dem Hotel ab, ging zu meiner Garage und fuhr heim...
Kurz vor zehn betrat ich das Haus. Marge las Zeitung. Durch die Art, wie sie mich ansah, wußte ich, daß sie verärgert war. Ich beugte mich über den Stuhl, um sie auf die Wange zu küssen, aber sie drehte ihr Gesicht zur Seite.
»He!« protestierte ich mit gespielter Unbefangenheit. »Ist das eine Art, einen müden Krieger nach dem Kampf zu begrüßen?«
»Kampf?« fragte sie kühl. Ich merkte, daß sie ihre eigenen Gedanken damit verband, und entschloß mich, es zu übergehen.
Ich mixte mir einen kleinen Whisky mit Wasser. »Ich habe wirklich hart gearbeitet. Ich glaube, wir haben jetzt eine Außenseiterchance.«
»Wir?« fragte sie sarkastisch. »Was heißt das? Mrs. Schuyler und du?«
»Moment mal, Marge«, sagte ich und starrte auf sie hinab. »Was ist dir denn über die Leber gekrochen?«
»Vermutlich warst du mit Mrs. Schuyler zu sehr mit Pläneschmieden beschäftigt, um mich anzurufen und mir zu sagen, daß du nicht zum Essen kommst.«
Ich schlug mir mit der Hand vor die Stirn. »Mein Gott! Das hab' ich vollkommen vergessen.« Ich lächelte sie an. »Liebes, es tut mir leid. Ich hatte einfach so viele Dinge im Kopf.«
»Für sie warst du aber nicht zu beschäftigt. Da hattest du nicht zu viele Dinge...«
»Hör auf, Marge!« fuhr ich ärgerlich dazwischen. »Gestern hast du mir vorgeschlagen, ich sollte sie um ihre Hilfe bitten. Heute, wo sie mir diese Hilfe anbietet, bist du ärgerlich. Nun entschließ dich mal, was du eigentlich willst.«

»Ich will überhaupt nichts!« brauste sie auf. »Mir gefällt einfach die Art nicht, wie du dich benimmst.«
Ich streckte meine Hände aus. »Und wie soll ich mich benehmen?« fragte ich. »Bei mir geht's um Kopf und Kragen, und du schimpfst wegen eines Telefonanrufs.«
Sie stand auf. »Wenn dir das so wichtig ist, verschwende ich nur meine Zeit«, sagte sie kühl.
Jetzt platzte mir der Kragen. »Wer, zum Teufel, bin ich denn eigentlich?« schrie ich. »Ein Kind, das sich alle zehn Minuten bei dir melden muß? Laß mich in Ruhe! Ich hab' genug Ärger!«
Einen Augenblick stand sie bewegungslos da, alle Farbe wich aus ihrem Gesicht. Dann machte sie kehrt und ging wortlos hinauf in unser Zimmer.
Ich murkste noch eine Weile im Wohnzimmer herum, machte mir noch einen zweiten Whisky, und ging dann auch hinauf. Ich legte meine Hand auf die Klinke und drückte gegen die Tür. Nichts rührte sich. Ich drückte nochmals die Klinke runter. Die Tür war verschlossen. Ich klopfte an.
Sie gab keine Antwort.
Ich klopfte noch mal. Drinnen rührte sich noch immer nichts. Hilflos starrte ich auf die Tür und wußte nicht, was ich machen sollte. Es war das erstemal, daß sie mich ausgesperrt hatte.
Nach ein paar Augenblicken, in denen ich mir reichlich albern vorkam, ging ich ärgerlich hinunter in unser Gästezimmer.
In der Unterwäsche schlafend, verbrachte ich eine ungemütliche Nacht.

21

Der Rasierapparat im Gästezimmer funktionierte nicht, der Wasserdruck der Dusche war unregelmäßig, das kalte und das warme Wasser ließen sich nicht regulieren, und ich mußte mich mit einem kleinen Gästehandtuch abtrocknen.
Ich zog den Bauch ein, schlang das Handtuch, so gut es eben ging, um die Taille und ging barfuß durch die Diele in unser Schlafzimmer. Es war leer. Meine Sachen lagen nicht wie gewöhnlich ausgebreitet auf meinem Bett.
Ich wühlte in Schubladen und Schränken, bis ich etwas ge-

funden hatte, was einigermaßen zusammenpaßte. Rasch zog ich mich an und lief die Treppe hinunter.
Ich setzte mich in unsere Frühstücksecke. Mein Orangensaft stand nicht auf dem Tisch, und die Zeitung lag in einzelnen Blättern vor Marges Stuhl. Ich sammelte sie ein und setzte mich wieder hin. Gerade wollte ich den Finanzteil studieren, als mein Blick auf die Gesellschaftsspalte fiel.
»Mrs. Hortense (Elaine) Schuyler, die Nichte des Stahlindustriellen Matt Brady und ein prominentes Mitglied der Washingtoner Gesellschaft, ist nach der furchtbaren Tragödie des letzten Jahres endlich wieder aus ihrer Zurückgezogenheit hervorgetreten. Unsere Leser werden sich gewiß noch an den tragischen Tod ihres Mannes und ihrer Zwillinge erinnern, die innerhalb weniger Wochen durch die Kinderlähmung dahingerafft wurden. Wir begegneten ihr im *Colony*, wo sie mit einem attraktiv-urwüchsigen Herrn zu Mittag aß. Wie wir feststellen konnten, handelte es sich um Brad Rowan, den bekannten Public-Relations-Berater, der ihr – wie man hört – bei ihrer Kinderlähmungs-Kampagne hilft. Falls die Lebhaftigkeit und das Lächeln in Elaines Gesicht überhaupt etwas bedeuten, können wir wohl mit Sicherheit annehmen, daß die beiden nicht nur ein gemeinsames Interesse an der Arbeit verbindet...«
Die Zeitung war genau entlang diesem Artikel gefaltet, damit ich ihn auch ja nicht übersehen konnte. Ärgerlich wandte ich mich der Finanzseite zu. Aber ich hätte die Zeitung ebensogut in den Papierkorb werfen können: für mich stand heute überhaupt nichts Gescheites drin. Dann stieß ich auf eine kurze Notiz: »*Christopher Proctor zum Public-Relations-Sonderberater bei Matt Bradys ›Consolidated Steel‹ ernannt.*«
Ich warf die Zeitung auf den Boden. Wo blieb mein Orangensaft? »Marge!« rief ich.
Die Küchentür ging auf. Sally steckte ihr dunkles Gesicht herein. »Ich hab' Sie nicht runterkommen hören, Mr. Rowan.«
»Wo ist Mrs. Rowan?«
»Sie ist weggegangen. Ich hol' Ihnen den Saft.« Und sie verschwand wieder in der Küche.
Derweil kam Jeannie herunter. »Wenn du dich beeilst, Dad, darfst du mich an der Schule absetzen.«

Meine Geduld war am Ende. »Warum kannst du nicht mit dem Bus fahren wie alle anderen Kinder?« fuhr ich sie an. »Bist du vielleicht zu fein dafür?«
Ihr Lächeln verflog. Einen Augenblick lang schaute sie mich mit großen Augen an; es war deutlich, daß sie verletzt war. Irgend etwas daran erinnerte mich an die Zeit, als sie noch klein war. Wortlos drehte sie sich auf dem Absatz um und verließ das Zimmer. Eine Sekunde später war ich auf den Beinen und hinter ihr her. Ich hörte, wie die Haustür zuknallte. Ich lief hin, riß sie wieder auf. Sie rannte schon die Auffahrt hinunter. »Jeannie!« rief ich hinter ihr her.
Sie schaute sich nicht um, sondern lief weiter und verschwand hinter den hohen Ligusterhecken, die den Rasen säumten. Ich schloß die Tür und ging langsam wieder an den Frühstückstisch zurück. Da stand mein Orangensaft. Gedankenverloren nahm ich das Glas in die Hand und trank. Aus irgendeinem Grund schmeckte er heute morgen nicht so gut wie sonst. Heute morgen war einfach alles vermurkst.
Sally kam mit den Eiern, goldgelb und dampfend, die Butter schmolz auf dem Toast, der Schinken war braun und knusprig. Sie stellte alles vor mich hin und goß Kaffee ein.
Ich starrte auf die Teller und erinnerte mich an meinen Ausspruch: »Eier zum Frühstück – da wird gleich jeder Tag zum Sonntag.« Was war eigentlich verkehrt gelaufen bei mir? Ich stand auf und stieß meinen Stuhl zurück.
Sally schaute mich entgeistert an.
»Ist Ihnen nicht gut, Mr. Rowan?« Ihre Stimme klang besorgt. Ich schaute sie einen Moment an, bevor ich antwortete. Das Haus schien eigenartig leer und kalt. Als wenn alle Liebe daraus entflohen wäre. »Ich habe keinen Appetit«, sagte ich und verließ das Zimmer.

Der Vormittag kroch so dahin. Im Büro war es sehr still. Ich hatte ganze vier Telefonanrufe an diesem Morgen. Es war beinahe Mittag, als sich Elaine meldete.
»Du klingst so komisch«, stellte sie fest. »Hast du nicht geschlafen?« Dabei sprach sie selber ziemlich rauh.
»Doch, doch«, entgegnete ich rasch. Ich wollte verhindern, daß sie wieder auflegte. »Und du?«

»Ich bin außer mir. Hast du schon den Artikel von Nan Page gelesen?«
»Ja.«
»Hat deine Frau ihn auch gesehen?«
»Das ist anzunehmen.« Ich lachte heiser. »Ich habe sie heute morgen noch nicht gesehen.«
»Onkel Matt hat ihn auch gelesen. Er hat mich angerufen, wütend! Ich soll mich nicht wieder mit dir treffen, hat er gesagt. Du seist nichts weiter als ein Abenteurer.«
»Und was hast du geantwortet?« fragte ich interessiert.
»Ich habe ihm gesagt, daß ich mich treffe, mit wem es mir paßt. Was hattest du denn gedacht?«
Ich überhörte die Herausforderung. Mir kam eine Idee. »Er war also wütend, wie?«
»Und ob. So wütend habe ich ihn noch nie erlebt.«
»Gut. Ich werde ihm Gelegenheit geben, noch viel wütender zu werden. Wir werden eine Affäre inszenieren.«
Ihre Stimme wurde sehr nüchtern. »Brad, bitte! Ich habe gesagt, es ist vorbei. Ich kann so nicht weiterleben.«
»Ja, ja, doch nur für die Zeitungen! Ich will deinen Onkel so reizen, daß er aus seinem Bau herauskommt. Vielleicht macht er dabei einen Fehler.«
Sie hielt den Atem an. »Das kann ich nicht. Onkel Matt ist immer sehr nett zu mir gewesen.«
»Auch gut.« Ich bemühte mich, möglichst uninteressiert, aber grob zu klingen.
»Brad, bitte versuch doch, mich zu verstehen...«
Ich schnitt ihr das Wort ab. »Ich sehe lediglich, daß auch du mich fallenläßt.« Ich spielte den Unverstandenen. »Aber es ist schon gut. Ich mache dir ja keinen Vorwurf.«
Selbst durch das Telefon konnte ich spüren, wie sie schwankte. Ich blieb stumm. Eine Sekunde später sprach sie. »Also gut, Brad. Was soll ich tun?«
Ich bemühte mich, sie meinen Triumph nicht hören zu lassen. »Zieh dein schönstes Kleid an. Heute nachmittag gibst du für die Presse eine Cocktailparty, um zu erzählen, welche Wohltätigkeitsveranstaltungen du planst.«
Ihre Stimme klang entsetzt: »Auch das noch? Es ist so billig, so was zu machen! Nutzen aus so einer furchtbaren...«

Ich ließ sie nicht ausreden. »Es wird der Wohltätigkeit nicht schaden, mir aber helfen. Ich ruf' dich wieder an, sobald ich die nötigen Vorbereitungen getroffen habe.«
Ich legte den Hörer hin, wartete eine Weile und nahm ihn dann wieder auf. »Mrs. Schuyler gibt heute nachmittag im ›Stork‹ eine Cocktailparty für die Presse, in Zusammenhang mit der Kinderlähmungs-Aktion«, informierte ich Mickey. »Bereiten Sie bitte das Übliche vor und sehen Sie zu, daß alle wichtigen Reporter und Fotografen auch kommen!«
Ich wollte schon auflegen, aber da fiel mir noch etwas ein. »Sorgen Sie dafür, daß unser eigener Fotograf auch da ist. Er soll die gesamte Veranstaltung knipsen. Und sehen Sie zu, daß wir noch die Nachtschicht erwischen. Ich will die Geschichte sowohl in den Morgenblättern als auch in den Nachrichten haben.«
»Okay, Chef«, knarrte sie. Kurz darauf summte das Telefon, sie meldete sich wieder. »Paul ist am Apparat.«
Ich drückte auf den Knopf. »Paul!« rief ich. »Hast du Bescheid?«
»Ja. Ein junger Mann namens Levi.«
»Kennst du ihn?«
»Nein«, erwiderte Paul. »Er gab seine Stellung seinerzeit auf und zog sich in seine Privatpraxis zurück. Nach Wappinger Falls, New York.«
»Wappinger Falls?« Das wollte mir nicht einleuchten. »Ist das nicht ziemlich seltsam?« Normalerweise gingen solche Burschen nicht zurück aufs Land, wenn sie bei einer so großen Sache erst mal auf den Geschmack gekommen waren. Gewöhnlich landeten sie dann auf einem einträglichen Posten bei irgendeiner großen Gesellschaft.
»Niemand weiß besonders viel über ihn«, antwortete Paul. »Jedenfalls galt er früher einmal als der intelligenteste Anwalt in seinem Fach. Jus Harvard mit Auszeichnung und so weiter. Spezialisiert auf Handelsrecht und Antitrust-Gesetze. Es war sein erster großer Fall.«
»Wie kommt es, daß er ihn nicht zu Ende geführt hat?« fragte ich.
»Ich weiß nicht. Vielleicht aus hauspolitischen Gründen.«
»Wie heißt er mit Vornamen?«

»Robert. Robert M. Levi.« Jetzt wurde Paul neugierig. »Hast du irgendeinen Verdacht?«
»Ich spucke in den Wind«, sagte ich, »und hoffe, es trifft Matt Brady ins Gesicht.«
Ich legte den Hörer auf und drückte erneut auf den Knopf. Mickey kam herein. Ich schaute auf meine Schreibtischuhr. Viertel nach eins. »Sehen Sie mal nach, wo Wappinger Falls liegt, Staat New York. Und wie man da hinkommt. Und sagen Sie der Garage Bescheid, sie sollen meinen Wagen bereitstellen. Dann rufen Sie bei mir zu Hause an und bitten Marge, sie möchte mir einen dunklen Anzug und alles, was dazu gehört, ins Büro schicken. Sagen Sie ihr, ich würde ihr später alles erklären.«
Bevor ich meinen Wagen abholte, schlang ich ein Sandwich hinunter. Ich weiß nicht, ob es die Aufregung oder das Sandwich war, was meinen Magen zusammenschnürte. Aber was immer auch die Ursache sein mochte: es war immer noch besser als dieses flaue Gefühl, das ich während der letzten Tage gehabt hatte.

22

Um 2 Uhr 30 kam ich in Wappinger Falls an. Es war kein großer Ort. Fast hätte ich ihn um 2 Uhr 31 wieder verlassen. Aber ich hatte Glück, trat rechtzeitig auf die Bremse und hielt vor ein paar Läden.
Ich stieg aus und schaute die Straße entlang. Da standen einige zweistöckige Bürohäuser, die Büros der wichtigsten Steuerzahler des Ortes. Ich überflog in jedem rasch die Namenstafeln. Nirgends stand ein Robert M. Levi.
Ich trat wieder auf die Straße und kratzte mich am Kopf. Das hier war wohl der letzte Ort auf der Welt, wo ein junger, vielversprechender Wirtschaftsanwalt seine Praxis eröffnen würde. Ich sah einen Polizisten die Straße entlangkommen und ging auf ihn zu.
»Inspektor«, sagte ich, »können Sie mir vielleicht helfen – ich suche jemanden.«
Ich hatte schon vor langer Zeit entdeckt, daß die Leute im

Norden des Staates New York noch wortkarger waren als die Neu-Engländer. Dieser Polizist hatte offenbar nicht die Absicht zu beweisen, daß ich mich irrte. Er schob seine Mütze in den Nacken und musterte mich langsam von Kopf bis Fuß. Dann sprach – vielmehr grunzte er: »Hmmm?«
»Ich suche einen Rechtsanwalt namens Robert M. Levi.«
Er stand eine Minute schweigend da und überlegte.
»Hier gibt's keinen Rechtsanwalt mit dem Namen.«
»Aber es muß hier einen geben«, beharrte ich. »Mir wurde in Washington gesagt, daß er hier wohnt. Ich komme aus New York, ich muß mit ihm sprechen.«
»Sie meinen, aus der Stadt?« erkundigte er sich.
»Ja. Aus New York City.«
»Hmmm«, brummte er. »Hübscher Tag zum Fahren.« Er schob ein Stück Kautabak mit der Zunge hin und her und spuckte dann bedächtig in den Rinnstein. »Weshalb suchen Sie den Burschen denn?« fragte er.
Ich hatte so das Gefühl, als wüßte er, wer Levi sei. »Ich habe einen Posten für ihn. Einen guten.« Mir fiel gerade nichts Besseres ein.
Er schaute mich hinterlistig an. »Rechtsanwälte sind wohl knapp in der Stadt?«
»Nein. Aber Levi steht in dem Ruf, einer der Besten in seinem Fach zu sein.«
Sein Blick wanderte die Straße entlang zu meinem Wagen und wieder zu mir zurück. »Einen amtierenden Rechtsanwalt mit dem Namen gibt's hier nicht. Aber einen Bob Levi, den gibt's hier. War Flieger während des Krieges. Ein As! Schoß elf Japaner ab. Hab' gehört, daß er nach dem Krieg ein paar Jahre in Washington war. Vielleicht ist es der.«
Das reichte mir schon. »Ja, das ist er«, sagte ich rasch und steckte mir eine Zigarette an. Dieser Levi mußte ein interessanter Bursche sein. Je mehr ich über ihn erfuhr, desto weniger konnte ich begreifen, daß er sich in diesem Kaff niedergelassen hatte. »Wo finde ich ihn?«
Der Polizist hob den Arm und deutete die Straße hinauf. »Sehen Sie die Ecke da?« Ich nickte, und er fuhr fort: »Gut. Da biegen Sie ab und fahren dann die Straße bis zum Schluß. Das ist alles. Es steht ein Schild da. Krystal Hundezwinger. Da wohnt er.«

Ich bedankte mich und stieg in den Wagen. An der Ecke bog ich ein. Es war eine miserable Straße. Anderthalb Kilometer folgte ich ihr. Dann, als ich schon glaubte, der Polizist habe mich zum besten gehalten, wehte der Wind den Lärm bellender Hunde zu mir herüber, und knapp hinter einer Biegung hörte der Weg plötzlich auf. Da war auch das Schild: »Krystal Hundezwinger.« Und darunter: »Drahthaarterrier – Welshterrier. Jungtiere zu verkaufen. Mr. und Mrs. Bob Levi.«
Ich stieg aus dem Wagen und ging auf ein kleines weißes Häuschen zu, das etwas abseits der Straße lag. Aus dem Zwinger dahinter tönte das vergnügte Gekläff der Hunde. Neben dem Haus stand ein Ford-Kombiwagen. Ich drückte auf die Klingel. Innen im Haus läutete es, und gleichzeitig ertönte eine Glocke im Zwinger. Und nun bellten schließlich alle Hunde. Durch den Lärm hindurch vernahm ich eine männliche Stimme. »Hier hinten!«
Ich ging die Stufen wieder hinunter und um das Haus herum auf den Zwinger zu. Der Weg war gepflegt, der Rasen frisch geschnitten, die Blumenbeete waren gerade in Ordnung gebracht, die Erde umgegraben worden.
»Hier drüben!« rief die Stimme.
Ich spähte durch den Maschendraht. Auf dem Boden saß ein Mann und versorgte gerade einen kleinen Hund, den eine Frau festhielt.
»Bin sofort bei Ihnen«, sagte er, ohne aufzuschauen. Die Stimme war angenehm. Die Frau lächelte mir wortlos zu. Ich beugte mich über den Zaun und schaute ihnen zu. Mit einem langen Tupfer reinigte er dem Hund das Ohr. Er arbeitete sehr konzentriert, die Augen waren zusammengekniffen. Nach einer Minute brummte er etwas und stand auf.
Die Frau ließ den Hund los, und der sauste vergnügt zu seinen Spielgefährten hinüber.
»Hatte eine Zecke im Ohr«, sagte der Mann und schaute mich an. »Wenn man sie nicht sauberhält, passiert wer weiß was.«
Ich lächelte. »Manchmal kriegen auch Menschen Zecken in die Ohren. Aber dann nutzt auch das Waschen nichts. Man müßte ihnen das Maul waschen.«
Seine Augen waren plötzlich ganz wachsam, er warf seiner Frau einen raschen Blick zu. Sie sagte kein Wort. Ich betrach-

tete sie, und jetzt fielen mir ihre leicht orientalischen Gesichtszüge auf.
»Womit kann ich Ihnen dienen?« Seine Stimme war flach und ausdruckslos geworden. »Suchen Sie einen jungen Hund?«
Ich schüttelte den Kopf. »Nein. Ich suche einen Robert M. Levi, der früher mal Anwalt im Justizministerium in Washington war. Sie sind hier draußen der einzige mit diesem Namen. Sind Sie es?«
Die beiden tauschten wieder einen raschen Blick. »Ich gehe jetzt ins Haus«, sagte die Frau, »ich habe noch Arbeit.«
Ich trat zur Seite, um sie durch das Tor zu lassen, und blickte ihr nach, wie sie den Weg hinaufging. Auch in ihrem Gang etwas Orientalisches – kurze, behutsame Schritte. Ich wandte mich wieder dem Mann zu und wartete auf seine Antwort. Er sah ihr mit einem schmerzvollen Blick nach, der mich seltsam anmutete, bis sie im Haus verschwunden war. Dann drehte er sich zu mir. Über seinen Augen lag ein Schleier, der seine Gedanken verbarg. »Warum fragen Sie danach, Mister?«
Ich wußte nicht, was diesen Mann so quälte. Aber ich wollte nicht schuld sein, daß er noch weiter litt. Irgend etwas an ihm gefiel mir. »Ich suche eine Information und Ihren Rat«, sagte ich.
Er blickte um mich herum nach meinem Wagen und dann wieder auf mich. »Ich habe meine Anwaltspraxis schon vor einigen Jahren aufgegeben. Ich fürchte, ich kann Ihnen nicht viel helfen.«
»Die Juristerei interessiert mich nicht«, fuhr ich fort. »Sondern die Vergangenheit.«
Jetzt war er verwirrt.
»Ein Fall, den Sie für die Regierung bearbeitet haben. *Con Steel*. Eine Antitrust-Affäre.« Ich steckte mir eine Zigarette an und beobachtete ihn aufmerksam. »Soviel ich weiß, haben Sie damals die Untersuchung geführt und die Klage eingereicht.«
Er wurde wieder mißtrauisch. »Was haben Sie denn damit zu tun?«
»Eigentlich nichts. Aber unter Umständen könnte es mit einer Sache zusammenhängen, der ich gerade nachgehe. Und da dachte ich mir, es wäre gut, mal herzukommen und mit Ihnen zu reden.«

»Sind Sie Rechtsanwalt?«
Ich schüttelte den Kopf. Ich hatte das leise Gefühl, daß es besser war, vorsichtig mit ihm umzugehen, sonst würde er am Ende überhaupt nichts sagen. »Ich bin Public-Relations-Berater.« Ich überreichte ihm meine Karte.
Er betrachtete sie aufmerksam und gab sie mir dann zurück. »Warum interessiert Sie dieser Fall, Mr. Rowan?«
Ich versuchte es. »Sehen Sie, es hat acht Jahre gedauert, bis ich meine Firma so, wie sie hier auf der Karte steht, aufgebaut habe. Acht Jahre Arbeit und mein ganzes Leben davor, um mich darauf vorzubereiten.«
Ich beobachtete aufmerksam sein Gesicht, das plötzlich Interesse zu zeigen begann. Ich wagte mich ein Stück weiter vor. »Eines Tages erfuhr ich von einem ganz großen Geschäft, das mit einem ganzen Industriezweig zu machen war. Ich reichte mein Angebot ein, machte den Leuten die Sache schmackhaft und sollte den Auftrag auch bekommen, das weiß ich. Aber da bestellt mich einer von den Kerlen in sein Büro und bietet mir einen Posten in seinem Unternehmen an. Sechzigtausend im Jahr. Viel Geld. Ich kann mir dafür alles auf dieser Welt kaufen, was ich haben will. Die Sache hat nur einen Haken.«
Ich machte wieder eine Pause, um zu sehen, ob er mir folgte. Er tat's. Gut. »Und was war das für ein Haken?« fragte er.
Ich ging noch einen Schritt weiter und sprach sehr langsam: »Ich brauchte nichts weiter, als all die anderen Firmen zu hintergehen, die an dem Auftrag beteiligt waren; alle meine Mitarbeiter fallenzulassen, die solch einen Auftrag erst ermöglicht hatten; und auf meine Freunde zu verzichten.«
Ich trat mit dem Fuß meine Zigarette aus. »Ich gab dem Herrn die einzig mögliche Antwort: Behalte deinen Posten. Das war vor ein paar Tagen. Heute bin ich ruiniert und beinahe am Ende. Ich habe achtzig Prozent meines Geschäftes verloren, weil er mich auf seine schwarze Liste gesetzt hat. Ich bin eigentlich nur auf Verdacht hierhergekommen, ich klammere mich an einen Strohhalm. Und während ich hier so stehe und mich mit Ihnen unterhalte, habe ich das Gefühl bekommen, daß Ihnen das, was jetzt mir passiert, auch mal geschehen ist. Von demselben Mann. Wollen Sie seinen Namen wissen?«
Sein Blick war irgendwohin in die Ferne gerichtet, als er ant-

wortete. »Den müssen Sie mir nicht nennen. Ich weiß ihn.« Er holte tief Luft, seine Stimme war so voller Haß, wie eine menschliche Stimme überhaupt sein kann. »Matt Brady.«
»Gewonnen«, sagte ich leise.
Sein Blick kehrte aus der Ferne zurück. »Es ist heiß hier draußen in der Sonne. Kommen Sie mit hinein ins Haus, Mr. Rowan. Da können wir weiterreden. Meine Frau kocht einen guten Kaffee.«

23

Der Kaffee seiner Frau war wirklich gut, heiß, schwarz und stark, aber klar – nicht so trüb, wie starker Kaffee oft ist. Wir saßen in der Küche, durch die offenen Fenster wehte eine kühle Brise herein.
Seine Frau war Eurasierin, halb Deutsche, halb Japanerin. Er hatte sie während der Besatzungszeit in Tokio kennengelernt. Ihre Schönheit war eine eigenartige Mischung: mandelförmige Augen, aber blau; eine fast goldfarbene Haut, aber ein zartes Rosa auf den Wangen; kräftiges schwarzes Haar, das an ihren hohen Jochbögen vorbei in sanften Wellen bis auf den zarten Hals hinunterfiel. Aufmerksam hörten sie sich meine Geschichte an, wie ich Matt Brady kennengelernt hatte. Als ich fertig war, warfen sie sich gegenseitig einen merkwürdigen Blick zu.
Levis Stimme klang teilnahmslos. »Nun ja, aber wie stellen Sie sich meine Hilfe vor?«
Mit einer hilflosen Geste breitete ich meine Hände aus. »Ich weiß es nicht«, gestand ich. »Es ist lediglich ein Versuch. Ich hoffe, irgend etwas zu finden.«
Einen Augenblick schaute er mich schweigend an, dann senkte er seinen Blick auf die Kaffeetasse. »Es tut mir sehr leid, Mr. Rowan, aber ich muß Sie enttäuschen«, sagte er leise. »Mir fällt nichts ein.«
Ich hatte das Gefühl, als sage er nicht die ganze Wahrheit. Dafür hatte er eigentlich bei der Erwähnung Matt Bradys zu viel Interesse gezeigt. In seiner Stimme hatte zu viel Haß gelegen. Er hatte Angst. Ich wußte nicht, wovor. Aber ich war sicher.
Plötzlich fiel der Groschen bei mir, und alles paßte zusammen.

Brady wußte irgend etwas von ihm. Irgendwie mußte Levi bei seiner Untersuchung über die *Con Steel* für Brady gefährlich geworden sein. Mir kam eine Idee: Was würde Brady wohl in einem solchen Fall tun? Er würde wahrscheinlich den schwächsten Punkt seines Gegners suchen und dann auf ihn loshämmern, bis er kapitulierte. So wie er es jetzt bei mir tat; vermutlich war er bei Levi ähnlich vorgegangen. Was sonst hätte einen Mann wie Levi bewegen können, von heute auf morgen eine vielversprechende Karriere aufzugeben und schließlich mit seinen Fähigkeiten und seiner Ausbildung bei einer so absonderlichen Tätigkeit zu landen?
»Irgend etwas muß es doch geben«, fing ich beharrlich wieder an. »Sie haben die *Con Steel*-Affäre bearbeitet. Man hat mir gesagt, Sie wüßten über dieses Unternehmen mehr als sonst eine sterbliche Seele — ausgenommen Matt Brady.«
Wieder dieser merkwürdige Blickwechsel zwischen seiner Frau und ihm.
»Ich fürchte, ich weiß nichts, was Ihnen weiterhelfen könnte.«
Er war ebenso hartnäckig.
Als ich aufstand, war ich hilflos, müde. Überall Wände. Offenbar war ich tatsächlich fertig und wollte es nur nicht einsehen. Ich lächelte bitter. »Sie hat er also auch drangekriegt.«
Levi gab keine Antwort. Er blickte mich nur aus unergründlichen Augen an.
In der Tür blieb ich stehen und schaute noch einmal zurück. »Können Sie hier einen Teilhaber gebrauchen?« fragte ich sarkastisch. »Oder liefert Matt Brady die Viecher gleich mit, wenn er einen vor die Hunde gehen läßt?«
»Die Hunde sind meine Idee!« brauste er auf. »Die sind besser als Menschen. Die verraten einen nicht!«
Ich trat auf den langen, gepflegten Weg hinaus, ging zum Wagen und fuhr zur Stadt zurück. Ich hatte schon fast die Hauptstraße erreicht, als jemand hinter mir hupte. Ich schaute in den Rückspiegel. Levis Frau saß am Steuer des Kombiwagens, den ich vorhin in der Auffahrt gesehen hatte. Ich fuhr rechts heran, um sie vorbeizulassen. Sie schoß in einer Staubwolke an mir vorbei, um plötzlich auf die Bremse zu treten. Der Kombi stand neben der Straße, sie war ausgestiegen und winkte. Ich hielt neben ihr.

»Mr. Rowan«, sagte sie mit ihrem merkwürdigen Akzent, »ich muß sprechen mit Ihnen.«
Ich öffnete die Wagentür auf ihrer Seite. »Bitte, Mrs. Levi.«
Sie kletterte in den Wagen und steckte sich eine Zigarette an. Sie war nervös. »Mein Mann möchte Ihnen helfen, aber er hat Angst. Er hat Angst, Sie sind auch so ein Brady-Mann.«
Ich lachte bitter.
»Lachen Sie nicht, Mr. Rowan. Es ist nicht komisch!«
Es war, weiß Gott, nicht komisch. Nur ein Narr lacht bei einer Beerdigung, und das hier war sogar seine eigene. »Verzeihen Sie, Mrs. Levi, so habe ich es nicht gemeint.«
Sie blickte mich kurz von der Seite an. »Es gibt da viele Dinge, die mein Mann Ihnen erzählen könnte. Aber er traut sich nicht.«
»Warum denn? Was könnte ihm Matt Brady denn jetzt noch anhaben?«
»Nicht seinetwegen. Bob ist sicher. Er hat Angst um mich.«
Das verstand ich nicht. Was konnte Matt Brady mit ihr zu tun haben? Sie hatte es wohl an meinen Augen abgelesen. »Kann ich offen zu Ihnen sprechen?« Sie fragte es beinahe bittend. Und sie meinte mehr damit, als die Worte sagten: Sind Sie mein Freund? Kann ich Ihnen vertrauen? Werden Sie uns Schaden zufügen?
Ich überlegte das alles, bevor ich antwortete. »Man kann einen Menschen ein ganzes Leben lang kennen und doch nichts von ihm wissen. Plötzlich passiert irgend etwas, und dann stellt man fest, daß alle Menschen, die man bisher kannte, nichts taugen. Aber ein anderer, den man noch nie vorher gesehen hat, reicht einem plötzlich die Hand und hilft. So ist es im Augenblick bei mir. Keiner von denen, die ich kenne, kann mir helfen.«
Sie zog an ihrer Zigarette, ihre eigenartigen blauen Augen blickten durch die Windschutzscheibe weit über die Straße hinaus. Nach einer Weile begann sie leise zu sprechen. »Als ich Bob das erstemal traf, da war er ein strahlender, lachender junger Mann, ein Optimist, der immer nur die Zukunft sah. Er hatte große Hoffnungen und viel Ambitionen.« Die Zigarette verbrannte ihr fast die Finger, sie drückte sie im Aschenbecher des Armaturenbrettes aus und fuhr bekümmert fort: »Es ist

lange her, seit ich ihn lachen sah. Jetzt hat er keine Ambitionen mehr, für ihn wie für mich waren es lange und sorgenvolle Jahre.«

Sie blickte mich an. »In meiner Heimat gibt es ein Sprichwort: Man muß für alles im Leben bezahlen. Und das stimmt. Um unserer Liebe willen, um meinetwillen muß mein Mann sein Leben praktisch in der Verbannung verbringen.«

Wieder griff sie nach den Zigaretten. Ich nahm mir auch eine und gab ihr ein Streichholz. Ich unterbrach sie mit keinem Wort. Sie behielt mich im Auge, bis meine Zigarette brannte.

»Nun wissen Sie, warum er sich nicht traut, etwas zu sagen. Vielleicht halten Sie ihn für einen Feigling – mir ist das egal.«

»Das tue ich nicht. Aber warum kann er nichts unternehmen?«

Sie sprach langsam. »Matt Brady ist ein furchtbarer Mensch. Er fand damals heraus, daß Bob mich illegal in die Vereinigten Staaten gebracht hatte. Über Bob selbst konnten seine Detektive nichts finden, aber sie entdeckten etwas über mich. Bob hatte nichts weiter gewollt, als daß wir zusammenbleiben, wenn er in die Staaten zurück mußte. Er kaufte in Schanghai ein Visum und falsche Papiere. Auf diese Weise bin ich hereingekommen. Wir waren glücklich, bis Mr. Bradys Detektive Bob mitteilten, daß Brady Bescheid wußte und daß er die Polizei verständigen würde, wenn Bob die *Con Steel* nicht in Ruhe ließe. Bob blieb nichts anderes übrig, er trat zurück. Er wollte es lieber so, als daß ich hätte nach Japan zurück müssen.«

Ich erinnerte mich, was mir Paul über die *Con Steel*-Affäre erzählt hatte. Nachdem Levi das Ministerium verlassen hatte, war der Fall im allseitigen Einverständnis zu den Akten gelegt worden. Matt Brady mußte sehr stolz auf sich gewesen sein.

Ich wußte nicht, was ich darauf sagen sollte. Diese armen Menschen hatten wirklich genug durchgemacht. Durfte ich ihnen noch mehr Kummer bereiten? Ich schwieg und blies langsam den Rauch durch die Nasenlöcher.

»Mein Mann ist nicht glücklich, Mr. Rowan.«

Ich schaute sie verwundert an.

»Jeden Tag beobachte ich, wie er wieder ein Stückchen mehr stirbt. Er ist wie ein Mann, der nur wie ein Junge arbeiten darf.«

Ich verstand zwar, was sie damit meinte, aber ich sah nicht,

worauf sie hinaus wollte. »Wie kann ich ihm helfen? Ich bin ja praktisch selbst am Ende.«
»Bob weiß über Matt Brady mehr als sonst jemand auf dieser Welt, geschäftlich und privat.« Sie beobachtete mich wieder, während sie das sagte. »Wenn Sie ihm eine Stellung verschaffen, könnte er Ihnen bestimmt von großem Nutzen sein.«
»Er kann sofort einen Posten haben. Aber schließlich kann ich mich ihm nicht aufdrängen. Sie haben mir ja gerade erzählt, warum.«
Sie blickte auf ihre Zigarette. »Er weiß nicht, daß ich Ihnen nachgefahren bin. Ich habe gesagt, ich müsse noch einkaufen. Ich werde umkehren und ihm erzählen, daß ich Sie noch einmal gesprochen und Ihnen die Wahrheit gesagt habe. Dann wird er zu Ihnen kommen.«
»Glauben Sie wirklich?« Eine leise Hoffnung regte sich wieder in mir.
Sie stieg aus dem Wagen und stand wieder auf der Landstraße, der Wind blies ihr das Haar ins Gesicht. »Ich werde dafür sorgen, Mr. Rowan, koste es, was es wolle«, und leiser fügte sie hinzu: »Ich will nicht am Tod meines eigenen Mannes schuld sein.«
Sie stieg in den Kombi und wendete. Als sie zurückkam und an mir vorbeifuhr, erkannte ich die Aufschrift »Krystal Hundezwinger«. Sie winkte zu mir herüber, aber sie lächelte nicht; sie schien äußerst entschlossen.
Der Kombi verschwand förmlich hinter der Staubwolke, bog um die Ecke und war weg. Ich schaute auf die Uhr am Armaturenbrett. Beinahe vier. Ich drehte den Zündschlüssel um und drückte auf den Anlasser, legte den Gang ein und fuhr an. Wenn ich um fünf bei Elaines Cocktailparty sein wollte, mußte ich mich beeilen.

24

Sage etwas Nettes über jemanden, und kein Mensch wird dir zuhören. Ist es aber etwas Gemeines, Boshaftes oder Skandalöses, dann wird jeder Mensch in der Stadt alles tun, das Gerücht so schnell wie nur möglich zu verbreiten.

Innerhalb von drei Tagen waren wir ein Thema für alle Zeitungen von New York bis San Franzisko. Jedes Käseblatt, das nur ein wenig Platz erübrigen konnte, veröffentlichte unsere Fotos.
Innerhalb von vier Tagen waren wir das interessanteste Liebespaar, die meistbesprochene Affäre der Stadt. Selbst die Fremdenführer hätten noch was von uns lernen können, denn wir erschienen bei jeder Premiere und verkehrten in den exklusivsten Restaurants. Wo immer wir auch auftauchten, drehten sich die Leute nach uns um, begafften uns mit offenen Mäulern und tuschelten. Ihr Gekicher folgte uns auf Schritt und Tritt. Elaine war großartig. Sie trug den Kopf hoch und den Blick geradeaus gerichtet. Wenn sie das Gerede auch hörte, sie ließ es sich nicht anmerken. Wenn es sie verletzte, sie ließ es mich nie fühlen.
Je öfter ich mit ihr zusammen war, desto mehr imponierte sie mir.
Ich versuchte, Marge zu erklären, was ich mit all dem erreichen wollte. Aber seit diesem letzten Streit wollte sie mich nicht mehr anhören. Selbst Jeannie sah mich mit schiefen Blicken an. Beide benahmen sich, als gäbe es mich überhaupt nicht. Auch Vater kaufte mir meine Geschichte nicht ab.
Die Zeitungen hatten allzu gute Arbeit geleistet. Sie erreichten jeden damit. Nur den Mann nicht, auf den es uns ankam. Jeden Morgen stellten wir uns beide die gleiche Frage: »Hast du was von Matt Brady gehört?« Und jeden Morgen war es die gleiche Antwort: »Nein.«
Aber dann kam der erste Erfolg. Als ich am Donnerstagmorgen mit Elaine telefonierte, sagte sie: »Tante Nora hat mich angerufen.«
»Wer ist denn das?«
Ihre Stimme klang überrascht. »Onkel Matthews Frau.«
»Ich wußte nicht mal, daß er verheiratet ist. Ich habe nie von ihr gehört.«
»Das kann ich mir denken. Tante Nora ist invalid. Seit über dreißig Jahren fährt sie jetzt im Rollstuhl.«
»Wie kommt denn das? Was ist denn los mit ihr?« fragte ich.
»Ein Jahr nach ihrer Hochzeit wurden ihr bei einem Autounfall beide Beine und die Hüften zertrümmert. Onkel Matt fuhr

einen neuen Wagen, der überschlug sich, er flog raus, aber sie wurde drunter eingeklemmt. Er hat sich das nie verziehen.«
»Wie tröstlich, daß er wenigstens ein paar menschliche Regungen zeigt«, bemerkte ich gefühllos. »Ich wollte schon die Hoffnung aufgeben, jemals welche bei ihm zu entdecken.«
»Brad, sei nicht so boshaft!« Es klang vorwurfsvoll. »Das ist eine furchtbare Geschichte. Tante Nora war damals noch ein ganz junges Mädchen. Neunzehn, glaube ich.«
Ich machte eine Pause. »Was wollte sie denn?«
»Sie meinte, es wäre keine schlechte Idee, wenn ich sie mal besuchen würde. Sie war ganz durcheinander wegen der Geschichten, die sie über uns in den Zeitungen gelesen hat.«
»Hat Onkel Matt sich irgendwie dazu geäußert?« fragte ich.
»Sie sagte nur, er sei beim Frühstück sehr ärgerlich gewesen, aber schließlich hätte er mich einmal gewarnt, und dabei bliebe es. Deshalb hat sie sich entschlossen, anzurufen.«
»Gut«, sagte ich. »Geh nicht hin. Laß ihn ruhig schmoren.«
Sie zögerte. »Brad, glaubst du wirklich, daß es einen Sinn hat, was wir tun? Ich sehe nicht recht, wie uns das weiterhilft.«
»Ich weiß es nicht«, antwortete ich. »Ich habe dir ja gesagt, es ist nichts weiter als ein Versuchsballon. Ich probiere nur, ihn ein bißchen auf Trab zu bringen in der Hoffnung, daß er dabei vielleicht mal stolpert.«
»Gut, Brad. Ich werde Tante Nora anrufen und absagen.«
»Wir haben heute eine Verabredung zum Mittagessen«, erinnerte ich sie.
»Ich weiß. Wird dir dieses Theater nicht langsam ein bißchen leid?«
»Wer spielt Theater?«
»So habe ich es nicht gemeint, Brad«, sagte sie leise. »Wir haben ein Abkommen darüber, erinnerst du dich?«
»Das einzige, was mich interessiert, ist, daß ich mit dir zusammen bin. Und so lange ist mir auch alles andere völlig gleichgültig – Geschäft, Geld, Matt Brady, alles.«
»Wirklich alles, Brad?« fragte sie sanft. »Und deine Familie?«
Ich schloß die Augen. Ich zögerte.
»Antworte nicht, Brad«, warf sie rasch ein. »Das war nicht fair von mir.«
Die Leitung war getrennt, langsam legte ich den Hörer auf. Sie

wollte nicht, daß ich ihr darauf antwortete. Ob sie wohl Angst davor hatte, was ich sagen könnte?
Die Rufanlage summte, ich kippte den Hebel um. »Mr. Robert M. Levi möchte Sie sprechen«, krächzte Mickeys Stimme.
Ich hatte ihn schon beinahe abgeschrieben. Aber eigentlich hätte ich mir ja denken können, daß jemand wie seine Frau nicht erfolglos sein würde – nicht, nachdem ich diesen Blick auf ihrem Gesicht gesehen hatte, als sie neulich wieder abgefahren war. »Schicken Sie ihn herein«, sagte ich und wandte mein Gesicht zur Tür.
Wäre er nicht soeben angemeldet worden, hätte ich in ihm niemals denselben Mann erkannt, den ich neulich in Wappinger Falls besucht hatte. Er trug einen dunkelgrauen Anzug, ein weißes Hemd und eine kastanienbraune Krawatte. Sein Gesicht war sonnengebräunt, in den Winkeln seiner braunen Augen standen winzige schräge Fältchen. Ich stand auf.
Ein warmes Lächeln lag auf seinen Lippen. »Ich wäre schon am Montag gekommen. Aber meine Anzüge waren mir alle zu groß geworden. Ich mußte sie erst vom Schneider ändern lassen.«
»Diese Ausgabe wird sich unter Umständen nie amortisieren«, sagte ich.
Sein Blick wanderte langsam durch mein Büro und wieder zu mir zurück. Er zog eine Zigarette heraus und steckte sie an. »Das wollen wir erst mal sehen«, sagte er gut gelaunt. »Das heißt, wenn Sie Ihr Angebot aufrechterhalten.«
Er gefiel mir. Ein netter, kluger Bursche. Etwas an ihm gefiel mir ganz besonders. Sein Mund und sein Kinn zeugten von einem ehrlichen Charakter. Man brauchte keine schlaflosen Nächte zu verbringen, wenn man ihm mal den Rücken kehrte. Ich streckte ihm die Hand entgegen. »Willkommen in der Großstadt, Farmer!«
Er grinste, als er meine Hand ergriff. »Donner und Doria«, sagte er im besten näselnden Dialekt des nördlichen Provinzlers, den ich je gehört hatte. »Haben ja 'ne mächtig schöne Bude hier!«
Sein Händedruck war fest und kräftig. Von dem Augenblick an, da wir uns die Hand gaben, wußte ich, daß wir Freunde werden würden. Ich glaube, er hatte das gleiche Gefühl.

»Wo kann ich meinen Hut aufhängen?«
Jetzt war ich an der Reihe, ihn zu überraschen. Ich schlug auf den Hebel der Rufanlage.
»Ja, Chef?« drang Mickeys Stimme aus dem Kasten.
»Alles fertig?«
»Alles klar.« Man hörte ihrer Stimme an, daß sie lächelte.
Ich bat ihn, mir zu folgen, und betrat den Flur, der zu Chris' ehemaligem Büro führte. Dort blieb ich stehen, wartete, bis er mich eingeholt hatte, und deutete auf die Tür.
Er starrte sie einen Augenblick an, drehte sich dann zu mir um und schluckte. »Da steht ja schon mein Name dran!«
Ich nickte. »Seit ich damals zurückkam.«
»Aber — aber woher wußten Sie denn, daß ich kommen würde?«
Ich lächelte. »Ich machte mir schon ein wenig Sorgen. Das Büro sieht so nett aus — ich wollte so gern, daß Sie es noch vorher sehen, bevor ich den Laden hier schließen muß.«
Fragend zog er eine Augenbraue hoch. »Steht's so schlimm?«
Ich hielt ihm die Tür auf. »Ziemlich«, sagte ich und folgte ihm in das Zimmer. »Unser gemeinsamer Freund hat verdammt gute Arbeit geleistet. Bei allen Wettannahmen gilt er als Favorit.«
Er ging um den Schreibtisch herum und setzte sich. Seine Hände ruhten locker auf der polierten Schreibtischplatte. In dieser Berührung lag direkt etwas Zärtliches. »Hilde wartet unten im Kombi«, sagte er. »Ich habe einen Schwung Akten über Matt Brady und *Con Steel* mitgebracht. Ich dachte, es könnte vielleicht ganz nützlich sein.«
»Gut. Wir werden einen Boten runterschicken, um es zu holen.«
Eine Spur von Enttäuschung huschte über sein Gesicht. Ich begriff sofort. »Und dann werde ich meine Garage anrufen«, fügte ich hinzu, »sie sollen jemanden herschicken, der den Wagen abholt. Dann kann sie heraufkommen und das Büro anschauen.«
Ich ging zur Tür. »Ich lasse Ihnen erst mal Zeit, sich ein bißchen einzugewöhnen. Nach dem Essen findet eine Konferenz aller Mitarbeiter statt, da werden Sie die anderen kennenlernen. Anschließend setzen wir beide uns dann zusammen und beraten, wie wir weiter vorgehen.«

Er erhob sich hinter seinem Schreibtisch. »Vielen Dank, Brad«, sagte er ernst. »Ich habe von dem Geschäft hier überhaupt keine Ahnung. Aber ich hoffe, ich kann Ihnen trotzdem eine Hilfe sein.«
»Allein, daß Sie hier sind, ist mir eine große Hilfe«, sagte ich. »Es gibt nicht viele Menschen, die ein sinkendes Schiff besteigen würden.«

25

An diesem Nachmittag erfuhr ich über *Consolidated Steel* mehr als in all den Wochen vorher. Aber nichts, wo ich einhaken konnte. Matt Brady war zu raffiniert gewesen.
Es war beinahe sieben Uhr, als ich mich müde in meinem Sessel zurücklehnte und die Augen rieb. Ich schob den Stapel Papier auf meinem Schreibtisch zur Seite und blinzelte zu Bob hinüber.
»Mir reicht's, mein Lieber«, seufzte ich. »In meinem Kopf dreht sich schon alles. Machen wir lieber morgen früh weiter.«
Er blickte mich lächelnd an. Er schien so frisch, als wäre er gerade erst hereingekommen; ich beneidete ihn um seine Jugend.
»Na gut, Brad«, sagte er und stand auf.
Das Telefon läutete, ich nahm den Hörer auf. »Ja.«
»Mr. Rowan?« Es war eine weibliche Stimme, die mir irgendwie bekannt vorkam. Aber ich wußte nicht, wo ich sie hintun sollte, ich war zu erledigt.
»Am Apparat«, antwortete ich.
»Hier ist Sandra Wallace.«
Ich zwang mich, freundlich zu sein. »Sandy! Wie nett, mal wieder von Ihnen zu hören!«
Sie verlor keine Zeit. »Ich möchte Sie gern sprechen, Brad.«
Ich schloß die Augen und lehnte mich über den Schreibtisch. Dies war keine Zeit für Flirts. Außerdem war ich zu müde. Übrigens, wenn sie jetzt noch nicht wußte, wie es stand, dann war sie für dieses Spiel zu naiv. »Ich bin ziemlich im Druck«, sagte ich. »Ich kann jetzt nicht rüberkommen.«
»Ich bin im Drugstore hier in Ihrem Gebäude.«

Ich horchte auf. Das klang gar nicht nach Leidenschaft. »Dann kommen Sie doch rauf, seien Sie nicht so verdammt formell!« Ich hörte sie lachen, als sie den Hörer auflegte.
Bob schaute mich etwas seltsam an. Ich legte den Hörer auf.
»Vielleicht haben wir morgen mehr Glück«, meinte ich.
Er antwortete nichts, nickte nur und ging zur Tür. Auf halbem Weg blieb er stehen, drehte sich um und schaute mir ins Gesicht.
»Ja, Bob?«
»Entschuldigen Sie, falls ich zu indiskret bin«, sagte er. »Aber ich verstehe da etwas nicht.«
»Was?«
Er lief rot an. »Was da in den Zeitungen über Sie und die Dame Schuyler steht.«
Er brauchte nicht noch deutlicher zu werden. Ich wußte, was er meinte. »Ich bemühe mich, nicht auf allen vieren zu kriechen, wenn Sie das meinen.« Ich stand auf. »Elaine ist eine alte Freundin. Und sie ist auf unserer Seite.«
»Ich nehme an, Sie wissen, was Sie tun.« Ich konnte dem Klang seiner Stimme entnehmen, daß ihm die ganze Geschichte ziemlich unverständlich war.
Zum erstenmal beschlich auch mich das Gefühl, daß mein Einfall vielleicht doch nicht so gut gewesen war. Marge und mein Vater mochten voreingenommen sein. Aber Bob profitierte nichts von seiner Meinung; es war die Ansicht eines Außenstehenden.
»Ich mußte ja irgendwas probieren«, verteidigte ich mich kleinlaut.
Er war nicht überzeugt. »Ich habe sie mehrfach in Washington getroffen. Eine der attraktivsten Frauen, die ich kenne.«
»Und sie sieht nicht nur großartig aus, sie ist es auch.« Er war draußen, ehe ich die Worte zurückhalten konnte.
Er sah mich einen Augenblick lang verständnisvoll an, dann wandte er sich rasch ab und griff nach der Türklinke. »Bis morgen, Brad!«
Im gleichen Augenblick öffnete sich die Tür, und Sandra stand da. »Oh, Verzeihung!« rief sie aus. »Ich wollte nicht stören.«
»Schon gut, Sandy«, sagte ich. »Kommen Sie ruhig herein.«
»Ich wollte sowieso gerade gehen«, erklärte Levi. »Gute Nacht, Brad.«

Die Tür schloß sich, während ich um meinen Schreibtisch herumging. »Nett, Sie wiederzusehen, Sandy.« Ich ergriff ihre Hand.
»Am Telefon schienen Sie mir nicht gerade entzückt zu sein!«
»Ich bin müde.« Ich führte sie zu einem Stuhl. »Ihr Chef leistet ganze Arbeit, er schlägt mich kurz und klein.«
»Sie meinen: mein ehemaliger Chef. Ich komme, um mir die Hilfe zu holen, die Sie mir angeboten haben.«
Ich konnte meine Überraschung nicht verbergen. »Haben Sie am Ende gekündigt?«
»Morgen«, nickte sie. »Er weiß es noch nicht.«
»Und warum haben Sie Ihre Meinung geändert? Ich dachte, Sie hätten sich mit ihm abgefunden?«
»Dachten Sie.« Sie schaute mir in die Augen. »Ich weiß, ich habe genauso viel Chancen bei Ihnen wie ein Schneeball in der Hölle. Trotzdem – ich kann einfach nicht den ganzen Tag in seinem Büro sitzen und ihm helfen.«
Es war in meinem Leben nicht oft passiert, daß ich mir erbärmlich vorkam. Aber dieser Aufrichtigkeit gegenüber fühlte ich mich sehr klein. »Sie sind so nett zu mir«, sagte ich.
Sie stand auf und kam auf mich zu, und sie schaute mir noch immer in die Augen. »Als Sie damals fortgingen, habe ich mir gesagt, daß es vorbei wäre. Daß Sie nichts für mich übrig hätten. Daß Sie einer anderen gehören. Aber dann verging die Zeit, und ich sah, was passierte. Ich wußte es jedesmal, wenn er zum Schlag gegen Sie ausholte, und mir tat es jedesmal mit weh. Und dann habe ich meinen Entschluß gefaßt.«
Ich sprach kein Wort. Sie stand ganz dicht vor mir, ich spürte das Drängen in ihrem Körper, die rein animalische Besitzgier, die sie zu mir trieb.
Ich beherrschte mich und wartete, was sie weiter sagen würde.
»Sie haben vielleicht nichts für mich übrig. Aber ich für Sie. Ich habe genug Männer kennengelernt, um zu wissen, was ich sage. Keiner hat mich derart erregt wie Sie. Und kein anderer wird es jemals können.«
»Sie sind jung«, entgegnete ich derb. »Eines Tages wird Ihnen genau der Richtige über den Weg laufen, und dann bin ich nichts mehr als ein Schatten neben ihm.«
Sie lächelte schwach. »Ihr Wort in Gottes Ohr.«

Ich drehte mich um, trat wieder hinter meinen Schreibtisch und steckte mir eine Zigarette an. »Sie wollen also tatsächlich weg von ihm?«
Sie beobachtete mich noch immer. »Glauben Sie es nicht?«
Darauf wußte ich keine Antwort.
Sie setzte sich wieder. »Damals haben Sie gesagt, Sie würden mir eine Stellung verschaffen.«
Ich zögerte.
»Haben Sie das nicht ernst gemeint?«
Ich schüttelte den Kopf. »Ich war damals viel dreister als heute. Zu dieser Zeit wußte ich noch nicht, wozu Matt Brady fähig ist.«
»Dann wollen Sie mir also nicht helfen?« Ihre Stimme zitterte.
»Das habe ich nicht gesagt. Ich weiß nur nicht, ob ich noch genügend Freunde übrigbehalten habe, die auf mich hören.«
»Aber Sie werden es versuchen?« Sie fixierte mich noch immer scharf.
»Darauf können Sie sich verlassen.«
Sie stand auf. »Das ist meine einzige Bitte.« Sie schaute auf ihre Uhr. »In einer Stunde fliegt eine Maschine zurück. Das werde ich gerade noch schaffen.«
Ich ging um den Schreibtisch herum. »Rufen Sie mich Montag an?«
»Bestimmt.« Sie streckte mir ihre Hand entgegen.
Ich ergriff sie und schaute auf sie hinab. »Sandy, es tut mir leid, daß ich nicht so ganz der Mann bin, für den Sie mich halten. Es war nicht meine Absicht, Versprechungen zu machen, die ich nicht erfüllen kann.«
Sie zwang sich zu einem Lächeln. »Für mich sind Sie Mann genug.«
Ich blickte ihr in die Augen. Sie meinte es nicht ironisch. »Danke, Sandy.«
Ihre Unterlippe zitterte. Ich nahm Sandy in den Arm und küßte sie.
»Brad!« Sie riß ihren Kopf zurück, zog dann mein Gesicht dicht an das ihre und studierte schweigend meine Augen.
»Entschuldige, Sandy«, flüsterte ich.
Ihre Lippen öffneten sich, als wollte sie etwas sagen – da erklang hinter uns ein Geräusch und dann eine andere Stimme.

»Brad, du hast zu schwer gearbeitet. Komm, ich will dich abholen!« Die Tür schwang vollends auf – und da stand Elaine. Für einen Augenblick waren wir zu überrascht, um uns zu rühren. Dann ließ Sandy ihre Arme von meinem Hals gleiten. Das Lächeln auf Elaines Gesicht fror ein und verschwand dann langsam. In ihren Augen war zu lesen, wie verletzt sie war. Sie stand still und ganz armselig in der Tür, ihre Hand lag auf dem Griff, als müßte sie sich an ihm festhalten. Sie blickte von mir zu Sandy und wieder zurück. Schließlich sagte sie: »Hallo, Sandra.« Ich spürte, wie sie sich zwang, ihre Stimme zu beherrschen.
»Mrs. Schuyler...«, sagte Sandy leise.
Ein Schleier war über Elaines Augen gefallen, der mich aussperrte.
»Vielleicht habe ich mich doch geirrt, Brad.« Die Kränkung sprach nun auch aus ihrer Stimme. »Ich wollte es nicht glauben, als du mir gesagt hast, dir wäre jedes Mittel recht. Aber jetzt weiß ich es.«
Die Tür knallte zu, und weg war sie. Sandy und ich starrten uns an – es war, als würde ein Zauber gebrochen. Ich rannte zur Tür und riß sie auf. Das Vorzimmer war leer.
»Elaine!« rief ich und rannte auf den Flur. Ich hörte gerade noch das Schließen der Fahrstuhltüren. »Elaine!« rief ich wieder und stürzte auf den Lift zu.
Aber zu spät. Hilflos starrte ich auf die geschlossenen Türen, machte dann kehrt und ging langsam ins Büro zurück.
Dort stand Sandra und beobachtete mich. Ich ging an ihr vorbei und ließ mich niedergeschlagen in meinen Sessel fallen.
»Sie lieben sie sehr!«
Ich nickte.
Sie ging zur Tür. »Gute Nacht, Brad.«
»Gute Nacht«, sagte ich. Ich schaute nicht auf, als die Tür ins Schloß fiel. Ich lehnte mich in den Sessel zurück und legte die Hand über die Augen. Ich fühlte Elaines Schmerz, mein ganzer Körper litt mit ihr. Ich hatte kein Glück mehr. Ich würde auch keines mehr haben. Im Gegensatz zu Matt Brady.
Er hatte gewonnen. Ich hatte die Freude am Kampf verloren. Mein Blick wanderte durch das Büro. Solange sich etwas rührte, war es großartig gewesen. Aber nun war die Vorstellung zu

Ende. Ich mußte nur noch die Zeche bezahlen. Morgen würde ich den Laden zumachen, und nächste Woche würde ich mich nach einer Stellung umschauen.
Ich stand auf und suchte nach Alkohol. Auch abtreten kann man stilvoll. Besser, der Whisky befand sich in meinem Magen als in dem der Gläubiger. Ich goß gerade ein, als jemand leise an die Tür klopfte.
»Sind Sie noch da, Brad?« rief Levi.
»Kommen Sie rein, Bob!« Ich lächelte bitter vor mich hin. Morgen früh würde es auch nicht leichter sein, ihm alles zu sagen – ich konnte ihn genausogut jetzt noch verkraften. Er hatte einen sehr kurzfristigen Posten gehabt.
Bob war erregt, er lehnte sich über meinen Schreibtisch. »Woher kennen Sie denn Matt Bradys Tochter?«
Ich schaute ihn bestürzt an, immer noch das Glas in der Hand. Er war anscheinend noch verwirrter als ich. »Mrs. Schuyler ist Bradys Nichte«, erklärte ich ihm.
»Aber ich rede doch nicht von Mrs. Schuyler«, sagte er ungeduldig.
»Ja, über wen denn sonst?«
Mein Whisky schwappte über den ganzen Schreibtisch, als ich seine Antwort vernahm. Er lief sogar auf meine Hose, aber es war mir völlig gleichgültig. Ich war soeben wiederauferstanden.
»Über Sandra Wallace«, antwortete er.

26

So etwas Ähnliches hätte ich mir gleich denken können. Aber ich hatte eben meine Gedanken nicht beisammen gehabt. Wie der Buchmacher, der nach vielen Jahren ein ehrliches Gewerbe begann. Es war für ihn ein völlig neues Lebensgefühl, er konnte gar nicht begreifen, daß es so etwas wie Diebstahl im Geschäftsleben überhaupt gab. Er rannte so tugendhaft immer geradeaus, daß er, ehe er sich's versah, seinen ganzen Einsatz verloren hatte und zum Start zurück mußte. So war's auch bei mir. Ich hatte mich zu sehr von Äußerlichkeiten beeindrucken lassen. Diese Bosse unterschieden sich in gar nichts von irgend je-

mand anders. Sie verbuddelten ihren Schmutz nur tiefer, so daß man beharrlicher kratzen mußte, um ihn zu finden.
»Haben Sie Beweise?« fragte ich und wischte mir den Alkohol von der Hose.
Er schüttelte den Kopf. »Ich bin der Sache nie richtig nachgegangen. Ich stieß ganz zufällig darauf. Es hatte damals mit der Regierungsklage nichts zu tun, und deshalb ließ ich es fallen.«
»Es hätte Ihnen aber damals die Stellung retten können«, sagte ich. Ich konnte nicht begreifen, daß er dieses Material nicht schon früher verwertet hatte.
Er schaute mir fest in die Augen. »Hilde hätte trotzdem nicht hierbleiben können.« Er nahm eine Zigarette. »Als ich Sandra vorhin in Ihrem Büro traf, da fiel mir plötzlich alles wieder ein. Ich dachte, Sie wüßten es.«
»Und wie steht's mit Sandy?« erkundigte ich mich. »Weiß sie was davon?«
»Nein. Niemand außer ihren Eltern. Aber soviel ich weiß, ist ihr Vater tot. Bleibt also nur die Mutter, um die Wahrheit zu beweisen. Aber ich bezweifle, daß sie den Mund aufmacht.«
Ich gab ihm Feuer. Ich war jetzt hellwach, in meinem Hirn kreisten gewaltige Räder. Ich goß zwei Whiskys ein und reichte ihm ein Glas hinüber. »Fangen wir doch mal ganz von vorn an«, bat ich ihn.
Er nahm mir das Glas ab und setzte sich mir gegenüber in den Sessel. »Ich überprüfte damals die Liste der Stammaktien von *Con Steel*. Von 1922, wo Matt Brady seiner jungen Braut einige Anteile überschrieben hatte, bis 1925 verkaufte oder transferierte er keinen einzigen mehr. Im Gegenteil, er vergrößerte seinen Besitz durch Garantien und Optionen. Aber 1925 übertrug er fünfhundert Anteile auf Joseph und Marta Wolenciwicz zur treuhänderischen Verwaltung für Alexandra Wolenciwicz. Diese Anteile sollten bis zu seinem Tode treuhänderisch verwaltet und dann Alexandra überschrieben werden.«
Er nippte an seinem Whisky. »Zum Zeitpunkt dieser Übertragung hatten die Anteile einen Wert von ungefähr fünfzigtausend Dollar. Heute sind sie doppelt soviel wert. Deshalb war ich natürlich neugierig. Zum erstenmal hatte Brady was verschenkt. Ich ging also der Sache nach. Sandras Mutter war

in Bradys Haus in Pittsburgh Dienstmädchen gewesen. Nach allem, was ich herausfinden konnte, war sie damals Sandra sehr ähnlich.« Er lächelte. »Oder richtiger gesagt: anders rum. Sie hatte Figur, wenn Sie wissen, was ich meine.«
Ich nickte. Ich wußte, was er meinte.
»Brady war damals ungefähr fünfzig. Er hatte spät geheiratet, und bevor er sich noch in diese Rolle richtig hineingefunden hatte, wurde seine Frau bei einem Autounfall zum lebenslänglichen Krüppel. Ein Mädchen wie Marta konnte wohl einem Mann schon ziemlich zusetzen, selbst einem, dessen Frau nicht krank war. Na ja, Sie können sich denken, was passierte.«
Er hatte seinen Whisky halb ausgetrunken. Ich wollte nachschenken, aber er schüttelte den Kopf. »Drei Jahre lang hatte sie bei den Bradys gearbeitet, als sie plötzlich eines Tages verschwand. Bradys Frau wunderte sich zwar über die kurzfristige Kündigung, gab Marta aber trotzdem ein sehr nobles Geschenk zum Abschied.
Etwa drei Monate später tauchte Joe Wolenciwicz in Matt Bradys Büro auf, in seiner Arbeitskluft. Worüber die beiden sich unterhielten, weiß ich nicht. Sie waren alte Freunde, sie hatten viele Jahre lang zusammen in der Gießerei gearbeitet. Ich weiß aber, daß Joe dann Bradys Büro mit einem Scheck über fünftausend Dollar verließ. Er ging schnurstracks in seine Unterkunft, zog sich seinen einzigen guten Anzug an und marschierte zum Rathaus, wo er Marta traf. Sie wurden noch an diesem Nachmittag getraut. Vierzig Tage später kam Sandra zur Welt. Genau einen Tag später überschrieb Matt Brady die Aktien.«
Ich starrte schweigend in mein Glas. Eines mußte man Brady ja lassen: knauserig war er nicht. Er war bereit, für seine fürstlichen Privilegien zu bezahlen. Es war sogar mehr als das. Auf seine eigene, sonderliche Art liebte er Sandra sogar. Sie war sein einziger Nachkomme. Jetzt verstand ich auch, warum er sie nicht aus den Augen verlieren wollte. Neben seinem Beruf war sie vielleicht die einzige Erinnerung daran, daß er mal ein Mann gewesen war.
Ich goß mir noch einen Schluck nach. Das Leben ging schon seltsame Wege! Die Besitzgier, mit der Brady seine Tochter in der Nähe behalten wollte, löste bei ihr Haß aus. Ich fragte

mich, ob er wohl wußte, was sie empfand – und wenn ja, ob das für ihn von Bedeutung wäre.
»Indizienbeweis, wie Ihr Juristen sagt«, bemerkte ich.
»Auf diese Weise bekommt man eine Menge guter Fälle«, lächelte er.
Mein Entschluß war gefaßt. Mir blieb kein anderer Weg, ich mußte den K.O.-Schlag riskieren. »Wie lange brauchen Sie, um von allen notwendigen Unterlagen Kopien zu bekommen?«
»Ein paar Stunden«, antwortete Bob. »Ein paar habe ich sogar noch, zum Beispiel die von der Aktienüberschreibung. Das andere Zeug müßte ich in Pittsburgh beschaffen.«
Ich durchquerte den Raum und stellte die Flasche in den Schrank zurück. »Klemmen Sie sich dahinter. Wir treffen uns morgen mittag um eins in Bradys Büro.«
Ein seltsamer Ausdruck trat in sein Gesicht. Er wollte sprechen, zögerte jedoch.
»Was ist los?« fragte ich. »Angst?«
Er schüttelte den Kopf. »Nicht meinetwegen. Ich bin schon bedient. Aber Sie?«
Ich blieb stehen. Ich wußte, was er meinte. Aber ich sah keinen anderen Weg. Schließlich lächelte ich ihm zu. »Wieviel Jahre gibt es in Pennsylvania für Erpressung?«
Er schaute mich offen an. »So aus dem Handgelenk kann ich das nicht sagen.«
»Stellen Sie das ebenfalls fest, wenn Sie dort sind. Ich möchte gern wissen, was passiert, wenn ich verliere.«
Der Portier vom »Towers« begrüßte mich freundlich. »Guten Abend, Mr. Rowan.«
Ich schaute auf die hinter ihm hängende Uhr. Es war nach neun. »Können Sie mich bitte mit Mrs. Schuyler verbinden?«
»Selbstverständlich, Mr. Rowan.« Er nahm den Hörer ab und sprach hinein. Nach einigen Sekunden blickte er auf. »Es meldet sich niemand, Sir.« Er schaute auf das Regal, das hinter ihm stand. Ihr Schlüssel hing dort. Er drehte sich wieder zu mir um. »Sie muß fortgegangen sein, bevor ich meinen Dienst angetreten habe.«
Ich nickte und streckte meine Hand nach dem Schlüssel aus. »Sie wird vermutlich jeden Augenblick zurück sein. Ich werde oben auf sie warten.«

»Das ist reichlich ungewöhnlich, Sir«, zögerte er, bis er den Geldschein in meiner Hand entdeckte. Da schlug seine Stimme plötzlich um. »Aber ich nehme an, daß es in Ordnung ist, nachdem ich gesehen habe, wer Sie sind«, schloß er und händigte mir den Schlüssel aus.
Ich bedankte mich und ging in die Wohnung hinauf. Ich schloß auf, drehte das Licht an, ließ den Hut und Mantel auf einem Stuhl neben der Tür liegen und mixte mir einen Whisky mit Wasser. Der Raum war warm, ich öffnete das Fenster einen Spalt und setzte mich gegenüber in einen Sessel.
Schwach drangen die Straßengeräusche an mein Ohr. Ich fragte mich, ob sie wohl Sandras Geschichte kannte. Wahrscheinlich nicht, sonst hätte sie mir sicher davon erzählt. Oder doch? Schließlich gehörte Matt Brady immerhin zu ihrer Familie.
Es war fast zehn, als ich aufstand, um mir noch einen Whisky einzugießen. Ich drehte das Radio an und setzte mich wieder hin. Ich war müde, meine Augen brannten. Ich schaltete das Licht aus und saß im Dunkeln. Die leise Musik beruhigte. Ich spürte, wie sich meine Nerven allmählich entspannten. Ich setzte das Glas vorsichtig auf den Tisch neben mir und döste...
Irgendwo aus der Ferne vernahm ich die Nationalhymne. Mühsam riß ich die Augen auf, die schwer waren vor Müdigkeit. Ich drückte auf den Schalter, Licht überflutete den Raum. Die Hymne kam aus dem Radio, der Sender verabschiedete sich für die Nacht. Ich schaute auf meine Uhr: es war drei.
Ich stand auf und stellte das Radio ab. Ich hatte gar nicht gemerkt, wie müde ich war. Wo mochte sie nur stecken? Einer plötzlichen Eingebung folgend, ging ich in ihr Schlafzimmer und öffnete den Schrank.
Also doch. Ihr Reisegepäck war nicht da. Ich schloß den Schrank und kehrte in den anderen Raum zurück, nahm Hut und Mantel auf und verließ die Wohnung. Während der Aufzug hinunterfuhr, quälte mich ein eigenartiger Schmerz. Schließlich hätte sie mir die Möglichkeit zu einer Erklärung geben müssen. Ich warf den Schlüssel auf den Tisch der Anmeldung, ging hinaus und rief ein Taxi.

27

Während ich mich anzog, kam Marge ins Zimmer. Ich stand vor dem Spiegel und wollte mir meine Krawatte binden. Ich unternahm bereits den vierten Versuch; sie saß nicht richtig, und ich fluchte leise vor mich hin.
»Laß mich das machen«, sagte sie.
Ich drehte mich um; geschickt band sie die Krawatte und rückte sie zurecht. »Der einzige Mann auf der Welt mit zehn Daumen.« Sie lächelte.
Ich schaute sie verwundert an. War der Kriegszustand beendet? Seit einer Woche war das ihr erstes nettes Wort für mich.
»Keine Möglichkeit, mich jetzt noch umzukrempeln«, lächelte ich zurück. »Dazu bin ich zu alt.«
Mit leiser Wehmut blickte sie mir ins Gesicht. »Davon bin ich nicht so überzeugt«, sagte sie langsam. »In gewisser Hinsicht hast du dich schon verändert.«
Ich wußte, was sie meinte, aber ich wollte die Streitfrage nicht schon wieder aufgreifen. »Ich fliege heute nach Pittsburgh, um mit Matt Brady zu sprechen«, sagte ich.
»Rührt sich was?« fragte sie voller Hoffnung.
»Die letzte Chance. Entweder schaffe ich es heute, oder ich muß kapitulieren.«
Sie schaute zur Seite. »Ist es denn so schlimm?«
»Ja. Das Büro ist geschlossen, und die Rechnungen beginnen sich zu türmen.«
»Was wirst du ihm sagen?«
Ich nahm meine Jacke vom Bett und schlüpfte hinein. »Ich versuche eine kleine Erpressung, das ist alles.«
»Ist so was nicht gefährlich?« fragte sie bekümmert.
»Ein bißchen. Aber ich habe nichts mehr zu verlieren.«
Sie antwortete nicht sofort. Geistesabwesend strich sie die Bettdecke glatt. »Die Firma bedeutet dir soviel?«
»Wir müssen ja schließlich essen, du kannst die Kinder nicht mit warmer Luft großziehen.«
»Wir könnten mit viel weniger auskommen, wenn es sein müßte. Das wäre besser, als wenn du in noch mehr Schwierigkeiten gerätst.«
Ich lachte. »Noch mehr können es gar nicht werden.«

»Hoffentlich weißt du, was du tust«, sagte sie zweifelnd.
»Ich werde schon damit fertig.«
Wir gingen zur Tür und stiegen schweigend die Treppe hinunter. Während wir am Tisch saßen und auf den Kaffee warteten, kam Jeannie herein. Sie ging zu Marge und küßte sie auf die Wange. »Leb wohl, Mami.«
Sie ging an mir vorbei zur Tür.
»Augenblick, Jeannie«, rief ich, »ich nehm' dich mit zur Schule, sobald ich einen Schluck Kaffee bekommen habe.«
Sie schaute mich kühl an. »Vielen Dank, Dad«, sagte sie förmlich. »Ich treffe mich mit ein paar anderen an der Bus-Haltestelle.« Sie drehte sich rasch um und rannte hinaus.
Ich blickte zu Marge. Die Haustür fiel zu. Einen Augenblick lang fühlte ich mich wie ein Fremder in meinem eigenen Haus.
»Sie ist noch ein Kind, Brad«, sagte Marge schnell. »Es gibt gewisse Dinge, die sie noch nicht versteht.«
Ich erwiderte nichts. Sally goß Kaffee ein. Das heiße Gebräu brannte in der Kehle, aber es wärmte mich ein bißchen auf.
»Wird Mrs. Schuyler auch da sein?« fragte Marge.
Ich schüttelte den Kopf.
»Was hält sie von deiner Idee?« fuhr sie fort. »Ist sie damit einverstanden?«
»Sie weiß nichts davon. Sie ist gestern abend abgereist.«
Marge hob fragend eine Augenbraue. »Wohin denn?«
»Wie soll ich das wissen?« brummte ich mürrisch. »Ich habe genug eigenen Ärger am Hals, ich kann mich nicht auch noch um sie kümmern.«
Marge lächelte schwach. »Entschuldige, Brad, es war nicht meine Absicht, meine Nase da hineinzustecken.«
Ich hatte genug Kaffee und stand auf. »Ich gehe.«
Sie blieb sitzen und schaute mich an. »Wann wirst du zurück sein?«
»Heute abend. Wenn sich etwas ändert, rufe ich dich an.« Ich ging zur Tür.
»Brad!« Sie kam auf mich zu, ihr Gesicht hob sich mir entgegen. »Viel Glück!«
Ich küßte sie auf die Wange. »Danke. Ich werde es brauchen können.«
Sie schlang die Arme um meinen Hals. »Egal, was auch pas-

siert, Brad«, flüsterte sie, »denk daran, daß wir alle auf deiner Seite sind.«
Ich blickte ihr ernst in die Augen, um zu ergründen, was wohl in ihrem hübschen kleinen Kopf vorging.
Sie wandte das Gesicht zur Seite und legte den Kopf auf meine Brust. Ich konnte sie kaum verstehen. »Bestimmt, Brad«, flüsterte sie. »Ich werde mich über nichts beklagen, egal, was auch kommt. Keiner von uns wird mit einer Eheversicherung geboren.«
»Marge«, sagte ich heiser.
»Bitte, sprich nicht, Brad«, flüsterte sie rasch. »Nur sei ehrlich, was immer du auch tust. Wenn du dich endgültig entschlossen hast, sag es mir. Ich versuche dir zu helfen.« Sie löste ihre Arme von meinem Hals und rannte in die Küche.
Ich starrte auf die pendelnde Tür. Endlich blieb sie stehen, und ich ging hinaus zum Wagen.
Ich fuhr sofort zum Flughafen und rief von dort aus im Büro an. »Haben Sie schon etwas von Levi gehört?« fragte ich Mickey.
»Ja. Er will Sie am Flughafen in Pittsburgh erwarten.«
»Hat er alles beisammen?«
»Das hat er nicht gesagt.«
»Sonst Anrufe?«
»Nichts Wichtiges. Moment mal. Oh, ja! Mrs. Schuyler hat aus Washington angerufen. Sie möchten bitte zurückrufen.«
Ich schaute auf die Uhr. Gerade genug Zeit, um die Maschine noch zu erwischen. »Ich werde sie aus Pittsburgh anrufen«, sagte ich schnell. »Ich muß rennen.«
Ich legte den Hörer auf und ging hinaus zur Maschine. Mir war jetzt wohler. Sie hatte angerufen. Leise pfiff ich vor mich hin, als ich über das Rollfeld ging.

28

Das Taxi setzte uns genau vor dem eisernen Tor ab. Wir gingen hindurch und betraten das Verwaltungsgebäude. Mißtrauisch beäugte der Portier Bobs Aktentasche, als wir die Anmeldung betraten.
»Mr. Rowan zu Mr. Brady«, sagte ich.

Der große Zeiger der Uhr stand gerade auf der Eins, als er den Hörer abhob. Er schaute uns an. »Mr. Brady ist im Augenblick verhindert. Sie sollen mit Mr. Proctor sprechen.«
Ich war nicht hergekommen, um mit Chris zu reden. »Kann ich Mr. Bradys Sekretärin sprechen?«
Er telefonierte wieder, warf mir einen neugierigen Blick zu und wies uns zum Aufzug.
Als wir ausstiegen, erwartete Sandy uns auf dem Flur. »Brad!« flüsterte sie. »Was wollen Sie denn?«
Ich wartete, bis sich die Türen des Aufzugs hinter uns geschlossen hatten. Dann ging ich den Flur entlang zu ihrem Büro. »Ich will Ihren Chef sprechen.«
»Sie können jetzt nicht hinein. Mr. Proctor ist bei ihm.«
»Sehr gut«, grinste ich. »Man hat mir bestellt, ich solle Mr. Proctor aufsuchen.« Ich öffnete die Tür zu ihrem Büro und ging weiter auf Bradys Zimmer zu.
Sandy umklammerte meinen Arm. »Bitte, tun Sie das nicht, Brad«, bettelte sie. »Das macht es für uns beide nur noch schlimmer.«
Ich blickte sie an. In ihren Augen lag das reine Entsetzen; ich spürte, wie ihre Hand auf meinem Arm zitterte. Kalte Wut stieg in mir hoch. Was für ein Mensch war das, daß er ein anderes menschliches Wesen so einschüchtern und so völlig hilflos machen konnte? In ihrem Fall war das sogar noch schlimmer, denn sie war seine Tochter – wenn sie es auch nicht wußte. Ich legte behutsam meine Hand über ihre.
»Sandy«, sagte ich leise. »Sie brauchen keine Angst mehr vor ihm zu haben. Wenn wir aus diesem Büro wieder herauskommen, dann wird er sich in nichts mehr von uns unterscheiden.«
Sie riß die Augen weit auf. »Was haben Sie denn vor, Brad?«
»Ihm zeigen, daß er nicht der liebe Gott ist.« Und damit öffnete ich die Tür.

Chris hatte uns den Rücken zugekehrt; er blickte auf Brady, der hinter seinem Schreibtisch saß. Brady bemerkte uns zuerst. Ärgerlich stand er auf. »Ich habe Ihnen doch sagen lassen, daß ich Sie nicht sprechen will!«
»Ich aber wollte Sie sprechen«, entgegnete ich und betrat das Zimmer. Bob folgte mir und schloß die Tür.

»Sie haben Anweisung erhalten, Mr. Proctor Bericht zu erstatten«, wies mich Brady zurecht. Chris war aufgestanden und starrte uns an. Ich blickte durch ihn hindurch.
»Ich erstatte niemandem Bericht. Am allerwenigsten dem Büroboten.«
Ich machte ein paar Schritte auf den Schreibtisch zu. Chris trat auf mich zu, als wollte er mich zurückhalten. Ich musterte ihn von oben bis unten, und er wich zur Seite, um mich vorbeizulassen. Bradys Hand tastete nach dem Knopf an seinem Schreibtisch.
»Ich an Ihrer Stelle würde den Polizisten nicht rufen, Brady«, sagte ich rasch. »Es könnte Ihnen hinterher leid tun.«
Seine Hand erstarrte. »Was wollen Sie damit sagen?«
»Wissen Sie, daß Ihre Tochter Sie haßt?«
Sein Gesicht wurde plötzlich weiß. Ich spürte es körperlich, wie angestrengt er in mich hineinstarrte. Es gab jetzt nur noch uns beide in diesem Raum.
Er fuhr mit der Zunge über seine trockenen Lippen, der Mund zitterte. »Sie lügen!« explodierte er schließlich, und langsam kehrte die Farbe in sein Gesicht zurück.
»Gehen Sie schon, Brad«, hörte ich Chris hinter mir sagen. »Mr. Brady ist an Ihren leeren Drohungen nicht interessiert.«
Ich drehte mich nicht einmal um. Ich fixierte immer noch Brady.
»Ich lüge nicht, Brady. Ich kann es beweisen.«
»Mr. Brady hatte mir gerade Anweisung gegeben, Ihnen jede nur mögliche Rücksichtnahme angedeihen zu lassen. Aber unter diesen Umständen würde es Ihnen selbst dann nichts nutzen, wenn Sie auf allen vieren angekrochen kämen«, fuhr Chris dazwischen.
Zum erstenmal, seit ich das Büro betreten hatte, schaute ich ihn an. Diesmal würde ihm seine ganze kunstvolle Arithmetik nichts helfen.
»Ich habe eine Menge von Ihnen gelernt, Chris«, entgegnete ich kühl. »Aber das Kriechen bestimmt nicht. Das ist Ihre Spezialität.«
Chris blickte zu Brady hinüber. »Soll ich die Wache holen, Sir?«
Brady starrte noch immer mich an. Er sprach, als ob er uns gar nicht gehört hätte. »Ich habe versucht, alles für sie zu tun,

was ich konnte. Ich habe darauf geachtet, daß sie immer alles hatte, was sie brauchte. Eine Wohnung, Geld...«
Plötzlich erblickte ich einen müden, alten Mann, der sein Kind verloren hatte. Ich dachte an meine Jeannie, und ein seltsames Mitgefühl ergriff mich. »Menschen sind keine Fabriken«, sagte ich leise. »Man kann sie nicht kaufen und verkaufen wie anderen Besitz. Man kann sie auch nicht in einen Tresor einsperren und dann noch glauben, daß ihnen das gefällt.«
Seine Hände ruhten auf dem Schreibtisch, die Finger waren kalkweiß, es schien kein Blut durch seine Adern zu fließen. »Woher wissen Sie das, Mr. Rowan?«
»Sie kam gestern abend in mein Büro und bat mich, irgendwo eine Stelle für sie zu finden, die sie von Ihnen befreite.«
»Weiß sie über die verwandtschaftlichen Beziehungen Bescheid?« Seine Worte kamen sehr langsam.
Ich schüttelte den Kopf. »Nein.«
»Sie haben es ihr nicht gesagt?«
Ich sagte ihm nicht, daß ich es erst erfahren hatte, nachdem sie wieder gegangen war. »Das war nicht meine Aufgabe, Mr. Brady. Sie sind ihr Vater. Ich bin nur ihr Freund.«
Lange Zeit starrte er auf seine Hände, schließlich schaute er auf. »Proctor, gehen Sie in Ihr Büro«, sagte er, »ich rufe Sie, wenn ich Sie brauche.«
Chris warf mir nach dieser wortkargen Entlassung einen haßerfüllten Blick zu. Ich lächelte ihn freundlich an. Das machte ihn noch wütender, und er stolzierte aus dem Zimmer. Ich wandte mich wieder Brady zu.
»Setzen Sie sich, Mr. Rowan«, sagte er erschöpft.
Ich nahm den Stuhl, auf dem Chris gesessen hatte. Bradys Blick glitt an mir vorüber zu Bob. Er erkannte ihn offenbar nicht.
»Mein Teilhaber, Mr. Robert M. Levi«, stellte ich vor.
Brady nickte. Er erkannte ihn noch immer nicht.
»Sie werden sich vielleicht an ihn erinnern«, fügte ich hinzu, »er war der junge Anwalt, der den Antitrust-Fall gegen Ihre Gesellschaft vorbereitete.«
Bradys Gesicht veränderte sich ein wenig, es spiegelte so etwas wie Verachtung wider. »Jetzt erinnere ich mich«, sagte er und wandte sich wieder mir zu. »Wir zahlten ihm damals fünfundzwanzigtausend Dollar, damit er den Staatsdienst quittierte.«

Ich schaute Bob an. »So habe ich es aber nicht gehört!«
Bob errötete. »Ich habe keinen Cent genommen, Brad«, sagte er ärgerlich.
Ich wandte mich wieder an Brady. »Ich glaube ihm, Brady.«
»Aber ich selbst habe dem Privatdetektiv das Geld übergeben, den ich damals zu Levis Überwachung eingestellt hatte. Er sagte mir, das sei die einzige Möglichkeit, Levi zum Gehen zu bewegen«, empörte sich Brady.
»Dann haben Sie eben Pech gehabt, Brady«, entgegnete ich. »Sie waren zwar der Anlaß, nicht aber der Grund dafür, daß Bob den Regierungsdienst quittierte. Er ging, weil er seine Frau vor Ihren Drohungen schützen wollte. Das Geld, das ihm angeboten wurde, hat er nicht angerührt.«
Brady blickte zu Bob hinüber. Der nickte. »Das war der einzige Grund, der mich zur Kündigung zwingen konnte. Von Ihrem Geld wollte ich nichts.«
Brady schloß erschöpft die Augen. »Ich weiß nicht, was ich glauben soll.« Er blickte zu Bob auf. »Aber wenn ich unrecht habe, tut es mir leid.«
Brady wandte sich wieder an mich. »Wie sind Sie hinter die Sache mit Sand – äh – meiner Tochter gekommen? Ich habe mir immer eingebildet, es sei ein wohlgehütetes Geheimnis.«
Ich deutete mit dem Kopf auf Bob. »Ich war reichlich verzweifelt, Mr. Brady. Ich ging zu Bob und bat ihn um Hilfe. Eigentlich hat er die ganze Geschichte entdeckt. Es kam durch eine Aktienüberschreibung heraus, die Sie am Tag nach ihrer Geburt vornahmen. Bob stieß darauf, als er damals den Antitrust-Fall bearbeitete.«
»Ich verstehe«, nickte er. »Sie sind genau wie ich, Mr. Rowan. Ich glaube, ich habe das früher schon einmal gesagt: Sie kämpfen.«
Ich antwortete nicht.
Er faltete seine Hände auf dem Schreibtisch. »Wahrscheinlich hätte ich es Nora längst sagen sollen.« Er sprach wie zu sich selbst. »Aber ich konnte es einfach nicht. Ich hatte immer Angst, es könnte sie umbringen. Sie ist invalid und sehr stolz. Wenn ihr bewußt würde, daß ich mehr erwartet habe, als sie mir geben konnte, dann würde sie sterben.«
Er drehte seinen Stuhl herum und schaute durch das riesige

Fenster auf die qualmenden Schlote der Gießereien. »Ich konnte es Nora nicht sagen, aber ebensowenig konnte ich es ertragen, meine Tochter zu verlieren. Ich mußte eine Möglichkeit finden, sie jeden Tag zu sehen.« Bitterkeit lag in seiner Stimme. »Ich bin ein alter Mann. Der Arzt sagt, ich hätte schon längst aufhören sollen. Aber ich konnte nicht.« Er drehte sich wieder herum und schaute mich an. »Der einzige Grund, warum ich immer noch hierher komme und arbeite, ist der, daß ich sie sehen kann. Auch wenn es nur für ein paar Minuten am Tag ist. Einmal, als sie von mir fortging und irgendwo anders eine Stellung annahm, fand ich heraus, daß sie dort nicht genug verdiente, um davon anständig leben zu können. Ich zwang sie zurückzukommen. Ich wollte nicht, daß sie sich durchhungerte.« Seine Stimme verebbte. Für einige Augenblicke schwieg er, dann schaute er wieder zu mir. »Aber offenbar habe ich alles falsch gemacht«, fügte er hinzu.
Bob und ich schwiegen. Die Sekunden tröpfelten langsam dahin, während der alte Mann hinter seinem Schreibtisch saß und auf seine Hände starrte. Ich steckte mir eine Zigarette an.
»Sie haben es ganz hübsch verstanden, sich in meine Familienangelegenheiten einzumischen«, bemerkte Brady plötzlich.
Ich wußte, wie er das meinte. »Mrs. Schuyler ist eine sehr gute Freundin«, sagte ich. »Ich versuche ihr bei ihrer Kinderlähmungs-Kampagne zu helfen.«
»Den Zeitungsberichten nach zu urteilen, sind Sie aber ziemlich häufig mit ihr zusammen!«
Ich lächelte. »Sie kennen doch die Zeitungen. Sie sind immer auf der Suche nach Stoff.«
»Ich dachte, Sie hätten es meinetwegen versucht, Elaine zu erobern«, meinte er nüchtern.
»Ich kannte Elaine schon, bevor ich Sie kennenlernte oder etwas von Ihren verwandtschaftlichen Beziehungen wußte. Sie ist eine wundervolle und tapfere Frau, sie hat Kummer genug gehabt. Ich bin sehr stolz, daß sie mich mag.«
Er schaute mir in die Augen. »Ich weiß. Sie hält sehr viel von Ihnen.«
Ich schwieg.
»Aber damit ist die Sache, derentwegen Sie mich aufgesucht haben, noch nicht erledigt«, sagte er.

»Nein«, stimmte ich zu.
»Wenn ich mich nicht bereit erkläre, mit Ihnen zusammenzuarbeiten, zerren Sie die Sache mit meiner Tochter an die Öffentlichkeit, nicht wahr?«
»Ja, so ungefähr«, gab ich zu.
»Und wenn ich mich dennoch weigere?«
Ich antwortete ihm erst nach einer ganzen Weile. »Vor vielen Jahren hat mir mein Vater einmal gesagt, ich könnte wählen: zwischen der Hölle auf Erden oder der Hölle nach dem Tode. Ich verstand damals nicht, was er damit sagen wollte. Aber ich beginne zu lernen. Mir wäre die Hölle im Jenseits lieber.«
»Das heißt, Sie werden nichts sagen?« fragte er und blickte mir ins Gesicht.
Ich schüttelte den Kopf. »Das ist nicht meine Sache. Es ist Ihre eigene, private Hölle. Ich will damit nichts zu tun haben.«
Er seufzte leise. »Ich bin froh, daß Sie das gesagt haben. Wenn Sie mich erpreßt hätten, wäre es auf einen Kampf um jeden Preis hinausgelaufen, egal, was passiert wäre.«
Ich stand auf. »Das Gefühl hatte ich, als ich das letztemal hier war.« Ich ging auf die Tür zu. »Kommen Sie, Bob«, sagte ich.
»Augenblick mal, Mr. Rowan!«
Ich drehte mich um. »Ja?«
Der kleine Mann war aufgestanden, auf seinem sonst so reservierten Gesicht lag so etwas wie ein warmes Lächeln. »Wie können wir denn die Einzelheiten des Auftrags besprechen, wenn Sie weglaufen?«
Ich spürte, wie mein Herz klopfte. Ich hatte es geschafft – ich hatte es geschafft! Der Versuchsballon war gelandet. Ich blieb stumm.
Er kam um den Schreibtisch herum auf mich zu. Ich ergriff seine ausgestreckte Hand. Dann öffnete er die Tür. »Sandra, kommen Sie bitte mal einen Augenblick herein.«
Sie erschien, ihr ganzes Gesicht war eine einzige Frage. »Ja, Mr. Brady?«
»Mr. Rowans Firma übernimmt die Public-Relations-Kampagne für uns. Es wäre vielleicht ganz günstig, wenn Sie mit nach New York gingen, um unsere Interessen dabei ein bißchen im Auge zu behalten.« Aber in seinen Augen lag deutlich eine Bitte.

Sie schaute ihn einen Augenblick lang an und warf dann mir aus den Augenwinkeln einen Blick zu. Beinahe unmerklich schüttelte ich den Kopf. »Später«, formulierte ich mit den Lippen.
Sie war ihrem Vater ähnlich genug, um schnell zu begreifen. »Wenn es Ihnen recht ist, Mr. Brady«, sagte sie rasch, »möchte ich lieber noch eine Zeitlang bei Ihnen bleiben.«
Der alte Mann konnte seine Freude nicht verbergen. Das strahlende Lächeln auf seinem Gesicht erhellte den ganzen Raum.

29

Es war eine jener von Parks umgebenen Villen, die der vornehmen Wohngegend an der Peripherie von Washington ihren Akzent verleihen. Am Eingang brannte kein Licht, und so zündete ich ein Streichholz an, um das Namensschild zu finden. »Schuyler.« Ich drückte auf den Knopf. Innen erklang ein Glockenspiel. Das Streichholz erlosch, ich wartete im Dunkeln. Nach ein paar Minuten drückte ich noch einmal auf den Knopf. Keine Antwort. Das Haus lag noch immer im Dunkeln. Ich setzte mich auf die Stufen. Es war völliger Wahnsinn, ich wußte es. Selbst wenn sie mich von ihrer Wohnung aus angerufen hatte, wie Mickey behauptete, mußte sie ja jetzt nicht zu Hause sein. Schließlich konnte sie über das Wochenende irgendwohin gefahren sein, es war ja Freitag abend.
Ich steckte mir eine Zigarette an. Vielleicht lag ich überhaupt schief. Konnte ja sein, daß ich gar kein so toller Hecht war. Vielleicht betrog sie mich schon die ganze Zeit. Vielleicht gab es einen anderen – oder andere. Ich wußte es ja nicht. Ich wußte von ihr nur das, was sie mir erzählt hatte. Und da stand nichts davon drin, daß sie mich nicht betrügen konnte, wenn sie wollte.
Die Zigarette schmeckte bitter, ich warf sie fort. Die Funken sprühten auf dem Zementboden auf wie Hunderte winziger Glühwürmchen. Die Nacht wurde kühl, ich schlug meinen Mantelkragen hoch. Ich konnte nichts weiter tun; ich war bereit, notfalls bis zum Jüngsten Tag hier zu warten.

Seit ich auf dem Pittsburgher Flughafen versucht hatte, sie anzurufen, und keine Antwort bekam, war ich dieses Gefühl nicht losgeworden, daß ich sie um jeden Preis sprechen mußte. Es gab keinen anderen Ausweg. Ich nahm eine Flugkarte nach Washington und rief zu Hause an. Ich versuchte unbeschwert zu klingen, als ich log. »Marge, Brady hat mir den Auftrag nun doch gegeben. Aber ich muß noch den Präsidenten des Verbands in Washington aufsuchen.«
»Hat das nicht Zeit bis Montag?« fragte sie. »Ich habe so ein ungutes Gefühl, wenn ich an dieses Wochenende denke.«
Ich konnte direkt sehen, wie sie die Stirn runzelte – das tat sie immer, wenn sie deprimiert war.
»Es geht nicht, Liebling«, entgegnete ich rasch und versuchte ihr den Schwindel glaubhafter zu machen. »Du weißt, daß dieser Auftrag unsere letzte Hoffnung war. Wir waren praktisch erledigt, bis Brady nun ja sagte. Ich kann es mir nicht leisten, jetzt noch irgendwas schiefgehen zu lassen.«
Ich hatte das unbestimmte Gefühl, daß sie mir nicht glaubte. Sie stieß den Atem ins Telefon. »Na schön, Brad. Wenn du mußt...«
»Natürlich muß ich. Wenn ich nicht müßte, würde ich nicht hingehen, das weißt du ja.«
Ihre Stimme klang sehr matt. »Ich weiß überhaupt nichts mehr«, sagte sie und legte auf.
Ich hängte den Hörer ein und ging gedankenvoll zur Rollbahn. Die Maschine kam gerade an, und kurz nach neun war ich in Washington. Es war beinahe zehn, als ich das erstemal läutete.
Von der Rückseite des Hauses hörte ich Motorengeräusch, dann das Schließen des Garagentores. Eine Sekunde war es still, dann klapperten hohe Absätze den zementierten Weg entlang und bogen um die Ecke.
Ich raffte mich auf, lauschte auf das Geräusch, und plötzlich zitterten mir die Beine. Sie kam auf mich zu, sah mich aber nicht. Der Mond fiel voll in ihr Gesicht, wunderschöne, traurige Einsamkeit stand darin. Eigenartigerweise freute ich mich über diese Feststellung.
»Elaine!« flüsterte ich.
Sie blieb stehen, ihre Hand fuhr an die Kehle. »Brad!« hauchte

sie. Eine plötzliche Freude erhellte ihr Gesicht und erlosch ebenso rasch wieder.
Sie kam auf mich zu. Ihre Stimme klang tief und angespannt. »Brad, warum bist du gekommen? Wir wissen doch beide, daß es vorbei ist.«
»Ich mußte dich sehen. Du kannst mich doch nicht einfach so mir nichts, dir nichts abschieben.«
Sie blieb einige Schritte von mir entfernt stehen und schaute mir ins Gesicht. »Hast du nicht schon genug angerichtet?« Sie weinte. »Du hast mich billig und gemein gemacht wie all die anderen. Kannst du denn keine in Ruhe lassen?«
»Das Mädchen bedeutet mir überhaupt nichts«, erwiderte ich. »Sie hat sich bei mir bedankt, weil ich ihr helfen wollte.«
Sie sagte kein Wort, starrte mich nur aus ihren dunklen schmerzerfüllten Augen an. Irgend etwas gab mir zu verstehen, daß sie mir glauben wollte.
Ich streckte meine Hand aus, aber sie wich einen Schritt zurück. »Sage mir, daß du mich nicht liebst, und ich gehe«, sagte ich.
»Geh fort«, flüsterte sie bitter. »Laß mich allein!«
»Ich kann nicht. Du bedeutest mir alles. Ich kann dich nicht einfach so gehen lassen. Nur wenn du mir sagst, daß du mich nicht liebst.«
Sie senkte den Blick zu Boden. »Ich liebe dich nicht«, sagte sie mit schwacher Stimme.
»Ich bilde mir ein, daß du noch vor ein paar Tagen das Gegenteil behauptet hast. Du hast mir in die Augen gesehen und gesagt, du liebst mich von ganzem Herzen. Du hast mir gesagt, daß du noch bei keinem dieses Gefühl von Lieben und Geliebtwerden erlebt hast. Schau mich jetzt an und sage mir, daß du gelogen hast. Sage mir, daß du mich heute nicht liebst, daß du Liebe wie einen Wasserhahn an- und abstellen kannst. Dann will ich dir glauben.«
Langsam wandte sie mir ihr Gesicht zu, ihre Lippen zitterten. »Ich — ich...« Sie konnte nicht sprechen.
Ich streckte ihr meine Arme entgegen, und sie suchte Schutz in ihnen. Sie preßte ihr Gesicht in meinen Mantel und weinte; heftige, schmerzliche Seufzer erschütterten ihren ganzen Körper. Ich konnte kaum verstehen, was sie sagte. »Einen Moment lang — im Büro — ich war das Mädchen — und ich war deine

Frau — plötzlich schämte ich mich so — es war so unrecht — so furchtbar unrecht...«
Ich drückte sie fest an mich, ihr Haar streichelte meine Lippen, als ich flüsternd zu ihr sprach. Tränen liefen mir über die Wangen und fielen in ihr Haar.
»Bitte, Elaine«, bettelte ich, »bitte, weine nicht!«
Ihre Lippen preßten sich wild auf meine. »Brad, Brad, ich liebe dich so!« weinte sie, und ihre Küsse schmeckten salzig. »Laß mich nicht wieder von dir davonlaufen! Verlaß mich nie!«
»So ist es gut, Liebling«, sagte ich, plötzlich zufrieden. Ich schloß die Augen, als sie mich wieder küßte. »Ich werde dich nie verlassen.«

30

Es war ein Wochenende, an dem ich am liebsten die Uhr angehalten hätte. Zeit spielte keine Rolle — es war die Hochzeitsreise, die nie stattfindet, der Traum, der sich nie erfüllt.
Wir lebten zusammen wie nie zuvor zwei Menschen; wir aßen, wenn es uns gerade einfiel; wir schliefen, wenn wir erschöpft waren.
Wir zogen einen Vorhang vor unser Leben, und das Wichtigste dahinter waren unsere Gefühle füreinander. Wir lachten über all die albernen alltäglichen Dinge wie Rasieren, Baden, Anziehen, über Kaffee, der überkochte, über Toast, der anbrannte. Es war unsere Welt, von uns zu unserem Vergnügen geschaffen. Aber wie alle Dinge, die von Menschenhand geschaffen sind, hatte auch das ein Ende, und zwar schneller, als wir es beabsichtigt hatten. Die Zeit rückte uns sowieso immer näher auf den Pelz, und wir merkten es beide, wenn wir auch nicht darüber sprachen. Und dann, als wir angefangen hatten, darüber zu sprechen, läutete das Telefon. Das Wochenende zerplatzte wie eine Seifenblase, die unser Gesicht berührt.
Ich lag auf dem Boden vor dem offenen Kamin und räkelte mich träge in der Hitze der Flammen. Elaine war gerade aus der Dusche gekommen und spazierte um mich herum. So etwas hatte ich bei einer Frau noch nie erlebt. Sie war eine Duschfanatikerin. Sie hätte pausenlos duschen können.

Die Flammen warfen einen rötlich-goldenen Schimmer auf ihre Beine, die unter dem Handtuch hervorschauten. Ich rollte über den Teppich und griff nach ihr, sie purzelte lachend neben mich. Ich zog ihr das Handtuch weg, sie kämpfte, um es an sich zu halten, aber sie kämpfte nicht besonders nachdrücklich. Sie schaute mich aus ihren dunklen Augen an, als ich ihre winzige Nase küßte, und lächelte ein wenig. Zum erstenmal seit zwei Tagen lag wieder Schmerz in ihrer Stimme. »Brad, was wird nun mit uns geschehen?«
Ihre Frage war berechtigt, aber sie ernüchterte mich unsagbar. Natürlich, Elaine hatte Anspruch auf eine Antwort. Nur hatte ich mir bisher eigentlich noch keine rechten Gedanken darüber gemacht. »Ich weiß nicht«, sagte ich.
»Wir können ja nicht den Rest unseres Lebens so weitermachen.«
Ich versuchte es mit der spaßigen Tour. »Was gefällt dir denn nicht daran? Ich finde es großartig!«
Sie überhörte es. »Du kannst nicht den Rest deines Lebens damit verbringen, ständig zu lügen und dich vor anderen Menschen zu verstecken. Früher oder später mußt du Farbe bekennen.« Sie nahm das Handtuch auf. »Ich weiß nicht, wie du darüber denkst. Aber ich kann so nicht leben.«
Ich zündete mir eine Zigarette an, stieß den Rauch aus und steckte sie ihr zwischen die Lippen. Meine Antwort war ehrlich: »Ich hasse es auch.«
Während ihre Augen mich musterten, fragte sie ruhig: »Was werden wir tun, Brad?«
Ich dachte lange Zeit nach, bevor ich antwortete. Das hier war kein Wochenendausflug, den man mit einem Scherzwort beendete – das hier verlangte eine klare Entscheidung.
Ich fuhr ihr mit den Fingern durchs Haar. »Es gibt nur eine Möglichkeit«, sagte ich und drehte ihr Gesicht zu mir. »Heiraten.«
Ihre tiefe Stimme zitterte leicht. »Bist du auch sicher, Brad, daß du das wirklich willst?«
Ich holte tief Luft. »Ich bin sicher.«
»Mehr als alles andere auf dieser Welt möchte ich mit dir leben, mit dir zusammen sein«, sagte sie und hielt meinen Blick fest. »Aber was wird aus deiner Frau? Aus deinen Kindern?«

Das schmerzte. An so vieles hatte ich gedacht, nur nicht an meine Familie. Jetzt wurde mir plötzlich bewußt, daß ich die ganze Zeit immer nur an mich gedacht hatte. Ich schaute sie an. »Weder habe ich dich gesucht noch du mich.«
Ich erinnerte mich an Marges Worte an jenem Morgen, als ich zu Matt Brady fuhr. Jetzt erkannte ich, daß Marge noch vor mir die Antwort gefunden hatte. »Ich glaube, Marge weiß bereits, was ich für dich empfinde. Vor ein paar Tagen sagte sie, daß kein Mensch eine Eheversicherung besitze. Sie ist die erste, die Verständnis für uns hat, wenn wir nichts anderes sein wollen als wir selbst.«
Sie lehnte den Kopf an meine Brust. »Nun gut, so denkt deine Frau. Aber du hast noch nichts über die Kinder gesagt.«
»Sie sind keine Kinder mehr«, antwortete ich. »Sie sind erwachsene Menschen. Jeannie ist sechzehn. Brad beinahe neunzehn. Sie kennen das Leben. Ich bin sicher, daß sie es verstehen werden. Sie sind bald alt genug, um für sich selbst sorgen zu können.«
»Aber nehmen wir mal an, sie würden ablehnen, was du tust, und wollten in Zukunft nichts mehr mit dir zu schaffen haben? Wie wirst du dann darüber denken? Vielleicht wirst du mich eines Tages hassen, weil ich sie dir entfremdet habe!« Ihre Stimme wurde immer undeutlicher.
Mir schnürte es die Kehle zu, ich konnte kaum sprechen. »Ich — ich glaube nicht, daß das geschehen wird.«
»Aber es könnte doch sein«, beharrte sie, »es wäre ja nicht das erstemal, daß so etwas passiert.«
Ich mochte einfach nicht daran denken. »Damit kann ich mich immer noch auseinandersetzen, wenn es nötig ist.«
»Und dann das Geld«, fuhr sie beharrlich fort.
»Was ist damit?« fragte ich rasch. Aber ihre Antwort zerstreute meinen Verdacht.
»Eine Scheidung wird dich eine Stange Geld kosten«, erwiderte sie. »Ich kenne dich doch. Du wirst dich krummlegen, um deiner Frau gegenüber möglichst fair zu sein. Gib ihr alles, was sie will – das solltest du wirklich! Sie hat ein Recht darauf nach all den Jahren, die ihr zusammen wart. Aber vielleicht wirst du dich später mal darüber ärgern, daß du ihr all das Geld gegeben hast – meinetwegen.«

»Ich hatte nicht viel, als ich anfing, und es macht mir nichts, wenig zu haben, wenn ich gehe.« Ich lächelte ihr zu. »Das heißt, wenn es dir nichts ausmacht!«
Sie drückte meine Hand. »Ich mache mir nichts aus Geld. Nur aus dir. Ich möchte, daß du glücklich bist, alles andere ist egal.«
Ich küßte ihre Hand. »Du wirst mich glücklich machen.«
Sie zog meinen Kopf zu sich hinunter und küßte mich auf die Lippen. »Das will ich«, versprach sie.
Ich lehnte mich gegen einen Stuhl. »Ich werde morgen mit Marge darüber sprechen.«
»Vielleicht...« Sie zögerte. »Vielleicht solltest du damit noch ein bißchen warten, bis du ganz sicher bist.«
»Ich bin sicher«, wiederholte ich zuversichtlich. »Aufschieben wird nicht viel nützen. Dadurch werden die Dinge nur noch schlimmer.«
»Was wirst du ihr sagen?« fragte sie.
Ich fing an zu sprechen. Doch dann legte sie einen Finger auf meine Lippen. »Nein«, sagte sie rasch, »sag es mir nicht. Ich will es nicht hören. Du wirst das zu ihr sagen, was jede Frau im Innersten ihres Herzens, in ihren schlimmsten Alpträumen fürchtet. Wir leben alle in der Angst, daß er eines Tages kommen wird, um uns zu sagen, daß er uns nicht mehr liebt. Ich will nicht wissen, was du ihr sagst. Versprich mir nur eines, Liebling.« Ihr Blick senkte sich tief in meinen.
»Und was ist das?«
»Sei behutsam, sei nett zu ihr«, flüsterte sie. »Und sage es nie zu mir.«
Ich küßte sie auf die Stirn. »Ich verspreche es dir.«
»Du wirst meiner nie überdrüssig werden, Brad?«
»Niemals«, antwortete ich. Da läutete das Telefon.
Wir fuhren erschrocken auseinander. Es war das erstemal an diesem Wochenende. Sie schaute mich fragend an. »Ich möchte wissen, wer das sein könnte? Kein Mensch weiß, daß ich an diesem Wochenende zu Hause bin.«
Ich lächelte. »Es gibt nur eine Möglichkeit, das zu erfahren.«
Sie stand auf und nahm den Hörer ab. »Hallo!«
Ein Krächzen ertönte in der Leitung, und ein seltsamer Ausdruck trat in ihr Gesicht. Ihre Stimme wurde kühl und abweisend. »Nein, ich habe ihn nicht gesehen.« Sie warf mir

einen sonderbaren Blick zu. Wieder krächzte es im Apparat. Und während sie zuhörte, weiteten sich ihre Augen, ein furchtbarer Schmerz lag darin – der gleiche Schmerz, den ich an ihr entdeckt hatte, als ich sie das erstemal traf. Sie schloß die Augen und schwankte leicht.
Ich sprang auf und legte meinen Arm um sie. »Was ist los?« flüsterte ich.
Ihr Gesicht war zusammengefallen. »Macht nichts, Mr. Rowan«, sagte sie, und ihre Stimme klang hohl. »Er ist hier. Ich hole ihn an den Apparat.« Sie gab mir den Hörer.
»Vater?« rief ich in die Muschel und schaute ihr nach, als sie das Zimmer verließ.
Er versuchte ruhig zu bleiben. »Marge bat mich, ich solle versuchen, dich zu finden. Der Junge ist sehr krank. Sie fliegt zu ihm.«
Der Boden unter meinen Füßen begann zu schwanken. »Was ist denn los?«
»Kinderlähmung. Er liegt im Krankenhaus. Marge läßt dir sagen, daß du für uns alle beten sollst.«
Einen Augenblick lang konnte ich nicht sprechen.
»Brad! Brad!« rief er nervös. »Bist du noch da?«
»Ich bin hier. Wann ist Marge abgeflogen?«
»Heute nachmittag. Sie bat mich, ich solle dich suchen.«
»Wo ist Jeannie?«
Ich hörte ein Klicken in der Leitung. »Ich bin hier, Dad!«
»Geh aus der Leitung, du Lauser!« schrie Vater.
»Ist schon gut, Papa«, beschwichtigte ich ihn. Sie mußte am Anschluß im oberen Stockwerk mitgehört haben. Früher oder später würde sie es ohnehin erfahren. »Wie geht es dir, mein Schatz?«
Sie heulte ins Telefon.
»Na, na«, beruhigte ich sie. »Das hilft gar nichts. Ich fahre hier sofort los und werde sehen, was ich tun kann.«
»Wirklich, Dad?« fragte sie ungläubig. »Du verläßt uns nicht?«
Ich schloß die Augen. »Natürlich nicht«, sagte ich. »Geh jetzt aus der Leitung und marsch ins Bett. Ich muß mit Papa sprechen.«
Ihre Stimme klang jetzt erleichtert. »Gute Nacht, Daddy.«
»Gute Nacht, mein Kleines.« Wieder klickte es in der Leitung.

»Pap?« rief ich.
»Ja, Bernhard.«
»Ich fahre sofort los. Soll ich Marge etwas ausrichten?«
»Nein«, sagte er. »Nur, daß ich für euch bete.«
Ich legte auf, mit einem bitteren Geschmack im Mund. Marge hatte *nicht* angerufen, weil sie Bescheid wußte. Pap *hatte* angerufen, weil er Bescheid wußte.
Der einzige, den ich hatte täuschen können, war ich selbst gewesen.
Ich ging durch den Raum zu Elaine. »Hast du gehört?«
Sie nickte. »Ich fahre dich zum Flughafen.«
»Danke.« Ich ging ins Badezimmer. »Ich muß mich jetzt anziehen«, bemerkte ich einfältig.
Sie gab keine Antwort, drehte sich um und ging ins Schlafzimmer. Einige Minuten später betrat sie, fertig angezogen, das Bad. Ich betrachtete sie im Spiegel, während ich mir die Krawatte band. Es wurde nichts Gescheites. Aber diesmal war es mir egal.
Voller Mitgefühl schaute sie mich an. »Es tut mir so schrecklich leid, Brad!«
»Es heißt immer, wenn man es früh genug feststellt, wird es nicht so schlimm.«
Sie nickte. »Sie haben jetzt schon weit mehr Erfahrung als damals, als wir...« Die schmerzliche Erinnerung trieb ihr die Tränen in die Augen.
»Liebling!« Ich drehte mich um und zog sie an mich.
Sie schob mich zurück. »Beeile dich, Brad.«

Am Flugzeug küßte ich sie. »Ich rufe dich so bald als möglich an, Liebling!«
Sie schaute mir ins Gesicht. »Ich bin ein Unglücksrabe«, sagte sie düster. »Ich bringe jedem Pech, den ich liebe.«
»Sei nicht töricht«, protestierte ich. »Es ist doch schließlich nicht deine Schuld!«
Geistesabwesend starrte sie mich an. »Ich bin nicht so sicher.«
»Elaine!« rief ich scharf.
Sie erschrak und kam wieder zu sich. »Ich werde beten, daß er wieder gesund wird.« Sie drehte sich um und rannte zu ihrem Wagen.

Ich bestieg die Maschine und fand einen Fensterplatz. Ich spähte durch die kleine Scheibe, aber ich konnte sie nirgends entdecken. Der Motor begann zu dröhnen. Ich lehnte mich nach vorn und barg den Kopf in den Händen. Ein düsterer Gedanke kam mir. Wenn irgend jemand Schuld hatte, dann sicherlich nicht Elaine, sondern ich.
Was stand in der Bibel über die Sünden der Väter?

31

Es war kurz vor Mitternacht, als ich am Eingang des Krankenhauses einer Schwester in blauer Tracht meinen Namen nannte. Während sie die Karteikarten durchblätterte, zog ich meinen Mantel aus. Durch die Tür sah ich, wie das Taxi, das mich vom Flughafen hierher gebracht hatte, wieder abfuhr. Eine Ordensschwester in grauer Tracht kam bei der Anmeldung vorbei.
»Schwester Angelika!« rief die Empfangsschwester.
Die andere wandte sich um. »Ja, Elisabeth?«
»Das ist Mr. Rowan. Wären Sie so nett, ihn mit hinaufzunehmen auf acht-zweiundzwanzig? Sein Sohn liegt dort.«
Die Ordensschwester hatte ein sanftmütiges Gesicht. »Kommen Sie mit mir«, sagte sie leise.
Wir stiegen in einen Lift. »Nach zehn sind keine Fahrstuhlführer mehr da«, entschuldigte sie sich und drückte auf den Knopf.
Im achten Stockwerk verließen wir den Aufzug, gingen einen langen blaugestrichenen Korridor entlang und bogen dann in einen Seitengang. An dessen Ende saß auf einer Bank vor einem der Zimmer eine zusammengekauerte Gestalt.
Ich begann zu rennen und ließ die Schwester hinter mir.
»Marge!« rief ich.
Sie hob den Kopf, als ich näher kam. Leid und Erschöpfung standen in ihrem Gesicht. »Brad!« sagte sie heiser, die Stimme klang nach vielen Tränen. »Brad, daß du da bist!«
Sie schwankte und wäre hingefallen, wenn ich sie nicht aufgefangen hätte. »Wie geht es ihm?« erkundigte ich mich ängstlich.
Sie fing an zu weinen. »Ich weiß es nicht. Die Ärzte behaupten,

es sei noch zu früh, um etwas sagen zu können. Er hat die Krise noch nicht erreicht.« Sie schaute zu mir auf. Ihre grauen Augen erinnerten mich an Elaine. Es war der gleiche Schmerz.
Ich konnte ihr nicht ins Gesicht sehen, ich starrte auf die geschlossene Tür. »Können wir zu ihm?« fragte ich.
»Gegen Mitternacht dürfen wir mal kurz hineinschauen.«
»Das ist es ja gleich!« Fragend drehte ich mich zur Schwester um.
»Ich werde den Arzt verständigen«, versprach sie, ging den Flur wieder zurück und verschwand in einer der Türen.
»Setz dich lieber hin«, sagte ich zu Marge, geleitete sie zur Bank zurück und setzte mich neben sie.
Ihr Gesicht war bleich und verzerrt. Ich zündete eine Zigarette an und steckte sie ihr zwischen die Lippen. Nervös zog sie daran.
»Hast du etwas gegessen?« erkundigte ich mich.
Sie schüttelte müde den Kopf. »Ich habe keinen Appetit.«
Schritte hallten den Gang entlang. Wir schauten auf. Schwester Angelika kam mit einem Arzt zurück. »Sie können jetzt hinein«, sagte er freundlich und hielt uns die Tür auf. »Aber nur ganz kurz.«
Schweigend betraten wir den Raum. Ich merkte, wie Marge den Atem anhielt, als wir ihn sahen. Ihre Fingernägel gruben sich in meine Hand.
Er lag unter einer riesigen eisernen Lunge, man konnte nur den oberen Teil seines Kopfes erkennen. Sein störrisches schwarzes Haar war fettig und glänzte von Schweiß. Die Augen in seinem wachsbleichen Gesicht waren fest geschlossen. Eine schwarze Kanüle führte von seinen Nasenlöchern zu einem Sauerstofftank, der dicht neben ihm stand. Sein Atem kam mühsam und gequält.
Marge trat einen Schritt vor, um ihn zu berühren, aber der Arzt hielt sie flüsternd zurück. »Stören Sie ihn jetzt nicht, er hat den Schlaf bitter nötig.«
Still blieb sie stehen, ihre Hand lag in meiner, und so schauten wir auf unseren Sohn hinunter. Ihre Lippen bewegten sich, als ob sie zu ihm spräche, doch kein Laut kam aus ihrem Mund.
Ich trat ganz nahe heran und schaute Brad an. Das war mein eigenes Fleisch, ich fühlte seine Schmerzen. Das war der aus

meinen Lenden gezeugte Riese – und da lag er nun hilflos, ein Stück meiner selbst, und doch konnte ich ihm seine Leiden nicht erleichtern.

Ich erinnerte mich an unser letztes Gespräch, bevor er im Herbst zur Schule zurückgekehrt war. Ich hatte ihn ausgelacht, weil er zu leicht war, um in die Fußballmannschaft aufgenommen zu werden. Bei der Länge, hatte ich ihm geraten, solle er sich mal lieber auf Korbball verlegen – das sei weniger gefährlich, und wenn er was tauge, könnte er auch damit fünfzigtausend Dollar im Jahr verdienen. Ich erinnerte mich nicht mehr, was er darauf geantwortet hatte; aber mir war noch sein entsetzter Gesichtsausdruck gegenwärtig, daß ich über so etwas Witze machte.

Und jetzt war er in ein Stück Metall eingepackt, das statt seiner atmen mußte, weil sein Körper zu schwach war, um das allein zu schaffen. Mein Kleiner! Früher war ich nachts immer mit ihm auf und ab marschiert, wenn er schrie. »Die stärksten Lungen der Welt«, hatte ich damals gestöhnt. Ich wollte mich nie mehr beklagen. Nichts war stark genug, nicht einmal ich konnte für ihn atmen – nur ein Monstrum aus Metall, dessen weiße sterile Wände in der fahlen Krankenhausbeleuchtung hintergründig funkelten.

»Gehen Sie jetzt lieber«, flüsterte der Arzt.

Marge warf dem schlafenden Jungen einen Handkuß zu, dann nahm ich ihren Arm, und wir folgten dem Arzt aus dem Zimmer. Leise wurde die Tür hinter uns geschlossen.

»Wann werden wir Näheres erfahren, Doktor?« fragte ich.

Der zuckte hilflos mit den Schultern. »Kann ich nicht sagen, Mr. Rowan. Die Krise ist noch nicht da. Kann sein, in einer Stunde, kann sein, in einer Woche. Es ist völlig ungewiß.«

»Wird er – wird er dauernd gelähmt bleiben?«

»Bevor die Krise nicht eingesetzt hat, können wir überhaupt nichts sagen, Mr. Rowan. Wenn die Krise vorbei ist, machen wir eine Kontrolluntersuchung, und dann stellen wir fest, ob Schäden zurückgeblieben sind. Ich kann Ihnen im Augenblick nur eines sagen.«

»Und was ist das?« fragte ich begierig.

»Wir tun alles nur Menschenmögliche. Machen Sie sich keine unnötigen Sorgen. Es hat keinen Sinn, wenn Sie sich selber

auch noch krank machen.« Er wandte sich an Marge. »Sie sind schon so lange hier«, sagte er freundlich, »es wird Zeit, daß Sie ein wenig zur Ruhe kommen.«
Sie fuhr sich mit dem Handrücken über die Augen. »Ich bin nicht müde.«
»Sehen Sie zu, daß sie sich ausruht, Mr. Rowan«, sagte der Arzt zu mir. »Sie können Ihren Sohn morgen früh um acht wiedersehen. Gute Nacht.«
Er machte kehrt und ging den Korridor zurück.
Als er in seinem Zimmer verschwunden war, wandte ich mich zu Marge. »Du hast gehört, was er gesagt hat.«
Sie nickte.
»Na, dann komm. In welchem Hotel wohnen wir?«
»Ich habe keine Ahnung«, sagte sie schwerfällig. »Ich bin direkt vom Flughafen hierhergefahren.«
»Unten ist ein Telefon, das können Sie benutzen«, half uns Schwester Angelika. »Sie können von hier aus ein Hotel anrufen.«
Ich dankte ihr. »Wo ist dein Koffer?« fragte ich Marge.
»Beim Empfang.«
Ich ließ sie bei der Anmeldung zurück, während ich zum Telefon ging, ein Hotel anrief und ein Taxi bestellte. Als ich zurückkam, waren beide verschwunden. Ich beugte mich über den Tisch der Anmeldung. »Wo ist meine Frau?« fragte ich die Schwester.
Sie schaute von einer Illustrierten auf. »Ich glaube, sie ist mit Schwester Angelika in die Kapelle gegangen, Mr. Rowan«, antwortete sie und deutete mit der Hand in die Richtung. »Gleich hinter dem Aufzug, erste Tür rechts.«
Es war eine kleine Kapelle, erfüllt vom goldenen Licht vieler Kerzen, die vor dem Altar flackerten. Ich blieb einen Moment in der Tür stehen und schaute hinein. Marge und Schwester Angelika knieten mit gesenkten Köpfen vorn auf den Altarstufen. Langsam schritt ich durch das Seitenschiff und kniete neben Marge nieder. Ihre Finger umklammerten das Geländer am Altar, die Stirn ruhte auf ihren Händen. Ihre Lippen bewegten sich, ihre Augen waren geschlossen. Aber sie wußte, daß ich neben ihr war.

Schweigend lag ich in meinen Kissen, während Marge sich in den Schlaf weinte. Ich fand keine Ruhe. Ich erinnerte mich, was Marge gesagt hatte, bevor sie vor Erschöpfung zusammenbrach.
»Ich habe solche Angst, Brad«, hatte sie geweint.
»Er wird durchkommen«, sagte ich zuversichtlicher, als ich tatsächlich war. Meine Kehle war zugeschnürt.
»Bitte, o mein Gott!« flehte sie. »Ich könnte es nicht ertragen, auch ihn noch zu verlieren.«
Nun war ich sicher, daß sie alles wußte; und dennoch konnte ich nicht darüber sprechen. Ich fand wohl Worte der Beruhigung für sie, aber über mich selbst konnte ich nicht reden. Vielleicht zu einem anderen Zeitpunkt, an einem anderen Ort. Vielleicht. Aber jetzt nicht. Ich dachte an Elaine.
Jetzt verstand ich, was sie gemeint hatte. Die vielen Jahre des Zusammenlebens ließen sich nicht auslöschen. Jetzt wußte ich, warum sie gefragt hatte, wie ich damit fertig werden würde. Marge weinte im Schlaf immer noch leise vor sich hin. Ein Gefühl der Zärtlichkeit für sie überkam mich wie nie zuvor. Ich schob meinen Arm unter ihre Schulter und zog ihren Kopf an meine Brust. Dort ruhte sie sanft und leicht wie ein Kind, und bald hörte sie auch auf zu weinen. Ihr Atem ging ruhig und friedlich. Ich durchwachte die Nacht, bis sich der Tag langsam zu den Fenstern hereinschlich.

Es dauerte eine Woche, bis wir schließlich die Antwort erhielten. Als wir an diesem Morgen die Klinik betraten, lächelten uns alle entgegen: Schwester Angelika, die Empfangsschwester, der Fahrstuhlführer, die Krankenwärter und Aufseher, die sonst so ernst und nüchtern ihre Arbeit verrichteten. Alle freuten sich für uns. Der Arzt kam uns mit ausgestreckten Händen aus seinem kleinen Zimmer am Ende des Flurs entgegen. Ich ergriff eine Hand, Marge die andere. »Es ist vorüber«, rief er fröhlich. »Er hat's geschafft. Noch ein bißchen Ruhe, und er ist wie neugeboren.«
Wir brachten kein Wort heraus, sondern schauten uns nur an, Tränen in den Augen. Wir faßten uns bei der Hand, während wir dem Arzt den Flur entlang zu Brads Zimmer folgten.

Er lag mit dem Gesicht zur Tür, den Kopf durch ein Kissen leicht gestützt. Auf der anderen Seite des Zimmers stand die gewaltige eiserne Lunge. Beide knieten wir an seinem Bettrand nieder, küßten ihn und weinten. Schließlich lächelte er uns zu, eine leicht abgeschwächte Version seines gewohnten Grinsens. Seine Hand fuhr über die Bettdecke und deutete auf die eiserne Lunge. »Mann!« sagte er schwach, aber in seinem üblichen Jargon. »Vergrabt bloß diesen verrückten Windkanal!«

Ich ging vom Flughafen aus sofort ins Büro. Vater fuhr Marge und Junior nach Haus. Es war kurz vor neun, das Büro war leer. Ich grinste vor mich hin; es gab eine Menge aufzuarbeiten. Ich schloß die Tür zu meinem Zimmer hinter mir und begann die Papiere auf meinem Schreibtisch durchzusehen.
Bob Levi hatte sich bewährt. Als ich wegmußte, hatte er sich sofort tüchtig ins Zeug gelegt. Nachdem es sich herumgesprochen hatte, daß mit mir wieder alles »in Ordnung« wäre, wollten alle Kunden wieder zurück zu mir. Bob hatte sie wieder aufgenommen, aber zu höheren Tarifen. Ich glaube, er war der Meinung, sie sollten ruhig für ihre Treulosigkeit zahlen.
Gegen zehn schaute ich schließlich auf. Wo, zum Teufel, steckten sie denn alle? Ich drückte auf den Knopf der Rufanlage.
»Brad, sind Sie's?« ertönte Mickeys aufgeregte Stimme.
»Wer sonst? Glauben Sie vielleicht, ein Geist?« polterte ich. Dann kam einer nach dem anderen in mein Zimmer, vom Botenjungen angefangen, und schüttelte mir die Hand. Alle freuten sich. Mir war wohl ums Herz. Alles klappte wunderbar.
Als sie alle wieder draußen waren, blieb Bob zurück. »Um halb eins sind wir mit dem Vorstand des Stahlverbands zum Mittagessen verabredet«, sagte er.
»In Ordnung.«
»Die Rechtsanwälte haben versprochen, daß die Verträge nach Tisch vorliegen«, fügte er hinzu.
Ich schaute auf. »Ich weiß nicht, was ich ohne Sie hätte machen sollen.«

Er lächelte. »Genau das gleiche denke ich auch, was Sie betrifft. Komisch, was?«
»Aber gut«, lachte ich.
Er ging in sein Büro zurück, der Morgen kroch dahin. Kurz vor Mittag kam Mickey mit einem Paket herein. »Der Kürschner hat das für Sie abgegeben.« Sie legte es auf meinen Schreibtisch. Ich musterte das Paket. Einen Augenblick lang konnte ich mich nicht erinnern. Dann fiel es mir wieder ein. Morgen war unser Hochzeitstag. Kaum zu glauben, daß seit jenem Morgen, an dem ich Jeannie zur Schule gefahren und sie mir diesen Floh ins Ohr gesetzt hatte, erst ein Monat vergangen war. Soviel war inzwischen geschehen...
»Lassen Sie das Paket in meinen Wagen bringen«, bat ich sie. Sie machte kehrt und nahm das Paket wieder mit, die Tür schloß sich hinter ihr. Diesen Pelz hatte ich an dem Tag bestellt, an dem ich zum erstenmal Elaine begegnete.
Elaine! Meine Finger erstarrten auf der Schreibtischplatte. Ich hatte ihr versprochen, sie anzurufen! Aber es hatte sich keine Gelegenheit geboten. Tausend Jahre waren vergangen, seit ich das letztemal mit ihr gesprochen hatte. Ich nahm den Hörer ab und wählte das Fernamt.
Gerade wollte ich die Nummer angeben, als Bob den Kopf zur Tür hereinsteckte. »Wir müssen uns beeilen«, rief er. »Sie wollen doch wohl bei Ihrem ersten offiziellen Treffen mit dem Vorstand nicht zu spät kommen!«
Zögernd legte ich den Hörer wieder auf und erhob mich. Gleich nach Tisch würde ich sie anrufen. Ich nahm Hut und Mantel und ging zur Tür.
Damals wußte ich es noch nicht. Aber in diesem Augenblick war sie bereits seit zwölf Stunden tot.

Der Anfang als Ende

Mein Kopf schmerzte, die Augen brannten – es waren die ungeweinten Tränen. Ich weiß nicht, wie lange ich so saß und aus dem Fenster starrte. Ich fand keine Antwort.
Das Telefon schnarrte. Erschöpft schlich ich hinüber zu meinem Schreibtisch und nahm den Hörer ab. »Ja, Mickey?«
»Sandra Wallace ist hier und möchte Sie sprechen.«
Ich zögerte einen Augenblick. Auf meiner Schreibtischuhr war es fast sechs. Dann entschloß ich mich: »Sie möchte hereinkommen.«
Ich war aufgestanden, als Sandra kam – kräftig, blond und voller Leben. Ihre Vitalität war gewaltig. Nichts auf dieser Welt konnte sie zerstören, davon war ich überzeugt. Sie war ganz das Gegenteil von Elaine.
Ihre blauen Augen musterten mich. »Guten Abend, Brad«, sagte sie leise und blieb an der Tür stehen.
»Sandy! Kommen Sie herein!«
Langsam kam sie näher. »Wie geht es Ihnen?«
»Okay«, sagte ich matt.
»Ich freue mich, daß es Ihrem Sohn wieder besser geht.«
»Danke.« Ich fragte mich, von wem sie es erfahren hatte. »Was führt Sie in die Stadt?«
»Ich habe eine Nachricht für Sie.«
»Von Mr. Brady?«
Sie schüttelte den Kopf. »Nein.« Fragend schaute ich sie an.
»Von Mrs. Schuyler«, sagte sie.
Im ersten Augenblick begriff ich nicht; aber dann wurde mir bewußt, was Sandra da gesagt hatte. »Von Mrs. Schuyler? Aber sie ist – sie ist...«
»Ich weiß«, antwortete Sandra ruhig. »Heute morgen habe ich es gehört. Mr. Brady war ganz verstört.«
»Wie kommen Sie zu einer Nachricht von ihr? Haben Sie sie gesehen?«
Wieder schüttelte sie den Kopf. »Nein. Ich erhielt sie heute morgen mit der Post.« Sie öffnete ihre Handtasche, zog einen Umschlag heraus und hielt ihn mir entgegen.
Ich nahm ihn ab und betrachtete ihn. Der Umschlag war geöffnet. Ich schaute sie an.

»Der erste ist an mich«, erklärte sie rasch, »drinnen steckte noch einer. Der ist an Sie.«
Ich öffnete ihn, und der vertraute Duft von Elaines Parfüm strömte mir entgegen. Ich schloß die Augen; ich konnte sie vor mir stehen sehen. Der innere Umschlag war versiegelt. Ich schlitzte ihn auf und blickte zu Sandy; sie stand immer noch vor mir.
»Ich werde draußen warten«, sagte sie.
Ich schüttelte den Kopf. »Bleiben Sie hier.«
Sie ging zur Couch hinüber und setzte sich. Ich sank auf meinen Sessel und begann Elaines Brief zu lesen. Sie hatte eine saubere, ordentliche Handschrift, die keinerlei Erregung verriet. Offenbar war sie mit sich schon ins reine gekommen, als sie sich hinsetzte, um diesen Brief zu schreiben. Er trug das Datum von vorgestern.

»Mein liebster Brad,
seit ich Dich am Flugzeug verließ, habe ich ständig an Dich gedacht und gebetet. Meine einzige große Hoffnung ist, daß es Deinem Sohn wieder gutgeht. Das ist das Allerwichtigste auf dieser Welt.
Während ich an Dich dachte, wurde mir erst klar, wie kleinlich und lächerlich, wie selbstsüchtig wir gewesen sind. Wir, die wir bereit waren, alles in unserer Welt der Leidenschaft des Augenblicks zu opfern.
Denn in Wahrheit war dies das einzige, was wir je miteinander haben konnten, auch das wurde mir klar. Mein Leben war bereits zu Ende, ich habe nur versucht, mir etwas von dem Deinen zu borgen.
Ich glaube, ich habe Dir einmal erzählt, daß Du mich sehr an David erinnert hast, daß Du die gleichen Eigenschaften besitzt, die gleichen Ansichten und die gleiche Liebe zu Deiner Familie, wie er sie für uns empfand.
Das war es, was mich zuerst anzog, aber damals wußte ich das noch nicht. Du warst der gleiche Typ.
Als Du fort warst, fand ich in meiner Einsamkeit den Weg zum Friedhof, wo David und die Kinder ruhen. Ich habe mich dort auf die Bank gesetzt und den Grabstein betrachtet, der bereits meinen Namen trägt. Es ist ein Platz an

seiner Seite, der Platz, den ich immer innehatte, als er noch lebte. Da begriff ich, daß ich niemals bei ihm und den Kindern sein könnte, wenn ich bei Dir wäre. Wir könnten niemals wieder vereint sein, die wir einander soviel bedeutet haben. Und so wurde mir klar, daß ich Dich nicht weniger liebe, aber daß ich David und die Kinder noch mehr liebe. Bitte glaube nicht, daß ich Deine Liebe verraten hätte. Sie war mir wertvoller, als ich Dir jemals gesagt habe. Bitte denke gut von mir und bete für mich.

In Liebe
Elaine.«

Meine Augen brannten noch immer von all den Tränen dieses Tages, aber ich fühlte mich jetzt besser. Ein Stein fiel mir vom Herzen. Ich stand auf. »Es war lieb von Ihnen, daß Sie mir den Brief gebracht haben, Sandy«, bedankte ich mich heiser.
Sie stand ebenfalls auf. »Das mußte ich doch. Ich wußte, daß Sie sie geliebt haben.«
Ich holte tief Luft. »Ich habe sie geliebt«, sagte ich. Ich hatte nur nie begriffen, wie schmerzvoll ihr Leben, wie verwundet sie gewesen war. Ich erinnerte mich einzig und allein an ihre Augen, die etwas von diesem Schmerz verraten hatten.
Sie stand an der Tür. »Ich muß wieder zurück«, sagte sie. »Ich habe Tante Nora versprochen, um zwölf wieder zu Haus zu sein.«
»Tante Nora?« fragte ich überrascht.
Sie nickte. »Mr. Brady hat mich mit nach Hause genommen, damit ich sie kennenlerne. Er möchte gern, daß ich mich als ihre Tochter fühle. Ich bleibe eine Weile bei ihnen.« Ein etwas verwirrtes Lächeln lag auf ihren Lippen. »Ich möchte nur wissen, was Sie an diesem Tag damals zu ihm gesagt haben. Seither ist er ein völlig anderer Mensch. Allmählich beginne ich direkt, ihn gern zu haben. Wenn man ihn nämlich ein bißchen näher kennenlernt, ist er wirklich reizend.«
»Das freut mich, Sandy«, sagte ich, ging auf sie zu und schaute sie an. »Sie werden jetzt eine große Hilfe für die beiden sein.«
»Das hoffe ich.« Sie lächelte und bot mir ihre Wange.
Ich küßte sie wie ein Kind. »Auf Wiedersehen, Sandy.«
Die Tür schloß sich hinter ihr, ich ging hinüber ans Fenster

und öffnete es. Ich zerriß Elaines Brief in winzige Fetzen und ließ sie aus dem Fenster flattern.
Es war ein Ende, aber es war auch ein Anfang. Ein neues Leben und ein neues Verstehen für mich. Ich unterschied mich in nichts von so vielen anderen Männern, die vergaßen, daß der Herbst die Jahreszeit der Reife war, und verzweifelt versuchten, noch einmal den Frühling zu erleben. Jetzt war ich klüger. Man kann die Uhr nicht zurückdrehen. Eine lange Strecke mit Marge und den Kindern lag noch vor mir. Jetzt wußte ich, was Elaine damit hatte sagen wollen: ein Platz an ihrer Seite. Ich holte tief Luft, die Kälte drang tief in meine Lungen. Das tat gut. Plötzlich hatte ich es eilig, nach Hause zu kommen.
Während der Heimfahrt fiel der erste Schnee dieses Jahres. Als ich in unsere Einfahrt bog, hatte er den Boden gerade mit einer dünnen Decke überzogen. Ich fuhr vor die Garage, blieb im Wagen sitzen und schaute hinüber auf mein Haus.
Hinter jedem Fenster brannte Licht, auch in Brads Zimmer, ein Schimmer Gemütlichkeit drang heraus. Vaters Taxi parkte vor der Haustür. Ich stieg aus und öffnete das Garagentor; die Angeln quietschten wie immer. Ich stieg wieder ein und fuhr den Wagen in die Garage.
Da hörte ich Jeannie rufen. »Daddy! Daddy!«
Ich stieg aus, und sie lief in meine Arme. Ich küßte sie zärtlich.
»Wie geht's meiner Tochter?« erkundigte ich mich.
»Großartig«, entgegnete sie aufgeregt und senkte ihre Stimme, als ginge es um eine Verschwörung. »Hoffentlich hast du Mutters Geschenk nicht vergessen. Sie hat nämlich die schönste Armbanduhr der Welt für dich!« Sie riß ihre Hand vor den Mund. »Ach du meine Güte! Jetzt habe ich alles verraten. Und ich hatte so fest versprochen, nichts zu sagen!«
Ich schmunzelte. Vermutlich hatte sie auch Marge schon von meinem Geschenk unterrichtet. Sie konnte einfach kein Geheimnis bei sich behalten, sie würde das niemals können. »Ist schon gut, Kleines«, besänftigte ich sie, »ich laß mir schon nichts anmerken.«
Ich langte über den Sitz, ergriff die Schachtel mit dem Firmenzeichen des Kürschners und schob sie mir unter den Arm. Unter unseren Füßen stob der Schnee auf, als wir Hand in Hand zum Haus hinaufgingen.